ガラス越しに見るジョイス

金井嘉彦 著
Yoshihiko Kanai

言叢社

まえがき

ジェイムズ・オーガスティン・アロイシウス・ジョイス（James Augustine Aloysius Joyce 一八八二―一九四一）についてよく言われることは彼が教会を捨てたということである。一九〇四年に二二歳のジョイスは次のような手紙を書いた。

> 六年前［一八九八年］、僕はカトリック教会から離れた。心の底から強く憎みつつ。自分の性分からくる衝動からして、教会に留まることはできないと知った。［ベルヴェディアの］学生だった僕は、教会が差し出した身分を固辞することによって、教会との密かな戦い（secret war）をしかけた。そうすることで、僕は乞食同然となったけれど、自分の誇り（pride）は保つことができた。これからは、自分が書くもの、述べること、行なうことによって、教会と公然と戦う（open war）。（*L* II 48 強調は筆者）

この手紙は、ノーラ・バーナクル――その後ジョイスと駆け落ちをし、生涯を共にすることになる相手――に宛てた手紙であるから、恋人に対して多少恰好をつける部分があるかもしれない。それを差し引いて考えなくてはならないにしても、ジョイスの半自伝的小説『若き日の芸術家の肖像』（以下『肖像』と略す）は、ジョイスが手紙で言う「戦い」を描いているように見える。この作品は、カトリックの家に生まれ、カトリックの学校に通い、カトリックの教え・制度・習慣・考え方に囲まれながら成長をしていく主人公スティーヴン・デダラス（Stephen Dedalus）が、性的経験による罪の悔い改めを機に信心を深めるものの、自らの進むべき道は信仰にはなく、芸術にあることを悟っていく様子を描く。「魂は……前にも話したような瞬間にまず生まれる。その誕生はゆっくりで暗く、体の誕生よりももっと神秘的なんだ。人間の魂がこの国で生まれると、それが飛び立たないように網が投げかけられる。君は国、言語、宗教について話すが、僕はそういう網をすり抜けて飛ぶつもりだ」（*P* 5.1045-50 中略は筆者）と言い、「僕は仕えない」（*P* 5.2297）と宣言するスティーヴンは、「教会を離れた」というジョイスそのものだ。

このように見ればジョイスが「教会を離れた」というのは正しいように見えるが、その一方でそれとは逆のことを言っているように見える伝記的事実が複数ある。レディ・オーガスタ・グレゴリー（Lady Augusta Gregory）宛の一九〇二年十一月の手紙では、「わたしは誤った信仰をもった者（misbeliever）としてこの国から追い出されたようだけれど、自分ほど信仰を持っている人は知らない」（*L* I.53）とジョイスは書いている。ジョイスの弟スタニスロース（Stanislaus Joyce）は、「兄はいつもは遅く起きましたが、聖木曜日（Holy Thursday）、聖金曜日（Good Friday）には、どこにいるときでも、独り身でパリにいたときも結婚してトリエステにいたときでも、天候がどうであれ、五時くらいに起きて早朝ミサに行くことを怠りませんでした」（103-04）と『兄の番人』（*My Brother's Keeper*）に書いている。スイスの彫刻家アウグスト・ズーター（August Suter）の回想するところでは、バッハの「マタイ受難曲」を聴きに行くかを彼がジョイスに尋ねると、ジョイスは「マタイによる福音書とヨハネによる福音書がごちゃ混ぜになったテクストというのは、ドストエフスキーとシェイクスピアをごちゃまぜにするようなものだ」と聖書にこだわりを見せつつ同作品を批判した（192; Manglaviti 152; Ellmann 1982, 430）。信心を持ち、ミサに参加し、聖書にこだわりを見せるジョイスを目にするならば、彼が宗教を捨てたとは簡単には言えない。この相反する態度をどのように考えればよいか。

フランク・バジェン（Frank Budgen）はその問いに対するひとつの答えを示していると言えるのだろう。彼は『ジェイムズ・ジョイスと「ユリシーズ」の制作過程』（*James Joyce and the Making of Ulysses*）の中で「ジョイスのキリスト教への態度は二面的だった。自分のそれ［アイルランド的形態を取ったローマ・カトリック教会］との若き日の戦いを思い出すときには、彼は苦々しいまでに敵対的になりえたが、一般的に、それを全体として客観的現実、人間の経験の縮図と見るならば、そしてまた教会の権威や罰の届かないところから見るならば、それは彼自身の神話の構築をするには題材の豊かな宝庫であった」と書いている（316）。ジョイスはアイルランドのカトリック教会に敵意を示したが、カトリックの深く豊かな精神性の恩恵を受けていたと言っているのであれば、彼の言っていることは正しいと言えよう。しかし、単に作家として利用できるところは使ったと考えているのであれば、信仰というものを軽く考えすぎている。

ジョイスが抱えていた問題は、むしろ信仰を軽く考えることができないところにあった。それは『肖像』第五章末におけるスティーヴンとクランリーのやり取りに示されている通りである。スティーヴンは国立図書館前にいるクランリーを連れ出し、母親との間で「不愉快な」やり取りがあったと言う。その内容は、母親にイースター時の義務として、告解をし、聖体拝領を受けるように言われたのに対し、スティーヴンが拒否したこととわかる（*P* 5.2285-97）。従えばよいと言うクランリーに対しスティーヴンは従う意志がないことを告げ、「僕は仕えない」という『肖像』でもっとも有名な言葉のひとつを口にする。クランリーはそういうスティーヴンに対して、聖体拝領も形式的なものと考えれば宗教的信条の問題はとりあえず棚上げできるし、そうしている人はたくさんいると言う。クランリーが言うのは、教会で与えられるものであってもパンはパンで、それ以上のものとは見ないことができるということであり、その形で多くの人が教会と折り合いをつけているということだが、スティーヴンにとっては教会で与えられるパンはパンではなく、あくまでも聖体であり、パンがパンか、それとも聖体かは教会と折り合いをつけることよりも重要な問題なのである。スティーヴン／ジョイスがクランリーのように割り切ることができたなら、ジョイスの宗教的な悩みはなかっただろう。だが同時に、ジョイスの作品も生まれなかったのだろう。

ジョイスが作品において見せるのはまさにそのこだわりだ。アウグスティヌス（St. Augustine of Hippo）やトマス・アクィナス（St. Thomas Aquinus）といった正統派から、ウァレンティヌス（Valentine）、サベリウス（Sabellius）、アレイス（Arius）、ジョルダーノ・ブルーノ（Giordano Bruno）といった異端までジョイスが幅広く名前を出すのは、なにも自身の博識を見せびらかすためではない。カナダの女子修道院において神父の性的欲望を満たすのに修道女が制度的にあてがわれ、結果として生まれてしまった赤ん坊は施設内で秘かに殺していたことを暴露した『マリア・モンクの恐ろしい暴露』（*The Awful Disclosures of Maria Monk*, *U* 10.585-86; *U* 15.2547）、カトリック教会において聖書を読むことが禁じられていること、およびマリアのとりなしを批判したチャールズ・パスカル・テレスフォア・チニキー（Charles Pascal Telesphore Chiniquy）の『なぜ私はローマ教会を離れたか』（*Why I left the Church of Rome*, *U* 8.1070-71, *U* 15.2547-48）、罪を悔い改めさせるための告解という制度が司祭と信徒双方を堕落させる制度となっていることを弾劾し、その根源をそもそも告解が教会史において司祭に対して行なうものではない点に求めた、同じくチニキーによる『司祭、女性と告解』*The Priest, the Woman and the Confessional*, *U* 15.2548）、など物議をかもした著作や作家名をわざわざ作中に書き込んでいるのは、なにもジョイスがスキャンダルを面白がっているからではない。くわえて、ジョイスが正統派から、ヤーコプ・ベーメ（Jakob Böhme）、十字架のヨハネ（John of Cross）、エマヌエル・スヴェーデンボリ（Emanuel Swedenborg）といった神秘主義者、ダーフィット・フリードリヒ・シュトラウス（David Friedrich Strauss）やジョゼフ・エルネスト・ルナン（Joseph Ernest Renan）といったラショナリストまで幅広く参照しているのは、自身の「宗教」が歴史や理性に照らしてどれほど間違っているか、どれほど間違っていないと言えるのかを確かめたかったからにほかならない。

ジョイスと宗教は古くて新しいテーマである。古典的な、Willis E. McNelly, "The Use of Catholic Elements as an Artistic Source in James Joyce's *Ulysses*" (PhD Dissertation, North Western University, 1957); William T. Noon, *Joyce and Aquinas* (Yale UP, 1957); J. Mitchell Morse, *The Sympathetic Alien: James Joyce and Catholicism* (New York UP, 1959) からVirginia Moseley, *Joyce and the Bible* (Northern Illinois UP, 1967); Robert Boyle, *James Joyce's Pauline Vision: A Catholic Exposition* (Southern Illinois UP, 1978); Beryl Schlossman, *Joyce's Catholic Comedy of Language* (U of Wisconsin P, 1985) を経て、二〇〇〇年代になっても A.Nicholas Fargnoli, *James Joyce's Catholic Moments* (National Libraly of Ireland, 2004); Roy Gottfried, *Joyce's Misbelief* (UP of Florida, 2008); Mary Lowe-Evans, *Catholic Nostalgia in Joyce and Company* (UP of Florida, 2008); Geert Maria Jan Lernout, *Help My Unbelief: James Joyce and Religion* (Continuum, 2010); Chrissie van Mierlo, *James Joyce and Catholicism: the Apostate's Wake* (Bloomsbury Academic, 2017); Michael Mayo, *James Joyce and Jesuits* (Cambridge UP, 2020) と論じ続けられている。[*1] カトリックに生まれ育ったジョイスにどれほどの宗教、とりわけカトリック――しかもイエズス会――の教えの影響があったかを確かめることは、研究としては第一に踏まなくてはならない手続きである。教会を離れたというジョイスが信仰を失っていたかと問いを立てることも同じように必要なことであった。これ

らの研究が右記のような重要な問題についてもたらした知見は大きいが、右に見たジョイスのこだわりを汲み取り切れていない。第一に問題となるのは、キリスト教、カトリックのとらえ方である。一口にキリスト教、カトリックと言えるものはない。ジョイスに影響を与えていたキリスト教、カトリックとは、アイルランドという空間的制約と、十九世紀から二十世紀という時間的制約を受けたものだ。それをあたかもキリスト教、カトリックが常に同じ姿を呈しているかのように考えてしまうことは、あるいは現代において論者が知っているキリスト教、カトリックをジョイスのそれらと考えることは避ける必要がある。十九世紀はキリスト教において激動の時代で、カトリックも強い逆風のなかにあった（金井二〇一六a、五一）。十九世紀初めより強まったラショナリズム（rationalism）は二〇世紀が始まる頃までには、大きな危機を生み出していた。それに連動して、ジョイスが多感な青春期を過ごした時期にはモダニズムと呼ばれる運動が展開していた。モダニズムといってもいわゆる芸術上のモダニズムのことではない。芸術上のモダニズムに先行して展開していた宗教モダニズムのことをここでは指している。宗教モダニズムとは、簡略にまとめるならば、十九世紀に展開されたキリスト教に対する理性に照らしての「批判」、歴史という観点からの「批判」を踏まえて、十九世紀末から二十世紀初めにかけて、キリスト教の教義・教会のあり方の変革を迫る運動と言える。ダーフィト・フリードリッヒ・シュトラウスやエルネスト・ルナンのような聖書批評の影響を受けた神学者は、聖書を固定的・絶対的なものと見なすのではなく、聖書が書かれた時代の影響を受けているものとし、さらには歴史の中で進化する、可変的なものと考えた。それは聖書の懐疑的な読みを意味した。彼らは聖書の解釈について自由を求めるのと同時に、教会のあり方についても同様に自由を求めた。一定の目的のために考えを同じくする人たちが連携して行なったひとまとまりの運動ではなく、個々人が行なった運動を集合的に表わすこのモダニズムは（Jodock 2）、主にフランスとイギリスで現われた。その代表的担い手は、フランスでは、『福音と教会』（*The Gospel and the Church*）を著したカトリックの司祭アルフレッド・ロワジー（Alfred Loisy）であり、イギリスでは、イエズス会の司祭ジョージ・ティレル（George Tyrrell）であった。このような動きに教会側もただ手をこまねいてはいたわけではない。教皇側は強い態度で臨む。教皇ピウス十世（Pius X）は一九〇七年に回勅『パスケンディ・ドミニキ・グレギス』（*Pascendi Dominici Gregis*）を出し、モダニズムを異端であるとし、一刀両断のもとに批判した。その厳しい態度は、のちにロワジー、ティレルを破門に処すことに示された。宗教モダニスト側と教会側の激しい攻防を見てもわかるように、キリスト教、カトリックのあり様は、大きく揺れていた。ジョイスと宗教を考えるときに、宗教モダニズムに触れない、あるいは触れても通り一遍ですますということは許されない。

これと関連するもうひとつの大きな問題は、教会を離れることが、神の存在を信じることをやめることに即座にはつながらないという点にある。教会にとどまる者は信仰を持ち、とどまらないものは信仰を失っているという単純な二項対立は、先に見たクランリーの例のように、すでに成り立たなくなっていた。人々の心的態度はキリスト教およびカトリックのあり様が問題になっていたこの時期には複雑な様相を呈していた。伝記に現われるわかりやすい事例や、テクスト上の言葉（たとえば、"help my unbelief" *U* 9.1078）で容易には説明できない。

とするならば、われわれがすべきはジョイスが生きていた時代の歴史的状況に立ち戻って、個別の中でジョイスを見ることであろう。ジョイスが作品の中で、否定的であれ肯定的であれ、関心を持ってであれ無関心にであれ、宗教に触れるのは、彼が生きる特定の時間と空間に縛られた宗教とジョイスが格闘し、なんとか折り合いをつけようとしていた姿を示す。宗教に触れざるをえないのは、それが単に、脱ぎ捨てればよいような衣服のような外面的なものではなく、ジョイスという人間内部に食い込み、彼を形成する一部となっていたからである。どれほど教会を「憎んだ」と言っても、彼にはキリスト教の精神の上に立つことなく作品を書くことはできなかった。その痕跡が作品の随所に現われている。本書はそのような痕跡から、彼がそれによって問題化しようとしていたこと——つまり彼が格闘している姿——を復元しようとするものである。

本書の構成は以下の通りである。

第一章は、『肖像』第五章の美学論において、スティーヴンが「応用アクィナス論」という名のもとに、アクィナスを持ち出し、さらにはそれを「応用」することの意味を、当時の宗教的状況から明らかにする。

第二章は、主人公スティーヴンが経験した恐怖をありのままに描くように見える『肖像』第三章を取り上げ、その見かけの下に、スティーヴンが聞かされた地獄の説教に代表される当時の地獄論の解体をもくろむ仕掛けが施されている点を見る。

第三章は、『ユリシーズ』第九挿話において用いられる「イエスの歴史性」という言葉に着目し、それが持つ歴史的な意味を明らかにしつつ、ジョイスのシェイクスピア論が、十九世紀に数多く書かれた「イエス伝」「イエス小説」にならったものである点を明らかにする。

第四章では、ジョイスが画家ムンカーチの《エッケ・ホモ》を見て書いた最初期の評論を取り上げ、なぜ絵を論じるのか、なぜムンカーチの《エッケ・ホモ》なのか、この中で展開する〈劇《ドラマ》〉の概念がジョイスの思想においてどのような意味を持つかを考察する。

第五章では、『肖像』第四章において描かれる、いわゆるバード・ガールが、同じアイルランドで、同時期に活躍していたジョン・ミリントン・シング（John Millington Synge）やジョージ・ムア（George

Moore）の海辺の少女表象に連なるものであることを確認したうえで、ジョイスがそれらを利用しつつ、そこに対抗と批判の契機を埋め込んだ、上書きをしている点を考察する。

第六章においては、「死者たち」最終部の主人公の意識の流れの中に現われる「西への旅」という言葉が、ジョージ・ムアが『湖』（*The Lake*）という作品で用いたものであることを確認したうえで、それを利用しつつそこに彼独自のアプロープリエイションを施している点を考察する。

第七章から第九章は、『ユリシーズ』のキーワードのひとつになっているコインシデンス（coincidence）を取り上げ、それがジョイス作品の詩学の中で占める位置を確認する。第七章でまずはコインシデンスがどのようなものであるかを確認したあとで、第八章ではそれが沈黙の詩学と関わるものであることを確認し、さらに第九章ではそれが意味の消失点を内包するサインの文学へと向かう点を考察する。

第十章では、『ダブリナーズ』の「恩寵」に示される不思議なχ《カイ》の表象を、あずかり知らぬところから示される愛ととらえ、それをχ《カイ》のユニヴァーサリズムと規定したうえで、それが『ユリシーズ』においてもより大きな次元で示されることを見る。

目次

凡例

一、『ダブリナーズ』（*Dubliners*）のテクストはGabler版に準拠した決定版（*Dubliners: Authoritative Text, Context, Criticism.* Ed. Margot Norris, Norton, 2006）を用い、引用・参照個所は、括弧内に、作品名を示す略号*D*の後に作品略号、各作品の行数で示している。その際に用いた略号は以下のとおりである。（例 *D* D.135は『ダブリナーズ』「死者たち」一三五行目であることを示す。）

S 「姉妹」（"The Sisters"）
En 「遭遇」（"An Encounter"）
A 「アラビー」（"Araby"）
Ev 「エヴリン」（"Eveline"）
AR 「レースの後」（"After the Race"）
TG 「二人の伊達男」（"Two Gallants"）
BH 「下宿屋」（"The Boarding House"）
LC 「小さな雲」（"A Little Cloud"）
Cp 「対応」（"Counterparts"）
Cl 「土」（"Clay"）
PC 「痛ましい事件」（"A Painful Case"）
ID 「蔦の日の委員会室」（"Ivy Day in the Committee Room"）
M 「母親」（"A Mother"）
G 「恩寵」（"Grace"）
D 「死者たち」（"The Dead"）

二、『スティーヴン・ヒアロー』(*Stephen Hero*）のテクストはNew Direction 版（*Stephen Hero*. Ed. Theodore Spencer, John J. Slocum and Herbert Cahoon. 1944: New Directions, 1963）を用い、引用・参照個所は、作品名を示す略号 *SH* の後にページ数で示している。

三、『若き日の芸術家の肖像』(*A Portrait of the Artist as a Young Man*）のテクストは Gabler 版に準拠した決定版（*A Portrait of the Artist as a Young Man: Authoritative Text, Backgrounds and Contexts, Criticism.* Ed. John Paul Requelme, Norton, 2007）を用い、引用・参照個所は、括弧内に、作品名を示す *P* の後に章数、各章を通しての行数の形式で引用箇所を示している(例 *P* 3.135 は『若き日の芸術家の肖像』第三章の一三五行目であることを示す)。

四、『ユリシーズ』（*Ulysses*）のテクストは Gabler 版に準拠した版（*Ulysses*. Ed. H. W. Gabler et al., Vintage, 1986）を用い、引用・参照個所は、括弧内に、作品名を示す略号 *U* の後に挿話番号、各章を通しての行数を入れて示している（例 *U* 2.135 は『ユリシーズ』第二挿話一三五行目であることを示す)。

五、本書内で用いているそのほかの略号が示す著作名は以下のとおりである。

CW *The Critical Writings of James Joyce*. Ed. Ellsworth Mason and Richard Ellmann. Faber, 1959.

L I *Letters of James Joyce*, vol. I. Ed. Stuart Gilbert, The Viking P, 1957.

L II *Letters of James Joyce*, vol. II. Ed. Richard Ellmann, The Viking P, 1966.

L III *Letters of James Joyce*, vol. III. Ed. Richard Ellmann, The Viking P, 1966.

MBK Stanislaus Joyce, *My Brother's Keeper: James Joyce's Early Years*. Ed. with an Introduction and Notes, by Richard Ellmann; with a Preface by T.S. Eliot. Faber, 1958.

SL *Selected Letters of James Joyce*. Ed. Richard Ellmann, The Viking P, 1966.

WS *The Workshop of Daedalus: James Joyce and the Raw Materials for* A Portrait of the Artist as a Young Man. Ed. Robert Scholes and Richard M. Kain. Northwestern UP, 1965.

六、註は巻末にまとめてある。註が煩雑となるのを避けるために、出典箇所を示すだけの註はつけず、それらについては本文中に（著者名 ページ数）の形式で書き入れてある。同一著者に複数の著書がある場合は、著者名後に年号を加え、（著者名 年号、ページ数）の形式で記してある。なお、ページ数が漢数字になっている場合は、和書を参照していることを示す。参考文献は、本書で言及しているもののみ巻末にまとめてある。

七、よく知られた人物名（例 シェイクスピア、プラトン、ゲーテ、ホーマー）や登場人物名（例 ハムレットなど）の原語表記は本書内では省いている。

八、中略については、筆者によるものにのみ断り書きを入れてある。それ以外はすべて原著者によるものである。引用文内での強調（和文では傍点、英文では斜字体）についても同様である。

九、本書内で使用している図像、写真は、基本的に著作権が設定されていないもの、本書執筆者によるもので、それ以外の場合は、著作権者の許可を得ている。

十、聖書からの引用は基本的に新共同訳を用いている。あるいは参考にしている。

第一章　アクィナスに刃《やいば》を仕込む〈応用〉

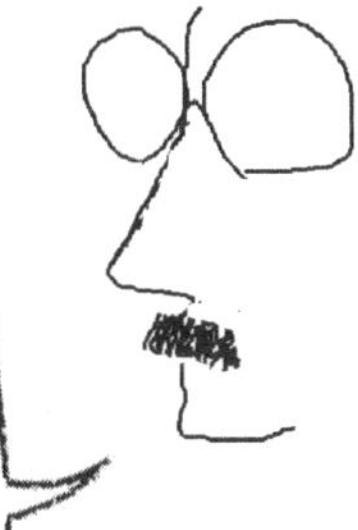

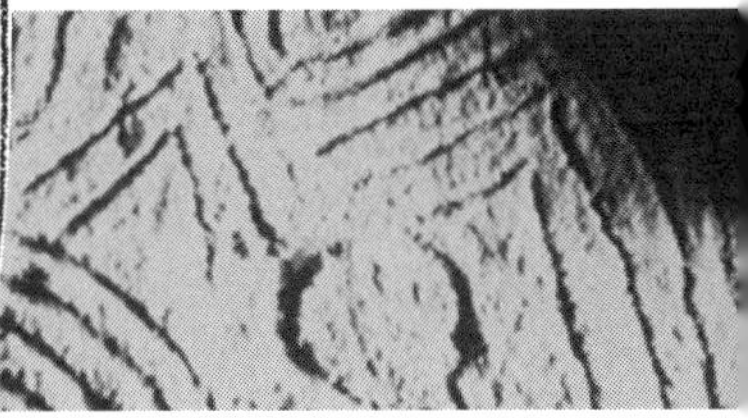

各章扉図版：ニューグレンジ遺跡の渦巻き紋様（部分）
Mason, Thomas Holmes, and Thomas H. Mason & Sons photographers. *Stone Roof Right Recess, Interior Newgrange Tumulous Engraved Whorls.* 1890. National Library of Ireland on the Commons.

第一章　アクィナスに刃《やいば》を仕込む〈応用(*)〉

はじめに

『若き日の芸術家の肖像』（以下『肖像』と略す）第五章で主人公スティーヴン・デダラス（Stephen Dedalus）が友人リンチ（Lynch）を相手に美学論を展開する場面は、『肖像』でもっとも重要な場面のひとつに挙げられる。そこで彼は、憐憫と恐怖の定義をすることから始め、(*1)トマス・アクィナスにのっとって美を目で見て快いものとした上で、美が本質的に動的《キネティック》ではなく静的《スタティック》であることを説明する。加えて、インテグリタス（*integritas*）、コンソナンティア（*consonantia*）、クラリタス（*claritas*）、すなわち全体性、調和、光輝の概念をアクィナスから援用する。これらを用いた美学をスティーヴンは「応用アクィナス学」（"applied Aquinas"）と呼ぶ。(*2)この美学論は、厳密に言うなら小説の主人公スティーヴンの美学論であるはずだが（Noon 73; Kenner 44）、『肖像』がもつ「自伝的」小説の要素からの要請もあって、『肖像』全体を説明する美学論、ひいては、ジョイスの美学論、つまりはジョイスの芸術に関するマニフェストと取られる向きがある（Connolly 1981, 166; Hope 183; MacGregor 221）。

しかしスティーヴンの美学論をつぶさに見ていくと、部分部分としてはそれでよいにしても、全体として落ち着きの悪い、スティーヴンの美学にならって言うなら「調和」に欠けたところがある。初めて『肖像』を読む者がまず戸惑うのは、美学の柱にアクィナスが用いられていることであろう。なぜ中世の、しかも読む者の多くが神学者、聖人として想起するアクィナスでなくてはならないのか。しかもそれを〈応用〉するとはどういうことか。アクィナスを前面に出しているかのように見えるわりには、スティーヴンが引用する原文のラテン語に間違いがあることは何を意味しているのか(Santro-Brienza 144)。アクィナスを〈応用〉した美学論と名前をつけつつも、たとえば、スティーヴンが展開する「叙情的/叙事的/劇的」(lyrical/epical/dramatic)という芸術様式の発展は、順序の入れ替えこそあるものの、ヘーゲルに負っていることに示されるように、ドイツ観念論の影響を示している(McGrath 259-75)。こちらもまたスティーヴンの美学の柱といえるものであるはずなのに、一方のアクィナスのように名前を出されることなく、その影響が明示されないのはなぜか(McGrath 273)。本章は、『肖像』の美学論の中核にアクィナスが用いられる意味を当時の宗教的コンテクストを参照することで明らかにする。

アクィナスの美学論

『肖像』第五章でスティーヴンが、「見られて喜びを与えるものは美しい」(“that is beautiful the apprehension of which pleases.”)というアクィナスの美の定義を友人リンチに話すと、リンチはその定義のラテン語の原文“*Pulcra sunt quae visa placent*”を口にする(*P* 5.1193-96)。ジョイスはここでその原文をリンチに言わせているが、スティーヴン自身が七〇〇行ほど前のところで同じ文を学監相手に発していることからすると(*P* 5.420-21)、スティーヴンがアクィナスの美学論を普段から口にしていて、それを日頃聞かされているリンチも覚えやすいとは言えないそのラテン語を覚えてしまっている、ということなのだろう。友人や学監に自らの理論を話すのに、それなりの準備と理論武装をしてきているはずのスティーヴンであるが、興味深いことに彼が引くその原文には間違いが含まれている。先行研究がすでに指摘をしているように、引用文中の“*Pulcra*”は本来ならば“*Pulchra*”でなくてはならないし、文全体としてもアクィナスの『神学大全』（*Summa Theologica*）にある原文は“*Pulchra enim dicuntur quae visa placent*”（I q.5 a.4）であるから、スティーヴンが一部を省略し、なおかつ変更を加えていることがわかる。(*3)

このような状況を踏まえ、ウンベルト・エーコ（Umberto Eco）は、ジョイスはアクィナスの原典を読んでいないとし（6）、ジャック・オーベール（Jaques Aubert）は、ジョイスが読んでいたのは原典ではなくアクィナスの思想をまとめた概説書であろうと判断する（100-01, 167）(*4)。「応用アクィナス学」と言いながら、スティーヴンおよびジョイスがどうやら原典にもあたらず(*5)、原典全体を読んでいるのではないとすると、ジョイスが示すスティーヴンの美学論議は、大学生の議論によくある、もっともらしくはあるが細かく見ていくと間違いが多い、はったりをきかせた議論にすぎないということになりはしないか。アクィナスへのこれ以上の言及がないことも妙であるし、スティーヴンがアクィナスの哲学のほんの一部を切り出していることはさらに注意を要する。

リベラト・サントロ＝ブリエンツァ（Liberato Santro-Brienza）が説明するところによれば、中世のキリスト教世界においては、神は存在するものすべての作り手であると同時に存在の源と考えられていた。万物は、程度こそ異なれ、神の存在の完全さにあずかるものと見なされていた。この理由によって、宇宙における多様で異なった存在は、その具体的な多様性にもかかわらず、存在を互いに共有するものと考えられていた。それがつまりアナロジー（analogy）の原理となる。この世のすべてのものは、互いに異なり、互いと区別され、同一性をそれら自身としか持たないが、それでも同時にすべてのものは、存在の広大な領域を超えて互いを指し示しあうものとなる。存在は、兄弟のようなもので、それぞれが異なりユニークであっても、それでも同じ親に属する点で共通なのだ（134-35）。そのような世界観に裏打ちされたアクィナスの哲学のほんの一部だけを切り出して、現代に当てはめようとするスティーヴンの試みにどれほどの無理があるかは容易に想像できる。

そもそもアクィナスの美学論は神学論の一部である。サントロ＝ブリエンツァのまとめによるならば、神の属性が、程度は異なるものの、この世にあまねく行き渡り、充溢していることを右に示したアナロジーの原理にもとづいてスコラ学的に示すのに加えて、美をもその属性のひとつに加え、同様に世界に行き渡っていることを示そうとしたのが『神学大全』となる（136）。スティーヴンがもしその美学論だけを取り出しているとすると、アクィナスが神学の一部として構想した美学を、その神学を置き去りにしたまま使っていることになる。それはまた、部分と全体の調和がなければ美として認められないと主張するスティーヴンの美学論自体とも矛盾することとなるだろう。

スティーヴンの美学論を見ていくと突き当たるこのようなアポリアは、スティーヴンの思想に起因するものであるにしても、それに劣らずスティーヴンの生来的なあり方によるのかもしれない。サントロ＝ブリエンツァが指摘するところによれば、スティーヴン・デダラスの「デダラス」には「迷宮」を意味する *dedalo* が含まれるというのだ（Santro-Brienza 64）。しかし、スティーヴンが、あるいは読者のわれわれが知らず知らずのうちに迷宮に入り込んでいるとしても、まだ入り口にいるにすぎない。

ドイツ観念論

「応用アクィナス学」とも称せられるアクィナス中心のスティーヴンの美学論に新しい側面を見いだしたのはF・C・マグラア（F. C. McGrath）である。彼はスティーヴンの美学論におけるドイツ観念論（ヘーゲル、カント）の影響を考察した論考「心の中でほくそ笑む――スティーヴンの美学の典拠」（"Laughing in His Sleeve: The Sources of Stephen's Aesthetics"）で、たとえば、スティーヴンのリズムを説明する部分の出典をコールリッジの『文学的自伝』（*Biographia Literaria*）の一節、「美の感覚は、部分と部分の関係、部分と全体との関係の自然発生的な直観に存在する。それは直接的・絶対的な満足を引き起こし、したがって感覚や知性に由来する、いかなる関心の介入も受けることはない。美しいものはこうして、その下位にある感じのよいものと、その上位にあるよいものからすぐさま区別される」（239）に求め、そこにコールリッジ経由で入ってきたカントの影響を見る（271）。[*6] 彼はまた、スティーヴンが美の属性として「運動」（*kinesis*）と対比させて考えている、「静」（*stasis*）の概念もまたカントの「観照」を経由したものとする。一方、スティーヴンの美学の中心概念であるインテグリタス、コンソナンティア、クラリタスについては、概念の典拠はアクィナスでも、そこにヘーゲルの弁証法的発展が組み入れられているのをマグラアは見る。スティーヴンの文学形式の三段階の発展――「叙情的」、「叙事的」、「劇的」――については、ヘーゲルの文学形式の三段階の発展――「叙事詩」、「叙情詩」、「劇」――の順序を入れ替えたものとする。[*7]

しかし、奇妙なことに、マグラアがスティーヴンが負っていると指摘するドイツ観念論の哲学者の名前は、アクィナスの場合とは違ってテクスト中には出てこずに、隠されている。アクィナスの場合のように、それを〈応用〉していることをスティーヴンが意識の上にのぼらせることはなく、テクストもそのことを認めない。そればかりか、ドイツ観念論に友人が会話の中で触れても、スティーヴンはなぜかそれに反応しない（McGrath 273）。スティーヴンとリンチが美学論議をしながら街を歩いていると、街で会ったドノヴァン（Donovan）という友人は、役人登用試験で誰がどのような成績で受かったのかを伝えたあと[*8]、次のように話す。

——君［スティーヴン］が美学についてエッセイを書いているって聞いたよ。

スティーヴンは曖昧なジェスチャーで否定した。

——ゲーテとレッシングは、とドノヴァンは言った。美学についてたくさん書いている。古典派、ロマン派などね。『ラオコーン』は読んだけどおもしろかったな。もちろん観念論的で、ドイツ的で、超深遠だけどね。

二人［スティーヴンとリンチ］ともなにも話さなかった。ドノヴァンは慇懃ないとまごいをした。

（*P* 5.1321-28）

曖昧にであっても美学論を書いていることを否定し、ドノヴァンの切り出した美学論の話題にのることのないスティーヴンは、『肖像』第五章冒頭部での学監との会話において美学論を積極的に話そうとし、今もまたリンチと美学談義にふけっているスティーヴンと奇妙な対照をなす。二人がドノヴァンと話したくないのは、ドノヴァン自身に問題があることによるのか。それともドノヴァンの触れたドイツ観念論に問題があるのか。二人はこのあと、ドノヴァンが提起した観念論にはまったく触れず、なにもなかったかのように、ドノヴァンと出会うまでやっていた美学論議に戻る。この謎はわれわれの目の前にいるスティーヴンをさらに迷宮の奥へと押し進める。

アクィナス vs 宗教モダニズム

これまで見てきたように、スティーヴンの美学の中心とされるアクィナス美学論には、その扱い方において不完全なところがあった。一方スティーヴンの美学論で同程度重要な発展段階を示す部分にはドイツ観念論の影響が明らかだが、ドイツ観念論の哲学者の名前が明示されることはなかった。この二つの謎は何を意味するのだろうか。

ジョイスが大学生生活を始めた十九世紀末から『肖像』を書き上げる二十世紀初頭のカトリック社会においてアクィナスがどのような意味を持っているのかを見てみると、特殊な位置を与えられていたことがわかる。彼はカトリック教会の「オフィシャル」な哲学者であったのである（Lilley 109）。「オフィシャル」というのは、それ以外は教会が認める立場とならないという意味である。この姿勢は教皇レオ十三世（Leo XIII）が一八七九年八月四日付で出した回勅「エテルニ・パトリス」（"*Aeterni Patris*"）で打ち出された。(*9) 三四節からなるこの書簡の中で、教皇はまずアクィナスをスコラ学の最高峰と呼び（第十七節）、これまでの教皇もアクィナスを賞賛してきたし（第二十一節）、これまでの教会会議でもアクィナスに特別な名誉を与えてきた（第二十二節）歴史的経緯を確認する。つづいて、好ましくない哲学の流行によって教会の基盤の揺るぎ、弱体化が生まれている現在の危機を指摘し、そのような危機に結びつく余計な詮索より今重要なのは、神学を信仰の揺るぎない防波堤にすることであると訴える（第二十四節）。その上で、名高いアクィナスの教えを復興し、それをかつての美しい状態に戻すことを呼びかけ（第二十五節）、大学で今広まっている誤った考えに反論するためにアクィナスを使用せよと命ずる（第三十一節）。こうしてアクィナスは中世の哲学者でありながら、現代に呼び戻され、特別な地位を与えられることになる。これにより、いわゆるネオ＝トーミズム（Neo-Thomism）が花開く。

これに対して、回勅では明示されていないが、「教会の基盤の揺るぎ、弱体化」をもたらしている「好ましくない哲学」とされたのが、ドイツ観念論である。そのことがよくわかる例として、ジョイスの『肖像』が雑誌に掲載される前年の一九一三年に出た、同じアイルランドの作家ジェラルド・オドノヴァン(Gerald O'Donovan)の『神父ラルフ』(*Father Ralph*)の一節を挙げておこう。

彼[ラルフ]は、哲学は神学に隷属する婢《はしため》と教えられていた。しかしヘイ先生が教えると、単なるナンセンスだった。カントやヘーゲルを論駁するのに、永遠に聖トマスと聖アウグスティヌスの考えに訴えるジッリアーリのテクストはおぞましかった。しかしヘイ先生はもっとひどくて、愚かしかった。多分哲学は重要ではないのだろう。彼の疑念は神学を勉強するようになれば解消され、彼の心は安らかになるのだろう。(229)

『神父ラルフ』は、主人公ラルフが司祭になることを夢見て、実際に司祭になるまでの様子と、司祭になってから教会に幻滅し、教会を離れるまでを描く、これまた自伝的な小説である。ここでは、メイヌースの神学校で組織的に哲学を神学に従属させようとしている様子、その一環としてアクィナスやアウグスティヌスを用いてカントやヘーゲルが間違っていることを示すジッリアーリ(Zigliari)のテクストを用い、それゆえに中身のない、つまらない授業が行なわれていることにラルフが不満を感じている様子が描かれている。彼はいずれ大きくなる懐疑をすでに体制側に感じているが、神学を学ぶようになればそれもいつか納得できるだろうとして、ここでは問題を先送りにしている。

もうひとつの例として、イエズス会士で哲学者のジョゼフ・リカビー(Joseph Rickaby)が一九〇八年に著わした本『モダニスト』(*The Modernist*)の一節を引用しておこう。

［モダニストが基盤とする哲学は］教会が特別の地位を与えて認める聖トマス・アクィナスのスコラ哲学ではない。モダニストはスコラ学を忌み嫌う。モダニストはスコラ哲学は教会を鉄の檻に入れると言う。モダニストがその着想を得る哲学者はイマヌエル・カントである。カントは『純粋理性批判』で、人文科学のもととなる人間の知性は現象《フィノミナ》――つまりは感情とか感覚とか意識の状態とか、思考の形であるとか――を超えたものはなにひとつ扱えない、と主張する。彼は、それらが人文科学が扱う対象となり、一方の神は確かに現象《フィノミノン》ではないゆえに、知性によって知ることはできない、とする。カントは、学問は神に触れることはできないとし、神の存在を証するために引き合いに出される証拠は無効と言う。（15）

ここにもアクィナスを擁護し、カントを敵視する姿勢が明確に見てとれるが、この引用部については若干の補足をしておいた方がよいだろう。リカビーがここで名を挙げているモダニストとは、通常その言葉で呼ばれる二十世紀初頭の先進的芸術運動に関わる者ではなく、宗教モダニズムに関わる人のことである。文学を研究する者にはあまり馴染みがないが、芸術上のモダニズムよりも宗教モダニズムの方が時代的に先行する。その名が示すように、モダニストとは教会をモダナイズしようする人のことを指す。(＊10) ローマ教会がアクィナスを中心とするスコラ哲学にしがみつくことでキリスト教を宗教改革前の中世にとどめ続けようとしたのに対し、モダニストは、歴史的・科学的批判（criticism）に照らしてキリスト教の再解釈を迫った。キリスト解釈、すなわち聖書の解釈とそれにともなう教会組織のあり方を、近代において蓄積されてきた新しい知の集積のもとでとらえなおし、脱神話化、脱中世化をすることで、モダンへの適合、すなわちモダナイゼーションを図ろうとした。それはしかしキリスト教の解体を目指すアナーキーではなく、そのような新しい解釈をほどこしてもなお残るゴスペルの精神、キリスト教の原点に戻ることで、キリスト教の持っていた原初的な力を取り戻す動きであり、それによって普遍的《カトリック》な宗教へと再生する動きであった。旧体制に閉じこもり、麻痺した現状では未来がないとの強い危機感にもとづき、改革によりカトリシズムに新たな息吹を吹き込み、カトリック教会の再生を目指す彼らの運動を、モダニストはまたキリスト教に本来的にあった護教論《アポロジェティック》の歴史に位置づける。しかしそれもカトリック教会側からすれば、歴史的に行なわれてきた、また当時にあっても行なわれていた、リベラル・プロテスタント、不可知論者、ラショナリスト、自由思想家《フリー・シンカー》たちからの攻撃のひとつにしか見えず、カトリック教会を危機に陥れるものにしか見えなかった。この危機感は、カトリック教会が十八世紀末のフランス革命以来一八七〇年のイタリア統一による教皇領の喪失を経由しつつ、一九〇五年のフランスの政教分離に至るまで世俗的権力の喪失を相次いで経験してきたことによってさらに強められた。世俗的権力に加えて宗教的権力の喪失があってはならなかった(＊11)。モダニスト側が感じていた改革なきカトリシズムへの危機感と、モダニストの意図を理解せずに、モダニズムを世間からの攻撃の一部と受けとめた教会側が抱いた危機感は、十九世紀末から二十世紀初頭にかけて大きな対立と衝突となって現われる。前述の「エテルニ・パトリス」は、問題をなきものにするために時間を中世へと逆行させようとする試みであり、ヴァチカン公会議が定めた教皇不可謬説(infallibility)は、薄れゆく権力を絶対的なものに戻そうとするあがきであった。この強硬姿勢はさらに強まり、一九〇七年に教皇は、教令「ラメンタビリ・サネ」(“*Lamentabili Sane*”、以下「ラメンタビリ」)と回勅「パスケンディ・ドミニキ・グレギス」(“*Pascendi Dominici Gregis*”、以下「パスケンディ」)を出し、モダニストを弾劾し、弾圧にかかる。リカビーの著書『モダニスト』は、回勅「パスケンディ」で打ち出された強硬的な姿勢を擁護するために書かれた。話を引用部に戻すならば、リカビーはあくまでもアクィナスにすがろうとする教会側の立場と、それとは対立するカントを思想的バックボーンとするモダニストの立場を示し、「パスケンディ」の精神にのっとって後者の批判をしているのである。

以上の例から明らかなように、カトリック教会にあっては、アクィナスとカント、ヘーゲルのドイツ観念論は対立する状況にあった。アクィナスは称揚すべき哲学者であり、ドイツ観念論は目／口にしてはならない哲学者であった。このことが、ジョイスがアクィナスをテクスト中で名を明示し、さらには〈応用〉という言葉を使って前景化するのに対し、ドイツ観念論を明示せずに隠す理由となっている。つまり、ジョイスのテクスト中での両者の位置づけ方は、当時のカトリック神学における両哲学の位置づけ方を見事に反映しているのだ。

アクィナスの隠れ蓑

スティーヴンがアクィナスの名前は出すがドイツ観念論の名を出さないことが、当時の神学論争において前者が称揚され後者が弾圧されてきた状況と平行関係にあるとするならば、その上でなぜスティーヴンあるいはジョイスがアクィナスを美学論の中心に据えるのかという問題が出てくる。スティーヴンは教会側のイデオロギーに従っているのか。それともそれは見せかけなのか。

『肖像』第四章で聖職者とはならない選択をし、最終的に教会と対立する立場に身を置くと宣言するスティーヴンが、そもそもアクィナスを称揚することが態度として矛盾していることは明らかである。「応用アクィナス学」などといって無邪気にアクィナスを称揚しているとするならば、それは教会から離れようとしながらそのイデオロギーから離れられないスティーヴンの芸術家としての限界を示すものとなろう。自らがなそうとしていることと、その信条が矛盾しているならば、ダイダロスのような未知のものに挑戦する芸術家として旅立てる可能性はない。その上でジョイスがあえてスティーヴンにアクィナスを信奉させているとするならば、それは結局旅立つことのできない芸術家スティーヴンの限界を示すためのものとなろう。その一方で、スティーヴンがアクィナスの原典を知らず、一部を、しかも不完全な形で使う様子は、スティーヴンが教会が考えるようなネオ＝トーミストではないことを示唆しているのであろう。であるとすると、もうひとつのとらえ方として、スティーヴンがアクィナスを隠れ蓑として使っている可能性が浮上してくる。当時の神学論争において、アクィナスこそが口／目にすべき哲学者で、ドイツ観念論が口／目にすべき哲学でないとするならば、アクィナスの名をとりあえず挙げておけば安全だと考えたとしても不思議はない。

そのことは、たとえば、『肖像』第五章冒頭で学監と美学について話す場面に見ることができる。まず確認すべきは、スティーヴンがアリストテレスとアクィナスの名を挙げるこの場面は（P 5. 466-67）、見かけほど単純ではないということである。両者のやりとりは、互いの腹の探り合いをし、牽制し合う、緊張感にあふれたものになっている。『スティーヴン・ヒアロー』ではバット神父（Father Butt）と名前を与えられていた学監は、『肖像』においてはその名前を与えられない。それは、スティーヴンが彼の名を忘れたといった単純な理由によるものではない。スティーヴンの側のこの人物への単なる無関心によるのでもない。それは彼が学監に一定の敬意を示していることからわかる。学監を、名前があるのにその名前で呼ばないことの意味は、あるはずのものをなくすことで、不自然さを演出することにある。結果として学監は、大学を運営するイエズス会という組織の単なる一員、不気味な顔なき存在になる。

その背後には、スティーヴンの警戒感がある（これについてはこのあと第八章で扱う）。学監は、美学の問題は深遠で、モハーの崖から海の深いところをのぞき込むようなもので、多くの人がその深みに入るが浮かび上がって来られないことがある、きちんと訓練を受けた者でなければ難しい、と謎めいたことを言う（*P* 5. 457-61）。このあとで繰り広げられるスティーヴンとリンチの美学談義において、スティーヴンの美学論が「応用アクィナス学」といいながら、実はドイツ観念論をも柱にするように、美をめぐる議論が最新の哲学を基盤とするであろうことは容易に予想できる。その上で学監がスティーヴンに美学の話をさせているのだとしたらどうだろう。深みから浮かんで来られないこともあるから注意しろという台詞は、美学に関心を持つことが最新の哲学に惑わされ、教会が推奨するアクィナスから離れることになり、場合によってはそれが身の破滅につながる可能性もあるという脅しに聞こえるだろう。その直後にスティーヴンが「自由思想《フリー・シンキング》などないと思っている」と奇妙な受け答えをするのも、学監からの教会の教えから離れたところでものを考える危険性への警告に対し、学監が危惧する自由思想《フリー・シンキング》につながる思想とはならないから安心してほしいというメッセージを伝えるものと読めよう。スティーヴンがアクィナスの名前を出すのは、まさにその直後なのである。一見すると他愛のないやりとりのように見えるが、実はかなりの緊張を帯びた駆け引きを見せる二人の会話の流れの中で、スティーヴンがアリストテレスとアクィナスの名前を出すのは、それらが絶対的に相手を安心させる哲学的よりどころであることを知っているからである。アクィナスの名を使えば、スティーヴンはなんら怪しまれることなく美学を展開できる。アクィナスを〈応用〉する意味のひとつは、そこにある。

　アクィナスを隠れ蓑に使う様子は、『肖像』よりも『スティーヴン・ヒアロー』を見るとはっきりとわかる。『スティーヴン・ヒアロー』においては重要な意味を与えられるが、『肖像』から削除されてしまうことになる逸話のひとつとして、スティーヴンが大学の文学・歴史協会で論考を発表する話がある。彼はイプセンやメーテルリンクにもとづく新しい劇のあり方について話そうとしているのであるが、学長の「検閲」により発表を差し止められそうになる。そこで彼は、『肖像』第一章において校長に直訴に行くのとまったく同じように、学長を訪れ、直談判をする。スティーヴンが考えているような美の理論を学生に広めることは認めがたいとし、その理由を大学で教えている理論と異なるからと言う学長に対して、スティーヴンは、学長が批判する点をひとつひとつ取り上げ、論駁《ろんばく》していくのであるが、それでも拭いきれない批判を一掃する最後の切り札として使うのが、アクィナスである（*SH* 91-95）。アクィナスを有用な隠れ蓑に使う、そのときのアクィナスはアクィナスであって、アクィナスではない。スティーヴンはのちに〈沈黙〉と〈流浪〉と〈狡知〉とを用いて（P 5.2578-80）、国と教会と言語に対抗すると宣言するが、〈狡知〉の行使はすでに始まっている。

このように考えるならば、アクィナスを〈応用〉することの意味にも合点がゆくが、問題はそれで終わるわけではない。アクィナスの名が隠れ蓑であるとすると、アクィナスの思想はスティーヴンの芸術論の中で意味をもたないのか。単に世を欺くためにアクィナス信奉を打ち出し、本当の考えは、ドイツ観念論のように、〈沈黙〉の中に隠しているのであれば、アクィナスは単なるスティーヴンの身の回りにいる者をだますと同時に、小説としての『肖像』を読む者を結果的にだます、ジョイスの罠にすぎないのか。この点が考察すべき最後の点となる。

〈応用〉アクィナス学その一――アクィナスというアイロニー

英国を代表する宗教モダニストに、ダブリン生まれで、イエズス会に属した神学者ジョージ・ティレル（George Tyrrell）がいる。彼の自伝には、アクィナスが当時のイエズス会においてどのように受け止められていたかについて、興味深い記述がある。引用しよう。

昔のイエズス会の決まりではアクィナスは一段とすぐれたわれわれの神学者にして哲学者とされていたが、時の経過とともに、明白な理由によって［イエズス会所属の神学者をひいきする気持ちから］、今やスアレスが教団の信奉する神となっていた。くわえて、反ドミニコ会感情があったために、教団の神学者の書くものにおいては、聖トマスは、薄められたり加減がされたりするのでなければ、背景へと追いやられていた。こうして［スアレスより聖トマスを高く評価した］リベラトーレの一派は教団の伝統に不忠実な者と囁かれることとなった。しかし現教皇［レオ十三世］がその影響を受け、「エテルニ・パトリス」が出て、イエズス会の本体にとっては公の痛手――われわれの敵のドミニコ会およびわれわれの教団内の裏切り者たちには勝利――となった。（1912, 243 強調は筆者）

ティレルがここに書いていることをわかりやすく書き換えると以下のようになる。イエズス会内にもアクィナスを評価する伝統があったが、時のたつなかでイエズス会は自らの教団に属するスペインの神学者フランシスコ・スアレス（Francisco Suárez, 1548-1617）を崇めるようになっていた。カトリック教会内でのイエズス会とドミニコ会の反目・派閥争いがあり、ドミニコ会所属のアクィナスをイエズス会士は低く評価していた。「エテルニ・パトリス」によってアクィナスがカトリックのオフィシャルな神学者になったことは、イエズス会にとっては痛手となり、敵対するドミニコ会側（およびイエズス会内の造反分子のアクィナス派）には誇らしい勝利となった。

これだけでも十分衝撃的であるが、これにはさらに続きがある。

総長にアンダーレディ神父が選ばれた教団の第二十三回大会で、「エテルニ・パトリス」への服従を表明するたくさんの布告が可決されたが、ひとつだけその抜け道を作り、他の布告の働きを実質無効化するものがあった（ゴルウェイ神父提案のものと私は信じている）。それ以来、教団に「忠実」な神学者たちの仕事は、教皇はアクィナスと言ったが、実際に意味するところはスアレスのことであることを証明すること、スアレスの解釈を聖トマスのテクストに無理やりにでも入れること、ドミニコ会ではなく、われわれこそが真のトーミストであることを示すこと、となった。（1912, 243）

ティレルがここで書いているのは、イエズス会は、立場上「エテルニ・パトリス」に従い、アクィナス信奉を組織の体制に組み入れようとしているように見せていたが、スアレスを放棄してまでアクィナスに従うつもりはなく、教皇が名前を出したのはアクィナスであってもその実質はスアレスであるとする強引な解釈をすることによってアクィナスをスアレス化し、「エテルニ・パトリス」が打ち出したアクィナス体制の実質的解体を組織ぐるみで図っていた、ということである。

しかし、「イエズス会の」抵抗があまりに強くなったので、一八九五年（だったか一八九四年だったか）に、教皇はイエズス会全体に強い譴責《けんせき》のおふれを出して、会の決まりに従うよう命じたが、叱るのにイエズス会の誰を取り上げるかについての決まりにしか言及しなかった。しかしこれもまったく効果がなかった。というのも、「忠実派」は「教団が自身の決まりを逸脱することができないことは明白だ。教皇がわれわれにわれわれのルールに従うようにと言うのは『これまで通り進みなさい』という意味だ」と言っていたからだ。ほかの人は「この非難はアトミズムを教えるパルミエリ神父に向けられたもので、教団全般に対してのものではない」と言っていた。(1912, 244)

教皇側からの注意があってもイエズス会側の抵抗は依然収まらないなかでは、「次の教皇が同じくらい聖トマス愛好者(Thomaphil)でなければ、この新しいトマス主義運動が生き残れるチャンスは少ないだろう。イエズス会の母体の支持を得られないのだから」(1912, 244)とティレルが書くほど、状況は危機的だった。

ティレルの内部告発は多くを教えてくれる。教皇が「エテルニ・パトリス」でアクィナス主義を打ち出したものの、教会内で全面的な支持を得られたわけではなく、一枚岩の体制にはなっていなかった。カトリック教会内部には、覇権争いからアクィナス信奉への強い抵抗があったため、その体制はもろく、崩れる可能性があった。その抵抗をしていたのが、イエズス会であった。そのもとで教育を受けたスティーヴンは、その現場を目の当たりにしていたことになる。そこで彼が目にしたのは、信仰につまらぬ政治的な抗争を持ち込むイエズス会のあり様であっただろう。その中でアクィナスの名を口にすることは、教皇が支持を命じたアクィナスを受け入れようとしないイエズス会にとっては、教団が抱える矛盾を突く鋭い刃《やいば》となる。スティーヴンがアクィナスを持ち出すのは、彼がその意図を持っていたかどうかにかかわらず、イエズス会のあり様に対する強烈なアイロニーとなる。

〈応用〉アクィナス学その二──宗教モダニスト・アクィナス

スティーヴンがアクィナスを〈応用〉しようとする姿勢を考えるにあたって、もうひとつ手がかりを与えてくれるものが当時の宗教モダニストが繰り広げた議論の中に見られる。先に触れた「パスケンディ」が出た一年後に、『モダニズムのプログラム──教皇ピウス十世の回勅「パスケンディ・ドミニキ・グレギス」への応答』(*The Programme of Modernism: A Reply to the Encyclical of Pius X, Pascendi Dominici Gregis*)と題された本が出る。イタリアの宗教モダニストが著したものを英国の宗教モダニスト、アルフレッド・レスリー・リリー(Alfred Leslie Lilley)が訳したものである。宗教モダニズムが目指すところを説明し、回勅「パスケンディ・ドミニキ・グレギス」が宗教モダニズムを批判する点をひとつひとつ検証し、それらが当てはまらないことを論証していくこの著作の中には、アクィナスが中世において持っていた位置についての重要な見解が含まれている。回勅「パスケンディ」は宗教モダニストを非難するのに、中世の教皇グレゴリウス九世(Gregorio IX 在位一二二七–四一)が書簡の中で一部の神学者たちを非難したときに用いた言葉を用いるのであるが、この本は教皇グレゴリウス九世が非難していたのが実はスコラ哲学者であった事実を指摘する(146-47)。中世においてヨーロッパにまだ知られていなかったスコラ哲学は教会にとって脅威で、教会は読むことを禁止していたが、時代の趨勢《すうせい》に逆らえずついに受け入れたのであり、その「調和」("harmonization")を行なった「偉大な匠」("artificer")がアクィナスであったというのである。その事実をもとに、この著作はアクィナスは中世における宗教モダニストであるといい、二〇世紀の宗教モダニストは、時代によってつねに形を変えていく哲学と文化に順応していくキリスト教の能力を見極めている点において、スコラ学派の真の後継者であることを主張する(167-68)。同じような危機が何度もあったキリスト教の歴史において、キリスト教はその都度柔軟さを発揮し、時代に即した進化をしてきたとこの本は言う。キリスト教の本質的真実は不変だが、時代に即した護教論《アポロジェティック》が必要であり、アクィナスも自分たちモダニストも同じキリスト教護教論《アポロジェティック》の流れの中にあるとするのである。

ジョイスが『肖像』を執筆していた時期に、あるいはより正確に言うならば、ジョイスが『肖像』への書き直しを図りつつも、ハンス・ヴァルター・ガブラー（Hans Walter Gabler）が「失われた七年」と呼ぶほどに長い期間『肖像』の形が定まらなかったその時期に、世間で起こっていたのは宗教モダニストと反宗教モダニストとの間で繰り広げられていた激しい応戦であった。ジョイスが『ダブリナーズ』の原稿を一通り揃え、『スティーヴン・ヒアロー』から『肖像』への書き直しを始める一九〇七年には、教皇ピウス十世の教令「ラメンタビリ」と回勅「パスケンディ」が出る(＊12)。前述のように、リリーが訳した『モダニズムのプログラム』は回勅への反論であったし、リカビーの『モダニスト』は回勅の擁護であった。このような宗教モダニズムと反宗教モダニズムの激しい応戦が行なわれ、どちらに流れが行くのか緊張が高まる中で、一九〇八年に世を代表するモダニスト、アルフレッド・ロワジーとジョージ・ティレルが破門され、ティレルが一九〇九年に他界したことは宗教モダニスト側にとっては大きな痛手となる。ジョイスが『肖像』への最後の書き直しを始めるのは、この戦いの趨勢《すうせい》が見えてきた時期にあたる。教会からは離れたもののキリスト教のあり方には関心を持ち続けたジョイスが、世を揺るがした宗教モダニズムの運動に目を向けなかったとは考えにくい。「モダニズム危機」とも呼ばれたこの時期に、数度にわたる書き直しを経ながら、『肖像』がようやく形をなしていったことは、宗教モダニズムの影響をなんらかの形で受けていたことを強く示唆する。

その上で、右に述べたような宗教モダニストが回勅「パスケンディ」への反論として展開していたアクィナスの読み直しをジョイスの「応用アクィナス学」にあてはめるならば、以下の解釈が成り立つであろう。つまりは、ジョイスが〈応用〉するアクィナスとは、宗教モダニストたちが構想する、中世における宗教モダニストとしてのアクィナス、キリスト教を時代に即した形に合わせようとする彼ら自身の運動にも〈応用〉可能なアクィナスであり、さらにその〈応用〉とは、アクィナスが本来持っていた、キリスト教を時代に適合させる宗教モダニスト的な応用力のことにほかならない。

おわりに

スティーヴンの美学論は、アクィナスにもとづくと言いながら、小説中のアクィナスの引用の仕方には必ずしも正確と言えない要素が見られた。またアクィナスを〈応用〉した中世的な美学と見せながら、そこにはドイツ観念論に代表されるモダンな哲学を含ませていた。本章は、この謎をジョイスがスティーヴンの美学論を「応用アクィナス学」と呼ぶ、その〈応用〉の仕方を再検討することから解こうと試みた。従来アクィナスを美学に応用するという程度にしか考えてこられなかったその〈応用〉だが、当時の宗教的状況にあたってみると、アクィナスが当時のイエズス会にとっては、名前を出されることの辛い存在であったことがわかる。教皇からはローマ・カトリック教会お墨付きの神学者として扱うことを求められていたが、イエズス会にはドミニコ会所属のアクィナスを称揚することに抵抗があった。その状況からすると、スティーヴンがアクィナスの名前を〈応用〉と称して持ち出すことは、自身の美学論を展開する隠れ蓑として使えるばかりか、そこにイエズス会の急所を突く鋭利な刃《やいば》を仕込ませる意味をもった。くわえて、当時の硬直・麻痺に陥っていた教会をモダナイズしようとしていた宗教モダニストの議論の中には、ローマ・カトリック教会側が伝統的な神学者という意味で用いたアクィナスに、宗教モダニストの意味を見出すものがあった。それを踏まえてアクィナスの名を用いていたのだとすると、その場合にも教会推奨の神学者を語りつつ、そこにそれとは逆の役割をもったアクィナスを潜ませていたことになる。これらからわかることは、スティーヴンが〈応用〉と称してアクィナスの名を出すことは、体制側からの反論はなにひとつ受け付けない強固な守りを確保しながら、体制側の急所を鋭く突く刀《やいば》を突きつける行為であるということである。

第二章『キリスト教徒に開かれた地獄』よりも地獄を「開く」者

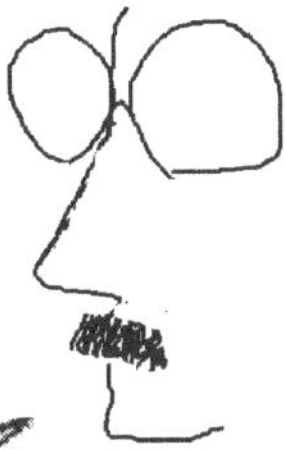

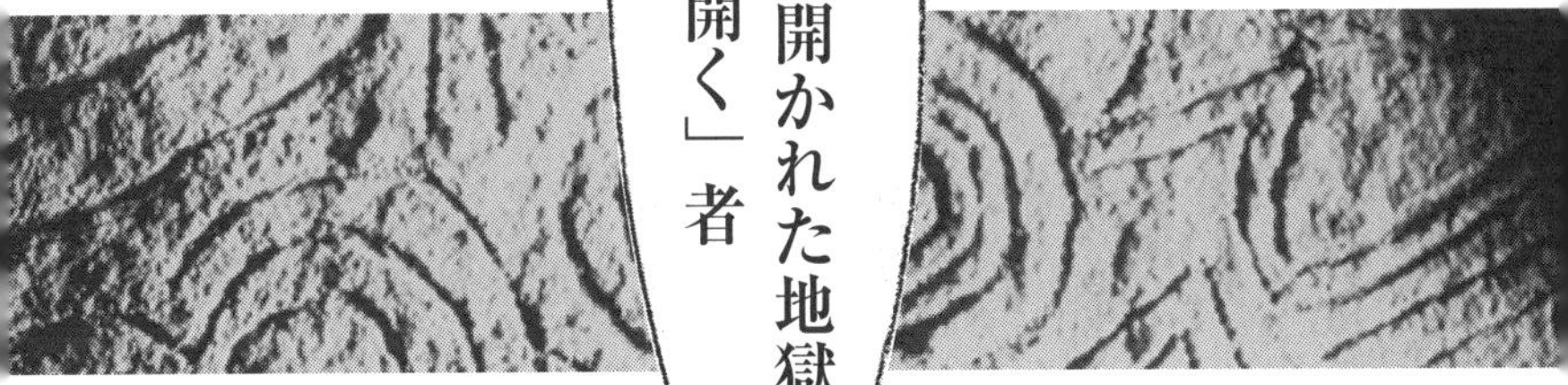

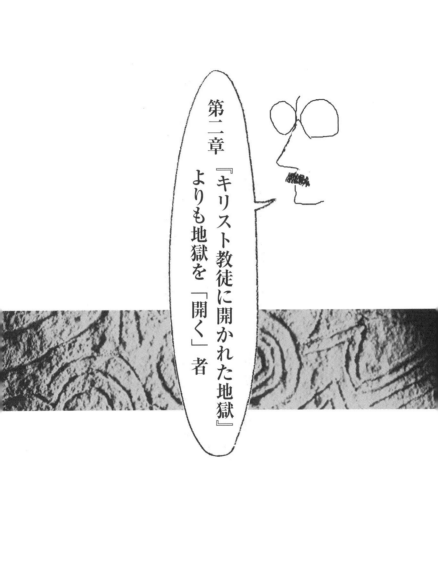

第二章　『キリスト教徒に開かれた地獄』よりも地獄を「開く」者

そして、霊においてキリストは、捕らわれていた霊たちのところへ行って宣教されました。
（ペトロの手紙一 三章十九節）

『若き日の芸術家の肖像』（以下『肖像』と略す）第三章冒頭に現われるスティーヴンは、第二章末に知った肉の悦びにすっかり溺れている。十二月のたそがれ迫る教室で彼は「暗くひめやかな夜」（*P* 3.8）を待っている。彼の頭を占めるのは、罪を求める魂の命じるままに売春街をうろつく自身の姿である。数学の授業時間らしく数式をノートに書くスティーヴンであるが、身が入らずに心は虚ろにさまよう（*P* 3.27-39）。大罪を、一度のみならず、犯し続けている罪の意識を持ってはいるが、罪は神に知れており、今さら祈っても無駄だと感じている彼は、偽善によってわが身を隠している。彼の魂を満たすのは「冷たい透明な無関心」（"[a] cold lucid indifference" *P* 3.47）であり、魂は肉欲と「暗い和平」（"a dark peace"）を結んでいる（*P* 3.52-53）。荒れ狂う情欲の嵐の中、彼は避難所をマリアに求める。情欲という邪悪な種子から次々と生まれた、傲慢、大食、怠惰といった大罪も彼の中に巣くっている。そんな折に彼が通う学校の聖人フランシスコ・ザビエル（Francis Xavier, *P* 3.182）の記念日を前に静修（retreat）が行なわれる知らせを聞き、彼の心は怖れからしぼみ始める。

静修とは、説教を担当するアーノル神父が説明するように、「良心を吟味し、聖なる宗教の神秘について考え、なぜわれわれがこの世にいるかをよりよく理解するために、世事に心を煩わせること、働かねばならぬこの世の煩いからしばらく身を引くこと」を意味する（*P* 3.272-76）。その中で不滅の魂を救うため、罪に落ちた魂の転回点となるようにと、死、審判、地獄、天国についての説教が行なわれる。それらを順に聞いていくうちに、「恐怖の微光が彼の心の霧を貫き始め」（"a faint glimmer of fear began to pierce the fog of his mind" *P* 3.340-41）、それはついには「精神の怖れ」（"a terror of spirit" *P* 3.353）へ変わっていく。神父の言葉は、スティーヴンの心に響き、それはそのまま彼の思考と一体となる。スティーヴンは罪に膿みただれた魂を感じ、恥ずかしさに覆われていく。神父が語る地獄はスティーヴンを包む地獄となり、神父が語る地獄の苦しみは彼自身の苦しみとなる。「時はある。時はあった。が、もうない」（"Time is, time was but time shall be no more." *P* 3.406-07; 772-73; 778）という言葉が頭の中でこだまし、彼は終わりの時を感じる。あまりの恐怖に、自身がもう召されたかのように感じ、まだ生きている自分を目にした彼は、まだ容赦されていることのありがたみを感じる。地獄における永遠の苦しみを聞いた彼は、告解をしなければならないと感じ、教会へと向かう。告解を済ませた彼は、翌日に行なわれる聖体拝領にすがすがしい気持ちで臨む。

第三章の内容をこのようにまとめた批評家がいたとしても、とりたてて批判されることもないだろう。しかし、このような読みは第三章の意味をおそらくは半分しか見ていない。細かく見ていくと『肖像』第三章には、このような表向きの物語とは違う、もうひとつ別の物語が同時に語られていることに気がつく。本章はその裏の物語を見ていく。

心だけでなく体も教会にからめとられたスティーヴン

第二章末において性という禁断の木の実を知って以来肉欲の罪に溺れるスティーヴンが、通っているベルヴェディア校で行われた静修を機に自らの罪の重さを悟り、悔い改める様を語る第三章は、スティーヴンがまさに宗教にからめとられていく様を描く。しかし、それは単に彼の魂だけのことではない可能性がある。

『肖像』第一章でクロンゴウズ・ウッド・カレッジに通っていたスティーヴンが、第二章に入ると家にいるのは、家の財政破綻により授業料を納めることができなくなり、同校の退学を余儀なくされたからである。行き場を失ったスティーヴンは、父親が街中でばったりと会ったコンミー神父――第一章で彼が通っていたクロンゴウズの校長――の計らいで、ダブリン市内にある、同じくイエズス会によって運営されているベルヴェディア校に通うことになる。(＊1) 書かれているままに受け止めるならば特に問題はないのだが、はたしてそう言い切れるのか。

この点について有効な視座を与えてくれるのは、マイケル・ジョン・フィッツジェラルド・マッカーシー（Michael John Fitzgerald McCarthy 一八六四 - 一九二八）である。(＊2) 簡単に彼の経歴を見ておこう。コーク州のミドルトンで、裕福な小作農を営み、店の経営をしていた父親のもとに生まれたマッカーシーは、当初カトリックの教育を受けるが、アイザック・バット（Isaac Butt）の出たプロテスタントのミドルトン校（Midleton College）へ、司祭の反対を押し切って進み、その後トリニティ大学へと進む。(＊3) ゲール語を話す父親は土地同盟（Land League）の支部長で、マッカーシーも当初ナショナリストであったが、一九〇四年までにはユニオニストに転向し、プロテスタントへと改宗する。この経歴は、当時のカトリック教会がアイルランド社会に及ぼす害を痛烈に批判していく彼の経歴と重なる。『アイルランドのこの五年――一八九五年 - 一九〇〇年』（*Five Years in Ireland, 1895-1900*）が好評だっ

図1『アイルランドの司祭と人々』扉絵

たことを受けて出した『アイルランドの司祭と人々』(*Priests and People in Ireland*) は、作者自身が第二版の前書きで述べているように、初版が出て二週間で売り切れるほどの好評を博す(v)。この本の意図は扉絵(図1)が示す。中央に配された高くそびえたつ立派な教会のまわりに、つつましい「アイルランド的な」民家(Irish cottage)を配したこの絵は、絵に書き込まれた文字が示すように、司祭と人民が、一方は高みに、もう一方は底辺にいる社会的構図を表わし、教会ばかりが権力と財力を持ち、その下でアイルランドの国民が押さえつけられている現状を示す。この本でマッカーシーは、栄えている諸外国にはあるが、アイルランドにないものとして〈男らしい気質〉("manliness of character")を挙げ、それに対しそれらの国にはなくてアイルランドにあるのが〈司祭の姑息な人民操作術〉("priescraft")であるとして(7-8)、この国も諸外国同様発展する可能性があったのに、教会によってその可能性をつぶされたとする。その上で、アイルランドの四地方の人びとの暮らしや産業・経済の状態を詳述し、自立の精神を持つプロテスタントの人たちの土地では豊かな暮らしがあるのに対し、カトリックの精神が強い地域では怠惰と貧困しかないことを具体的に描くことで、アイルランドの低迷の元凶がカトリック教会にあることを示す。続く『アイルランドにおけるローマ』(*Rome in Ireland*) はアイルランドはホーム・ルール (Home Rule)

を実現したとしても、ローム・ルール（Rome Rule, ローマ［教会］による支配）に終わるとした『アイルランドの司祭と人々』の主張をさらに展開させる。これらの一連の著作は、当時のアイルランドの情勢を知るためには欠かせない貴重な資料となる。カトリック教会の締め付けが強かった当時のアイルランドにおいて、カトリックの側からではなく、その外部からアイルランドを描く本自体が貴重であることに加え、客観的にアイルランドを見る視座を与えてくれる点で重要となる。

マッカーシーがこれらの一連の本で展開するカトリック批判は社会全般にわたるが、『肖像』との関連でいうと、教育をひとつの柱にしている。マッカーシーからすれば、教育をカトリック教会に押さえられているアイルランドは、教会に支配されているとしか見えない。ナショナル・スクール（national school）のほとんどがカトリック教会の運営のもとにあった。その教員は司祭のコントロール下にあった。というのも、任用権、解雇権をもっていたのはほとんどが司祭であったからである。五八九〇のナショナル・スクールを運営する一三三二五人の学校運営者（任用権、解雇権を持つ）のうち一一八四が司祭で、平信徒は一四一にすぎなかった（McCarthy 1901, 272-73）。マッカーシーが問題視する、カトリックの司祭による教育支配の問題は、作家ジェラルド・オドノヴァンが『待つ』（*Waiting*）において取り上げていく。

マッカーシーの批判は、そのような体制を作り上げることで、教会が国から金をむしり取る手段として教育を使っている点に向かう。そこで問題になるのが、『肖像』第二章でも描かれているインターミディエイトという制度である。一八九七年を例に彼が指摘するのは、インターミディエイトに使われた九万二二九九ポンドのうち、四万八八七一ポンドが学校経営者（ほとんどがカトリック教会関係）の手に渡り、学生に支払われた賞金は一万六四三一ポンドのみであるという事実である。彼がこのような数字を挙げて批判をするのは、成績優秀な学生に支払われる賞金——その様子は『肖像』第二章で描かれている――に比して、そのような学生を「育てた」学校（教会）に対して支払われる報奨金の方が圧倒的に多い点であり、教育を支配しているカトリック教会にその金が行っている点である。インターミディエイトによって学校（教会）が潤う結果として起こったことは、頭の良さそうな子を無料で学校に入れることだとマッカーシーは言う。さらに悪いことに、奨学金を生徒から召し上げる学校もたくさんあると言う（McCarthy 1901, 270-71）。

私がここで示唆しているのは、神父がスティーヴンを無料で学校に受け入れた背景には、アイルランドの教育を支配下に置き、教育の名のもとに利益を得ていたカトリックの教育体制が影響している可能性である。ちなみにジョイスはマッカーシーを読んでいた。彼のトリエステ時代の蔵書にマッカーシーの『アイルランド革命』（*Irish Revolution*）が残っている。右に挙げた一連の本は入っていないが、『肖像』第一章のクリスマスの場面で、ダンテと口論をする父が教会を非難するときに使う言葉「司祭にたかられた」（"priestridden"）（*P* 1.1076; 1081）は、マッカーシーの『アイルランドの司祭と人々』に頻出する言葉 "priest-ridden"（55, 327, 432, 441, 483, 489, 571, 623）であることを見れば、人気を博したこの本がジョイス家にもなんらかの形で入り込んでいた可能性は高い（*4）。

真に迫ったリアリズムであるがゆえのほころび

スティーヴンが売春宿に足繁く通うようになりすっかり罪に染まり、道徳的な麻痺に心を麻痺させていたところ、彼が通う学校ベルヴェディア校の静修で、「地獄の説教」を聞いて、その恐怖に耐えきれず、ついには告解へと足を運ぶという表の物語を支えるのは、その迫真性であると言える。司祭の語る説教をそのままテクスト上に再現するリアリズムはその基盤となる。その説教がスティーヴンの心の中を描く心理的なリアリズムと交わるとき、単に現実を起こったままに描くリアリズムを超えたものとなる。スティーヴンも自身が罪の状態にあることは頭では理解している。それが説教を聞いていくうちに体のすみずみにまで染み渡っていき、震えや嘔吐、地獄に住む獣や悪魔の幻影といった反応が体に起こる。その過程――身体的理解の過程――が余すところなく描かれていく。

それは単に「頭では分かっていた〈罪〉の重さを身を持って理解した」と一言で言おうと思えば言える内容を、その過程を記す描写へと変える力量をジョイスが持ち合わせていたというだけの話ではない。ある時点において「頭では分かっていた〈罪〉の重さ」を「身を持って理解」するという、これまた別の、それよりは必然的に時間的にはあとの、時点に至るまでの時間の経過を、起こったこととしてまとめて描くのではなく、あくまでも現在の時相へと移し替えて表現をしている点が大きな意味をもつ。

この過程は同時に、教会側が提示する〈罪〉という概念が、体にまで染み入る過程であり、言い換えれば、スティーヴンが〈罪〉という概念に心身共にからめとられていく過程でもある。その意味において、スティーヴンが耳にするアーノル神父の説教が、語られるままにテクストに引用される形で現われるわけだが、それはスティーヴンの精神に教会の教え――イデオロギー――が沁みわたっていくまさにその過程を示す。つまり、テクストに記される説教の一字一句はスティーヴンの精神への刻印されていくリアリズムになっているのだ。こうして、スティーヴンのまわりで起こったこと（静修、説教）を描くリアリズムは、彼の心の中で起こったこと（罪の知解）を描くリアリズムと交錯するだけではなく、教会が及ぼす力が次第次第にスティーヴンにしみ込んでいく過程を描くリアリズムにもなっている。くわえて言えば、それは読者をも巻き込むリアリズムである。その迫力あるリアリズムを目にする読者は、その中に取り込まれていき、その迫真性に圧倒されるだけではない。刻一刻と変わるスティーヴンの身に起こる変化を目にしていく読者は、単にそれを目にするだけではなく、スティーヴンに起こる変化をあたかも自身の体に起こったことのように身体的に理解する。

こうして『肖像』第三章は、スティーヴンが見聞きすること、心の中で起こること、教会イデオロギーの浸透、スティーヴンに感情移入し、彼と一体化した読者の体感という層をもつリアリズムを提示する。このようなリアリズムはリアリズムであってリアリズムではない。それを指し示す適切な言葉はまだない。それをどのような言葉で呼ぶにせよ、新たな次元にまで達した『肖像』第三章の文体は、ジョイスの文体のひとつの極致を示す。

しかし、そのような文体は読者に求めるものが大きいという意味で負荷の大きい文体となる。それがゆえに、第三章の文体はそのようなものであるがゆえの反発を生む契機を含む。圧倒される分には驚嘆を生むにしても、ちょうどスティーヴンが説教を聞いてそれを身体的に理解したように、第三章を読みつつ身体的理解をする読者が、文体に飲み込まれ、流されることにどこかで心理的な抵抗を覚えたとしてもおかしくはない。その抵抗する気持ちに従い、テクストから少し距離を置いて眺めてみるならば、そこに見えてくるのは迫力あるリアリズム自体の異様さであろう。

『肖像』の第三章において改心したスティーヴンが、一時は聖職者になることを勧められるほどの信心を示し、教会に取り込まれることになるが、結局はそれが自らの道ではないことを悟り、芸術家を目指し飛び立っていくことになる『肖像』の筋の流れからすれば、肉欲を契機に一旦は教会の影響力から離れかけた彼を宗教の側に引き戻す教会の力の強さと狡知を示しておくことは、作品上必要なものであることは間違いないだろう。『肖像』を構成する五章中の第三章という中心的な位置に置かれていることは、『肖像』構成上での重要性を示す。しかし、他の章と不釣り合いなほどの重々しさをもって中心的な位置を占めるこの章は、なにかしらの特殊性を感じさせる。そこに違和感を覚えるのはフリッツ・センの(Fritz Senn)に限ったことではない(2013, 324)。とするならば、考えてみるべきはその特殊性の正体であろう。それは、力強い地獄の説教を中心とする『肖像』第三章を必要とするのは何かという問い、あるいはこの章を可能とするものは何か、という問いを生む。このような疑問を感じるには、テクストに書かれていることをそのまま受け止めようとしない懐疑的な目、あるいはひねくれた目を必要とはしない。というのも、そのような疑問は小説内部および外部から自然と浮かび上ってくるからである。

大げさな地獄の説教

監督スティーヴン・フリアーズ(Stephen Frears)、脚本ジミー・マクガヴァン(Jimmy McGovern)による映画に『リアム』(*Liam*, 2000)がある。[*5] 一九三〇年頃のリヴァプールを舞台とし、不況により職がなくなっていく中でファシズム、反ユダヤ主義が高まっていく様子を描く映画で、ジョイスともアイルランドとも関係ない――ただしマクガヴァンはカトリックで、名前からしてアイルランド系と推測される――のだが、この中に興味深い場面がある。少年リアムの通う学校で、ある日先生が、最初の聖体拝領を受けるためにはきれいな魂になっていなくてはならない、そのためには懺悔をする必要があると言う。それに対しリアムが、懺悔で隠しごとをしたらどうなるかと質問をすると、教室に来ていた神父が、それは神への冒涜、重い罪になり、そのままの魂で死んだら地獄行きになると答える。それを受けて、先生は地獄の恐ろしさの説明をする。指に炎が触れたら、手のひらが触れたら、体全体が炎に包まれたら熱くて耐えられないが、地獄の炎はそれ以上であり、その中で「永遠」に焼かれ続けるのです、と言って。「永遠」の説明は神父が担う。「すごく大きな浜辺を想像しなさい。砂を一粒とって持ち帰る。一年後また同じ浜辺から砂をとる。その次の年も。すべての砂を運ぶのに何年かかるだろうか。十億年？何十億、何百億年？　永遠とはそのはるか先だ。その永遠にわたって地獄で焼かれ続けるのです。」リアムは地獄の業火が自身を飲み込む幻影に駆られ、その恐ろしさを心に刻みつける。

もちろんこれは、

> 山のようになった砂を想像してみなさい……一〇〇万年ごとに小鳥がやってきてその砂の細かい粒を嘴にくわえて運ぶものと想像してみなさい。その鳥が一平方フィートの砂を運ぶのに何百万世紀もがたっているであろうこと、すべてを運び終えるまでにどれほどの永劫《イーオン》の時がたっているであろうかを想像してみなさい。それでもその測り知れない時の終わりにあっても永遠のうちの一瞬だって終わっているとは言えないのです。（P 3.1061-75　中略は筆者）

という、『肖像』第三章で語られる「永遠」の簡略版であることに、ジョイスを知る者であればすぐに気づく。この映画が一九三〇年代のこととしつつもこのような場面を入れていることの意味は、時代的に隔たりのある現代の人からすればすぐに理解できるこのような脅しの、時代がかった古さを感じさせる点にある。であるならば、ここで問うてみてもよいのは、現代に生きるわれわれが三〇年ほどしか違わない時代を描く『肖像』第三章を読んだときに、なぜ映画『リアム』を観たときとは違う印象をもつのか、ということである。

わずか三〇年といえども激動の現代においてその時間がもつ意味は大きく、一九三〇年代と一九〇〇年代を比較しても意味がないと考える人がひょっとするといるかもしれないから、もうひとつ別の事例を示そう。今度は時代も同じ——正確には一九一六年に出版された『肖像』よりも三年早く出ている——で、状況もまったく同じような静修の期間を描いている小説なので、よい比較になる。

メイヌース（Maynooth）の神学校で静修が行なわれている。したがって、聞いているのは神学校の学生たち——将来聖職につきアイルランドの人たちの精神的導き手となる者たち——である。静修の期間に『肖像』の場合同様四つの説教が行なわれる。話すのは『肖像』同様イエズス会士である。聖イグナティウス（Ignatius of Loyola）の『霊操』（*Exercitia spiritualia*, 1548; 英訳 *The Spiritual Exercises of St. Ignatius of Loyola*）にならった組み立てによる説教を行なう点も、『肖像』のアーノル神父の説教と同じである。説教が「死、審判、心におごりある者と悪しき生き方をする者が向かう先の地獄を、おどろおどろしい色合いで描い」（O'Dnovan 1913, 200）てみせる点も『肖像』と同じである。しかし異なるのは、この小説の主人公が説教者を「真に迫る話し方をするが、芝居じみて」（O'Dnovan 1913, 200）いると感じとる点である。それは主人公が不真面目な生徒だからではない。彼は他の生徒と比べても格段に篤い信仰心を示し、こののちにはキリスト教の愛の精神を、民衆に寄り添いながら実践する立派な神父となる。

実際彼は、静修の期間中神父から命じられた、説教の主題に沿って黙想を行なうことと、ほかの誰とも口をきかないという言いつけを、ほかの学生より真面目に実行している。説教に深く心を動かされた主人公が、説教が終わるたびに目を地面に向け、外界のことにはなにも目を向けず、自らの内を見つめながら何時間も木の下を歩く姿が描かれる。その彼でさえも、地獄行きになった者たちが受ける苦しみを、類比を用いて描く一連の比喩に微笑し、批判的な気持ちで眺める。それは、神が地獄にいる者たちへの拷問を喜ぶような、復讐心に満ちた、心小さき暴君であるはずがないとの彼の信念からくるものである。彼がここで感じるのは戸惑いである。深い信仰心から従順さを示す彼は、説教におかしいことを発見する自身が誤っているのではないかと考える。しかし自分のまわりを見渡したときに彼が発見するのは、まわりにも同じように感じる人たちがいることである。後ろの方の、ドアに近い席では断続的に話し声がするのに彼は気がつく（O'Donovan 1913, 200-01）。

こうして彼の中に変化が生じる。説教者に命じられた沈黙を守る主人公は学友に話しかけられても仲間に加わらず、それゆえに怒った目を向けられるが、ほかの人と話をしたい気持ちに駆られている自分を発見した彼は、残りの期間中静修に身が入らない。集中しようとしても、目を開けて聞いていることすら難しく、そうでなければ説教者が用いる「トリック」に注意が向く（O'Donovan 1913, 202 強調は筆者）。熱意を取り戻そうと努力しても、取り戻すことのできない彼は（203）、告解に行き、心の渇きを訴えるが、疲れた表情を見せる神父からは、心に入ってくるような助言は得られない。主人公にとっては自身の信仰心に関わる重大事である。まわりを見渡せば、説教者の、どんなに頑なな心でも揺るがす説得力ある雄弁に感心する者がいるかと思えば、静修を単に朝もゆっくり眠ることのできる期間でしかないと割切って考える学友もいる。

以上はジョイスとほぼ同時期を生きたアイルランドの小説家、ジェラルド・オドノヴァンの『神父ラルフ』（*Father Ralph*）に描かれる一節である。この場面は、スティーヴンよりははるかに信仰心の篤いラルフでさえもが、恐ろしい描き方をする、芝居じみた説教に辟易《へきえき》し、当初はそれに沿って省察を行なおうとしたもののできずに、結局は、説教のばからしさをいち早く察し、沈黙の命に反しおしゃべりを楽しむ学友の仲間に入ってしまうところを描いている。彼が感じているのは、自身の考えるキリスト教の精神とそれを実践しているはずの教会との間にある溝である。

この例を見れば、『肖像』と同じ時代にも、大げさな「地獄の説教」を問題視している人が――しかも教会側に――いることがよくわかる。もちろん、清廉潔白で民衆のことを慮《おもんぱか》る、理想的と言ってもよい神父に成長していくラルフが「地獄の説教」をそのようにとらえていたからといって、ただちにスティーヴンも同じように感じていたはずだということにはならない。スティーヴンが、ラルフがまわりを見渡したときにいたと記している「説教者の、どんなに頑なな心でも揺るがす説得力ある雄弁に感心する者」の一人であった可能性も残されている。しかし、『肖像』はそうではないことをテクストに記している。

大げさな地獄の説教であることを読者に伝えるサイン

『肖像』第三章には奇妙な一節が含まれている。説教を聞いたスティーヴンはそれがすべて「自分に向けられた言葉」(*P* 3.812) だと受け取り、彼の行ないをすべて知っているはずの全能の神に彼は、今この瞬間に裁かれ、地獄の炎に焼かれ始めていると感じている。そう語っていたはずのテクストに、次のような描写が入り込む。


　近くで人声があった。

――地獄の話でした。

――たっぷり叩き込まれたようだな。

――まったくです。みんなすっかりおじけづいちまって。

――それが君たちには必要なのさ。たっぷりこわがらせればすこしは勉強するだろうからな。


(*P* 3.823-28)

彼が耳にする人の声は、スティーヴンがまだ地獄に投げ込まれておらず、生きてこの世にいることを感じさせ、神の猶予があったことに彼はほっとする。そこまではよいのだが、問題はその会話の内容である。このくだりの第一のポイントは、級友が説教をまるで意に介さず、よくある脅しのひとつ、単に形式的なものとしてしか受け止めていない点にある。より正確にいえば、その説教が学生を怖がらせるためのものであることをしっかり見抜いている。そしてその気楽な調子によって、特別な期間に行なわれる特別な意味をもっているはずの「地獄の説教」を普通の説教に格下げしている。彼は『神父ラルフ』との比較でいえば、主人公がまわりを見渡してみたときに発見した、「静修を単に朝もゆっくり眠ることのできる期間でしかないと割り切って考える学友」に相当することになる。第二のポイントは、それによって「すっかりおじけづいちまって」いるスティーヴンと明確なコントラストが示される点にある。第三のポイントは、級友が話している相手が先生である点である。生徒の側が勝手に地獄の説教は単なる脅しであると考えていることを示しているだけではなく、地獄の説教を信じさせるために静修を行なっているはずの学校側もそれを認めていることをこの会話は示しているのである。

奇妙なことに、物語はその会話の内容を理解していないかのように、「彼は弱々しく机にもたれかかった。彼は死んでいなかった。神がまだ猶予を与えてくださったのだ。彼はまだなじみのある学校の世界にいる」と続く（P 3.829-31）。その一方で、級友と先生の方は

テイト先生とヴィンセント・ヘロンは窓際に立って話をし、ふざけ、窓の外から気の重くなる雨を眺め、頭を動かした。

——明日晴れてほしいな。マラハイドあたりを仲間と自転車でまわることになっているんだ。道路は膝丈までぬかるんでいるだろうな。

——晴れるかもしれませんよ、先生。（*P* 3.831-37）

と、さきほどの話の続きをしていく。ところが、スティーヴンの思考は自分がいるこの世がまだ終わっていないことに終始し、「まだ時はある」（*P* 3.842）として自身の問題に再び戻ってこのくだりは終わるのである。

恐怖におびえていたスティーヴンにとって、まわりに人の声が聞こえることの意味は、テクストが示すように、自分がまだこの世にとどまっていることに安堵できる点にある。そのためだけならば、級友の声がしたとか、ほかの人の姿が見えたということだけで十分だったはずだ。そこでされる会話にしても地獄の説教とはまったく関係のない話でよかったはずだ。地獄の説教を話題にするのであれば、級友もまた説教の恐ろしさを感じたという内容の会話にする方が、右で確認したこのくだりの流れからすればむしろより適していたはずだ。それなのにジョイスは二人が話す内容を、説教が単に形式的なものであることを示すものとしている。それは説教に怯えるスティーヴンからすれば、地獄の説教を真面目に受け取る必要がないことを教えてくれる救いとなるはずなのに、その会話を耳にしながらスティーヴンはその意味を解さない。くわえて、先生と級友が話を自転車旅行に出かける計画に移すことは、先の説教もそのような日常の一部にすぎず、特別なことと見なさなくてもよいことを示すはずなのに、そこでもスティーヴンはその意味を取り損ねている（小林 二〇一六、一一五）。

物語上からすればスティーヴンが級友と先生の会話の意味を取り損ねていると読めるが、その読みはおそらくナイーヴにすぎる。ジョイスはスティーヴンがその意味を取り損ねていることによって浮き出る矛盾を用いて、この場面のちぐはぐさを際立たせ、地獄の説教に怯えるスティーヴンの身振りの大げさなことを読者に知らせ、そこに違和感を覚えさせようとしているのである。(*6) つまりは、ジョイスはこれまで確認してきたような奇妙なつながりに敢えてすることで、読者の読みをスティーヴンの意識や知覚に基盤を置く物語とは別の、もうひとつの物語に目を向けさせようとしている。

そのように言えるのは、ここに見られるのはジョイスが用いる常套的な手法であるからである。ある人の誤りをそのまま――リアリスティックに――記し、そこに誤りのヒントを隠すことによって誤りを見えはしなくとも感じ取れるようにすることで、その人の知的レヴェル、本性、偽善性を暴くのはジョイスの得意とするところである。すぐに思い浮かぶのは『ダブリナーズ』の「恩寵」においてマーティン・カニガムが歴代教皇のモットーや「不可謬性」(Infallibility) を決議したヴァチカン公会議での採択の様子についてもっともらしく語る場面であろう。彼の言うことを聞いている登場人物はそのまま聞き流してしまうにしても、そこに示唆される胡散《うさん》臭さは、読者へのヒントとなって、読者を最終的には誤りがあることを発見する地平へと導く。この手法は、登場人物に対する作者ジョイスの厳しさを示すものとなるが、それだけでなく読者にとっても厳しい。なぜなら、ジョイスはそれによって読者をも試していると言えるからである。彼が意図したアイロニーを読み取れない読者には、ジョイスはそれ相応の報酬しか与えない。

『スティーヴン・ヒアロー』第二十章末においてディロン神父 (Father Dillon) の説教を聞くスティーヴンも、神父の解釈に誤りがあることを見逃さない (*SH* 120)。ご丁寧なことにこの章の最後には、それを聞いた会衆が自分たちには理解できない言葉を使って説明した神父をほめそやす言葉を書き加え、説教をする神父も神父なら、それを聞く聴衆も聴衆であることを示している（*SH* 121）。こうして、ジョイスの批判的な目は個人から社会全般、制度へと向く。その中でとりわけ厳しい目を向けられるのが教会となる。「恩寵」はパードン神父（Father Purdon）が披露する、イエスのパラブルについての解釈の誤りをあからさまに綴る。それとまったく同じように、『肖像』第三章は、小林宏直の言葉を用いるならば、「間違いだらけの説教」をそのまま提示する（二〇一六、一〇三‐〇八）。それはつまり、もっともらしいことを話しているように見える神父の話に、それを支える基盤が実はないことをジョイスは示しているのである。そのとき、『ユリシーズ』第九挿話で「無（void）の上に建っている。不確かさの上に、ありえなさの上に」とスティーヴンが言う教会の姿（*U* 9.840-42）が現われてくることになる。先に『肖像』第三章の特徴として見た真に迫ったリアリズムは、もっともらしさを保証すると同時に、先述のようにその過剰さによってそこに含まれる誤りに読者を導く目印を提供する――逆の言い方をすれば、このリアリズムはジョイスの真の狙いを隠すカバーということになる。『ユリシーズ』第九挿話には「彼［天才］の誤りは意図的であり、発見の入り口なのです」（*U* 9.228-29）という言葉があるが、それはまさに、テクストに意図的に残され、矛盾として浮き出る誤りが、発見の糸口になることを示す言葉となっている(*7)。

問題は何の発見かである。『肖像』第三章が暴こうとしているのは、細かい間違いだけではない。もっと大きな誤り、すなわちこの地獄論自体の誤りをも射程に入れている。それが見えたとき、先に引いたスティーヴンの言葉「教会は……無（void）の上に建っている。不確かさの上に、ありえなさの上に」（中略は筆者）は、より実体をともなうものとなる。

もうひとつの矛盾

テイト先生とヘロンが話していることの内容をスティーヴンがつかめていないように語るその語りは、第三章冒頭でスティーヴンが次のように考えていたことからしてもおかしい。

彼〔スティーヴン〕が椅子に腰掛けて校長の抜け目のない厳しい顔を見つめていると、彼の心はつぎつぎに浮かんでくる奇妙な疑問の間を出たり入ったりした。もしだれかが若い頃一ポンド盗んで、それを元手に巨万の富を築いたとすれば、いったいいくら返済すべきであるか。……洗礼を平信徒が執り行なっていて、洗礼の言葉を唱える前に子供に水をかけたとすれば、その子は洗礼を受けたことになるのか。ミネラル・ウォーターによる洗礼は有効か。……山上の垂訓の第一福で心の貧しい人々に天の国を約束しておきながら、第二福でへりくだった人々は地を受け継ぐというのはどういうわけか？　イエス・キリストの肉と血、魂と神性がパンだけにも、ワインだけにも現われるのなら、なぜ聖餅の秘蹟はパンとワインの二つによってなされると定められているのか。パンのごく小さなかけらにもイエス・キリストの肉と血のすべてが含まれているのか。聖別されたの一部だけなのか。聖別された後でワインが酢に変わり、聖餅がボロボロになって腐っても、それでもイエス・キリストはやはり神として人としてその二種のもののうちに存在するのだろうか？

（*P* 3.153-72 中略は筆者）

というのも、スティーヴンがここに列挙されているような「奇妙な疑問」をすらすらと思いつくことができる人物であるなら、先生と学友が話す内容を聞き逃すはずがないからである。ヘロンと先生が話していたのは、先に見たように、地獄の説教が学校のルーティンであり、まともに受け取る必要のないものであるということで、それは説教をまともに受けて、苦しんでいるスティーヴンに、地獄行きという運命から抜け出るための考え方を提供してくれるはずだからである。

このような物語上の矛盾は、なぜスティーヴンは、彼が聞いた地獄の説教について「奇妙な疑問」を感じないのかというより根源的な問題を提起する。彼の心に特に苦労をすることなく思い浮かぶ「奇妙な疑問」の数々は、彼が普段からキリスト教の祭式や考え方について合理性や有効性という観点から検討する精神性――ラショナリストの精神性――を持っていたことを示す。「奇妙な」という形容詞は、「正統的な考え方からは外れるものであるが」という意味を表わしている。つまり彼はそのような考え方をしてはいけないという認識をもちつつ、それでもそのような考え方に身を任せている。それは普段からキリスト教の祭式や考え方について、教えられるがままに受け入れているのではないということを示す。カトリックにおいて重要なのは、自らの勝手な判断をするのではなく、正しいとされる考え方に服従することである。正しいとされる考え方は、個人にあるのではなく、常にそれよりも上の人にある。個人よりも司祭に、司祭より司教に、司教より大司教に、大司教より教皇に、教皇よりキリストにある。こうして教皇を頂点とする体制――第一次ヴァチカン公会議で認められた不謬性というドグマにより補強された――が出来上がる。服従とは自らの足りなさを知ることであり、それを超えるとき、(七つの大罪の筆頭に挙げられる) 高慢が生まれる。カトリックにおいて聖書を読むことが禁じられていたのもその考えにもとづく。(*8) スティーヴンは「ノン・セルウィアム (我仕えず)」という言葉とともにこのあと教会から離れていくことになるのだが、その仕えない――服従に反旗を翻す――態度は、「奇妙な疑問」を抱く時点ですでに始まっているのである。

しかし、スティーヴンは「地獄の説教」についてそのような疑問をもつことがない。そのような疑問が世に存在しなかったから彼に思いつけなかったわけではない。歴史はその例を教えてくれる。

マイヴァート問題

ここで示されている「奇妙な疑問」は彼が独自に思いついたものというよりは、より広く社会全体で提起されていたものと見る方が自然であろう。彼の問題提起が意味をもち、共感を得るとしたら、それは同じような「奇妙な疑問」を抱え、その問題の程度に応じて、場合によっては信仰にとどまることを難しいと感じるほどまでに、悩む多くの人たちの集合の一部に彼がなっているからである。歴史をひもといてみるとわかるのは、第三章でスティーヴンを震え上がらせた地獄のあり様に関する問題もまたそのような社会全体が提起する「奇妙な疑問」のひとつであるということである。しかも、地獄をめぐる問題は、『肖像』の時期からすると、そのような問題の代表格といってよいものとなっている。

たとえば、スティーヴンと同じ時代で言えば、それはいわゆる〈マイヴァート問題〉と呼ばれるものに現われている。マイヴァートとは、もともとはプロテスタントの家に生まれたが、十六歳のときにカトリックへ改宗をし、一八七〇年代に進化論が神の計画にあったものと説く一連の論文を書き、その功績により教皇ピウス九世（Pius IX）より一八七六年に名誉博士号を授与されたセント・ジョージ・ジャクソン・マイヴァート（St. George Jackson Mivart 一八二七－一九〇〇）のことを指す。〈マイヴァート問題〉とは、彼が一八九二年に地獄について書いた論文「地獄における幸福」（"Happiness in Hell"）が引き起こした論争を指す。

この論文の要点は大きく分けると三つある。その一は、地獄にいる者たちが受ける苦しみをポエナ・

ダムニ（*poena damni*）とポエナ・センスス（*poena sensus*）とする伝統にマイヴァートも従って論じるのだが、彼は地獄に落とされた魂の大半は前者をこうむるだけで、後者までには及ばないとする点にある。ポエナ・ダムニとは、『肖像』第三章の説教の中でも「魂に耐えられる最大の苦しみ、ポエナ・ダムニ、喪失の痛み」と説明されているが（*P* 3.937-39）、神を見ることを意味する至福直観を失うこと（"the loss of the Beatific Vision of God"）を指す（Mivart 900）。後者のポエナ・センススとは、感覚的苦痛を指し、具体的には地獄の炎に焼かれること（"*poena sensus* the equivalent of 'hell fire'"）を指す（Mivart 900）。『肖像』の説教でいうと、「良心の苦痛」（"the pain of conscience" *P* 3.941; "the sting of conscience" *P* 3.943-44）と呼ばれるものであり、神父が挙げるおどろおどろしい罰の数々がそれに相当する。『肖像』の地獄の説教がポエナ・ダムニとポエナ・センスス双方の苦痛を挙げ、後者にかなりの力点を置くものであったのに対し、ポエナ・センススをこうむるものは少ないとするマイヴァートの地獄は、はるかに穏やかなものであることがわかる。先に見たように、『肖像』で説かれる地獄が『リアム』や『神父ラルフ』におけるそれとも連なっていることは、このいずれもが教会が一般的に説く地獄像であることを示す。場所や時代が異なっても同じ内容となるのは、用いられている種本が同じだからである。それはイエズス会子ジョヴァンニ・ピエトロ・ピナモンティ（Giovanni Pietro Pinamonti）が十七世紀末に著した『キリスト教徒に開かれた地獄』（*Hell Opened to Christians*）である。[*9] 教会がピナモンティを伝統的に用いたことは、それが教会公認の地獄像となっていたことを示す。それと異なった地獄を説くマイヴァートの論文は教会公認の地獄像を否定してしまう意味をもつ。

　マイヴァートの論文の要点のその二は、天に受け入れられない人を一律に考えない点にある。罪の程度も様々で、罪を犯す状況——たとえば、先祖の影響、古いつきあい、知性・意志の弱さ、環境も斟酌すべき要素とする（908, 915）――もまちまちであることを認める彼は、天に受け入れられない人であっても、洗礼の有無と罪を犯す際の意志を基準に、恩寵を失っていない人と、失った人の二種がいるとする。前者に相当するのは無洗礼の子供とキリスト教でいうと無洗礼の子供に相当する道徳程度にある異教徒である。(*10) 後者に入るのは洗礼を受け、なおかつ意図的に罪を犯した人である（905）。意図的にではなく、状況を理解せずに罪を犯した人はポエナ・ダムニは受けるが、ポエナ・センススは受けないとする（905）。

要点のその三は、地獄に「永遠に続く、本性に即した幸福」（"eternity of natural happiness"）があるとする点である。それは、地獄にいるものの神の恩寵を失わない人たち（無洗礼の子、異教徒）は苦しむことがないことだけでなく、アウグスティヌスが言うように、苦しむ人でも無存在よりはよいこと、罪人にとって地獄が本性に沿った場所である――地獄は神の高き善を受け入れない人のために用意された場所（919）――ことを指す。くわえて、マイヴァート独特の考え方として、地獄にも進化があり、最も呪われた魂でも地獄で起こる進化の過程により苦しみは軽減されるとする。それは永遠の罰という考え方を根本的に否定する意味をもつ。以上をもってマイヴァートは、「来世では誰も自分の選択によって以外は幸福を奪われない」（919）と高らかに論を結ぶ。

一八九二年十二月三日付の『タブレット』（*The Tablet*）紙の論説の表現を借りるならば（885）、天国に至福があるとすれば地獄にはそれとは反対の最悪の惨めさがあるという通説および教会の教え（885）に反し、「地獄の幸福」というパラドックスを打ち出したマイヴァートの地獄論は、翌年にかけて主に同紙上において論争を引き起こす。(*11) 結果としてマイヴァートの論は、論が出た翌年の一八九三年に禁書目録に入れられることになるが、重要なのはそこに至るまでに論争があった事実である。というのも、そこから、穏健な地獄像を提示するマイヴァートを批判する勢力とそれに抵抗する勢力があったことがわかるからである。

そのような論争が続いたのは、マイヴァートの論というよりは、それよりも大きな問題が根底にあったからである。つまり、マイヴァートの論は、古くからあり、解決のできていないカトリックにおける地獄の位置づけの問題を呼び覚ますきっかけになったということだ。それは単に地獄のあり様の問題だけではない。そもそも地獄というもの自体がどういう場所であるのかが、聖書を見てもはっきりしない問題もあるが、地獄での永劫の罰という考えは、キリスト教における愛に満ちた神のあり方と矛盾するように見える問題――先に見た『神父ラルフ』の主人公はそれを感じていた――と重なり、ひいてはキリスト教という宗教の本質を問う問題となっていたからである。洗礼を受ける間もなく亡くなった子供が、自動的に地獄に落ち、罪人《つみびと》と同じような罰を受けるのかを問うマイヴァートの姿勢が、論争の中でひとつの争点となるのはその具体例となる。それは異教徒や異邦人も地獄に落ちるという考えとも連なる。マイヴァートはこうして、長い議論の歴史を持つ地獄のあり様に関する論争に期せずして足を突っ込んでしまうのだが、それは十九世紀の文脈でいうとユニヴァーサリズム（universalism）――通常救済説とか万人救済説と訳される――と呼ばれる問題意識を呼び覚ましてしまったことを意味する。

もちろんマイヴァートはユニヴァーサリズムを知っていた。というよりも、彼が書いた地獄論は、ちょうど彼が進化論とカトリックの立場の妥協点を探ったように、ユニヴァーサリズムとカトリックの考えの接点を見出そうとした論文であった。それは、違う言い方をするならば、ユニヴァーサリズムがカトリックにとって看過できない問題であったことを示す。しかし、ユニヴァーサリズムに対する反論、カトリックの護教論として地獄論を書いたはずの彼は、進化論のときのようには教会からその意義を認められず、破門を宣告され、カトリックとして生を終えることができなくなる。(*12)

ユニヴァーサリズム

〈マイヴァート問題〉が世を騒がせるのは一度だけではすまなかった。というのも一八九三年に「地獄の幸福」論を禁書目録に置かれる処置を一旦は受け入れた彼であったが、死期が迫った一八九九年にそれに異を唱えたことにより問題が再浮上するからである。ジョイスとの関連で言えば、同時期に多感な成長期を迎えた彼には、〈マイヴァート問題〉を耳にする可能性が一八九二年から一八九三年にかけてと一八九九年から一九〇〇年にかけてあったことになる。

私はここで、ジョイスがマイヴァートを知っていて、あるいはマイヴァートをもとにして『肖像』第三章を書いたということを言おうとしているのではない。ジョイスが『肖像』第三章を書くことを可能とした条件として、地獄をめぐる議論があったことを見ているのであり、そのひとつの例——ジョイスに比較的近いところで起こっていた例——として〈マイヴァート問題〉を見てきただけである。〈マイヴァート問題〉の先にはさらにユニヴァーサリズムと呼ばれる考え方がある。その例を見ていこう。

一八九八年に『救われる人と失われる人の数の比較についての一研究』(*The Comparative Number of the Saved and Lost: A Study*)と題された本がダブリンにおいて出版される。著者ニコラス・ウォルシュ(Nicholas Walsh)は、この本の冒頭で救いに関する考えを大きく四つに分ける。その一は人類の多くが失われるとする考えで、その大半は異教徒、不信者、異端者とする。その二は、カトリックに限っても大半が失われるとする考えであり、その三は大人のカトリックの大半が救われるとする考えである。その四は、異教徒、異端者も含め人類の大半が救われるとする考えである。内容から察せられるように、一と二は厳格な(rigorous or severe)見方であり、三と四は穏健あるいは慈悲深い(mild or merciful)見方となる(4)。

救われる人は少ないと考える厳格派から多くが救われると考える穏健派までを、救われる人の数を基準として左右対称のスペクトラムにして示すこの分類が意味をもつのは、ウォルシュ自身が説明しているように、昔は救われる人は少ないという考えが主流であったのに対し(2)、十九世紀末までに起こった変革によりこのような四つを並べられることができるところまで来たことを示す点にある。ウォルシュのこの本も「多くの書き手、説教者の信じるのとは逆の人気の出そうにない考え」、つまりは穏健派の考えを説くために出したもので(v)、今われわれが見ようとしているユニヴァーサリズムとはこの穏健派のことを指す。

大きく分けるのであれば厳格派と穏健派という二つの分類でよさそうに思えるところを、四つに分類し、一と二、および三と四を分けているのは、ひとつには救済がカトリックの信仰を持っている人とそれ以外で異なるかという視座によるが、それだけではなく、神の救済が、ユダヤ人、ギリシア人、野蛮人といった民族の違い、同じキリスト教内の宗派の違い――カトリックの人は同じキリスト教でもプロテスタントの人は地獄に堕ちると考えていた[*13]――、正統か異端の違い、信仰をもつかもたないかの違いを超えてもたらされるかという問題意識にもよっている。穏健派で、すべての人類にまで救済が及ぶと考える立場をユニヴァーサリズムと呼ぶ。

そこに加わってくる興味深い問題は、子供の問題である。ウォルシュが三つ目の分類項に「大人」という文言を加えているのは、この世の穢れを身につけていない子供とこの世の穢れを身につけてしまう大人とでは事情が異なるという、古くからある認識を示す。子供、とりわけ新生児には、アダム由来の罪、すなわち原罪しかないとされ、それは洗礼によって洗い流されるとされることから、洗礼を受けた赤ん坊は、原罪を持たぬがゆえに地獄に行くことがないとされる。それは洗礼を受けずに死亡した赤ん坊はどうなるのかという問題を生むことになる。

キリスト教内の宗派の違い、宗教の違い、信仰の有無を問わず、万人が救われるという考え方を示すユニヴァーサリズムは、極端に見えるにしても、慈愛に満ちた神のあり様を説くという意味では、受け入れられやすい面をもつことは間違いない。それは、われわれが見てきた地獄という観点からすれば、地獄を無意味化するとまではいかなくとも、少なくとも『肖像』第三章に描かれるような恐ろしいものとは違うものへと変えることになろう。ウォルシュが言うように、昔は救われる人は少ないという考えが主流であったのに対し、十九世紀末までに起こった変革により、ユニヴァーサリズムが救いに関する考え方として確固たる地位をもつまでに至っていたとしたら、『肖像』第三章が描く地獄の異様さは滑稽なほどに浮き立つことになろう。

ジョイスはもちろんユニヴァーサリズムの存在を知っていた。その例は、ジョイスを知る者からすると身近な——そしてやや意外な——ところに見つかる。それは『ユリシーズ』第十挿話において「黒やら茶色やら黄色やらの肌の色をした人たちの魂について……最後の時が夜の泥棒のようにやって来たときに水による洗礼を受けていない、何百万もの黒やら茶色やら黄色やらの肌の色をした人たちの魂について考え」るコンミー神父である（*U* 10.143-47 中略は筆者）。彼は肌の色の違う人たちに配慮することはしないが、その人たちの魂の行方については意外と思えるほど長々と考える。「そういった何百万もの人は神の似姿として神に創られたのに信仰がもたらされていない（神の御心のままに）人たちなのだ。だけどあの人たちも神によって創られた神の魂なのだ。そういう人が、こういう言い方をしてもよければ、無駄として、みな失われるとしたら、残念なことだ」（*U* 10.148-52）。ここで彼が、『選ばれる者の数』（*Le Nombre des Élus*）という本の名を挙げ、それをもっともな訴えとする（*U* 10.147-48）のは、『救われる人と失われる人の数の比較についての一研究』というタイトルの本を見てきたわれわれには単なるコインシデンス以上に意味深いものに響くはずだ。

『肖像』第三章が描く地獄とは対極にユニヴァーサリズムという考え方があることにひとたび目が向くならば、英語の地獄（hell）が意味するものは、その語のもとになっている「タルタロス」（Tartarus）、「ハーデス」（Hades）、「ゲヘナ」（Gehenna）のいずれにもないことを示した、フレデリック・W・ファラー（Frederic W. Farrar）の『永遠の希望』（*Eternal Hope*）と題された説教集（80-81）や、『肖像』第三章の説教の中で強調される「永遠」（"eons"）という言葉は（*P* 3.1073, 1086）、通常考えられるような永遠と続く時間の意味ではなく、限られた時間であることを指摘した（52-55）、M. A.［A. J. Jukes のペンネーム］の『第二の死とすべてのものの復元、聖書の性質とインスピレーションについての予備的な言葉を付して――友への手紙』*The Second Death and the Restitution of All Things with Some Preliminary Remarks on the Nature and Inspiration of Holy Scripture: A Letter to a Friend* といった著作もさらに目に入ってくることになる。(*14)

おわりに

『肖像』第三章はピナモンティの『キリスト教徒に開かれた地獄』に代表される地獄観をそのまま説教の中で伝えることにより、地獄がどのような場所でどのような罰が与えられているか、地獄にいる人たちがどのような苦痛を感じているかを描き出す。先に見た真に迫るリアリズムで描かれる恐ろしい地獄とそれに怯えるスティーヴンを読む読者の多くは、そのリアリズムに導かれるままそれをそのまま受け止める。しかし、これまで見てきたように、真に迫るリアリズムには大げさな身振りと、見えるか見えないか程度の矛盾が加えられており、それに気づいた読者は、小さな雲のように自身の中に湧き上がる違和感や疑念を覚えることになる。それはそこに描かれている地獄や説教自体を疑うまなざしを読者に植え付けることになる。

そのようにして起こることは共鳴と呼ぶべきものである。先に見たように、ジョイスが『肖像』第三章冒頭で「奇妙な疑問」を感じているスティーヴンを描くのは、スティーヴンが個人的にそのような疑問を感じていたとナイーヴに読むことももちろん可能だが、歴史は彼の提示する問題が当時の社会においてラショナリズムという名において流布していたことを教えてくれる。ジョイスが描く「奇妙な疑問」とは、社会で流布している同様の疑問を参照させるものであると同時に、『肖像』第三章を書くことを可能にする条件となっている。そのような成り立ちと効果をここで共鳴と呼んでいる。

地獄の説教もまた同じ共鳴を利用している。『肖像』第三章に描かれているような地獄の説教は、伝統的に行なわれてきたものである。それを踏まえてジョイスは、『肖像』第三章に地獄の説教を再現している。しかしジョイスはもうひとつ別のレヴェルでの共鳴も引き出そうとしている。説教を聞いて苦しむスティーヴンを真に迫るリアリズムで描くが、そこに大げさな身振りを加え、かつ矛盾を含ませることで、当時の人であればすぐにわかる、地獄についての論争、ひいてはユニヴァーサリズムとも響き合うようにしているのである。

ジェイムズ・R・スレイン（James R. Thrane）は一八八〇年代の真面目な学生なら地獄における永劫の罰問題を知らずにいられなかったと指摘する（110）。ジョイスもそれを知っていて『肖像』第三章を書いた、と言ってよいのだろう。しかし、この章に見るべきは、その点だけではない。ジョイスはそこに矛盾や大げさな身振りを加えることで、同時代に生きる、ジョイス同様の苦しみを感じた者であれば、すぐにピンとくる問題を喚起する仕掛けを施している。つまり、ジョイスは、教会に提示される地獄を――若干の誇張を加えるものの――そのまま描きながら、共鳴を起こすスイッチを書き込むことによって、この小説を読む読者の中で小説に書かれた地獄を問題化させているのである。こうしてジョイスは、恐ろしい地獄を描きながら、同時に解体することに成功する。しかし、それは小説の中においてではない。小説を読む者の中で、ピナモンティがキリスト教徒に「開かれた」というのとは別の意味で、地獄を「開いて」いく。

第三章

二つの「スキュラとカリュブディス」と、〈イエス伝〉〈イエス小説〉が語るイエスにならいてシェイクスピアを語るスティーヴン

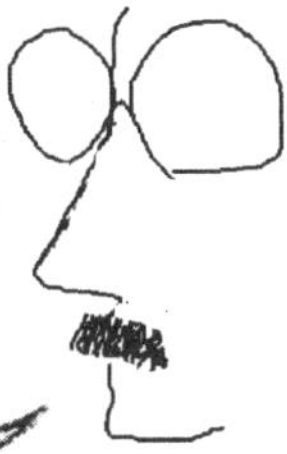

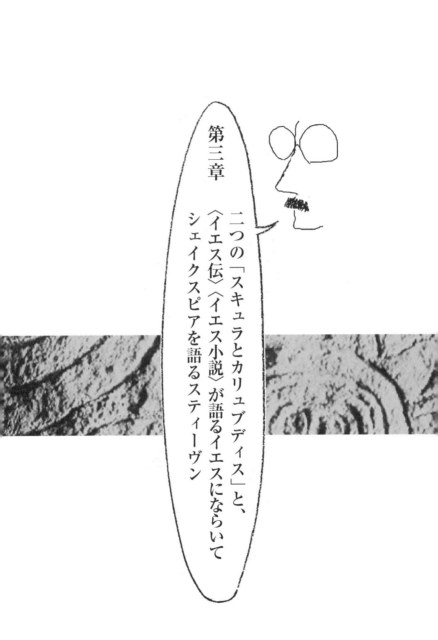

第三章　二つの「スキュラとカリュブディス」と、〈イエス伝〉〈イエス小説〉が語るイエスにならいてシェイクスピアを語るスティーヴン(*)

ダブリンの街がある日この地上から突然消えることがあっても、自分の本［『ユリシーズ』］から再構築できる。（Budgen 69）

もしすべての聖書や聖典が明日破壊されたとしても、キリストの生に関連して書かれた膨大な文書からほとんど元通りにできる。（Ayres 5）

ジェイムズ・ジョイスの『ユリシーズ』が、一九〇四年六月十六日にダブリンで起こったできごとをホメロスの『オデュッセイア』になぞらえながら描いていることは今さら説明を要しないが、その照応関係から『ユリシーズ』第九挿話にはもともと「スキュラとカリュブディス」という挿話名がついていた点には注意を払っておいてよい。というのも、『ユリシーズ』のほかの挿話がホメロスの叙事詩に「対応」する一連のできごとを持つのに対して、第九挿話は同じような「対応」を持たないからである。確かに挿話名になっているスキュラとカリュブディスという怪物は『オデュッセイア』第十二巻に出てくるが、それも言及にとどまり、『ユリシーズ』の他の挿話において展開されているのと同じようなひとまとまりの冒険譚を構成していない。このことは『ユリシーズ』を論じるときに当たり前とされるホメロスとの照応関係が、想定されているほど合理的な原理にもとづいているのではないことを示唆する。『ユリシーズ』においてレオポルド・ブルームに割り当てられているはずの『オデュッセイア』の主人公オデュッセウスの役回りが、第九挿話においてはスティーヴンに割り当てられている点も「ホメロスとの照応関係」からすれば合わない（Weir 153）。とするならば、『ユリシーズ』第九挿話は、通常考えられるホメロスとの照応関係からは外れた面を持つことになる。このことと関連して興味深いのは、その名も『スキュラとカリュブディスの間をぬって』（*Through Scylla and Charybdis*）と題された本が一九〇七年に出ている点である。著者はアイルランド出身の神学者（イエズス会）にして、英語圏を代表する宗教モダニスト、ジョージ・ティレルである。この影響で、神学とはまったく関係を持たない社会主義雑誌『ニュー・エイジ』（*The New Age*）誌上において、普段は目にすることのない「スキュラとカリュブディスの間をぬって」（"through Scylla and Charybdis"）というフレーズが一時的に使われる現象が起こる。(*1) 第九挿話のタイトルを思わせる本が同時期に出ている「コインシデンス」は単なる歴史のいたずらなのか、それとも『ユリシーズ』第九挿話となんらかの関係を持つのか。本章はその点について考察する。

もうひとつの「スキュラとカリュブディス」

ティレルのこの著書の特徴は、教会という形で制度化されたキリスト教より、キリストの教えがもたらされた原初的キリスト教へと引き戻して考える点にある。キリストの教えは一回性の口伝てにより伝えられたものである（139）。それを使徒が記した聖書を「信仰の遺産」（deposit of faith）として信仰の中心に据え、教会はそれを「不変のもの」（*semper eadem*）として守ってきたわけだが（113-14, 131, 347-48）、そもそもキリストの教えと言葉によって記録されたものは一致しない、とティレルは言う（112）。というのも、前者は人知を超えたものであるのに対し、後者は人知の制限を受けたものであり、後者は前者を十全に表わすことはできず、必要十分なものとなることはないからである。前者はその意味においてつねに神秘の要素を残す（178-79, 184-85）。啓示が預言と感じられる間は、その謎めいた不正確さは問題にならないが、神学へと体系化されるとその様々な食い違いから不整合を来す（213）。こうしてキリストの教えが神学という型にはめられたとき本来の啓示の豊かな性質は失われてしまい（213-14）、なおかつ知的論争のもとになるとティレルは考える（214-15）(＊2)。

ティレルは聖書というものの本来のあり方――神の言葉をまとめたものであるが、人間（であるがゆえに不可避的に不完全性をもつ者）が見聞きしたのをまとめた書であること――を確認することで、聖書批評上の諸問題、カトリックが宗教モダニズムの時代に抱えることになった諸問題を超える道を示していくわけだが、こういったティレルの思想の核にあるのは、有限な人間が無限の神に近づく方法はアナロジー（analogy）によってしかないという考え方である（90）。つまり、つねにすでに人間の解釈は限られているのであり、誤りの種を含んでいるということだ。

ティレルは上で述べたようなキリスト教の原初的状態に戻って考えることで（322-23）、キリストの教えの本質を生きた宗教、具体的宗教に見出し(＊3)、それとは対比的にそこから離れ神学へと硬直していったキリスト教に批判を加えていくのだが（14-15, 19）、その際にティレルが用いるのは「レックス・オランディ」(*lex orandi*)と「レックス・クレデンディ」(*lex credendi*)という対概念である。前者は信心(devotion)を、後者は神学（theology）を指す。ティレルはそのどちらも一方だけでは足りないとし、双方が補い合う中庸（*via media*）の必要を説く（106-07, 130, 239, 244, 249-50）。両者を兼ね備えているとティレルが考えるのは原初的啓示で（95-96）、以降両者が分離していくことに問題があるとする。キリストが教会に残した具体的宗教「信仰の遺産」を守り、信仰の逸脱を見張る役割を教会が担うときに、その手助けになるのが神学となるが、それも「レックス・オランディ」に即したものでなくてはならぬ、つまり神学は生きた信仰、事実に即したものでなくてはならぬとティレルは説く（104）。祈りへと通じない神学は間違っている、神学より先に信仰があるとティレルが繰り返し口にするのはその意味においてのことである。生きた信仰に即したものである限りにおいては神学も矯正手段の役割を果たすことが可能だが、生きた信仰に反している現状において必要なのは、「レックス・オランディ」にもとづき直すことだとティレルは考える（104-05）。このような「レックス・オランディ」の考えにもとづき、ティレルは集合の中に知・真理があると説く。個人ではなく、空間的・時間的広がりをもつカソリシズムの中に知・真理が顕れる（58-59; 367）とするこのカソリシズム観（広く、古く、深い集合的キリスト教的経験としてのカソリシズム）の中にティレルは、信仰が難しくなった現代において信仰を維持する方途を見出す（73）。言うまでもなく、この考えの過激さは、外的な神ではなく、内在的神を考える点にある（370）。神は外にあるのではなく、人類の中に、集合的・個人的良心の中に内在するという考えに立ち、権威ある立場にいる者の説明責任も内的神に対してであるとする（370-01）。それをさらに一歩推し進めて、司祭は人々が作った社《やしろ》に住む神ではなく、神が作った人間という社《やしろ》の中に住む神の代理にすぎぬと言うティレルは（371-72）、前者を「目に見える教会」（visible Church）（Tyrrell 1907, 49; Petre 201,354, 402）、後者を「形なき教会」（formless Church）（Tyrrell 1907, 381, 384）あるいは「見えない教会」（invisible Church）（Petre 195, 354）と呼ぶ。(＊4) 前者から後者へと戻る「民主化」を求めるティレルの考えは（1907, 384-85, 386）、結果としてカトリックとプロテスタントの中庸を説くものとなる（1907, 144-45）(＊5)。

「イエスの歴史性」

ティレルが「スキュラとカリュブディス」という対立に置くのは、聖書と教会制度、もともとのキリスト教の姿と現在の教会が体現するキリスト教、信心と神学とまとめられる。その間を取る中庸の思想を唱えることで彼は教会の進むべき道を示すと同時に、信仰の難しくなった時代において信仰と不信という二つの選択肢を迫られる信者にもうひとつの可能性を示した。ティレルが示した考え方は、『ユリシーズ』第九挿話に直接的に現われることはないが、「イエスの歴史性」("the historicity of Jesus")(*U* 9.48)という言葉において大きな交錯を見る。以下において詳しく見ていく。

この言葉を口にするのはA・Eことジョージ・ウィリアム・ラッセル(George William Russell)である。スティーヴンが「ハムレットはシェイクスピアかジェイムズ一世かエセックス伯か」といった、シェイクスピアを論じる際によく取り上げられる、重箱の隅をつつくような点を論じようとしているのかもしれぬと考えた彼は、機先を制する意味で「こういう問題は純粋に学問的だ」と言い、それに続けてそのような議論は「イエスの歴史性についての聖職者の議論」と同じだと言う(*U* 9.46-48)。ここで読者が素朴に感じることは、まわりに配置された「イエス」や「聖職者」と言った言葉から宗教的であることは辛うじて想像がつくものの、この「イエスの歴史性」という耳慣れぬ言葉が何を意味するかであろう。

まず注目すべきはA・Eが「イエスの歴史性」という言葉を文学談義の場にいきなり出してくる唐突さである。しかしそれは、現代の読者からすれば感じられる唐突さであって、一九〇四年六月十六日を舞台とするこの小説にこの言葉が出てくるのはそれほど不自然なことではない。それはたとえば、一九〇六年(英訳初版は一九一〇年)にその名も『史的イエスの探究——ライマールスからヴレーデに至る進展の批判的研究』(*Quest of the Historical Jesus: A Critical Study of its Progress from Reimarus to Wrede*)と題された本が出ていることからもうかがえる。この「史的イエス」と「イエスの歴史性」は大きく重なる。著したのはアルベルト・シュヴァイツァー（Albert Schweitzer）である。ケンブリッジ大学神学教授フランシス・バーキット（Francis Burkitt）がこの著作につけた前書きは、その状況をもう少し詳しく教えてくれる。

今日の誰しもがイエス・キリストの伝統的キリスト教的教理がさまざまな問題に直面していること、および福音書に書かれた多くのことが今日の歴史や自然という観点から見たときに信じられないものであることを知っている。しかし最近の出版物においてのように、〈イエスかキリストか〉と選択を求められても、歴史上のイエスとドグマのキリストとのどちらかを選べと言われても、専門の知識を持った学生をのぞいては歴史上のイエスがどれほど変幻自在で、万華鏡のように姿を変える人物であるかを知らない。外典ヨハネの行伝のキリストのように、キリストは違う考え方をする人に違った姿で現れているのだ。（∨強調は筆者）

福音書の名が出るのは、イエスの生涯を記した書という意味においてである。その福音書が二十世紀初頭における歴史や自然観と齟齬《そご》を来していることを共通認識としている点にまずは注意をしておこう。その上で、歴史上のイエスが「違う考え方をする人に違った姿で現れる」ために、イエスは福音書が述べるような、あるいは教会が提示するようなひとつのまとまった像を結ぶことはもはやできず、変幻自在、万華鏡的な姿を見せる状態（"protean," "kaleidoscopic"）にある中で、われわれは「歴史上のイエスかドグマのキリストとのどちらかを選」ぶという問題を突きつけられた切羽詰まった状況にあることを、バーキットは教えてくれる。A・Eが口にした「イエスの歴史性」とは、ここで示されたドグマのキリストと歴史上のイエスの対立と関わる。

「イエスの歴史性」の可能性の条件

「イエスの歴史性」という言葉を当たり前のことのようにA・Eが口にする状況はこれでひとまず理解できたとしよう。しかし、彼がその言葉を『ユリシーズ』第九挿話において口にすることの意味を理解するためには、この言葉が出てきた歴史的背景まで理解しなくてはならない。「歴史上のイエス」と「ドグマのキリスト」という二種類のイエス像があることを教えてくれたバーキットの説明にもう一度耳を貸すことにしよう。

> 新約聖書を読むイギリス人のほとんどは、彼らが無意識のうちにこしらえるぞんざいで間に合わせの、四福音書の調和にあまりに長い間満足してきた。この種の「調和」はよく見てみると確かなものではない。それは、「調和」が福音書自体にある不都合な記述——熟考された理論にもとづいてではなく、うっかり、あるいはうまくはめ込むのが難しいからという理由で、「調和」から省かれる記述——に常に乱されるという点からだけでも言えることである。(vi 強調は筆者)

ここでキーワードとなるのは「調和」である。彼がその言葉で意味しようとしているのは、イギリス人が四福音書間になんとなくあると思っている[*6]、齟齬を来さぬ統一、まとまりのことである。しかしその「調和」は実は「ぞんざいで間に合わせの」ものでしかなく、「よく見てみると確かなものではな」い。それは福音書間に実際には存在する記述の異同や矛盾を、意識的にせよ無意識的にせよ、ないものとすることで得られる福音書理解でしかない（Pal 6, 115 ほか）。そのような理解をすることを「調和」（harmonize; harmonization）と呼び、そのような立場をとる人とのことを「調和主義者」（harmonist）と呼ぶ（Pal 7, 169 ほか ; Strauss 266, 442, 662 ほか）[*7]。

正典とされる福音書には、第一福音書（マタイによる福音書）、第二福音書（マルコによる福音書）、第三福音書（ルカによる福音書）、第四福音書（ヨハネによる福音書）の四つがあるが[*8]、第一から第三福音書においては内容および構成の点で共通する点が多いのに対して、これら三福音書と第四福音書との間には大きな異なりがあることから、第一から第三の三福音書を共観福音書と呼び、第四福音書と区分する。

共通点が多く、相互参照されることから共観福音書と呼ばれる三福音書でも、あるできごとについて記述のある福音書もあればないものもあり、内容の異同がある。例を挙げるのであれば、第三福音書に描かれているナインでイエスが死者を蘇らせる奇蹟（ルカによる福音書七章十一節 - 十七節）は第一、第二福音書には記述が見当たらない。イェルサレム入城時にイエスは、第一福音書によれば、ろばと子ろばに乗っていくが、第二福音書では子ろばに乗っていく。第三福音書にはそもそも記述がない。イェルサレム入城後のいわゆる寺院の浄めについても違いがある。第一福音書ではイエスは「神殿の境内に入り、そこで売り買いしていた人々を皆追い出し、両替人の台や鳩を売る者の腰掛けを覆」すが（マタイによる福音書二一章十二節）、第二福音書では神殿の境内に入るが、ただ周囲を一瞥するにとどまる（マルコによる福音書十一章十一節）のに対し、第三福音書では両替商、鳩売りとは特定せず「商売人たちを追い出」す（ルカによる福音書十九章四五節）。福音書間の重なりには三つのパターンがある。他の福音書と重ならず、あるひとつの福音書にしか見られない記述は、単一伝承（single tradition）と呼ぶ。二つの福音書間に共通してみられる場合、三つの福音書に共通してみられる場合には、それぞれ二重伝承

(double tradition)、三重伝承(triple tradition)と呼ぶ。

これに対し第四福音書と共観福音書の間には、共観福音書間の違いよりも大きな違いがある(Renan 1883, 257-58)。例を挙げるならば、十字架上のイエスに対する悪口やからかいの言葉が野次馬からかけられたことが共観福音書には書かれているが、第四福音書にはない。受難の最後にイエスが「終われり」("It is finished.")(ヨハネによる福音書十四章三〇節)と言ったとする記述は第四福音書にしか見当たらない。記述の点での食い違いに加え、独自のロゴスの思想が加えられ、ギリシア的性質が際立つ第四福音書は、共観福音書と大きな隔たりを見せる。

福音書間の不一致は、神の言葉を記したもの、あるいは神のインスピレーションを受けた者が記したものとしての聖書という考えと矛盾を来す(Renan 1883, 257)。福音書を記したのがイエスの生を目にしていた(はずの)使徒とするならば、福音書間の不一致はその信憑性の問題を引き起こす。こうして福音書内部の記述の不整合が宗教的典拠としての福音書の信憑性を問う大きな反省へとつながっていくとき、福音書は歴史に開かれることになり、歴史的な史料としての福音書の検討が始まる。

共観福音書間の食い違い、および共観福音書と第四福音書との違いからは、それぞれの福音書がいつ、誰によって書かれたのか、それは使徒であったのか、また何をソースとして使っているのかという福音書の成り立ちの問題が出てくる。アルフレッド・E・ガーヴィ(Alfred E. Garvie)が一九〇七年に著した『イエスの内的生についての研究』(*Studies in the Inner Life of Jesus*)は、これらの問題について、ジョイスが生きた時代までにどのような認識ができていたかを示してくれる点で、貴重な文献となる。ガーヴィはまず、福音書に冠せられているマタイ、マルコ、ルカ、ヨハネはいずれも著者ではなく、編者であり、したがって「~の福音書」という呼び名ではなく、「~による福音書」という呼び名が正しいと指摘する（2-3）。福音書のソースについては、ガーヴィは三つの系統があるとする。ひとつはペテロの教えをマルコがまとめた記録で、それがほぼそのまま第二福音書となる。二つ目はイエスが言ったことをまとめたロギア（*Logia*）と呼ばれる書で、マタイがまとめたとされる。第一と第三福音書は、第二福音書とこのロギアを用いて書かれたとされる。三つ目は第四福音書のもとになっていると考えられるものである。つまり、ガーヴィが想定している聖書の生成モデルは以下のようなものとなる。第一福音書は第二福音書とロギアと呼ばれるテクストをもとにしてできている。第二福音書はロギアからなる。第三福音書は第二福音書とロギアと呼ばれるテクストをもとにしてできている。第四福音書は別系統のソースによる。第一および第三福音書の内容が第二福音書と重なる部分が多いが、第二福音書にはない内容を含むのは、ロギアと呼ばれるテクストをもとにしているからと説明される。

歴史的にいえば、ガーヴィが提示している生成モデルは二原典説（two-source hypothesis）と呼ばれるもので、十八世紀から十九世紀に有力であった、マタイによる福音書が最初に書かれ、それがルカによる福音書に使われ、マルコによる福音書はマタイによる福音書とルカによる福音書を混ぜたものとするグリーシュバッハ説（Griesbach hypothesis）と並ぶ形で十九世紀に出てきたもので、今でも有力な説である。ガーヴィがロギアと呼んだテクストは、今ではQテクストと呼ばれている。

現在では統計学的に解析された共観福音書間に見られる語の一致数にもとづき（表1）、福音書Ⓐが福音書Ⓑと©のもとになり、福音書©は福音書Ⓑをもとにしているとするトリプル・リンク・モデル（triple-link model）（図1）が提唱されている（Honoré; Abakuks）。福音書Ⓐという表記をしているのは、そこに位置する可能性のある福音書としては、ガーヴィが示した二原典説にあるようなマルコによる福音書に加えて、マタイによる福音書もなお想定しうることを示すためである。

表 1 共観福音書間に見られる語の一致数
(Abakuks 2006, 155)

Mt	*Mk*	*Lk*	*Count*
1	1	1	1852
1	1	0	2735
1	0	1	2386
0	1	1	1165
0	0	1	7231
0	1	0	5269
1	0	0	7588

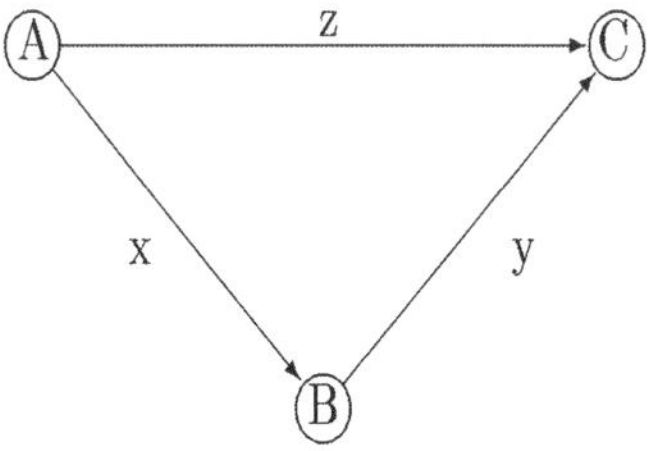

図 1 トリプル・リンク・モデル
(Abakuks 2006, 155)

福音書は、内部に見られる記述の不整合の問題を契機として、歴史的史料として読み直されていく。福音書が歴史に開かれていくとき、福音書が綴るイエス像もまた同時に歴史へと開かれていく。つまり福音書に描かれるイエスについて、歴史的な正しさが問われていく。そのときに問われるのが「イエスの歴史性」であり、求められるのが「歴史的イエス」である。「歴史的イエス」は、十九世紀以降に特徴的な現象として数多くの〈イエス伝〉を生み出していく。その中でイエスは、バーキットがシュヴァイツァーの本につけた前書で書いていたように、「違う考え方をする人に違った姿で現われ」、「変幻自在で、万華鏡のように姿を変える」姿を見せていく。

「イエスの歴史性」から〈イエス伝〉の時代へ

ジョイスが言ったとされる「ダブリンの街がある日この地上から突然消えることがあっても、自分の本［『ユリシーズ』］から再構築できる」（"if the city [Dublin] one day suddenly disappeared from the earth it could be reconstructed out of my book [*Ulysses*].")（Budgen 69）という言葉は、彼が自身の作品に自分の故郷の街を細かい点に至るまで書き込んだことを示す例として、ジョイス批評においてしばしば引用されるが、同じ構文、言葉を用いて次のように書いている著述家がいたことはまったく知られていない。「もしすべての聖書や聖典が明日破壊されたとしても、キリストの生に関連して書かれた膨大な文書からほとんど元通りにできる」("if all the Bibles and Testaments were destroyed tomorrow, they could almost be reconstructed from the literature that has grown up around the life of Christ.")。書いたのはサミュエル・ガーディナー・エアズ（Samuel Gardiner Ayres）である。(*9) その著書『われらが主イエス・キリスト――五千からなるキリスト論に註を付け分類を施した英語版文献目録』（*Jesus Christ Our Lord: An English bibliography of Christology Comprising over Five Thousand Titles Annotated and Classified*）の副題が示すのは、彼が一九〇六年にこの本を著すまでに五千ものキリスト論が書かれていた事実である。とりわけ十九世紀は数多くの〈イエス伝〉が書かれた時代であり、〈イエス伝〉の時代といってよい。代表的な著作を取り上げながら、その流れを見てみよう。

(一) シュトラウス

〈史的イエス〉の探究は、シュヴァイツァーの著書の副題にあったように、十八世紀のヘルマン・ザムエル・ライマールス（Hermann Samuel Reimarus）に始まるとされるが、大きなうねりを生み出したのはダーフィット・フリードリッヒ・シュトラウスのイエス伝『批判的検討を加えたイエス伝』（*Das Leben Jesu*, 1835; 英訳 *The Life of Jesus Critically Examined*, 1846）であると言ってよい（Stevens 35）。(*10)

シュトラウスの最大の功績は、福音書に描かれるイエスについての、古から今日に至る註釈の正しさを徹底的に検証し、ドイツ的とも称される偏りのない厳密さをもって、理性に照らして受け入れられるものと受け入れられないものの分別を行なうことで、正しいと判断される解釈を打ち立てた点にある。当時の「古い超自然主義、自然主義の方法に代わって、イエスの生を新しい考え方」（Strauss xxix）でとらえたこの書は、従来の福音書内の矛盾に関する解釈を網羅的に批判の俎上に載せ、その正しさを理性に照らして吟味する。オットー・フライデラー（Otto Pfleiderer）は同書第四版に寄せた言葉の中で、「聖書に描かれることとの信憑性に関連しての何世紀にもわたる疑問と批判的異論が、正統派の護教論者の防御を突破し、すべて洗い流してしまいそうになるほど蓄積していた神学の危機」にあって「新しい創造的批判的探求の科学、歴史の真理を照らした」（Strauss v 強調は筆者）とこの本の意義を強調する。

この著作の副題にある「批判的検討」は、福音書に描かれるイエス像とその解釈に徹底的な批判的検討を施す方法論を説明する語となるが、この「批判」はその後の〈イエス伝〉の基調、キーワードになっていく。たとえば、一八六六年に匿名で出版された『エッケ・ホモ——イエス・キリストの生涯と御業についての概察』（*Ecce Homo: A Survey of the Life and Work of Jesus Christ*）[*11]は、前書きにあるように、「流布しているキリスト観に不満を持」った著者が、「その主題を根本から考え直し、キリストがまだキリストと呼ばれず、単なる若者——ただし、有望で彼を知るものには人気が高く、神の寵愛を受けているように見える——でしかなかった時代に身を置いて、彼の伝記を一点一点たどり、教会の神学者や使徒たちが権威でもって固めた結論ではなく、批判的検討をした（critically weighed）事実が間違いないと保証してくれるように思える結論のみを受け入れ」ようとした本である。

「批判的検討」は、〈イエス伝〉を見ていくときに重要となる、もうひとつのキーワードをわれわれに提供してくれる。それは〈歴史性〉である。「批判的検討」を行なうことは、描かれていることが〈歴史的〉であると受け入れられるかどうかという判断を同時にともなうからである。〈歴史的〉であることは、したがって〈真理〉であり、そうでないものには〈神話〉、〈迷信〉、〈伝承〉というレッテルが準備されることになる。この系統の〈イエス伝〉としては、一八七二年に出たトマス・スコット（Thomas

Scott）の『英国版イエス伝』（*The English Life of Jesus*）に例を見ることができる。この本は、著者が前書きで説明しているように、「問題なのはキリスト教あるいはイエスの宗教の真理なのではまったくなく、信仰それ自体の合理性・非合理性の問題でもなく、単に伝統的キリスト教のドグマが基盤としている記述が世界の歴史のなかで本当に起こった事実か否かにある。キリスト教の基盤と認められている物語が本当に起こったできごとの話なのか、虚構を含んでいるか、どの程度まで含んでいるのかを知ることが最重要となっている」（xiii）という問題意識から書かれている。

（二）ルナン

シュトラウスの、ドイツ的と言ってもよい、硬質な〈批判〉と対極にあるのが、ジョゼフ・エルネスト・ルナンの『イエスの生涯』（*Vie de Jésus*, 1863; 英訳 *The Life of Jesus*, 1864）である（Stevens 40）。イエスの超自然的な側面を認めないという点ではルナンもシュトラウスに連なるが、大きく異なるのはその描き方である。ルナンは、福音書でイエスを神であることを示すために描かれるできごとをすべて伝承として捨て去り、イエスを生身の人間として、ただし、模範とすべき生き方を示し、彼を愛することを教えた偉大な教師として描く。シュトラウスがいかにも研究書という体裁でイエスを論じたのに対し、ルナンはパレスチナに調査で滞在した経験を活かし、イエスを彼が生活をしていた美しい風景の中に置いて、福音書から余計と思える部分をすべて取り去り、小説のようにイエスの生を描く。ジョイスも読んでいたルナンの『イエスの生涯』の特徴としては、（一）人としてのイエスを描く点、（二）パレスチナの風景を描き入れたオリエンタリズム、（三）文学的抒情性が挙げられる。

特徴（一）として挙げた、人としてのイエスとは、いかにイエスが比類なき師であったかに焦点を当てていることを示す。人としてのイエスを描くルナンは、福音書にあるような奇蹟をともなった誕生譚から描くことはしない。その終わりも福音書のように復活や昇天までを描くのではなく、イエスの死までしか描かない。つまりは、キリスト教が成立したあとから振り返って作られたイエス伝ではなく、イエスの生がキリスト教の基盤として位置づけられていくその過程において変容を受ける前の、一人の人間としての、生《なま》のイエスの生を描いている。ルナンはイエスが生きていたその時、キリスト教がまだ生まれてはいないものの、その胚芽が示されたその現場に立ち戻って、イエスの生を描いている。違う言い方をすれば、ルナンはキリスト教がもつ力の原初的な姿を確認している。長い歴史を持つ教会が培ってきたものをすべてとっぱらったように見えるルナンのイエス伝は、あまりに自由すぎて、当然のことながら教会から認められるものではない。そのような非難はオーソドックスの立場からすればもっともであるが、ルナンのイエス伝の持つ意義を見誤っているとも言える。ルナンが『若き日の回想録』(*Recollections of My Youth*)に描いているように、彼は小さい頃から聖職につくことを当然と受け入れ、神学校に入るが、自らのコーリング(召命)に疑問を持つようになり、思い悩んだ末に聖職につくことを断念する。ジョイスが同書を所有し、読んでいたのは、ジョイス自身聖職につかない道を歩んだ点で共感できたからであろうし、自身が経験したであろう苦しい葛藤を同様に経験している人がいたことに、共感とある種の救いを覚えたからであろう。[*12] ルナンが持ったコーリングへの疑問は、ジョイスの場合と同様、宗教的不信を必ずしも意味しない(Renan 1883, 273)。実際ルナンには聖職につこうと思えばつくことは可能であった。彼が悩んだのは宗教心の問題なのではなく、良心の問題なのである。イエスの人としての素晴らしさを説いたルナンのイエス伝は彼の良心の書と呼んでよいのだろう。彼同様キリスト教の素晴らしさはわかっていても、制度としてのキリスト教、教会というものと折り合いのつけられない人はたくさんいた。ルナンのイエス伝は、キリスト教が本来持っている美と生命力を宗教的懐疑の時代に謳う書なのである。

ルナンは政府のフェニキア調査隊に同行し、シリアに一八六〇年から翌六一年にかけて滞在する（Duff 58-60）。その経験は、イエスが実際に生きた地を『イエスの生涯』の中に書き込むことに活かされていく。イエスが幼年時代を過ごしたナザレを、寒村ではあるが、六世紀の末に殉教者アントニウスが楽園さながらと称えた絵のような美しさをそなえ、丘に登れば微風がたえず吹き、遠近の眺めが素晴らしい地と紹介し、イエスが目にしていたであろうその風景をまざまざと読者の前に映し出すことからルナンは始めている。このような風景描写は当然のことながら福音書にはない要素で、聖書解釈を主体としたこれまでの〈イエス伝〉には見られない要素を含んでいたというその意味での斬新さをもっていた。これはまた、イエスが生きた実際の風景に読者自身が「身を置く」――イグナティウス的な身振り――のを容易にするとともに、東方から離れてイエスの生を思い描く者たちには東方のエグゾティシズムを感じさせる役割をする。(*13) 特徴その二として挙げたパレスチナの風景を描き入れたオリエンタリズムとはこの点を指す。

フレデリック・W・ファラーが一八七四年に著した『イエス伝』（*The Life of Christ*）もまたパレスチナを訪問した経験を活かして、現地の風景をいきいきと描く。

私がしたように、ナザレの子供たちのあとをついてその質素な家までいって、家具も乏しく、質素ではあるが甘美で健康によい食事、これといった出来事も起こらずに過ぎていく、幸せにみちた、家父長を中心とした生活を目にすれば、それがイエスが生きた生を生き生きと理解させてくれるかもしれない。鳩が白い屋根の上で日を浴び、蔦がからまるだけの家以上に質素な家はないだろう。マット、あるいはカーペットが壁に沿ってゆったりと敷かれている。靴、あるいはサンダルは入り口で脱ぐ。真ん中にぶらさがっているランプだけが部屋の唯一の飾りとなっている。……入り口近くに置かれたどこでも見かける赤い土を焼いて作った大きな水瓶には水を冷たく保つために枝付きの緑の葉――よく使われるのは香りのよい木のもの――が入れられている。食事時には部屋の中央に彩色を施された木製のスツールが置かれ、その上に大きなトレーが置かれる。その中央には米、肉、あるいはリバン（*libban*）や、煮込んだ果物の皿が置かれ、そこからみなが手をのばして食事をとる。（28 省略は筆者）

といった書きぶりを見れば、ルナンの『イエスの生涯』で使われていた、現在の現地の生活ぶりからイエスが実際に目にし、経験していた生をよりリアルに想像させる手法を、ファラーがさらに発展させていることがよくわかる。上の引用でファラーは「リバン」という現地の呼び名を紹介することでより現地色を出しているが、これもルナンが切り開いた可能性を拡大して使用した例となる。カニガム・ギーキー（Cunningham Geikie）が一八七七年に著した『キリストの生と言葉』（*The Life and Words of Christ*）も同じ路線で書かれた〈イエス伝〉である。パレスチナの風景を描きこんだ〈イエス伝〉がひとつの潮流をなしていたことは、先に引用したガーヴィが、自らの〈イエス伝〉の方法論を説明するくだりで「風景とか、イエスの暮らした部屋の装飾とかについては十分書かれている」とこぼしていることからうかがえる（vi）。

このようなパレスチナの風景を描きこんだ〈イエス伝〉が書かれる背景には、当時行われたパレスチナ調査が影響している。考古学、歴史、風習・慣習・文化、地誌、地学、自然科学の観点から聖書の地を調査することを目的として、ヴィクトリア女王の庇護のもとパレスチナ調査基金（Palestine Exploration Fund）が一八六五年に設立され、早速一八六七年から七〇年にかけてイェルサレム調査が行なわれる。(*14) 十九世紀に数多く生み出された〈イエス伝〉は、このあと説明するように、十九世紀末にはイエスを主人公にした〈イエス小説〉と呼ぶべき新しいジャンルを生み出すことになるが、数度行なわれたパレスチナ調査は小説にも影響を与えることになる。オスカー・ワイルドのサークルの一人であるガイ・ソーン（Guy Thorne, Cyril Arthur Edward Ranger Gull のペンネーム）が一九〇四年に著した『暗い時』（*When It Was Dark*）は、イェルサレムの発掘調査によりイエスの墓が見つかったように見せかけることにより、イエスの復活も昇天もなかったことが明らかになったとし、キリスト教を虚偽の宗教であるとすることで、この世から信仰の光を奪い、暗黒の世を生みだそうとする、アンチ・キリスト的なユダヤ人富豪の陰謀を描く。(*15)

ルナンに話を戻そう。すでに述べたように、ルナンはひとりの人間としてのイエスを描いたわけだが、それには語り口の変化をともなった。定型的な〈イエス伝〉であれば、イエスは神の子であり、それを所与のものとしている。つまり最初から向かうべき点は決まっている。〈イエス伝〉がすべきことは、そのすでにある答えに向かって語ることであり、すでにあるその答えに輝きを与えることである。したがって、定型的な〈イエス伝〉は、基本的に中世の写本のように、輝きを与える〈イルミネーション〉を本質とすると言ってよいだろう。それに対して、ひとりの人間として描くということの意味は、人としてのイエスが、人であるがゆえにどのようにものごとを見て、どのように人と接し、その中で、どのように人々を惹きつけていったかを順を追って見ていくことであり、説得的に描いていくことを意味する。その描写のプロセスによってしかその行きつく先は保証されない。先に触れたパレスチナの風景もその意味で必要となったものである。定型的な〈イエス伝〉にはない部分を書き入れるときルナンの『イエスの生涯』は、従来の〈イエス伝〉にはない情緒性と文学性を帯びることになる。これがルナンの特徴のその三となる。「彼（イエス）の説教は、自然と野の香りに満ち、爽やかでここちよかった。彼は花を好み、花からもっとも魅力ある教えを摘んだ」（120）といった描写は、イエスが自然を愛し、イエスの教えが自然と一体となっていたことを教えてくれる。「気候の寒いところでは、人は絶えず外界と戦うために物質的充足を追うことに大きな意義を認めることになる。これに反して、あまり物の必要を感じさせない国は、理想主義とポエジー（詩情）の故郷だ」（120-01）といった記述はイエスの清貧の思想とイエスの詩を思わせる言葉が、温暖な地に育まれたものであることを教えてくれよう。サマリア人の女にイエスが言った言葉を「夜の闇を走る一閃だった」（177）と表現するルナンは、そういった詩情をさらに高めることになる。

〈イエス伝〉の文学化

ルナンの『イエスの生涯』は、その後のイエス関連書との関係で言うと、〈イエス伝〉の文学化をもたらし、さらには〈イエス小説〉、〈第五の福音書〉を生むきっかけとなった点で大きな意味を持つ。順に見ていく。

ルナンの画期的な『イエスの生涯』の影響は大きく、その後ルナンにならい文学性を取り入れ、宗教書なのか小説なのかその境目がはっきりしない〈イエス伝〉が生まれてくる。その例としては先述のファラーおよびギーキーを挙げることができる。ファラーの『イエス伝』は、論争になるような本ではない。著者自身前書きにこの本はラショナリズムの側ではなく信者（believer）の側からの〈イエス伝〉であると記している。その意味は、「イエスについての新説とか神話と退廃的な信仰の薄暮の想像力が混じったようなものを期待する人には無縁。懐疑的批評の攻撃を頭に置いていない。不信も扱わない」という点にある。「信仰は揺るがず」を意味する *Manet Immota Fides* をモットーとして掲げているところに彼の姿勢が示されている。(*16)

その意味においてファラーの『イエス伝』は伝統的な立場から書かれた伝統的な信仰を擁護するものと言え、見るべき点が限られてくるのだが、先にも触れたように、パレスチナを訪問した経験を活かしつつ、イエスの生をいきいきと描こうとするあまり、作者自身にはその意図はなくとも、脚色が加わり、物語化が起こっていく。聖書にはっきりとしたことが書かれておらず不明なところは、「たぶん」、「疑いなく」、「ひょっとしたら」といった言葉を交えつつ推論で埋める。たとえば、イエスが荒野での誘惑後に出席した結婚披露宴について、いつから始まったか、どのくらいの期間続いたかは聖書を読んでもわからないが、ファラーは推論によって間を埋めるため、読む側からすれば、不確かな点がより際立つ印象を受けることになる。聖書においてははっきりしない時系列についてもファラーは推測で補う。ルナンが福音書から実証的でないと判断される部分を削って、理性に照らした判断をしても信じられる部分に限ったとするならば、ファラーは福音書に付け足しを行ない、膨らましてしまっている。シェイクスピア、バイロン、テニスン、キーツなどの詩行の引用もファラーのひとつの特徴ではあるが（Stevens 62）、これもまた付け足しの例となる。結果としてファラーの『イエス伝』は、エキゾチックな東方の描写の加わったという意味で、旅行記的な面も含んだ、大人のための聖書物語といった体を様する。ギーキーも、ファラー同様の聖書物語タイプと分類してよい（Stevens 63; Pal 94）。

〈イエス小説(*17)〉

ルナンによって開かれたイエスを文学的に語る可能性は、その後の〈イエス伝〉においても引き継がれ（Pal 38）、宗教書と文学の境目を曖昧にしていく。それがついには文学に引き継がれていくのはある種の歴史的必然と言ってよいのだろう。こうして現れてくるのが先ほど触れた〈イエス小説〉である（Stevens 66, 282）。

〈イエス小説〉は、キリスト教の教えの枠組みの中で固定化する方向でとらえられるイエス像を超えて、遠心的な方向性を持ちつつ自由にイエスを扱う書と定義できる。もう少し違う言い方をするなら、〈イエス伝〉では決定的な答えを示せないイエスにまつわる生に、フィクションをまじえることで、考えられうるひとつの答えを出そうとする書、イエスの生の〈可能態〉を示す書とも言える。〈イエス小説〉は、〈イエス伝〉がイエスを語るときに図らずも示してしまっていた、イエスをどのような存在として、どのような視点から見るかについてはさまざまな可能性がある――「違う考え方をする人に違った姿で現れている」――というテーゼを引き受け、さらに発展させる場として機能していく。

一八七八年に出たエドウィン・アボット・アボット（Edwin Abbott Abbott）の『フィロクリストス』（*Philochristus: Memoirs of a Disciple of the Lord*）は、福音書には記載のない、その名もフィロクリストスというイエスの周縁にいた架空の弟子から見たイエス像を描く小説であるが、二つの点で注目してよい。ひとつには、〈イエス伝〉は宗教関係者や、聖書学、宗教学、神学、神話学、言語学、歴史学といった分野に関わる人が、専門的・学問的な知を踏まえつつ描くイエスの生であるのに対し、〈イエス小説〉は市井の人間が書くといった対立的な図式がいかにもありそうなものとして浮かんでくるが、その実それが成り立たないことを教えてくれる点である。アボットは神学者であり、英国国教会の司祭である。このことは〈イエス伝〉と〈イエス小説〉の境目がないこと、つまり〈イエス小説〉は、その発展していく過程で荒唐無稽な考え方を含むようになるにしても、〈イエス伝〉の延長線上にあるものとしてとらえるべきことを教えてくれる。文学化した〈イエス伝〉としてすでに触れたファラーの『イエス伝』（一八七四）およびギーキーの『イエス伝』（一八七八）と出版年が近いのも、そのことの現われと考えられる。もう一点重要なのは〈第五の福音書〉（the fifth Gospel）を志向している点である。「第五の福音書」という言葉は、もともとはルナンが『イエスの生涯』の序において用いた言葉である。先に触れたように彼はフェニキアの調査に参加していたのだが、福音書に出てくる地を旅していたときに、遠くの非現実的な世界という雲の中に漂うように見えたイエスの生の記録が、確固たる形を帯びて目の前に現れたことに衝撃を受ける。福音書に書かれていることと場所とが驚くべき一致を見せ、福音書の理想と彼が目にしている地とが驚くべき一致を見せたとき、啓示に似たものを感じ、目の前に広がる風景を、ほころびの見られるものの、まだ読むことのできる、もうひとつの福音書、「第五の福音書」であると書いている（Renan 31）。したがって、パレスチナの風景を描きこんだファラーやギーキーの『イエス伝』もイエスが生きた地・現場という意味での「第五の福音書」を取り入れた〈イエス伝〉の系列に入るが、そこには聖書にある四冊の福音書に加えてもうひとつ、別の福音書を出すという志向性が入ってくる。それはとりわけオスカー・ワイルドが『獄中記』（*De Profundis*）でルナンの『イエス伝』を「第五の福音書」と呼ぶとき（60）、ルナンが用いたこの言葉は、ルナンが意味したのとは違う、聖書に収められている福音書とは別の、もうひとつの福音書への志向性を表わす言葉となる。(*18)

ワイルドは〈第五の福音書〉への志向性を帯びた創作という点で重要な役割を果たす。というのも、彼のまわりにいた作家たちが、相次いで〈イエス小説〉を書いているからである（Stevens ch5）。ガイ・ソーンが一九〇四年に『暗い時』を著したことについてはすでに触れた。ガイ・ソーン同様コウルソン・カーナハン（Coulson Kernahan）もまたキリスト教が宗教として成立しなくなった時代の絶望を描くのは、同じワイルド・サークルの一員だったからである。彼が――小説ではないが――『御子、賢者と悪魔』（*The Child, the Wise Man and the Devil*, 1896）において、キリストの墓・遺体が見つかったことから人間であったことがわかったとしてキリストを詐欺師と呼び、神の座から外す儀式が行なわれている夢を描くのは、ガイ・ソーンと内容的に重なる。フランク・ハリス（Frank Harris）は『たどられることのなかった水路』（*Unpath'd Waters*, 1911）に収めた短篇「聖痕の奇跡」（"The Miracle of the Stigmata"）において、イェルサレムで起こったごたごたの後にジョシュア（Joshua）という名で、妻帯しひっそり暮らしていたイエスが、彼が住む地をたまたま訪れた「使徒」パウロ――イエスを直接知らない――の教えに感銘を受けた妻に捨てられ、聖痕を残しながら――しかしそれを見てもなおまわりの者にはイエスであることはわからない――さみしく死んでいく様を描く。

マリー・コレリ（Marie Corelli）の『バラバ――世界の悲劇の夢』（*Barabbas: A Dream of the World's Tragedy*, 1893）は、イエスの身代わりに釈放されたバラバが、イエスを目にしたその時からイエスの神性を感じ取り、処刑の現場に立ち会うことでさらにその確信を深め、イエスを捨て、逃げていったほかの使徒よりも忠実な使徒となっていく様を描く。最後には身に覚えのない罪で無罪のまま磔刑に処せられていくバラバは、聖書には描かれていないが、イエスがたどったのと同じ道をたどる、イエスの一番弟子にしてキリスト教最初の殉教者となる。ユダヤ人から見たイエスを描くジョゼフ・ジェイコブズ（Joseph Jacobs）の『他者の見るイエス』（*As Others Saw Him*, 1895）は、イエスのユダヤ人性、その教えのユダヤ教起源を示し、ユダヤ人がキリストを拒まざるをえなかった状況を描くアポロギアとなっている（Stevens 112）。

ニコラス・ノトビッチ（Nicolas Notovitch）の『知られざるイエス・キリストの生』（*The Unknown Life of*

Jesus Christ）は、イエスがインドに渡ってイッサという名のもと仏陀の教えを受け、残した経典がヨーロッパにもたらされ、フリーメイソンのもとに保管されていることを描く。さまざまなイエスの生の可能性を探る〈イエス小説〉は、フィクションからさらに進んで怪しい偽造とも関わっていく。それはすでに〈イエス伝〉に見られた傾向で、たとえばジョン・エメット・リチャードソン（John Emmett Richardson）の『ある目撃者によるイエスの磔刑』（*The Crucifixion, by an Eye Witness*）をその例に挙げることができる。

アイルランドの作家も〈イエス小説〉と無縁ではいられない。ジョージ・ムアはハリスの過激さを引き継ぎ(*19)、イエスは磔刑にかけられ死んだのではなく、実は仮死状態であったところをエッセネ教団に助けられ、そこでひっそりと暮らしていたが、彼のもとを訪れた使徒パウロが、イエスがまだ生きていることを世に知らされたのでは自分の信奉する――復活を要とする――「キリスト教」が瓦解すると考え、それを防ぐためにイエスを撲殺したとする劇『使徒』（*The Apostle*, 1911）を著す。ムアは続く『ケリス川』（*The Brook Kerith*, 1916）で『使徒』を小説化し、劇同様エッセネ教団に暮らすイエスとそこを訪れてきたパウロの出会いを描くことで、イエスの考えとパウロの説く「キリスト教」が異なるものであることを描き出すが、『使徒』のショッキングにすぎる結末は削る。

〈イエス小説〉、〈第五の福音書〉の流れは、途切れることなく今日まで脈々と続いている。最近ではコルム・トビーンの『マリアが語り遺したこと』（Colm Tóibín, *The Testament of Mary*）がイエスの母マリアから見たイエスを描いている。

〈イエス伝〉、〈イエス小説〉が語るイエスにならいて

このようにジョイスの時代までに多くの〈イエス伝〉が書かれ、そこからまた多くの〈イエス小説〉が書かれてきたわけだが、そのようにイエスの歴史性が問われることとなったおおもとには福音書に内在する問題があった。ティレルが著書『スキュラとカリュブディスの間をぬって』において、聖書と教会制度、もともとのキリスト教の姿と現在の教会、信心と神学を「スキュラとカリュブディス」になぞらえて問題にするのも、同じ問題からそのような対立、というよりは乖離が起こっていることに警鐘を鳴らし、教会側の制度を改めようとしてのことであった。彼が示した宗教モダニズムの姿勢と、歴史的イエスを求める中で理性に照らして受け入れ可能なイエス像を示す〈イエス伝〉は軌を一にする。〈イエス伝〉により切り開かれた〈イエス小説〉というジャンルは、荒唐無稽に見えるイエス像を示すことにつながるものがあったにしても、個人にとって受け入れ可能なイエス像を示す点において、〈イエス伝〉の延長線上にある。

〈イエスの歴史性〉に端を発する〈イエス伝〉、〈イエス小説〉において、結果的にイエスを自由に語ることが可能になった点が、ジョイスとの関係で言えば、特に重要なこととなる。というのも、〈イエス伝〉、〈イエス小説〉が、〈あったかもしれない〉イエス像を語ること、〈可能態〉においてイエスを語ることを可能にしたとするならば、[*20]『ユリシーズ』第九挿話におけるスティーヴンは正統と言われるシェイクスピア像とは異なる、彼の信念や考えにそったシェイクスピアを語る自由を手にしている点で、まさにそれを実践しているからである。「イエスの歴史性」という言葉が発せられたあとに、スティーヴンが〈あったかもしれない〉シェイクスピア像を描き、〈可能態〉においてシェイクスピアを語るのは、〈イエス伝〉、〈イエス小説〉が語るイエスにならった行ないである。彼の恣意的にして想像的なシェイクスピア伝は、神学者・聖職者・小説家が思い思いの視点・好みで語る〈イエス伝〉と相同形をなしている。

その相同性は、スティーヴンがシェイクスピアを語るときに「場の構築。イグナティウス・ロヨラよ、急いで助けに来てくれ」(*U* 9.163) と口にすることにより強調されることとなる。「場の構築」(composition of place) というのは、イエズス会の創始者イグナティウス・ロヨラが、著書『霊操』において、神のヴィジョン——彼自身が経験したのと同じような——に至ろうとする観想に必要としている手法である。具体的には、観想しようとしているできごとが起こる場を「想像の眼《まなこ》で」創り出し、その「現場に身を置く」ことを指す (イグナチオ一〇〇)。スティーヴンは、イエズス会の教育により体に染みついていたと言ってよい「場の構築」を用いてシェイクスピアの生をこのあと語るわけだが、イエスの生を思い描くようにシェイクスピアの生を思い描いているのである。そのときにスティーヴンは、これまた奇妙なめぐりあわせにより、伝統的なイエス像に縛られない、自由なイエス像を思い描く〈イエス伝〉、〈イエス小説〉作者と同じ想像力に身をゆだねている。

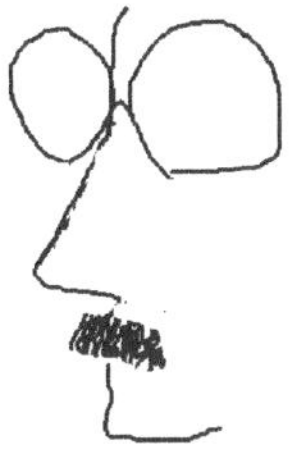

第四章　ジョイスが《エッケ・ホモ》に見たもの

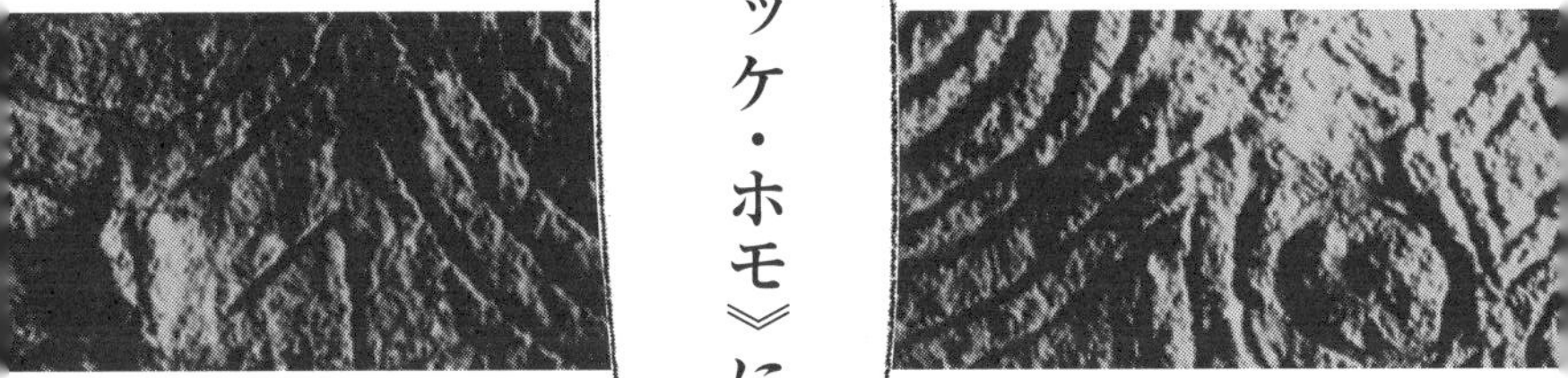

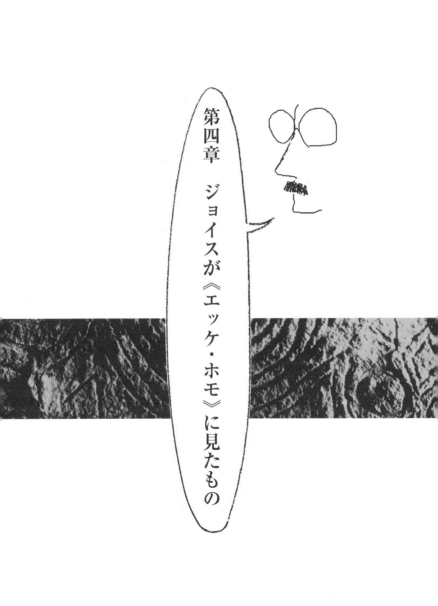

第四章　ジョイスが《エッケ・ホモ》に見たもの[*]

ジョイスは、大学に入学した一八九九年に、王立ヒベルニア・アカデミーで展示されていた、ハンガリーの画家ムンカーチ・ミハーイ（Munkácsy Mihály 一八四四－一九〇〇）の作品《エッケ・ホモ《この人を見よ》》（“Ecce Homo”）を見て、[*1] 評論を書いている。ちょうどこの当時ムンカーチの絵の展覧会がヨーロッパをまわりながら開かれていた事情はあるとはいえ、そのひとつにジョイスが出かけていったのはなぜだろう。ムンカーチはイギリスで人気があったということだが、それだけの理由で絵を見に行ったのだろうか。絵について評論を書くということのほとんどないジョイスが、ムンカーチの絵に何を見て評論を書いたのか。そのひとつの答えは、この評論の中で展開される〈劇《ドラマ》〉という概念にあるのだが、絵に〈劇《ドラマ》〉を見るとはどういうことか。本章は、ジョイスがムンカーチの絵に見た〈劇《ドラマ》〉がどのような概念であるか、そのような一風変わった絵の見方を評論という形で表明することがどのような意味を持つのかについて考察する。

ムンカーチ略歴

簡単にムンカーチの経歴を見ておこう。[*2] 彼は、当時オーストリア帝国の支配下にあったハンガリー王国内のムンカーチ（現在はウクライナのムカチェヴォ）に、入植ドイツ人の子として一八四四年に生まれている。本名はミヒャエル・フォン・リーブ（Michael von Lieb）という。彼がムンカーチとなるのは、一八七四年に男爵夫人（未亡人）と結婚したことによる。両親を早くに亡くし、親戚に育てられた彼は指物師としての奉公で画家の知古を得て芸術家となっていく。《死刑囚の最後の日》をパリのサロンで認められ、芸術家として成功していく。以降パリに移り、終生そこで過ごす。

結婚による生活の変化から「サロン絵画」と呼ばれるブルジョワの生活を描く明るい絵も手がけるが、彼の絵の基調はレアリスムにあるといってよい。肖像画――その代表はフランツ・リストのそれ――や、宗教画――その代表は三部作《ピラトの前のキリスト》（"Christ before Pilate"）、《ゴルゴタ》（"Golgotha"）、《エッケ・ホモ》――もその中に入る。国際的に活躍するハンガリー出身の画家として、同国では英雄的な扱いを受けていた様子が、二〇一九年から二〇年にかけて日本で開催された「ブダペスト――ヨーロッパとハンガリーの美術四〇〇年」展の図録には記されている（166-68）。没年は一九〇〇年であるから、ジョイスが《エッケ・ホモ》を見て、評論を書いたのは、ムンカーチの死の直前であり、彼の死を悼む記事が多くの雑誌に掲載される前ということになる。

ジョイスが見た《エッケ・ホモ》は、現在はハンガリーのデブレッツェンにあるデリ美術館に収蔵されている。縦四〇三cm、横六五〇cmの大作で、この絵の前に立つ者は絵の中にほぼ同じ背丈の人物を見ることになる。それは描かれている事象が絵を見る者の目の前で起こっているような錯覚を覚えさせる。展示室の正面に置かれたこの絵の左側の壁には同じく大作《ピラトの前のキリスト》（四一七cm×六三六cm）、右側の壁には《ゴルゴダ》（四六〇cm×七一二cm）が配置されている。これらの大きな絵三枚を見ようとする者は、イエス・キリストがその生の最後に経験したことを、まるでその現場にたたずんでいるかのように眺めることになる。

「エッケ・ホモ」

　言うまでもないことだが、「この人を見よ」を意味する「エッケ・ホモ」という言葉はヨハネによる福音書十九章に出てくる。原典を確認しておこう。

そこで、ピラトはイエスを捕らえ、鞭で打たせた。兵士たちは茨で冠を編んでイエスの頭に載せ、紫の服をまとわせ、そばにやって来ては、「ユダヤ人の王、万歳」と言って、平手で打った。ピラトはまた出て来て、言った。「見よ、あの男をあなたたちのところへ引き出そう。そうすれば、わたしが彼に何の罪も見いだせないわけが分かるだろう。」イエスは茨の冠をかぶり、紫の服を着けて出て来られた。ピラトは、「見よ、この男だ」と言った。祭司長たちや下役たちは、イエスを見ると、「十字架につけろ。十字架につけろ」と叫んだ。ピラトは言った。「あなたたちが引き取って、十字架につけるがよい。わたしはこの男に罪を見いだせない。」ユダヤ人たちは答えた。「わたしたちには律法があります。律法によれば、この男は死罪に当たります。神の子と自称したからです。」
（十九章一節 - 七節）

ちなみにこの「エッケ・ホモ」という言葉は他の福音書には出てこない。たとえばルカによる福音書第二三章第四節から二三節には以下のように書かれている。

ピラトは祭司長たちと群衆に、「わたしはこの男に何の罪も見いだせない」と言った。……「あなたたちは、この男を民衆を惑わす者としてわたしのところに連れて来た。わたしはあなたたちの前で取り調べたが、訴えているような犯罪はこの男には何も見つからなかった。ヘロデとても同じであった。それで、我々のもとに送り返してきたのだが、この男は死刑に当たるようなことは何もしていない。だから、鞭で懲らしめて釈放しよう。」……しかし、人々は一斉に、「その男を殺せ。バラバを釈放しろ」と叫んだ。このバラバは、都に起こった暴動と殺人のかどで投獄されていたのである。ピラトはイエスを釈放しようと思って、改めて呼びかけた。しかし人々は、「十字架につけろ、十字架につけろ」と叫び続けた。ピラトは三度目に言った。「いったい、どんな悪事を働いたと言うのか。この男には死刑に当たる犯罪は何も見つからなかった。だから、鞭で懲らしめて釈放しよう。」ところが人々は、イエスを十字架につけるようにあくまでも大声で要求し続けた。その声はますます強くなった。そこで、ピラトは彼らの要求をいれる決定を下した。

福音書に出てこない言葉を絵のタイトルとするのは意味がない。とするならば、「エッケ・ホモ」をタイトルとすることは、ヨハネによる福音書にある言葉を典拠にしているということになる。あるいは、いずれかの福音書に記載されている言葉は、聖書にある言葉と認めてよいという聖書についての考え方にもとづいているかである。あるいは逆に、そのような違いがあることを知っていて、福音書間に矛盾があることを、何らかの形で示そうとしているのかもしれない。あるいは、聖書に書かれていることを絵にしようとしたとき、典拠は問題ではなく、画家の想像力に任されるという考え方を取っていることも考えられる。このような問いは通常発せられないが、ジョイスがこの絵を見た時期には、福音書間に記述の食い違いがあることは、大きな問題——信仰を揺るがし、教会のあり方を問う問題——となっていたことからすると、確認しておいてよい点である。

鞭打ちに関しても福音書間で違いがある。ダーフィット・フリードリッヒ・シュトラウスはその点について、以下のように指摘する。マタイによる福音書、マルコによる福音書にも鞭打ちは言及されており、処刑の前にする習わしであることがわかるが、ルカによる福音書では性質が違う。磔刑の代わりのような扱いになっており、それでイエスの敵をなだめようといわんばかりである。実際ルカによる福音書では鞭打ちは起こらない。ヨハネによる福音書では、鞭打ちしたイエスに紫のローブを着せ、イバラの冠を載せ、それで民衆の怒りを鎮めようとしている(675)。シュトラウスはこのうちのどれが歴史的に起こったこととして正しいかを問い、ルカによる福音書、ヨハネによる福音書は調和主義的で、マタイによる福音書、マルコによる福音書の記述の方が正しいと結論づける。

ジョイスはシュトラウスを読んでいた。とはいってもこの評論を書いた時点からすれば、これよりもあとのことになるが、それはジョイスが聖書というもののとらえ方について自身の中に疑問を持ち、それに答えを出してくれるものを以前から探していたことを意味するのだろう。この時点でとりあえず確認しておくべきことは、絵という形で聖書的なできごとを描くということは、というより聖書的なできごとのすべての表象は、シュトラウスに限らず多くの神学者によって歴史的に指摘されてきた、聖書に存在する食い違いの問題を喚起する場となりうるということであり、ムンカーチの《エッケ・ホモ》を見る機会というのは、そのようなラショナリズムと呼ばれるメンタリティ——ジョイスもそれを持っていた——との邂逅の場となりえたということである。

ジョイスがムンカーチの《エッケ・ホモ》に見たもの

ジョイスはまず、同作品を「《ピラトの前のキリスト》および《カルヴァリの丘のキリスト》〔前述の表記だと《ゴルゴタ》〕とともに、受難後半を描くほぼ完璧な三部作」（*CW* 31）と呼ぶ。これら三作をまとめて紹介するのは当時ムンカーチを紹介する記事で用いられていた常套表現なので、ジョイスがムンカーチについて聞いたり・読んだりしたそのままを書いていると見てよいだろう。ちなみに、評論においてジョイスは、ムンカーチの名を現在用いられるMunkácsyではなくMunkacsyと綴るが、これもまた当時の雑誌・新聞・百科辞典で用いられていた表記なので、ジョイスの間違いでも、ジョイスが無知だったわけでもない。「受難の終盤を描くほぼ完璧な三部作」という言葉にはジョイスの思い入れが感じられる。というのも『美術雑誌』（*The Magazine of Art*）のように、《エッケ・ホモ》を力作ではあることは否めないとしつつも、失敗作と評するものもあったし（A. F. 414）、『ブリタニカ百科事典』（*The New Volumes of the Encyclopaedia Britannica*）第十版のように、「彼が生きているうちに得た名声のレヴェルで、名声を維持できるかどうかは大変疑わしい」とする立場があったことが確認できるからである（29）[*3]。とはいえ、《エッケ・ホモ》はブダペストで三十万人もの人が見に訪れた話題の作品（Beavan 407）、評価の高かった作品であったから、ジョイスが「受難の終盤を描くほぼ完璧な三部作」と言ったからといって特別に変わった評価をしていることにはならない。それでも目を惹くのはジョイスの踏み込んだ絵の読み方である。高い評価をする理由をジョイスは、絵の中に描かれている人物が生きていると見まごうほどにリアリスティックに描かれている点にあるとする。ジョイスはそれを「ひょっとすると今考察しているこの絵のなかでもっとも人の心を打つのは、その生命感、まやかしの現実感であるかもしれぬ。男も女も血肉をそなえ、それが魔法使いの手によって、物言えぬ忘失状態に置かれていると空想できるほどだ」（*CW* 31-32）と表現している。ジョイスがこのように書くとき、《エッケ・ホモ》に描かれる人物は、「魔術」的リアリズムの力によって命が与えられ、二次元的絵画的表象に留め置かれることを止めて、ジョイスの目の前に動きださんばかりの情景となって現われている。

絵の本当らしさ・迫真性（verisimilitude）は、抽象絵画を除けば、すぐれた作品のいずれにも見られる性質であろうから、今さら特筆する必要もないのだが、とりわけ注目すべきはここでジョイスが使う〈劇《ドラマ》〉という概念である。ジョイスは言う。「よってこの絵はまずもって劇的なものであり、欠点なき姿形を表わしたものでも、また心理をカンバス上に再現したものではない」（*CW* 32 強調は筆者）。「劇」という言葉を聞いて誰しもが思い浮かべるのは、舞台の上で演じられる劇であろう。それを一枚の絵を指す言葉として使うことが読者に与えるであろう違和感については、ジョイス自身も十分に自覚している。ゆえにジョイスは、「劇を舞台に限るのは誤りである。劇は絵に描くこともできるし、歌や、演ずることで表わすこともできるのだ。《エッケ・ホモ》はひとつの劇なのである」（*CW* 33）と言う。そのように言えるのは、ジョイスが「劇という言葉で……考えているのは、情念の相互作用（the interplay of passions）」（*CW* 32 中略は筆者）であるからである。

ジョイスがムンカーチの絵に〈劇《ドラマ》〉があるとし、それは「情念の相互作用」があるからだ、と言う意味は、彼がこの絵の中に彼が見ているものをこの評論中にひとつひとつ細やかに列挙していくのを見ればわかる。以下にジョイスの説明を引く。ムンカーチの絵（図1）と見比べながら読んでいただくのがよいだろう。

舞台となっている場所を説明したあとで、彼はまず、両手を前に縛られ、頭に黄色がかった茨の冠を乗せられ、体を赤いマントに包まれ、軽そうな長い葦の茎をおぼつかなげに持ったキリストと、その横

図１　ムンカーチ《エッケ・ホモ》（Wikimedia Commons より）

でキリストを指差すピラトを記述する。この二人の主要人物の真下にはどよめきのたうち回るユダヤの烏合の衆（"the rabble," CW 33, 34, 35）――「烏合の衆」はジョイスがほかの評論でも使用するキーワードであることを思い出そう――がいる。ジョイスは、彼らの、顔や仕草にしてもひとりひとり違えて描く表現を「驚くべきもの」として列挙していく。麻痺した、くたびれきった体つきの卑俗な男の顔には獣性が刻まれている、とジョイスは書く。広い背中と強壮な腕、固く拳を握り締めた、筋骨たくましい「プロテスタント」の足元に、ひとり跪いている女性は、ジョイスには、美しく丸みを帯びた腕によって群衆の野蛮さとコントラストを示すものと見える。「おそらく悔い改めた娼婦（magdalen）であろう」と思われるその女性は、そのいたたまれない憐憫の情により、厳格な、通俗的な人物像とコントラストをなす。浮浪児は背中を向けているが、若々しい歓喜にあふれながら、両腕を高く掲げ、両手を開き硬く力を込めている。群衆の真ん中には怒りを露わにした男が見える。そこには「動物の悪意からのうなり」がある、とジョイスは言う。

このほかにも、勝ち誇った熱狂者、愚かな物乞いのぼんやりとかすんだ顔、恐怖に駆られ逃げ出そうとしている老婆など、いたるところに新しい顔があるのをジョイスは見逃さない。この場全体に広がる反感の情と対比的なのは、苦悶により気を失ったマリアを憂慮と哀れみの表情で支えるヨハネである。こういった全体を冷たく見渡すまわりのローマ兵は、「キリストを見世物として眺め、烏合の衆を小屋から放たれた一群の動物として眺めている」とジョイスは描く。描かれたひとりひとりを見終えたジョイスの目は再び壇上のピラトへと戻り、彼には群衆を鼻であしらうに足るほどのローマ人らしさがなく、地位に見合うだけの威厳が欠けている、と指摘する（*CW* 34-35）。

このようにしてジョイスは、この絵の中に描かれているさまざまな人を取り上げることで、この絵の中にさまざまな思惑や意志・感情をもった人々がいることを確認している。個々の人間が持つ思惑や意志・感情の食い違いは、絵に描かれた人たちに表情、身振り、行動の違いをもたらす。それはこの絵の中に一種の緊張感を漂わせることとなる。より正確にいえば、そのような緊張感が漂うとジョイスが見ている。だから彼は、絵という二次元空間に固定化された人たちに、動き出さんばかりの生気を感じるのである。ジョイスが「情念の相互作用」という言葉で表そうとしているのは、絵を見る者にも感じ取れるように描かれた、個々の人物のそれぞれの思惑や意志・感情が、それぞれ異なるがゆえに、渦となって、この絵の中に動きを感じさせるもの、その結果としてこの絵の中に描かれた空間がもつことになる空気感のことであるとわかる。そういう意味での「情念の相互作用」が見て取れることから、ジョイスはこの絵を〈劇《ドラマ》〉と呼ぶのである。

こうしてジョイスは、「ひとつの戯曲にせよ、あるいは音楽作品にせよ、あるいは絵画にせよ、それが人間がいつの世にあっても変わることなく抱く希望や欲望や憎しみに関わるものであるならば、あるいは、広く語られるわれわれ人間の本性を象徴的に描くものであるならば、たとえ扱うのがその本性の一面にすぎなくとも、それは劇となる」(*CW* 32 強調は筆者)とまとめることになる。ジョイスはこれをもって「劇」を芸術一般に適用しうる普遍的な概念へと高めるとともに、三つの要素が幸運な調和を見せる希有な昇華を果たす状態を示す語へと変換する。そのひとつは「魔術」的リアリズムであり、もうひとつは劇の本質的な要素としての「情念の相互作用」である。それらに「象徴的な描写」(強調は筆者)が加えられるとき、ジョイスが〈劇《ドラマ》〉という言葉で表わすものが現出することになる。

ムンカーチの《エッケ・ホモ》でなくてはならない理由

図２　コレッジオの《エッケ・ホモ》(Wikimedia Commons より)

「エッケ・ホモ」は、私が指摘するまでもなく、数多くの画家が手掛けてきた主題である。アルバート・E・ベイリー(Albert E. Bailey)の『キリストの生の美術研究』(*Art Studies in the Life of Christ*)によれば、「付随する残酷な処遇も含めて、裁きの場面を描く絵は少なくとも七〇枚ある」(146)という。それも彼がこの本を著した一九一七年までにということになる。とするならば、ジョイスが取り上げる作品が、ムンカーチの《エッケ・ホモ》でなくてはならなかったのかという疑問が浮かんでくる。ジョイスがムンカーチの絵の中に見る〈劇《ドラマ》〉はほかの《エッケ・ホモ》にも見られるか、という疑問も同様に浮かんでくる。これを考えるためには「エッケ・ホモ」という主題が絵画においてどのように扱われてきたかを見ておく必要がある。

エステル・メイ・ハール（Estelle May Hurll）が一八九八年に出した『美術におけるわれらが主の生』（*The life of Our Lord in Art*）によれば、「エッケ・ホモ」という主題のもとにまとめられる絵画において焦点があてられるのは、イエスに与えられる肉体的苦痛、イエスの肉体的弱さ、悲しみの人としてのキリスト、群衆との対峙だという（282-86）。前者三者は互いに関連する部分が大きいので、ひとつのカテゴリーにまとめて考えると、多くの絵がこの類型に入ることがわかる。アントニオ・アッレグリ・ダ・コレッジオ（Antonio Allegri da Correggio 一四八九頃－一五三四）が描く《エッケ・ホモ》（図2）はキリストを中心に配し、彼が放心した様子を描く。バルトロメ・エステバン・ムリーリョ（Bartolomé Esteban Perez Murillo 一六一七－八二）は静かな諦念に沈む弱きキリストを描く（図3）。グイド・レーニ（Guido Reni 一五七五－一六四二）の表情も虚ろに天を仰ぎ見るキリスト（図4）は、哀しみ、絶望、肉体的苦痛から、自身に与えられた運命の意味を確かめているように見える。ミケランジェロ・メリージ・ダ・カラヴァッジオ（Michelangelo Merisi da Caravaggio）が描くキリストもうつむいて悲しい

上：図3 ムリーリョの《エッケ・ホモ》
下：図4 レーニの《エッケ・ホモ》
（双方 Wikimedia Commons より）

図5　チゼリの《エッケ・ホモ》（Wikimedia Commons より）

面持ちを見せる。この類型には、ほかにもチーゴリ（本名ロドヴィコ・カルディ）（Cigoli [Lodovico Cardi] 一五五九－一六一三）、マテオ・セレソ（Mateo Cerezo 一六三七－一六六六）など多くを入れることができる。

この類型に比べると、群衆との対峙に焦点をあてるものは多くはない。ヒエロニムス・ボス（Hieronymus Bosch）、ティントレット（本名ヤコポ・ロブスティ）（Tintoretto [Jacopo Robusti] 一五一八－九四）、レンブラント・ハルメンスゾーン・ファン・レイン（Rembrandt Harmenszoon van Rijn 一六〇六－六九）の描く絵には、群衆との対峙を構図としても、宗教性というテーマからの要請に押されて群衆は平面的となり、ムンカーチの絵に見るような個々の人物に粒立ちがない。同じことはベンジャミン・ウェスト（Benjamin West）が描く《拒まれたキリスト》（"Christ Rejected"）にも言える。アントニオ・チゼリ（Antonio Ciseri 一八六三－一九二四）の《エッケ・ホモ》（図5）はその点異質である。通常の《エッケ・ホモ》と違って場面の裏側から描くこの絵においては、キリストの顔もピラトの顔も見えない。群衆も、そこにいることは見て取れるが、その姿は見えない。その中で焦点をあてられるのは、中心に配置され大ぶりな身振りを見せて訴えかけるピラトの後姿である。彼が何を訴えかけようとしているのかは見えてこない。その見えなさが浮かび上がらせるのは、先に触れたハールの言葉で言うとピラトの「ずる賢いショーマン役」となる（281）。この絵は、構図からすると十分〈劇《ドラマ》〉的と言えるが、右記の見えなさによって中心がはっきりしなくなるために、その〈劇《ドラマ》〉的性格を支えるものがなくなってしまう。

数多くある《エッケ・ホモ》を概観するだけでもおおよそ言えることは、ムンカーチが描く《エッケ・ホモ》は、同様のタイトルのもとに描かれてきた絵の類型から外れる傾向が強いということである。苦痛を与えられるキリスト、悲しみの人キリスト、自身の運命を受け止めるキリストと形はいろいろとあれど、キリストその人をクローズ・アップして描く描き方をすることは止め、彼を裁く総督ピラト、さまざまな思惑・感情をもった群衆との間に置いて描くムンカーチの《エッケ・ホモ》は、焦点をキリストのあり様から、対立へと移している。そのとき確かにジョイスがいうような〈劇《ドラマ》〉的要素が現われてきている。ベイリーが先述の著書の中でムンカーチの絵の読み方指南の中で、「この絵は劇場のようか、それはどのようによってか」と問い、劇的性格がこの絵にあることを示唆する（147）のはその意味で正しい。そのとき、彼が「囚われの人［キリスト］に対するどのような態度がこの絵の右側にいるユダヤ人たちに見られるか。……彼らと左半分のユダヤ人との間にどのような違いがあるか。……兵士の左側にいる男は何を叫んでいるのか。なぜ芸術家は優しい顔の母や子供を加えているか」（147 中略は筆者）と問い、目を向けさせようとする点は、ジョイスがこの絵について説明するときに目を向けている点と驚くほどの近似性を示すことになる。

このように見てくるならば、ジョイスが〈劇《ドラマ》〉を見るためには、他の画家の《エッケ・ホモ》ではなく、

図6　ティツィアーノの《エッケ・ホモ》(Wikimedia Commons より)

ムンカーチの《エッケ・ホモ》でなければならなかったと言えそうである。ジョイスが《エッケ・ホモ》論でムンカーチを取り上げるのは、一般的にムンカーチがイギリス圏で人気であったこと、ムンカーチ展がまわってきていたからと説明されるが、そのような状況が評論を書くきっかけになったことは間違いないにしても、たまたまムンカーチを見たからなのではない。ジョイスがムンカーチを取り上げて評論にしたのは、ムンカーチが他の《エッケ・ホモ》にはない要素を描いていることをジョイスが鋭くも感知したからである。

この点について付言しておいてもよいと思われる興味深い点は、右で見たカテゴリーでいうと苦痛に耐えるキリスト、運命を甘受するキリストに属す、ティツィアーノ・ヴェチェッリ（Titan; Tiziano Vecellio 一四八八頃－一五七六）の《エッケ・ホモ》が、国立美術館に一八八五年に購入されている事実である。購入されていたからといって常時展示されていたことにはならないが、展示の目玉になりそうな作品であることを考えるとまったく展示されなかったとは考えにくい。それほど絵に関心をもっていたわけではなかったジョイスが、書き込みをした国立美術館のカタログを持っており、弟のスタニスロースと時折美術館を訪れていた（162）というピーター・コステロ（Peter Costello）の指摘が正しければ、伝統的な《エッケ・ホモ》の描かれ方のされたこの絵を彼が見ていた可能性がある。そのジョイスがムンカーチの《エッケ・ホモ》を見たときにどのように感じたかを想像してみるとよい。そうすれば、ジョイスがティツィアーノの《エッケ・ホモ》(やその他ジョイスも知っていたであろう伝統的な描き方によるエッケ・ホモ》)を見たときには書かなかった評論を、ムンカーチの《エッケ・ホモ》を見て書いたその意味が明らかになるであろう。それはつまり、ティツィアーノ(やその他ジョイスも知っていたであろう伝統的な描き方をする画家)の《エッケ・ホモ》については書くべきことがなかったのに対し、ムンカーチの《エッケ・ホモ》には評論を書かずにはいられない何かが——少なくともジョイスには——あったということである。

《エッケ・ホモ》論を書かせたもの(一)——人間的まなざし

その何かとは、もちろん先に見た〈劇《ドラマ》〉ということになるのだが、その根底には人間的なまなざしがある。それはジョイス自身が説明してくれるので、それに耳を傾けよう。彼は言う。「人間に対して冷徹に切り込み」、「人間の卑しい情念のすべてを、恐ろしいほどリアルに提示」(CW 35)するムンカーチの目により、「ピラトは利己的であり、マリアは母性的であり、涙を流す女は悔恨者であり、ヨハネは強い男だが、その内面においては大きな悲しみに引き裂かれており、兵士たちには征服という拭いがたい物質性の刻印が見られ」る点に注目をする(CW 35)。「強烈に、力強く、人間的」であることを志向するまなざしが、「情念の相互作用」という言葉でジョイスが意味しようとしていた情念の渦巻き・対立を炙り出すのみならず、宗教画において「マリアを母親として、ヨハネを一人の男として描」く(CW 36)ことをもたらす。ジョイスはそこに「最高の天才の証し」を見る(CW 36)。多くの画家が手がけてきた「エッケ・ホモ」をテーマとする絵の中で、ジョイスがムンカーチを取り上げる理由は、まさにこの点にある。つまり、通常であれば宗教的にとらえられ、その宗教的役割という点から考えられるキリスト、マリア、ヨハネを、それぞれ感情を持つ生身の人間として見るムンカーチをジョイスは評価しているのである。「もしこの絵に何か超人的なもの、人の心を超えた何かがあらねばならないとするなら、それはキリストの中に現われよう。しかし、このキリストをどう眺めようと、彼の相貌にそのような形跡は一切見当たらない。彼の姿に神聖なものは何もなく、超人的なものは何もない」点をジョイスは評価している。それをまたジョイスは「画家の側の腕に劣ったものがあるのではけっしてない。彼の技術からすればどんな描き方もできたであろう。これは画家が意図して選んだ立場なのだ」（CW 36）と言い切る。

ジョイスはここでその選択をムンカーチの意志であるとし、ジョイス自身の単なる見解ではないと言っているのであるが、それは正しい。というのも、ムンカーチはアナトール・フランス（Anatole France）の「ユダヤの総督」（"The Procurator of Judea"、版によっては "The Governor of Judea" という訳もある）を読んで《エッケ・ホモ》を描いたと言われているからである（Morowitz 205）。この短篇は、姦淫の罪により皇帝ティベリウスにより追放されたアエリウス・ラミアという男が、皇帝の死去にともない、赦しを得て、ローマに戻ったのちに、放浪の際に見聞きしたことをまとめ、過去の苦しみを今の慰めとしていたところ、保養先で昔世話になったピラトが通るのを見かけて、昔話に花を咲かせる話である。ピラトが総督時代に起こったことをいろいろと話す中で、イエスという名のガリラヤの男が、よくわからない罪で磔刑に処せられたが、覚えているか、とラミアが最後の最後に聞くと、ピラトは「イエス？思い出せないな」と答えるところで話は終わる。つまり、キリスト教創始者としてのイエスどころか、ただの人としてのイエスさえピラトの記憶にはなかったということを描く短篇である。ムンカーチがイエスの神聖性を否定する話を読んで《エッケ・ホモ》を描いたとき、そのまなざしが残っていることをジョイスは鋭くも感じ取ったということである。

ジョイスがムンカーチの絵に見た〈劇〉、すなわち「情念の相互作用」は、そこに描かれる人物がそれぞれひとつの個性をもった人間として同じ地平に立つことが可能とするものである。拭いえない絶対的な違いがある神と人間の関係にもとづいて神をたたえる態度が、宗教画では定番と言えるテーマである《エッケ・ホモ》において、キリストを中心に置く描写を可能にしてきた。ムンカーチの絵がそれと異なるのは、彼がそこに登場させている人物の間に、本質的な差を設けない民主的な目をもつからである。

もうひとつの『エッケ・ホモ』

アナトール・フランスが、イエスの神性を否定するだけにとどまらず、人としてのイエスすらも黙殺した「ユダヤの総督」を著し、それを読んだムンカーチが人としてのキリスト、マリア、ヨハネを《エッケ・ホモ》に描き、それを見たジョイスが――正しくも――ムンカーチの意図を読み取ったことには、人間的まなざしの連鎖がある。この連鎖に、奇遇にも同じ『エッケ・ホモ』というタイトルによる宗教書が関わってくるのは、偶然ではない。

一八六五年にその名も『エッケ・ホモ――イエス・キリストの生涯と御業についての概察』(*Ecce Homo: A Survey of the Life and Work of Jesus Christ*)という本が出る。匿名の著者によるものであったが、のちにロバート・シーリー(Robert Seeley)によるものとわかる。(*4) この本は、前書きにあるように、「流布しているキリスト観に不満を持」った著者が、「その主題を根本から考え直し、キリストがまだキリストと呼ばれず、単なる若者――ただし、有望で彼を知るものには人気が高く、神の寵愛を受けているように見える――でしかなかった時代に身を置いて、彼の伝記を一点一点たどり、教会の神学者や使徒たちが権威でもって固めた結論ではなく、批判的検討をした（critically weighed）事実が間違いないと保証してくれるように思える結論のみを受け入れ」ようとした本である。「神学的な問題は一切扱わず」「現代の神学と宗教を生み出した人としてのキリストはもう一冊の本で扱う」ことにして、「キリストが今彼の名をもって呼ばれる社会［即ち教会］を創設した目的は何であったか。そしてその目的を達成するためにそれがどのように形を変えられているか」という問いに答えるべく、人間としてのキリストをたどった書である（v-vi）。

この本は、ジョン・ヘンリー・ニューマン（John Henry Newman）のレヴューにある言葉を借りるならば、「宗教関係者にセンセーションを起こし」、「八つ折り本で目立って安いということもないのに数ヶ月で三版を重ねた」（364）[*5]。その勢いは止まることなく、『マクミランズ・マガジン』（*Macmillan's Magazine*）一八六六年五月号によれば七ヶ月で七版、『ビブリカル・レパートリー・アンド・プリンストン・レヴュー』（*The Biblical Repertory and Princeton Review*）によれば一年で十二版を重ねた。『エッケ・ホモ』の続編『自然宗教』（*The Natural Religion*）が一八八二年に出たときにその書評を掲載した『エディンバラ・レヴュー』（*The Edinburgh Review*）一八八二年十月号によれば、その年までに十六版が出た。

これほどまでにこの本が多く売れたのは、『コンテンポラリー・レヴュー』（*The Contemporary Review*）一八六六年五月号に書評を載せたエドワード・T・ヴォーン（Edward T. Vaughan）が言うように、この本が「神学を読まない人にも興味を持って読まれ……どこでも熱心に読まれ、激しく攻撃されたが、それよりも熱烈に賞賛された」（40 中略は筆者）からである。ジョージ・ウォリントン（George Warrington）も同書を宗教的懐疑に悩む人にはうってつけの本であるとして、独立した小冊子にまとめたレヴューでこの本の内容を丁寧に紹介している。宗教に多少なりとも関心のある人達、教会関係者には論争の種となった。雑誌はこぞってこの本を取り上げ、書評をする。上記の『コンテンポラリー・レヴュー』はこの本を、キリストの魅力を十分に伝えていない点、問いとして出しているものへ十分な答えを出していない点など欠点があるものの、よい本とする好意的なレヴューをする。ピーター・ベイン（Peter Bayne）は『フォートナイトリー・レヴュー』（*The Fortnightly Review*）一八六六年六月号で、『エッケ・ホモ』を英国で過去二五年に現れた宗教的な本の中でもっとも重要な本とし、英国の生命力ある進歩的な考えを示す本としてこれ以上のものはなく、退廃したドイツやフランスとは違い英国の未来の希望を示すと評する。これに対し『ウェストミンスター・アンド・フォーリン・レヴュー』（*The Westminster and Foreign Review*）一八六六年四月号は、「批判的検討を施した」（"critically weighed"）というその意味を不明とし、キリストの神学的問題を扱わず人間的な面を扱うにも批判に欠け不満が残るとの厳しい評を下す。『クォータリー・レヴュー』（*The Quarterly Review*）一八六六年四月号は、『エッケ・ホモ』と聖書の食い違いを指摘し、著者が独創的であろうとする野心のあまり、間違った理論を作り、それに合わない事実を抑えている点を批判し、誤った表象・誤謬に満ち、一貫性もない本と酷評する。J・K・グレイズブルック（J. K. Glazebrook）もまた小冊子を出して、神学を扱わずにキリストの生、目的は書けないとする立場から、この本にはキリストの神性否定に満ちているとし、この本の人気の原因はこの異端性にあるとする。ニューマンは、『エッケ・ホモ』の議論を丁寧に紹介した上で、キリスト教のある面は示し、ある面は示さないこの本の恣意性を批判し、意図したことが果たされていない本とする。(*6)

『エッケ・ホモ』をめぐる論争は、匿名で出されたこの本の著者が一体誰かという下世話な関心に支えられた部分も少なからずあったが、その中心は、どこまでその主張がリベラルかという点にあった。

「批判的検討」という言葉に著者・評者双方が注目していたことは、この本がどれほどまでに聖書を他の歴史的な書と区別することなく批判的に見る当時の実証主義やラショナリズムと関わっているのかを見定めようとしていたことを示す。よく比較に使われたのは、『エッケ・ホモ』よりも前に大陸で出ていたシュトラウスの『イエス伝』とルナンの『イエスの生涯』であった。この二人が奇蹟を認めない立場を取ったのに対して、『エッケ・ホモ』は、人間としてのキリストを見ると言いながらも、奇蹟を認める立場を取ったことは、大陸のイエス伝を行きすぎ（退廃的）ととらえる人には、英国的良識を示す好ましいイエス伝に見えた。トマス・ヘンリー・ハックスリー（Thomas Henry Huxley）に代表される科学的無神論や懐疑主義への警戒も示された。『エッケ・ホモ』にそれらに通ずる面もあるとしながらも、それへの回答となっている面を見いだし、妥協的に好意的にとらえる批評家もいた。『エッケ・ホモ』をよく思わない側がこの本が匿名で出されたことを逆手に取って、この本自体を無効化あるいは書き換えをしようとした試みは、この本をめぐる攻防の興味深い例として挙げておいてもよいかもしれない。『エッケ・ホモ』が出た二年後に、その名も『エッケ・デウス』（*Ecce Deus*）と題された本がこれまた匿名で出される。(*7)「この人を見よ」という意の『エッケ・ホモ』に対して、「この神を見よ」を意味するこの本は、『エッケ・ホモ』が神としてのキリストについては別の本で扱うとしていたのに乗じて、あたかも同一著者がその続編で『エッケ・ホモ』で示した考えを改めたかのように見せかける本であった。その策略どおり、『レィディズ・レポジトリー』（*The Ladies Repository*）一八六六年七月号は二冊を同一著者によるものと考え、『エッケ・デウス』を『エッケ・ホモ』の見解を修正した本と見て、好意的にとらえる。

この『エッケ・ホモ』を――ルナンの『イエスの生涯』同様――ジョイスは所有していた（Ellmann

1977, 126)。ジョイスがムンカーチの絵に見る、人としてのキリストは、『エッケ・ホモ』の延長線上にある。(*8) このとき彼は、『エッケ・ホモ』論争がひとつには歴史の中で示してきた宗教的懐疑とラショナリズムに自らを接合し、キリストを人間とする歴史的な議論を背負いつつ、キリスト教の抱える本質的な問題にあらためて問いかけをしている。大学に入ったばかりのジョイスがこのような意見表明をしていることは注目に値する。それをひとつの論評にまとめていることは、ジョイスの宗教的姿勢と今後の自身のあり方を取り返しのつかないほど重大な宣言にまとめているものとして、重く受け止めるべきであろう。ここには保守的なカトリックの国アイルランドに対し宣戦布告を行い、国を出るジョイスの意志の萌芽がある。

《エッケ・ホモ》論を書かせたもの（二）——生《ライフ》

ムンカーチの《エッケ・ホモ》が伝統的な《エッケ・ホモ》とは異なる点については第四節で確認したとおりだが、彼の絵の特徴は、宗教画によくある神聖な属性をイエス（やマリア、ヨハネ）に与えず、人として描き、なおかつ群衆の一人一人にそれぞれの感情や思惑をもたせた点にあった。そこから「情念の相互作用」が生まれ、それがジョイスが言うところの〈劇《ドラマ》〉となった。それを右の二節では人間的なまなざしと見たのだが、それは違う言い方をすると、その「民主的」な目により、ジョイスが「烏合の衆」と強い言葉で呼ぶ人たち一人一人が個性ある生きた人間となったことを意味する。それぞれがそれぞれの思いや思惑をもち、粒だった個性を、手に入れたとき、はじめて群衆は生きた人間となったということだ。そうして彼らは、神聖な存在ではない同じ人間としてのイエス（やマリア、ヨハネ）と、同じ生の舞台に立っている。それは、ボスや、レンブラントやウェストが描く平板な群衆とムンカーチが描く——そしてそれを見るジョイスが描写する——群衆とを比較してみればすぐにわかることだ。したがって、ジョイスがムンカーチの絵に見たものは、〈劇《ドラマ》〉であり、「情念の相互作用」であるが、それは〈生《ライフ》〉と言い換えることが可能になる。〈劇《ドラマ》〉とは「情念の相互作用」であり、それは〈生《ライフ》〉の哲学の表明となっているという意味で、それらの根底には〈生《ライフ》〉の哲学がある。ジョイスはムンカーチの絵に自身がもっていた〈生《ライフ》〉の哲学の表明の共鳴を見た。それが《エッケ・ホモ》論を書かせたものとなる。

〈生《ライフ》〉の哲学と〈劇《ドラマ》〉との関係については、その名も「劇と生《ライフ》」("Drama and Life")と題された評論を見るのがよい。これはジョイスが文学と歴史協会で発表した論考であり、それを差し止めさせられそうとなったいきさつは『スティーヴン・ヒアロー』に描かれている通りである。この評論は《エッケ・ホモ》論に彼が書いた「情念の相互作用」としての〈劇《ドラマ》〉という考えと、劇は「場に条件づけられようとも場に支配されない」という命題を繰り返しながら、それを歴史という時間軸の中で考察しようとした意欲的な論考である。彼はまず、歴史の中で確固たる様式を打ち立てたものとしてギリシア演劇やシェイクスピアの劇を取り上げるのであるが、それらは自身の役割を終えたと言う(CW 40)。簡単に言うと、彼が考えているのは劇の進化論である。劇は生であり、劇という時代に合わせて出てくる様式は、その生の帯びる暫定的な形でしかない。劇を魂、劇の様式を肉体と考えればイメージしやすいだろう。したがって劇はつねに進化の途上にあり、ある形式にとどまることはない。ジョイスは、劇は正しい様式を経験していないとさえ言う。劇は生から自発的に湧き起こるものであり、生が存在する限り存在するものであるというのはその意味においてのことである。ゆえに、劇はあらゆる点で自由であり、因習と戦うことになる。それが彼の言う、劇は「場に条件づけられようとも場に支配されない」という主張の内実である。死ぬことのない情念——〈劇《ドラマ》〉の同義語と考えてよい——は英雄の時代にあっても科学の時代にあっても不死であり、劇は永遠に形を変えながら現われるとする。彼がリヒャルト・ワグナー（Richart Wagner）の『未来の芸術』（*The Art-Work of the Future*）を引用しながら、劇をイグドラシル（Igdrasil）の枝にたとえるのはその意味では自然なことである（*CW* 45）。このような劇のあり様を考えるジョイスは、劇の倫理目的も美も否定する。それによって彼は新しい劇を擁護する。

生《ライフ》の哲学からジョイスの詩学へ

ジョイスの評論「劇と生《ライフ》」は、《エッケ・ホモ》論で述べた彼独自の〈劇《ドラマ》〉という概念を、実際の劇に当てはめ、劇の進化論を説いたものとなる。それによって古い劇（ギリシア演劇、シェイクスピアの劇）をどんなに偉大であったにしても骨董屋送りにし、新しい劇を擁護するのだが、ジョイスの狙いはそれだけではない。彼がこのような〈劇《ドラマ》〉を説くのは、自身がこれから書いていくであろうもの――それが『さまよえる人たち』（*Exiles*）のような実際の劇の形を取るかとは関係なく――を、〈劇《ドラマ》〉の中に位置づけるために書いている。つまり、彼の作品すべてを〈劇《ドラマ》〉として書いていく、その詩学の表明として書いている。そのことは彼の唱える〈劇《ドラマ》〉と彼の作品――とりわけ初期の作品――において重要とされるエピファニーとが、実のところ重なる概念であることを確認すればわかることだ。

繰り返しになるが、ジョイスがムンカーチの絵の中に見ていた〈劇《ドラマ》〉とは、「情念の相互作用」であった。それは、描かれている個々人が思い思いの感情・思惑をもっており、それぞれが異なった感情・思惑をもっているがゆえに、そこから衝突がいまにも起こりそうな状態を指すものであった。「相互作用」という言葉は、同一平面上に描かれる異なった感情・思惑が、互いに互いを映し出す鏡として作用することを指す。ムンカーチの絵で言えば、イエスを十字架にかけろとおそらくは叫んでいる男と、気を失い生気を失って見えるマリアは、大きな対比をなす。その対比から見えてくるのは、第一にそれぞれのこの絵で描かれているできごとに対する思いや考え方の違いであるが、それは個々人の人のあり様をも照らし出す。ジョイスが「くたびれきった体つきの卑俗な男の顔には獣性が刻まれている」と書くとき、彼は群衆の中の一人の本質を見据えている。それは、なんのことはない、ジョイスがエピファニーと呼ぶものの実践でしかない。『スティーヴン・ヒアロー』で「話す言葉やジェスチャーの卑俗さであれ、精神それ自体の記憶の相においてであれ、突然現れる精神的顕現」と定義されるエピファニーは（*SH* 211）、隠れた人間の本性、欲望、思惑、つまりは「情念」の「精神的顕現」であった。「それが人間がいつの世にあっても変わることなく抱く希望や欲望や憎しみに関わるものであるならば、あるいは、広く語られるわれわれ人間の本性を象徴的に描くものであるならば、たとえ扱うのがその本性の一面にすぎなくとも、それは劇となる」（*CW* 32、強調は筆者）とムンカーチの絵を説明する言葉の中の「劇」は「エピファニー」という言葉に置き換えてもなんら支障がない。

　例を見てみよう。スティーヴンが『スティーヴン・ヒアロー』でエピファニーを「話す言葉やジェスチャーの卑俗さであれ、精神それ自体の記憶の相においてであれ、突然現れる精神的顕現」と定義したあとで、「これらのエピファニーを細心の注意をもって記録することを文人の務め」（*SH* 211）と言うように、ジョイスは一群のエピファニーを書きため、それらを「エピファニー集」（"The Epiphanies"）と呼んでいた。ロバート・スコールズとリチャード・M・ケイン（Robert Scholes and Richard M. Kain）が示すところによれば、もともと七〇以上あったエピファニーを（3-5）、ジョイスは『スティーヴン・ヒアロー』の構想にそって並べ替え、ナンバーリングを施し、それらに肉付けをして『スティーヴン・ヒアロー』に使おうとした（5-6）。現存しているエピファニーはその数にして四〇になる（3）。その一番は、まだ羽振りのよかった頃のジョイス家がブレイ（Bray）のマーテロ・テラス（Martell Terrace）に住んでいた頃の出来事を記録している。

ヴァンス氏――（ステッキを持って入ってくる）……奥さん、彼には謝ってもらわないといけませんな。
ジョイス夫人――そうですね……ジム、聞こえた？
ヴァンス氏――さもないと――謝らないなら――鷲がやってきて彼の目をくりぬくことでしょう。
ジョイス夫人――ええ、でも彼は謝りますわ。
ジョイス――（テーブルの下で、自分に向かって）
　　――彼の目をくりぬけ
　　謝罪せよ、
　　謝罪せよ、
　　彼の目をくりぬけ。

　　謝罪せよ
　　彼の目をくりぬけ
　　彼の目をくりぬけ、
　　謝罪せよ　　（*WS* 11）[*9]

『肖像』冒頭（*P* 1.27-41）において登場人物を入れ替えて使われることになるこのエピファニーは（*WS* 11）、スコールズとケインの註にあるように、宗教的なことに関連して圧力――謝罪の要求と脅し――をかけてくる隣人ヴァンス氏（Mr Vance）と母親と、テーブルの下に隠れ、「謝罪せよ」（"Apologise"）という言葉と「目をくりぬけ」（"Pull out his eyes"）という言葉に韻を踏ませて（南谷 二〇一六、四九－五〇）、拙いとはいえ、詩の原型といってもよいようなものへと仕上げるスティーヴンの「情念の相互作用」を示す。その対比による〈劇《ドラマ》〉は、将来教会と対立し、芸術の道へ入るスティーヴンの未来を予言する象徴的表現となっている（Beja 96, 97）。

ジョイス（や『ヒアロー』のスティーヴン）が訪れていたシーヒー家での会話を記す十一番のエピファニーは、のちに『スティーヴン・ヒアロー』で一部修正の上使われることになる（*SH* 46）。

ジョイス――彼のことを言っているのだろうけど、君は彼の年齢を間違っている。
マギー・シーヒー――（前に体を倒し、真面目に話す）あら、彼はいくつなの。
ジョイス――七二さ。
マギー・シーヒー――あら、そうなの。（*WS 21*）

ここで話題となっている彼とはイプセンのことである。その年齢を知らないマギーは、知っているジョイスからすればブルジョワ的な「知の砂漠」（*WS* 21）にいることがわかる。この会話はイプセンなどの新しい文学運動との関係における二人（あるいはシーヒー家の人も含めて）の「情念の相互作用」を示す。

このように、「情念の相互作用」と〈劇《ドラマ》〉はエピファニーと大きな重なりを示すが、前者の意味するところはそこにとどまらない。というのも「情念の相互作用」と〈劇《ドラマ》〉は、ジョイスの詩学の基本中の基本である対比、アイロニーの原理になっているからである。[*10] それは『ヒアロー』の言葉で言えば、パラドクシストのスティーヴン（あるいはジョイス）の目の原理でもある。[*11] もう一点指摘しておかなくてはならないことは、それがジョイスの写実主義の原理になっているということだ。ジョイスの〈劇《ドラマ》〉とは個々の人物がそれぞれ異なった個性・感情・思惑をもっていることから生まれてくるものであった。それはつまり、個々を異なった個別の人間として描くことができれば、自ずと〈劇《ドラマ》〉が生まれることを意味する。ジョイスが唱える〈劇《ドラマ》〉の概念を実践しようとしたとき、彼がしなくてはならないことは、個々の人物に個々の人物のあり様を描くことだけだ。〈劇《ドラマ》〉は、意味は、そこから自然に生じてくる。しかも彼が《エッケ・ホモ》論で説明していたように、エピファニーを思わせる象徴的表現をともなって。

それは、違う言葉をさらに引いてくるならば、〈場の構築〉を行なうことである。本書第三章で触れたように、これはイエズス会の創始者イグナティウス・ロヨラが著書『霊操』で用いている概念で、たとえばキリストや聖処女マリアやわれわれが観想する主題に応じ、想像力のヴィジョンによってわれわれが観想しようとしている有形の場所――たとえば寺院とか山――を思い描くことを指す（Ignatius 27）。つまりは、観想しようとしているできごとが起こる場を「想像の眼《まなこ》で」創り出し、その「現場に身を置く」ことであるといってもよい（イグナチオ 一〇〇）。

ムンカーチの大きな絵を前に立つジョイスが、絵に描かれているできごとにそのまま入っていけるような錯覚を抱いたとしたら、それはイグナティウスが言う〈場の構築〉に匹敵する経験となったと言ってよいだろう。その絵＝できごとの中に描かれている人を一人一人眺め見たジョイスが「情念の相互作用」と〈劇《ドラマ》〉という概念を思いついたとき、のちに彼が書くことになる小説の中で、「想像の眼《まなこ》で」

ダブリンの街という「現場に身を置く」〈場の構築〉を、ダブリンから遠く離れた異郷から行なう自身の姿を彼は予見することになる。アイルランドを離れても、ダブリンの人たちが生きている現場を「想像の眼《まなこ》で」創り出し、そのヴィジョンの中でダブリンに生きる人たちの「情念の相互作用」、〈劇《ドラマ》〉を書き続けるジョイスの源がここにある。

第五章　バード・ガールに学ぶ見せ消ち

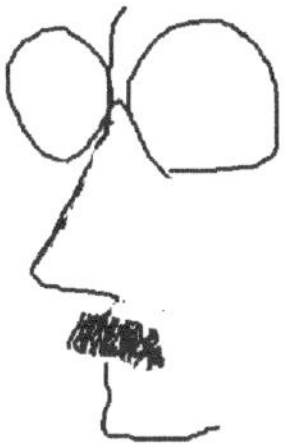

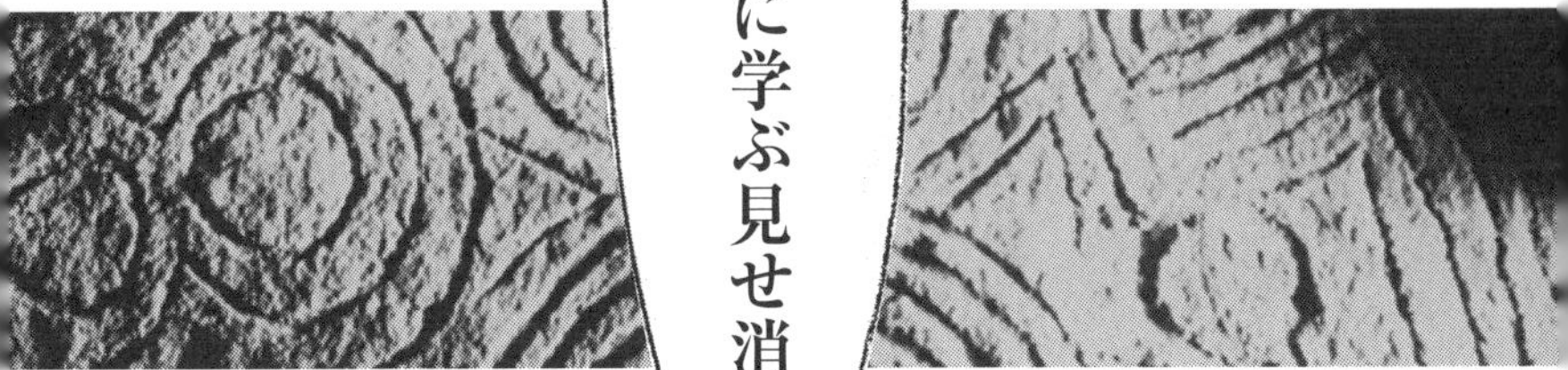

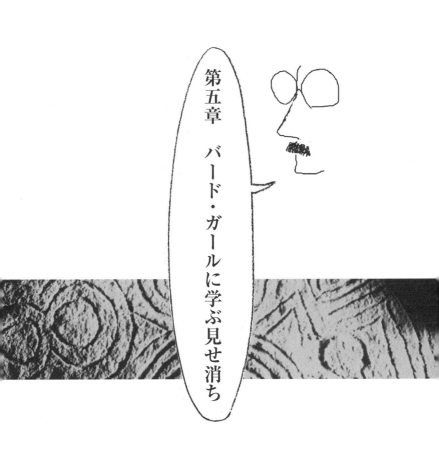

第五章　バード・ガールに学ぶ見せ消ち(*)

『若き日の芸術家の肖像』（以下『肖像』と略す）第四章において、聖職につかないことを決めた主人公スティーヴン・デダラスは、海辺を歩いているときに、鳥を思わせる一人の少女——いわゆるバード・ガール（bird-girl）——に出会う。それはスティーヴンにとって、この世にありながらこの世を超えた美に触れる瞬間で、自らのデダラスという名前に刻まれた、芸術家となる運命を改めて確認する機会となる。その意味において、このバード・ガールに出会うシーンは、『肖像』において最も重要なシーンをなすと言える。しかし、この海辺の少女の表象は、先行研究が示すように、ジョイスのオリジナルではない。彼が描くのとよく似た海辺の少女の表象は、ジョン・ミリントン・シングの『アラン諸島』（*The Aran Islands*, 1907）にすでにある（Solomon 269）。興味深いことに、ジョイスより一世代上の作家ジョージ・ムアの『いざ、決別の時』第二巻（*Hail and Farewell: Salve*, 1912）にも、(*1) 海辺の少女との邂逅が描かれている（Solomon 270）。本章は、ジョイスの描く海辺の少女をシング、ムアに連なる海辺の少女の系譜の中に位置づけ、先行する表象との共通点と差異を確認することで、ジョイスがどのようなイメージや意味を織り込みながら、バード・ガールを作り上げたかを確認することを目的とする。

ジョイスのバード・ガール

『肖像』第四章末においてドリーマウントの浜辺を歩いていたスティーヴンは、一人の少女に遭遇する。

少女が一人目の前の流れの中に立っていた。ひとりで、じっと海の方を見ていた。彼女は魔法によって見たことのない美しい海鳥に変えられたかのように見えた。露わにされた彼女の長いほっそりとした足は鶴の脚のように華奢で、エメラルド色の海藻がくっついて彼女の体のうえにしるしのようになっているところを除けば、真っ白だった。それに比べればふくよかで象牙のような柔らかい色合いをした太ももは、お尻のあたりまで見えていて、下穿きのふちが柔らかい白い羽毛でできた羽のようだった。彼女のスレートブルーのスカートは大胆にウェストのまわりに端折り上げられ、うしろで鳩の尾羽のようになっていた。彼女の胸も鳥の胸のようで、やわらかで華奢だった。華奢でやわらかで、暗い色の羽毛の鳩の胸のようだった。しかし彼女の長く金色の髪は女の子らしく、女の子らしい顔には、死すべきものが体現しうる美の奇跡があった。（P 4.854-66）

少女がひとりでいるのは静けさを示唆している。この後視覚的な言葉が続き、(*2) 音に関する言葉が一切ないのは、たとえばスティーヴンが『ユリシーズ』第三挿話で「波の言葉」（“wavespeech” *U* 3.457）を聞くのとは対照的で、このヴィジョンが外界の音から切り離された中で起こっていることを強調している。腰までスカートをまくり上げ、流れの中にたたずむ少女は、血気盛んな若者、とりわけカトリックの厳しい教えのもとで性を抑圧された若者にとってはどきりとさせられる存在であったであろう。実際「露わにされた」、「太もも」、「下穿き」、「胸」といった言葉は、スティーヴンの目がそういった部分に向いていることを示しており、彼が、性的関心がないとは決して言えないまなざしで、少女を見ている様子がわかる。ところが、性的な含意を持ちうるはずのこの少女は、「魔法によって見たことのない美しい海鳥に変えられ」、それとはまったく異質のものに姿を変えられる。一貫した鳥への喩えにより、ほっそりとした足は鶴の脚に、下穿きのふちは羽に、端折り上げられたスカートは鳩の尾羽へと変換され、胸もまた鳥のようだとされる。これは「魔法によって見たことのない美しい海鳥に変えられ」た結果としてそのように見えたとも言えるが、このような喩えによって少女が、読者がこのテクストを読むまさにその瞬間に「見たことのない美しい海鳥に変えられ」ているとも言える。つまりこの場面を読む者は、少女が、ジョイスの直喩を多用した描き方という「魔法によって」、目の前で「見たことのない美しい海鳥に変えられ」ていくまさにその過程を目の当たりにするとも言える。こうして、性的な存在であってもおかしくない少女は、性的な要素をぬぐわれ、美的なものへと昇華させられる。

この性的でありながら、性的でない両義性は、この少女をとりまく、よりゆるやかなイメージによっても示唆されている。「彼女の体のうえに」「しるしのよう」にくっついている海藻は、少女が浜辺から水の中に入ったのか、水の中から現れたのかを曖昧にする。美を体現する存在、超自然的存在として表わされる少女が海辺に現われているとするならば、ケヴィン・サリヴァン（Kevin Sullivan）のように、そこに美の女神ヴィーナスの誕生（図1、図2参照）を見たとしても不思議はない（124）。美の女神を背景に置いた表象であるなら、少女が大胆な姿、露わな姿を見せるのもうなずける。しかし、美を体現する女性が海辺に現われる状況からすればヴィーナスとの類似性に目がいくにしても、ジョイスが「華奢」という言葉を繰り返し使って描く海辺の少女には、ヴィーナスのふくよかさ、肉感性が欠けている。このイメージ操作には、肉体的なイメージを抑え、より精神的なイメージを強めようとする意志が感じら

上：図1ボッティチェリ『ヴィーナスの誕生』
下：図2ブグロー『ヴィーナスの誕生』
(双方 Wikimedia Commons より)

れる。それは、少女のはいているスカートの色を、聖処女をイメージさせるスレートブルーにしている点にもうかがえる。一連の鳥のイメージのひとつとして鳩に言及するのは、精霊が聖処女に美を懐胎させるイメージを浮き上がらせるためと言えなくもない。(＊3)美を体現する女性を表わすに際し、ジョイスは美の女神ヴィーナスに連なる露わな、その意味において性的な像を用いながら、その一方でキリスト教的な聖処女像を表象の中に滑り込ませることで、肉体的なものを精神的なものへと変容させている。(＊4)少女の脚が「真っ白」であることを示すのに使われている言葉が"pure"であるのは、この文脈で読まねばならないのだろう。少女は肉という穢れを取り除かれた存在としてスティーヴンの目の前に立つ。二人を包む静けさはこの後「聖なる静けさ」（"the holy silence" *P* 4.884）と表現される（Balakier 487）。

　このバード・ガールとの出会いとその表象はジョイスが一八九八年に経験したことにもとづくとされる（*WS* 114; Ellmann 1982, 55, 448; Costello 153）。しかし、この経験によって目にした少女だけがジョイスの心の中に残っていたのではない。リチャード・エルマン（Richard Ellmann）は、ジョイスが連れ合いのノーラ（Nora）に宛てた一九〇九年十一月十九日付の手紙を引用しながら、映画館を建てるべくダブリンに来ていたジョイスが、ノーラが昔働いていたフィンズ・ホテルで会食をしたときに、給仕をしてくれた少女の中にノーラの姿を見出し、ノーラの中に彼が見出し、大切にしてきた「この世の美のイメージ、生そのものの不可解さと美、自らもその一人であるこの民族の美とその運命、子供の頃信じていた精神的純粋さと憐れみのイメージ」をそこに見た様子を描いている（1982, 306）。このエピファニーと呼んでもよい経験が示すのは、「この世の美」を体現する海辺の少女がノーラと重なり合う形で現れたということであり、それがさらにはフィンズ・ホテルで働く少女を介して現れたということである。海辺の少女を目にした体験がジョイスの「この世の美」の原風景であるにしても、ジョイスの中ではそこには複数の女性のイメージが重なり合っている。同様のエピファニーは（『肖像』出版後のことになるが）一九一八年にも起こる。ジョイスは、彼が恋慕することになるマルテ・フレイシュマン（Marthe Fleischmann）に初めて会ったとき、あまりの驚きのために立ちすくむ。その理由を彼は「彼女が故国の海辺で見た少女にそっくりだったから」と説明している（Ellmann 1982, 448）。[*5] これらからわかることは、一八九八年にダブリンの海辺でジョイスが目にした少女は、彼にとって美を体現するイメージの原像であるにしても、そのイメージはその後ほかの状況においても何度か呼び出され、もとのイメージと新たな経験との融合により、ジョイスの中でひとつのまとまりへと生成変化していくものであったということとである。つまり、私がここで示唆しようとしていることは、ジョイスの美を体現する海辺の少女のイメージは、一八九八年のドリーマウントの浜辺という時間と場所に固定されたものではなく、ほかの瞬間にも現われ出る可能性のあった、また実際に現われ出た、生きたイメージであったということである。それとまったく同じことが文学レヴェルでも起こる。つまり、海辺の少女の表象には、シング、ムアに連なる系譜があり、ジョイスは自らの美の経験と、その系譜的に描かれてきた海辺の少女の表象とを結び合わせている。次節ではその系譜を見ていく。

海辺の少女表象の系譜――シングとムア

海辺の少女の表象の系譜の中で最も早い例――といっても一九〇七年に発表された作品であることからすれば、同時代と言った方が正しい――は、シングの『アラン諸島』にある。

> 洗濯に使う水もまた足りなくなっていたため、海辺を歩いていると少女がペチコートをまくり上げ[*6]、水たまりでフランネルを洗濯している姿をよく見かけた。赤いボディスと先になると細くなる白い足が大西洋の水際で、海藻が形作る枠の中に立つ彼女らを熱帯の海鳥のように美しくしていた。マイケルはしかし彼女らの姿が見えると少し落ちつかない様子で、海辺の女性たちを私が立ち止まって見ていることはかなわなかった。(42 強調は筆者)

シングにおいても少女は水たまりの中にいる。シングの海辺の少女が洗濯をしており、つまりは生活の必要に追われて海辺にいるのに対し、ジョイスのバード・ガールは、生活とはかけ離れた非日常の中にいる。シングの場合もジョイス同様スカートをまくり上げている。原文では、ジョイスが "kilted" を用いて表していたのに対し、シングは "tucked up" を用いている。シングの場合、海辺の少女は最初は単数形で現れるが、そのあとすぐに複数形に変わる。作者の側に同伴者がいるのに加え、彼が目にする海辺の少女も複数で、ざわめきを感じさせる。ジョイスの場合のような透き通った静寂はここにはない。「先になると細くなる白い足」("white tapering legs") は、ジョイスの「長いほっそりとした足」に連なるものとして注目される。それよりもっと目を惹くのは、シングが海辺の女性たちを「熱帯の海鳥のように美しく」なっていたと描く点であろう。言うまでもなくこれは、ジョイスの「魔法によって見たことのない美しい海鳥に変えられた」という表現に、危険と言ってよいほどに近い。シングとジョイスが、ほぼ同時期に、同じような海辺の少女の表象をしているということだけでも十分大きな意味があるのだが、両者が海辺の少女の美しさを表すのに同じような鳥の比喩を用いていることは、無視できない連続性を読む者に感じさせる。島で作者シングの世話をしてくれていた若者マイケル (Michael) が「少し落ちつかない」様子を見せるのは、ペチコートをまくり上げて海辺に立つ少女が性的なものを喚起するからである。ジョイスの場合には、すでに触れたように、性的要素は同様にあるが、それは「魔法」とジョイスが呼ぶものによって拭われてしまう。この点は重要なポイントとなるのでまたあとで論じる。ここでは、アラン諸島の島人を「高貴な野蛮人」(noble savage) として描くシングの場合には、海辺の少女についてもおおらかな性を描いており、性を生の一部、否定しがたい現実としている点だけ確認しておこう。

シングに比べればジョイス研究の中でも知られていないことだが、ジョージ・ムアもまた海辺の少女を描いている。それは彼の自伝的作品『いざ、決別の時』第二巻にある。

女の子たちの声がしたので、向きを変えると、三人の女の子が岬のへこんだところにある、私のところからは見えない水たまりのところに来ていた。岸辺に腰をかけ、靴とストッキングを脱ぎ、彼女らは水の中に入っていき、水が深くなるとペチコートを膝あたりまでまくり上げた。私の姿を目にすると女の子たちは誘うように笑った。あたかも私に鑑賞してもらおうとするかのように、そのうちの一人がペチコートを腰のところまでまくって水たまりを渡ってきて、水が浅くなってもペチコートを降ろすのを忘れていたため、太ももが見えた。それはこれまで見たどの太ももよりも白くふくよかだった。彼女らの田舎のがさつさが誘惑する度合いを高めていた。少女は私の方に来るのを止めず、あと二、三歩近づいてくるようだったら、私は岩の後ろに隠れていただろう。私の目の前で裸で水浴をしたかもしれぬ彼女らを［そうやって眺めるのが］、どんなに大胆になるにしても私にできるせいぜいだった。それも運がよかったならの話で、イェイツとエドワード・マーティンが私を呼び始めたため、女の子はペチコートを降ろして、水の中を歩いて行ってしまった。（143 強調は筆者）

シングの場合同様ムアが描く海辺の少女も複数いて、ジョイスとは対照をなす。シングの場合と同様、ムアの側にも（この時点では離れているが）連れがいる。もう一点注意しておいてよい点は、海辺の少女とそれを見る男性との間の距離、あるいは関係性である。シングの場合、一見すると見る者と見られる者の間に区分があるように見えるが、両者は切り離されてはいない。つまり、見られている女性の側には見られている意識があり、また男性の視線を受け入れていることが感じられる。見ている側が示す、シングの関心とマイケルの落ち着きのなさは、その上に成り立っている。つまり、海辺の少女とそこに視線を注ぐ男性は、相互に関係性をもつひとつの共同体の中におり、両者の間には共犯的な関係がある。ムアの場合にも共犯的な関係がある。見る者と見られる者は互いに意識をするだけでなく、その結果として見られる者が見る者へと働きかけをしている。その点ジョイスの場合には大きく異なっている。見る者と見られる者は、互いの姿を認識することはあっても、切り離されている。両者の間の距離が、海辺の少女を性的な存在から美的な存在へと昇華させるのに関与している。あるいは、すでに美的な存在へと昇華されているがために、少女との間には冷たい距離がある。

少女がペチコートを端折り上げているのは、ジョイスとシング同様である。そのときに使う単語は、“kilting”と“lifting”で、ジョイスが用いた“kilted”と同じ単語を用いている点は注目に値する。ムアが描く海辺の少女もシングが描くのと同様に大胆で、ムアはそれを「田舎のがさつさ」と呼ぶが、自らの体を見られても恥じないおおらかさはシングと共通している。ムアが「田舎のがさつさ」という言葉を使って、少女らの恥じらいのなさを「田舎」という地域性に結びつけた点には少し注目をしてもよいかもしれない。というのも、シングがペチコートをまくり上げた海辺の少女を見たのがアイルランド西端のアラン諸島であったのと同じように、ムアが腰までペチコートをたくし上げた少女を目にするのもアイルランド西端の町ゴルウェイであるからである。つまり腰までペチコートをまくり上げ、それを恥じない少女（たち）の所作は、アイルランド西部でならありうる性質として描かれている。言い方を少し変えるなら、西部なら許される大胆さということだ。アイルランド西部がこの時代のアイルランドにおいて「アイルランド的」なるものが残る場所と位置づけられていた当時の状況からすれば、「アイルランド的な」大胆さとも言える。(*7) それに対してジョイスがアイルランド東部に海辺の少女を置き、鳥になぞらえる比喩をその上にかぶせることで、シングやムアの海辺の少女が持っていた性的大胆さを、そこに見えているのに消された、言うなれば「見せ消ち」――写本などで用いられる、上に線を引くなどして誤りであることを示すが、もとの表記も見えるようにしておく手法[＊8]――の状態にしたことには、アイルランド東部で姿を見せる海辺の少女に、西部でなら許される性的大胆さをそのまま付与してもよいかという問題意識が読み取れる。このように読むならば、ジョイスがバード・ガールを描くのに、自身の経験とは別に、シングとムアが用いた海辺の少女の表象を、誰の目にも明らかなあからさまな形で用いたジョイスの意図が見えてくるだろう。ジョイスが同じ表象を用いることの意味は、同じ系譜の中に自身を位置づけるということより、その違いを見せつけること、そこに否定の契機を埋め込むことにある。当然のことながら、それは文学的意味だけではなく、政治的な意味をもつ。

ジョイスのバード・ガールへ

これまで見てきたように、ジョイスはシングやムアの海辺の少女表象を引き継ぎつつも、それらに繊細な変更を加えている。それによりシングやムアも描いていた海辺の少女を、ジョイス独自のバード・ガールへと仕立てていく。その際重要となるのは鳥のイメージである。これはこれまで見てきた海辺の少女の系譜の中ではシングにしか見られず、それゆえ、もしジョイスが鳥のイメージをこの系譜から引き継いだとするならば、もっぱらシングに負っているかのように見える。しかし、実のところムアに負う部分が大きい。ムアの『いざ、決別の時』第二巻の海辺の少女の表象には、鳥のイメージは見られないが、別の作品でムアは鳥を重要なイメージとして使っている。その作品とは『湖』(*The Lake*) である。『湖』は、この後本書第六章で詳しく見るが、その名もオリヴァー・ゴガティー (Oliver Gogarty) という神父が、好意を抱くようになった女性の影響でカトリックの司祭を辞めるまでを描く小説である。この作品の中でムアは鳥を解放、自由の象徴として用い、主人公のカトリックの教義に囚われ自由な思考ができない状態を足を縛られて飛べない鳥に喩えている。ゴガティー神父は好意を抱くようになった女性経由で、キリスト教を合理性という観点から考え、キリスト教の教えに異議を唱えるラショナリズムに触れ、その影響を受けてカトリックの司祭を続けていくことはできないとの結論に至る。とはいえ、それがスキャンダルとなり村人や家族に悪影響を及ぼすことを怖れた神父は、泳ぎにいってくると言って出かけ、湖のほとりに服を脱ぎ置き、姿をくらますことで、溺れ死んだように見せかける偽装工作を施す。ゴガティー神父は、これにより解放され、鳥のように飛び立っていく。

ジョイスがこの小説を読んでいたことは、この本がトリエステ・ライブラリーに入っていることから確認できる（Ellmann 1977, 120）、および書簡の中で弟スタニスロース・ジョイスとこの小説について論じていること（*L* II, 129, 152）。ジョイスは『湖』をただ読んでいただけではない。ジョイスは自身の作品の中で『湖』を使っている。これも本書第六章で見ることになるが、ジョイスが『ダブリナーズ』の「死者たち」の中で使う有名な言葉「西への旅」は、『湖』でムアが使った言葉である。ムアが描く、カトリックの神父が偽装工作を行った上で失踪する話は、一八八七年に実際にあった失踪事件をもとにしたものである。その神父の名をトマス・コネラン（Thomas Connellan）という。その司祭の名をジョイスは『ユリシーズ』第八挿話にそれとなく書き込んでいる（*U* 8.1070）。

カトリックの教えに縛られたスティーヴンが芸術家になるべく飛び立つ話を描こうとするジョイスにとって、『湖』で用いられる鳥のイメージは大きな意味を持っていた。南谷奉良が博士論文の第五章において見事に示しているように、『肖像』のもとになった『スティーヴン・ヒアロー』においては、自身のまわりの人のあり様を唾棄すべきものとみなし、そこから自らを切り離し、芸術家として独り立ちをしていく様は、泥の中から現れ出て陸に上がろうとするプレシオサウルスのイメージで表現されていた。つまり、『スティーヴン・ヒアロー』から『肖像』へと書き直される過程において、飛翔しようとする芸術家を表わすのに用いるイメージが、プレシオサウルスから鳥へと大きく変わったということである（Minamitani, ch.5）。さらに重要なのはその時期である。ジョイスが『スティーヴン・ヒアロー』執筆を断念するのは一九〇六年三月であり（南谷二〇一九、一二三四－一三九）、『肖像』への書き直しを始めるのは一九〇七年からである（Gabler 1976, 25, 37）。この時期にジョイスが読み、議論していたのがムアの『湖』なのである。(*9) この時間的符合は、ジョイスが鳥のイメージをバード・ガールにだけでなく、『肖像』全体で用いるようになったそのきっかけの少なくともひとつが『湖』にあることを示唆している。

よく知られているように、『肖像』においては全体にわたって鳥のイメージが使われている。エピグラフで呼び出されたダイダロスとイカロスの神話は、スティーヴンに書き込まれたダイダロスの名、『肖像』第四章でスティーヴンが飛んでいるのを幻視する鷹のような男、アイルランドから飛び立っていく芸術家へとつながりを見せていく中で、『肖像』全体の枠組みとして機能していく。芸術家のあるべき姿は、ダイダロスが「いまだ知られざる技」として行なった飛翔に集約され、鳥がその象徴となる。ジョイスは、この枠組みに直接的に寄与するものでなくとも、鳥に関連したモチーフ、イメージを随所に散りばめていく。簡単に思いつくものだけでも、『肖像』第一章冒頭において描かれる、謝らないと目をくりぬきに来るとされる鷲、獲物に襲い掛かる猛禽のイメージで描かれる懲罰棒、鳥の名を持つ学友ヘロン（Vincent Heron）、第五章における鳥占いにおける鳥が挙げられる。これらは『肖像』のテーマが鳥にあることを読む者に感じさせる。ジョイスのバード・ガールもまた、この全体的な意匠の一部である。ここに見られる手法は、さまざまなイメージや言葉を大きなテーマと結び付けるだけのオーケストレーションではない。そのテーマに関連した細かいものを重層的に重ね合わせていく中でそのテーマが作品の中に自ずと立ち現れる仕掛けを施している。この手法は、すでにジョイスの「死者たち」において見られるものであるが、(*10)『肖像』において発展的に用いられたのち、『ユリシーズ』において集大成を見る。

ムアの『湖』を背景に置きながら『肖像』を見ることの有益性は、『湖』では明確に示されているものの、『肖像』のバード・ガールの場面ではそれほど前景化されていないがために気づきにくいモチーフの存在に気づかせてくれる点にある。そのようなモチーフとしては二つある。ひとつは洗礼である。『湖』のゴガティー神父は、最後に行なった神父としての仕事が洗礼であったことを思い出しながら、湖に身を浸す自らを「先ほどまで洗礼をしていた人が今は洗礼されている」と表現する(332)。一方のスティーヴンも、バード・ガールのシーン直前で靴を脱ぎ水の中に入っている。そして水の中に立つ海辺の少女を目にすることで、スティーヴンは、言ってみれば宗教から芸術へと宗旨替えをする。スティーヴンが海辺の少女に出会うことの意味は、美を体現する少女を目にすることにのみ意味があるのではなく、それが海辺である点にも意味がある。洗礼であるがゆえに、水辺でなければならなかったということだ。(*11)

もうひとつのモチーフは、変節の契機となる女性というモチーフである。ムアの『湖』においては、神父が好意をもつに至った女性の存在が彼に変節をもたらす。バード・ガールのシーンにおいても女性を契機として変節が起こる点ではジョイスも同じ書き方をしている。ただしジョイスはムアとの違いを書き込んでいる。ムアの場合は変節の契機となる女性は主人公が好きになった女性であるが、(*12)ジョイスはスティーヴンと海辺の少女との関係を男女間の関係に置かず、あくまでも偶然に出会った女性としている。この点はこれまでの研究の中でまったく注意が払われなかった点であるが、重要な意味をもつ。

その意味は、ジョイス同様聖職につくことをやめた経験を持つエルネスト・ルナンの回想録にある一節が教えてくれる。(*13)

この考えの方が、私の宗教についての考えよりも根強く残った。そのおかげで、文献学をやりたいからという理由以外で神学校を去ったのでなかった場合に、私が受けても仕方なかったであろう中傷から逃れることができた。そういうことが起こった場合に、説明を求める気持ちから、平信徒は決まって「で、女はどこに?」とつまらない聞き方をするけれども、物事をありのままに見ている人にはつまらぬたわごとにしか見えない。(Renan 1883, 11-12)

ここには、一八六三年の『イエスの生涯』において、イエスを、神としてではなく、歴史的な人物として描くルナンの始まりがある。彼は司祭になるべく神学校に通っていたが、宗教に対し懐疑を抱くようになり、聖職につくのをやめる決心をする。ここで重要なのは、神学校を去る者が当時どのように世間から見られていたかが書かれている点である。冒頭の「この考え」とは、司祭から繰り返し教え込まれていた、女性はピストルのようなもので、遠くからでも男を殺すから危険という考えを指す(Renan 1883, 11)。それを彼はおかしいと思っていたが、それがあまりに彼の習い性になっていて、女性と距離を置いていたため、神学校を辞めるに際し、女性が理由で神学校をやめたと言われずに済んだとルナンは説明している。

聖職から離れることと女性との関連性は、聖職につく前でもついた後でも同様に問題になる。アルベール・ウタン(Albert Houtin)は、宗教モダニズムの結果として教会を去る司祭が多いことを危機としてとらえた著書『フランスの司祭の危機』（*The Crisis among the French Clergy*, 1910）において、[*14]教会を辞めた神父が結婚する場合、傲慢、人類にとって最大の誘惑である色欲に目がくらんだからと受け止められ、かつての同僚から結婚したことを攻撃される風潮があったことを記している（62）。またウタンは、「結婚をした司祭は結婚をしたというその事実だけで、すべての配慮、権威、尊敬を失い、社会の爪はじき者となる」として、結婚を選ぶことが社会的「自殺」に等しい行為であるとの見解を示したフォルバン・ドペード（Marquise de Ferubin d'Oppède）侯爵夫人[*15]の手紙を引用し、性欲のために聖職を離れる者が当時どのように見られていたかを端的に示している（62）。

このような例は、カトリックの司祭は独身・禁欲が求められるであるがゆえにそこから外れたときに非難の対象になることを示している。そのようなカトリックの精神風土の中にあっては、聖職につくのをやめる者がいた場合、その決意と理由との関係について説明をする際には細心の注意を払わねばならない。『肖像』のスティーヴンの場合も、海辺の少女を契機として芸術家になることを決心するにしても、それと表裏一体の関係にあったのは聖職につくことをやめることであった。そのときに、たとえばムアが描くように、好きな女性が原因であるとしたり、司祭に求められる禁欲とは逆の性を前面に出した説明をすることは、くだらぬ中傷を引き寄せ、「陰に女あり」という一言で片づけられることを意味する。それは、この場面が描く美の顕現の価値さえ貶めてしまう。芸術家として生きるその決意を、聖職を辞める者がさらされがちな批判からかわし、なおかつ美の顕現をそれ自体で必要十分な理由とするためには、契機となるのが女性であったとしても、女性から距離を置き、「肉欲」の対象としての女性ではなくさねばならない。ジョイスが、バード・ガールとの間に冷たい距離を置き、海辺の少女表象の系譜からしても、美の女神の系譜からしても、性的であってもおかしくないその性を「見せ消ち」の状態にし、

生身の体を持った女性とは違う意味合いを与えているのは、このような社会的・心理的背景による。(＊16)

結びにかえて

以上見てきたように、バード・ガールに出会うシーンを描くにあたり、ジョイスはシングやムアにあたりながら、海辺の少女表象の系譜に属すと見せて、実はそこに微妙な差を書き込むことでその系譜から逃れるそぶりを見せている。(＊17)その際にジョイスが用いた見せ消ちと呼ぶべき手法は、いくつかの点で注目するに値する。二人に負うものがあるように見せて、その実それらを上書きするこの手法は、肯定と否定を同時に行なえる、あざとさと便利さを兼ねそなえた、きわめて有効な手法と言える。負うものがあるような見せかけは、一見すると敬意を払うそぶりと見え、それはジョイスがそこに仕込むことになる否定の契機に対する批判を前もって封じてくれる。ジョイスは、身の保全を確保しつつ、シングやムアに足りないものを示す自由を手に入れる。しかもありがたいことに、その否定は二人の作家の批判にとどまらず、政治的批判の意味合いを併せもつ。

この手法の発見はジョイスが作家として身を立てる上で大きな意味をもつ。海辺で出会った少女にこの世の美の顕現を見たジョイスの経験は、ほかの人とは異なる彼独自のものと彼には思えただろう。ところがまわりを見渡せばシングが海辺の少女を描き、ムアもまた描く。この経験は痛みをともなって「日のもとに新しきものはない」(*U* 13.1104-05; 15.2546; 伝道の書一章九節) とジョイスに感じさせたことだろう。すべてはどこかの時代の誰かによって言いつくされている。いかにオリジナルと思える経験であっても、それを言語化するとき、言語に蓄積された他者の無数の経験と表象――それは歴史という悪夢と言ってもよい――によってその独自性は阻まれる。自身が用いる言語は借り物の言語、他者の言語にすぎない。そんな言語のあり様と向き合う瞬間だったであろう。バード・ガール表象は、シングやムアへと連なるそぶりを示すその点においてその認識を示すとともに、細やかなイメージの操作と書き換えにより海辺の少女を彼独自のものにしようとしているその点において他者の言語という悪夢から目覚める方法を示す。つまり、バード・ガール表象は、言語とは他者の言語であるとの認識とそこから抜け出す方法の提示という、作家であれば避けては通れない二つの課題を描いているということだ。その意味においてバード・ガール表象にわれわれ読者が見るのは、まさに芸術家としてすでにあるジョイスの姿なのである。それも、すでにあるものを素材、あるいは枠組みに用いながらも、そこに新たな輝きを与える術を心得た芸術家である。すべてが言いつくされ、すべてが陳腐化され、ごみ溜めのようなこの世の中から新たな光を摘み取るジョイスの姿がここにはある。

第六章　「西への旅」に見る見せ消ち

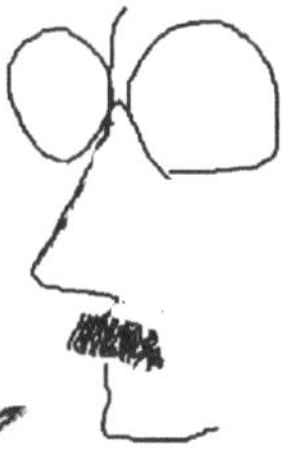

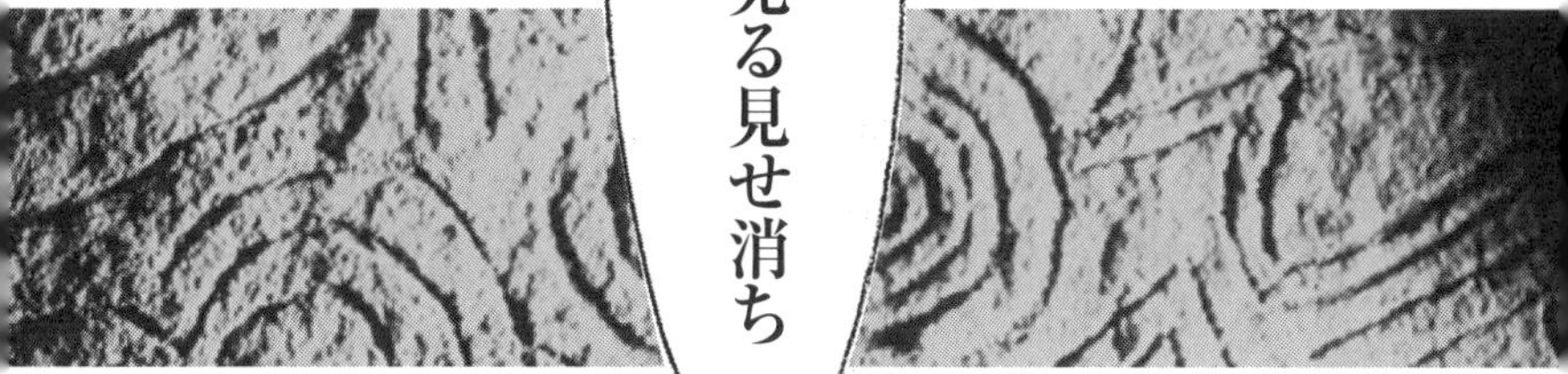

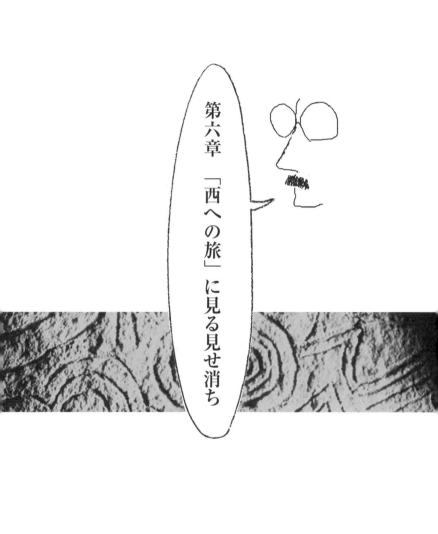

第六章　「西への旅」に見る見せ消ち(*)

ジョイスの短篇集『ダブリナーズ』の最後に収められた「死者たち」は、主人公ゲイブリエル・コンロイ（Gabriel Conroy）とその妻グレタ（Gretta Conroy）が叔母宅で開かれた恒例のクリスマス・パーティに出席し、その日宿泊予定のグレシャム・ホテルへと戻り、眠りにつくまでを描く。その眠りは、しかしながら、穏やかなものとはならない。というのも、パーティーが終わる頃から妻を求める気持ちを強め、それをホテルに戻ってから妻にぶつけようとしたゲイブリエルが聞かされるのは、ゲイブリエルが勝手に想像していたような、彼が妻を求めるのと同じように妻もまた彼を欲しているという気持ちなのではなく、妻には若い頃親しくしていた男がおり、その男が「彼女のために死んだ」（*D* D.1498）という重い告白であるからだ。グレタはパーティーがお開きになる頃「オーフリムの乙女」（"The Lass of Aughrim"）という歌を耳にする。(*1) それは領主と関係を持ち、赤子を生んだ農夫の女性が、死んで冷たくなったその子を腕に抱きながら、雨が降る中領主の家に入れてくれとせがむ恨み歌である。その歌を聴いてグレタは、彼女のことが好きで、病気で状態がよくないにもかかわらず雨が降る中彼女に会いに来て、外で立って待っていた、そしてそのために死を早めた（とグレタが考えている）、マイケル・フュアリー（Michael Furey）という男の姿を思い出していた。ゲイブリエルの妻を求める気持ちはこの告白によって一気に冷め、自分の道化ぶりを恥じる激しい気持ちへと一変する。一方の妻は泣きじゃくったあと、寝入ってしまう。ベッドで眠る妻の隣に身を滑り込ませるゲイブリエルは、眠りに入るその直前に「西への旅」("journey westward" *D* D.1604) へと向かう時が来たと感じ、数十年かぶりにアイルランド全土に雪が降る中、彼の意識は西へと向かい、物語は幕を閉じる。

この「西への旅」をめぐる解釈には主に二つがある。ひとつは西を、テクストにも書かれている通り、死者の集まるところと解する。もう一方は、この当時のゲーリック・リヴァイバル (Gaelic Revival) を背景とした、アイルランド的なるものを象徴する場所としての西とする。(*2) これらの議論の中で十分な注意が払われてこなかったことは、「西への旅」という言葉を、ジョイスに大きな影響を与えた作家がそのままの形で使っていた事実である。(*3)

その作家とは、同じアイルランド出身で、世代の違いはあるものの同時代に生きていたジョージ・ムアである。彼のジョイスへの影響の大きさは、リチャード・エルマンがまとめた「トリエステ・ライブラリー」を見ても明らかである。そこには、ムアの作品として以下が挙げられている (1977, 120)。

『独身者たち』(*Celibates: Three Short Stories*. London, 1895.)
『イヴリン・インズ』(*Evelyn Innes*. London: T. Fisher Unwin, 1898.)
『いざ、決別の時』(*Hail and Farewell: Ave, Salve, Vale*. Leipzig: Tauchnitz, 1912, 1912, 1914.)
『湖』(*The Lake*. London: Heinemann, 1905.)
『ルイス・シーモアと女たち』(*Lewis Seymour and Some Women*. Paris: Louis Conard, 1917.)
『わが不毛なる生涯の回想』(*Memoirs of my Dead Life*. Leipzig: Tauchnitz, 1906.)
『モスリン』(*Muslin*. London: Heinemann, 1915.)

『修道女テリーザ』（*Sister Teresa.* London: T. Fisher Unwin, n.d.）
『春の日々』（*Spring Days.* Leipzig: Tauchnitz, 1912.）
『未耕地』（*The Untilled Field.* Leipzig: Tauchnitz, 1903.）
『虚ろな運命』（*Vain Fortune.* New edition. London: Walter Scott, 1895.）

このリストが示していることは二点ある。ひとつは作品数の多さである（*MBK* 112; Scott 119）。ムアの作品としては計十一点が挙がっている。ムアより作品数が多く挙がっているのは、シェイクスピア（二一点）、バルザック（十三点）、バーナード・ショー（十三点）だけで、以下、トルストイ（十点）、ツルゲーネフ（十点）、マルコ・プラーガ（Marco Praga）（九点）、ワグナー（九点）、ハウプトマン（Gerhart Hauptmann）（八点）、ワイルド（八点）、コンラッド（七点）、イェイツ（七点）、ダヌンツィオ（Gabriele D'Annunzio）（六点）、シング（五点）と続く。これを見てもムアの十一点がいかに多い数字かがわかる。リストの中にはそもそも作品数の少ない作家もいる。またジョイスが大陸にいた関係で、本として手に入る・入らないという事情も関係するであろうから、一概に数字だけで影響力の大きさを測ることはできないが、ひとつの目安にはなる。このリストが示すことの二点目は、ムアのいわゆるマイナーな作品にまでジョイスが目を配っている事実である（West 214）。ムアの代表作と目される『イヴリン・インズ』やその続編『修道女テリーザ』、『湖』がリストに挙がるのはうなずけるが、たとえば『虚しい運命』はムアが嫌っていた作品であり（Hone 174; Bennett 275）、『春の日々』は世間の評判の悪かった作品である（Hone 148）。こういった作品までジョイスが所有していた事実は、彼がムアに対して払っていた、肯定的であるにせよ否定的であるにせよ、注意の大きさを物語るものとして、注目に値する。ジョイスはしばしば手紙の中でムア批判をしているが、その中で彼が示す細かい点への言及は、逆に彼がそれほどまでに注意深く作品を読んでいることを示す（West 227; Scott 121）。くわえて、ジョイスがムアの『独身者たち』をイタリア語に翻訳しようとしていた事実は、彼がむしろムアを高く評価していたことを示す（*L* II, 74-75, 81; Scott 122）。

ジョイスが所有していたムアの小説の一冊『湖』（*The Lake*）に、ジョイスが使ったのとまったく同じ言葉「西への旅」が現われる。本章はジョイスの「西への旅」とムアの「西への旅」を並置することで、そこから現れてくる意味の可能性を探る。

ムアと『湖』

一八五二年生まれのジョージ・ムアは、一八八二年生まれのジョイスからすると一世代前の作家ということになる。変化に富んだ人生を歩んだムアの、一九〇五年に『湖』を出版するに至るまでの経歴を簡単に見ておくならば、彼の芸術家としての歩みは、ロンドンでジム・ブラウン（Jim Browne）に会ったことに始まる。彼の影響を受け一八七三年にパリに渡った頃のムアは、アレクサンドル・カバネル（Alexandre Cabanel）、ジュール・ジョセフ・ルフェーブル（Jules Joseph Lefebvre）、ウィリアム・アドルフ・ブグロー（William Adolphe Bouguereau）といった古典的な画家を好んでいたと言われる（Hone 53）。彼自身は、ダンテ・ゲイブリエル・ロセッティ（Dante Gabriel Rossetti）風の画風を示していたと言われるが（Hone 47）、印象派の出現を目の当たりにし、エドゥアール・マネ（Édouard Manet）、クロード・モネ（Claude Monet）、エドガー・ドガ（Edgar Degas）といった、今からすれば錚々《そうそう》たる、画家たちと交わることで大きな変革を経験する。それでも結局画家の道を断念し、文筆業に鞍替えすることになるのは、『ある若い男の告白』（*Confessions of a Young Man*）第三章に描かれているように、自らの才能の限界を感じたことによるが、そこには財政的な理由もあった。ムアの家はメイヨー州の地主で、地代として年に約三五〇〇ポンドの収入を見込めたが、小作人が地主に地代を払うことをボイコットする運動のあおりで、収入が、借金の利子分を除くと、年約五〇〇ポンドにまで落ち込んだことから(*4)、自ら稼ぐ必要が出てきた。ムアは文筆業に転じ、住居もロンドンに移し、ジャーナリズム・小説で活動するようになる。そのときに彼が手本にしたのはエミール・ゾラで、ムアは自然主義の作家として地歩を固めていく。その後ゾラと決別し、象徴派からの影響を受けるようになる彼のもとを、アイルランド文芸座を創設する計画を進めていたウィリアム・バトラー・イェイツとエドワード・マーティン（Edward Martyn）が訪れ、さらなる転機が訪れる。ムアはゲール語復興運動に加わることを決め、一九〇一年に故郷アイルランドに戻る。それから十年間彼はアイルランドにとどまり、文筆活動を行なう。

こののち一九一一年から一九一四年にかけて出版する三巻本の自伝小説『いざ、決別の時』は、彼のまわりにいる人物を実名で登場させたことから物議を醸すことになるが、描かれていることが必ずしも事実ではない部分があるにしても、当時のアイルランドの様子を知るのに貴重な資料となる。それによれば、ムアはアイルランドに歓迎されなかった。少なくともムアはそう感じた。このときまでにすでに、『役者の妻』（*A Mummer's Wife*）、『エスター・ウォーターズ』（*Esther Waters*）、『イヴリン・インズ』で作家としての確固たる地位を築いていたムアには、作家としての自負があった。また美術批評でも評論集『現代絵画』（*Modern Painting*）で高く評価されていた。しかしそのムアをわざわざロンドンから呼び寄せたはずのゲーリック・リーグ（Gaelic League）にさっそく顔を出したムアを迎えたのは、ムアが誰かもわからない秘書であった（Salve 18-19; Hone 229）。アイルランドに芸術のなんたるかを示し、アイルランドの救世主となる意気込みで意気揚々と祖国に戻ってきたムアを、拍子抜けさせるには十分な仕打ちだった。ムア自身も、アイルランドに呼び戻されたものの、なにをすればよいのかよくわかっていなかった。それでも一転して熱烈なゲール語復興論者となり、彼の甥たちには迷惑なことに、彼の遺産を相続する者はゲール語を習得していなくてはならないとの条項を遺書に追加するほどであった（Hone 229-30）。ゲール語復興のためにできることをしようと考えるムアが思いついたのが、ゲール語を習得した人が読むテクストを出すことである。その計画のひとつとして彼は世界の優れた文学作品のゲール語化を提案する。そして実際『アラビアン・ナイト』（*The Arabian Nights*）のゲール語版をエドワード・マーティンと費用を折半して出そうとするが、その計画は、はしたない文学を「純粋な民族」に読ませようとするものとの反対にあう（Salve 144-47）。翻訳の計画とともに自らも『未耕地』の執筆を進め、ゲール語で読めるテクストを生みだそうとした。そのいくつかはフィンリー神父（Father Finlay）が編集する『新アイルランド評論』（*The New Ireland Review*）に掲載された。『未耕地』は、まずは一九〇二年にゲール語版が出され、その翌年に英語版が出された。ムア自身は、熱烈なゲール語復興運動論者となったはずだが、「年を取った自分には習得するには遅すぎる」とし、小作人が話していたのを覚えている程度にしかゲール語を知らなかったので、英語で書いたものをゲール語に訳してもらい、それを再度英語に「翻訳した」ものを英語版とした。ムアはこの英語版を、「ゲール語の洗礼を受けた」ものとして気に入っていた（Hone 244; Kiberd 21）。

『未耕地』はアイルランドの、とりわけ田舎の人達の暮らしぶりを、自然主義のタッチで描く短篇集であるが、この作品集を書く中でカトリシズムに対する反発をムアは強めていく。彼はこの短篇集の中でカトリックの神父の横暴ぶりと、カトリック信仰により抑圧され、麻痺したアイルランド人を描いた（「教区民たち」[“Some Parishioners”] など）。カトリックの支配を受け入れられない者はアイルランドから出るしかないことを描いた(「ジュリア・カーヒルの呪い」["Julia Cahill's Curse"]、「野鴨」["The Wild Goose"]など)。神父が編集をつとめる雑誌『新アイルランド評論』には当然のことながらもはや受け入れられない内容だった(Hone 243)。

カトリックが多数派を占める国アイルランドにおいて反カトリックの姿勢を示せば、当然のことながら異端児扱いされることになるであろうことは彼にもわかっていた。それを意識してのせめてもの弁解として、ムアはその原因を家系にあるとしていた。一説によればトマス・モアの末裔であるというムア家は、もともとはイングランドの出身で、スペインとの交易で財をなし、アイルランドに住み着いたプロテスタントであった(Moore *Vale*, ch.1)。それを、曾祖父が結婚のためにカトリックに改宗したことでカトリックになっただけで(Moore *Salve*, 301)、代々続くカトリックであったわけではないことをムアは自らのプロテスタント志向の原因と主張している。

当初『未耕地』の中の一篇として構想されたが、あまりに長くなったことから独立した小説となったムアの『湖』も(Hone 247)、この反カトリックの姿勢を踏襲するものとなる。というのも、『湖』はカトリックの神父が自らの信仰に疑問を持ち、神父を辞めるまでを描く作品であるからである。

ムアを論ずるときに注意しなくてはならないことは、版によってテクストが異なる点である。ムアは作品を何度も書き直す作家で、自分でもそれを病気と表現していた。(*5)『湖』に関して言うならば、この小説には一九〇五年版、一九〇六年版(大陸版)、一九二一年版があり、しかも一九〇五年版はこの作品が出された十一月中に二つの版が出されている。(*6)テクストの大きな違いで言うと、主人公に大きな影響を与える女性は、一九〇五年版ではローズ(Rose Leicester)の名で登場するが、一九二一年版ではノーラ・グリン(Nora Glynn)と名前を変えられる。ローズが秘書を務めるエリス(Ralph Ellis)という人物も、のちにプール(Walter

Poole）と変えられる。物語の内容も、たとえば、一九〇五年版にはないロンドンの神父のアイルランド来訪が一九二一年版には含まれている。バイロイト訪問記など余分な部分は削除される。物語は書簡体小説風に神父とローズとの手紙のやりとりを中心に進められていくが、一九〇五年版には数十ページにも上る、現実にはありそうもない長い手紙が含まれていたが、その分量を抑える工夫が一九二一年版ではなされる。ムアのテクストの異同はそれ自体興味深いテーマであるが、ここではジョイスとムアとの関係を考察する性質上、ジョイスが所有していた一九〇五年版をもとに考察を進める。

小説『湖』の主人公はオリヴァー・ゴガティーという。この名前は当時のアイルランドを知る者には馴染み深い。というのも、オリヴァー・セント・ジョン・ゴガティー（Oliver St. John Gogarty）という人物がこの時期実際にダブリンにいたからである。彼はムアの家に親しく出入りしていた（しかし、興味深いことに、先にも記したムアが自分のまわりの人間を実名で登場させた『いざ、決別の時』では、コナン[Conan]という名前に「改名」される[Weaver 190]。彼はまた、結局絶縁されることになるが、一時はジョイスの親友でもあった人物で、彼が『ユリシーズ』（*Ulysses*）に登場する登場人物バック・マリガン（"Buck" Mulligan）のモデルとなっていることはよく知られた事実である。(*7) 小説『湖』のゴガティー神父は、村の学校で音楽教師を務めるローズが未婚のまま妊娠したことを不道徳と説教壇から糾弾し、彼女を村から追い出してしまう。彼女が湖で自殺をしてしまっているのではないか、そのことでひとつの魂が失われてしまったのではないかと自責の念にかられていた彼のもとに、ロンドンの教区司祭から彼女が出産のためロンドンに来ていることを知らせる手紙が届く。彼はその司祭経由で彼女に手紙を送り、自分が糾弾したことの赦しを請う。こうして始まった彼女との手紙のやりとりを続けるうちに彼は、自分が彼女を糾弾した真の理由が、彼女のことが好きで、その彼女が別の男と子供を作るような関係になったことに嫉妬したためであることに気づいていく。司祭でありながら女性を求める気持ちを自らの中に発見してしまった神父は、それを機に自らの聖職者としての資質やそれを選んだこと自体に疑問を持ち始める。くわえて、自由な聖書解釈を行うラショナリスト、エリスの秘書を務めることになったローズがその影響を受け、それを手紙の中でゴガティーに伝えるようになると、それに対して当初反発していたゴガティーも次第にその影響を受け、ついには聖職を続けていくことはできないとの判断に至る。神父を辞めるにしても、ただ村を出て行くのではスキャンダルとなり、世話になった村人に迷惑がかかるばかりか、健在の両親、修道院に入っている姉にも迷惑がかかると考えたゴガティーは、それを封じる策を考える。そして、湖のほとりに神父の服を脱ぎ捨て、泳ぎ出て帰らぬ人となったように見せかける工作を思いつく。波の静かな、月明かりが十分な夜に決行することを決めた彼に、ついに絶好の機会が訪れる。彼は計画通り湖のほとりで神父の服を脱ぎ、裸のまま湖に入る。泳ぎには自信があったものの、体の冷えのため泳ぎ切れなくなるぎりぎりのところで、なんとか服を隠しておいた対岸まで泳ぎきり、一般信徒の服を着た彼は、列車に乗りコークへと向かう。

ムアの「西への旅」

ゴガティーの「西への旅」は、この計画を実行に移す二、三日前に彼の頭に浮かぶ言葉である。しかし『湖』に描かれる湖は、メイヨー州にあるムアの生家ムア・ホールの近くのロッホ・キャラ（Lough Carra）をモデルにしているとされ、最初から彼はアイルランドの西部にいる。そこから西へ行くというのはどういうことか。そこからコークへと向かう場合方角としては東へ向かうこととなり、「西への旅」とはならない矛盾をどう考えたらよいのか。ゴガティーがコークに向かうと言うとき、実は彼はそこから船に乗ってアメリカに渡り、そこでジャーナリストにでもなろうと考えている。この点はジョイスの「死者たち」との関係を考える際に大きな違いとなる。ジョイスのゲイブリエルはアイルランドの東部に位置するダブリンにおり、そこで「西への旅」を考えるが、ムアのゴガティーはそもそも西にいて、さらなる西であるところの、アメリカを考えているのである。言うまでもなくアメリカは伝統的に多くのアイルランド人が向かった移住先であった。

このようにムアの「西への旅」とジョイスの「西への旅」では意味が異なるが、単純に違うということにはならない。その意味を十全に理解するためには、ムアの「西への旅」とジョイスの「西への旅」を並べ、そこに不随するものも含め、もとにあった意味のうち、ジョイスが何を引き継ぎ、何を引き継がなかったのかを検証する必要がある。それによってジョイスが「西への旅」という言葉を使うときに頭の中に描いていたものが見えてくるはずである。

（一）コネラン神父の旅を反復するゴガティー

ムアが『湖』で描く神父が、聖職を退くにあたり、偽装工作をする話は、実はムアのオリジナルではない。彼はアイルランドで実際にあった事件をもとにしている。そのことは、一九三六年に出されたジョゼフ・ホーン（Joseph Hone）によるジョージ・ムアの伝記で早くも指摘されている通りである(247)。ただし、そこでは神父の名前までは同定されていない。ムア研究の中では一九八二年のジョン・クローニン（John Cronin）の論文まで、不思議なことにこのつながりは指摘されてこなかった。その彼も、概略の説明をしつつ、モデルになっている可能性を指摘するにとどまり、詳細の検証まで行なっていない。エイドリアン・フレイジアア（Adrian Frazier）は、二〇〇〇年に出版した伝記『ジョージ・ムア——一八五二‐一九三三』(George Moore, 1852-1933) の註でこの事件に言及し、神父名としてコネル神父 (Father Connell) を挙げているが、正しくない (554 n.145)。正しくはトマス・コネラン神父 (Father Thomas Connellan) という。(*8)

一八八七年九月二四日付の新聞『ロスコモン・メッセンジャー』(*Roscommon Messenger*) によれば、コネラン神父は同年九月二〇日火曜日十二時過ぎに自宅を出る。午後二時には彼のボートがロッホ・リー (Lough Ree) の岸辺を漂っているのが目撃されるものの、六時には乗り手のいないボートが長い間湖を漂っていることを不審に思った人達がボートのところに行き、神父の着ていた服のみが残っていることを確認する。同紙はそれを不幸な事故として報ずるとともに、神父の金時計とお金がなくなっていたことを不敬な行為と非難する。以来彼の遺体の捜索が行われ、報賞金まで出されるが、遺体は発見されない。この新聞記事は、コネラン神父自身が書いた『反対側の声を聞け』(*Hear the Other Side*) と題されたパンフレットに付されている。これにそのパンフレットに彼が記した説明をもとに補足するならば、一般信徒の着る服を入れたボストンバッグを岸に隠し、湖にボートで出た彼は、服を脱いで岸まで泳ぎ、服を着て駅まで走り、ダブリンに出たあと、翌朝キングズタウンからイングランドに渡った (Connellan 58)。彼はその後プロテスタントのミッションのために再びダブリンに戻ってくることになる。彼が出したこのパンフレットは彼の変節に対するアポロギアである。(*9)

その中で彼はカトリックをやめた理由を説明していくのであるが、第一に挙げるのは、厳しいカトリックの上下関係の中で絶対的な権力を握る司教に品格も教養もなく、教会という制度が腐敗していることである。続けて挙げるのは、カトリックのいわゆるドグマに対する根本的な疑問で、カトリックの体制についての歴史的な考察を行った結果として、ローマ・カトリック教会がキリスト教の中で中心的な位置を占めるようになった歴史的経緯に根拠がないこと、教皇の無謬性の考えが伝統的な解釈に反していること、四つある聖体に関する考え方のうち、カトリックの実体変化（transubstantiation）という考え方は理性に照らして考えた場合受け入れがたいことを論じている。

先述のフレイジアの伝記によると、ムアはコネラン神父の書いたパンフレットを読んでいた（554 n.145）。ムアがコネラン神父の事件をもとに『湖』を書いたとすると、ゴガティー神父の「西への旅」は、当然のことながら、コネラン神父のカトリックへの反発、あるいはそれからの解放、プロテスタントへのシンパシーを引き継ぐことになる。それは当時のいわゆるラショナリズムとくくられるものである。実際ゴガティー神父は、ローズ経由でラショナリズムの影響を受け、神父を辞めることになる。作者ムアもコネラン神父同様の道を歩む。彼は、以前から持ち合わせていたプロテスタンティズムへのシンパシーを前述のカトリックへの反発も加わって強め、一九〇三年に『アイリッシュ・タイムズ』（*The Irish Times*）紙上でプロテスタントへの改宗を宣言するに至る。

（二）裸で受ける「洗礼」と再生

このような背景を頭に置くならば、湖に入ることが、単に偽装するためだけの行為なのではなく、象徴的な意味を与えられた、儀式にも近い行為であったことがわかる。それは新たな生への洗礼である（Patrick McCarthy 109-10; Hart 90; Cordonnier 100）。それはコネラン神父自身も認識していたことで、「どんな洗礼も太陽の光に照らされたシャノン川へ飛び込んだときほどすばらしい再生をもたらしたことはなかった。私が長年背負ってきた重い苦しみと心配は、ボートの中に残した服と一緒に置いてきた」（Connellan 58）と表現するところによく表われている。ムアのゴガティー神父についても湖に入る行為が洗礼の意味を持つことは、神父として最後に行なった仕事が洗礼であったことを思い出しながら、湖に身を浸す自身を「先ほどまで洗礼をしていた人が今は洗礼されている」と彼が表現していることからも明らかである(*The Lake* 332)。コネラン神父とは違って、『湖』でゴガティーは対岸まで湖を泳いで渡る。コネランは、偽装さえできればよかったので、ボートで湖に出てそこから服を隠した岸まで泳ぐだけだが、ゴガティーは長い距離を泳ぐ。だからこそ慎重に気象条件が合う日を探していた。そのようにして長い距離を泳ぐのであれば、なにも裸にならなくてもなにか水着に類するものを身につけてもよかったはずである。それでもゴガティーが岸辺で服をすべて脱ぎ、裸で湖に入らなくてはならなかったのは、これが新たな生を得るための洗礼であり、湖を泳ぎ切った彼が、生まれたときと同じ裸で水から上がらなければならなかったからである。

(三) 死の通過

洗礼は単に新しい生の始まりを示すだけではない。そのことは右に引用したコネラン神父の言葉にも示唆されている。再生は、これまでのものを捨てることで可能になったのであり、その象徴として神父の服を脱ぎ捨てる行為があった。そこに彼はこれまでの人生を捨てる意味合いを込めている。『湖』においてもその意味合いは踏襲されている。ゴガティー神父は波のない絶好の条件で泳ぎ出し、また泳ぎにも自信があったものの、湖の水の冷たさに体温を奪われ、泳ぎ切れなくなりそうになる。この冷えは死との同化を意味する。『湖』最後の、彼が陸に上がってから、列車でコークに向かい、アメリカ行きの蒸気船に乗っているところを描く部分は、それまでのどの部分とも違うリズムにもとづくややおぼろげな描写で、ひょっとすると湖を渡る最後に体力を使い切り、湖の中で意識を失っていく神父が想像の中で「西への旅」へと向かう自分を思い浮かべている可能性を示唆する。また、駅の場所の問題や村人に見つからずにどうしたら逃亡できるかという問題があったことが想像されるにしても、彼が湖を泳いで渡らなくてはならない理由は示されていない。コネラン神父同様、服を岸辺に置いて、湖にどうやら泳ぎだしたらしいと見せかけられさえすればよかったはずである。それを敢えて湖を泳ぎ渡らなくてはならないようにしたことの意味は、そのプロセスが重要であったということにほかならない。つまりは、単に岸に上がるのでは不十分なのであり、まさに死ぬかもしれない地点を通り抜けなくては、なんらかの形でいったん「死」を経由するのでなければ、望んだ新たな生が始まらないことをムアは示そうとしている。

(四) 湖と心

『湖』は表題通り湖を舞台とした小説である。ゴガティー神父はそのまわりを幾度となく歩きまわり、湖が見せる日々の表情と変化を目にしながら暮らす。あるとき彼の心に「誰の心にも湖がある」("Every man has a lake in his heart.") という言葉が突然頭に浮かび(*10)、彼はその言葉を噛みしめるようにもう一度繰り返して口にする (*The Lake* 59)。この言葉によって、湖は単なる舞台や風景であることを止め、ゴガティー神父の心を映すものとして機能し始める。

この言葉は『湖』の最後で再び繰り返される。「あの湖を二度と目にすることはないだろう。だがあの湖を忘れることは決してない」と言うゴガティー神父は、実際湖から離れて行く間も湖の存在を近くに感じる。列車の中でうとうとしていた彼は、彼が見た湖の光が見えた気がして目を覚ます。コークに着いても湖に飲み込まれるような感覚を覚える。蒸気船に乗っても波の上で耳にするのは湖の音である。そうして彼は再び「誰の心の中にも湖があるんだ、そして誰でも渡るためには服を脱がなくてはならない」と考える（*The Lake* 340）。

心の中に誰しもが湖を持っているのだとすると、ゴガティーが感じたように湖から逃れることはできない。ゴガティーがアメリカに向かう船の中でも湖の音が聞こえると言うとき、外界と心の中の風景は入れ替わりを見せる。これまで描かれてきた外界としての湖は、心の中の湖であったことが示される。目の前にあった湖は、もちろん実際の風景でもあったのだろうが、心の中の風景でもあったことに読者は気づかされる。ゴガティーが入った湖とは、したがって自分の心の中であった。心という湖の中に入り自らの欲望や意志と向かい合い、迷いや悩みの「彼岸」へと至る行為こそ湖に入るということの意味だったのである。このような精神的行為のためには、服だけではなく、肉体も脱ぎ捨てる必要があった。

（五）湖と自然、女性

ゴガティー神父が入る湖は、さらなる象徴性を帯びる。彼はローズを愛していることに気づくが、物語の最後で彼女のもとへ向かうことはしない。この不自然な行動が意味することは、ローズは一人の女性であることを超えた存在であるということである（Hart 84-86, 89-; Cordonnier 101-02; Grubgeld, 342）。ローズが一般名詞として花の意味を持ち、さらには（人間を含めた）自然が持つエネルギーを象徴する存在であることは物語中随所に示される。湖はその自然を意味する堤喩となる。湖へ入ることは、しかも裸で入ることの意味は、自然のエネルギーの流れの中に自らを置き直す行ないである。そこには女性の体へと入る（あるいは母胎へと回帰する）意味合いも込められているのであろう。

以上から一旦ムアの「西への旅」が含んでいる意味の方向性をまとめるならば、次のように言えるだろう。西へと向かうその旅は、カトリシズムからの解放と自由を希求する願望、ラショナリズムに通ずる。「西への旅」は洗礼であり、新たな生の始まりを印すものであるがゆえに、そのためには裸となることが求められる。また、新たな生の始まりは、それまでの生の終わり、いったん死ぬことを意味する。単に服を脱ぐだけではなく、肉体という服をも脱ぎ捨てる擬似的な死を経由することが、新たな生の始まりを生む。また「西への旅」は湖という心の奥底へ入り込むことを意味し、心を表すものとしての湖は偏在性を示す。湖はまた自然を象徴し、人間が従うべき、回帰すべき自然のエネルギーの流れを意味する。

ジョイスの「西への旅」

ムアの「西への旅」が含んでいた意味を頭に置きながら、ジョイスの「西への旅」がどのような言葉遣いやイメージとともに描かれているかに注意を払いつつ見てみることにしよう。「死者たち」最終部は次のように書かれている。

　コツコツと軽く窓を叩く音が聞こえて彼は窓の方を向いた。また雪が降り始めていた。彼は眠たげに雪のかけらが、銀色と闇に近い色のコントラストを見せながら、街灯に対し斜めに降るのを見ていた。彼が西への旅に出かける時が来ていた。そう、新聞は正しかった。雪はアイルランド全土に降っている。闇に包まれた中央平原のいたるところに、木の生えてない丘々に雪が降っていた。アレンの沼地にふんわりと落ちてくる雪は、もっと西に行くと、暗い色に沈むシャノン川の反乱をもくろむ波の上にもふんわりと落ちては飲み込まれていった。雪はまたマイケル・フュアリーが埋葬されている丘の上の淋しい教会の墓地のいたるところにも降っていた。吹きだまった雪は、曲がった十字架や石塔の上にも、小さな門の槍先の上にも使い様のない茨の上にも厚く積もっていた。雪がひそやかに宇宙《そら》から落ちてきて、すべての生けるものと死せるものへと、その最後の時の訪れのように、ひそやかに落ちてくるのを耳にしているうちに、彼の魂はゆっくりと薄れていった。

(*D* D.1601-15)

まず目につくのは「西への旅」に出かける時が来たと感じたゲイブリエルが、そのすぐ後で文字通りの「西への旅」を行なっていることである。その旅は雪の広がりによって行なわれる。コツコツと軽く窓を叩く雪の音から雪が降っていることにゲイブリエルが気づくと、みるみるうちにその雪は――新聞が言う「アイルランド全土」にではなく――西方へと広がっていく。その雪は彼の意識が「西への旅」に向かうのにともなって広がっていく。雪は彼が宿泊しているダブリンのグレシャム・ホテルから、アイルランド中央部を経て西部へと広がり、マイケル・フュアリーが埋葬されている墓地にまで及ぶ。ここで注意しておきたいことは、雪は現実に降っているというより、ゲイブリエルの意識の中で降っているということである。確かに新聞にはアイルランド全土に雪が及ぶであろうと書かれていたのであろうが、アイルランドでは珍しいそのような大雪が、何十年かぶりかに本当にアイルランド全土に降っているかどうかを知る術は、彼にはない。雪が実際に全土に降っている可能性がないわけではないが、それよりもむしろこの雪は、アイルランド全土に雪が降ると新聞にあったことを聞いた彼が、想像の中で降らせているものである。彼が想像するものであるがゆえに雪はアイルランド全土ではなく、彼が行かねばならないと感じる西に降る。またそのことは、そこに挙げられている漠然とした地理からもわかる。

中央アイルランドにあるものとして挙げられている、闇に包まれているがゆえに暗い野は、具体性も持たないただの平野部である。木の生えていない丘は、妻グレタがマイケル・フュアリーのことを思い出すきっかけとなった「オーフリムの乙女」の中に出てくる、領主と農夫の娘とが逢瀬を行なった場所（"yon lean hill"）の書き換えであろう。唯一具体的な場所の名前としてあげられているアレンの沼地（Bog of Allen）は、地図で見るとジョイスが通ったクロンゴウズから二〇㎞ほど西南西に行ったところに位置し、中央部というより東部に近い。そのあとに出てくるシャノンは西部を代表する地名としては大きすぎる。マイケル・フュアリーが埋葬されている墓地は、個人的にすぎる。このようにゲイブリエルが思い浮かべるダブリン以西は、あまりに個人的な漠然とした西部で、おそらくはゲイブリエルが持ち合わせている限られた西部の知識を反映したものであろう。雪は、ゲイブリエルの西部のイメージの中で降り、その雪とともに、雪が広がっていく中で、彼は「西への旅」を行なう。ジョイスはムアの「西への旅」を、ちょうどその言葉を文字通り借りてきたように、文字通り「死者たち」の中に現出させている。それは意識の旅であり、雪の広がりに重ね合わされている。

この意識の旅を可能にしているのが彼の意識の薄れである。眠りに入る前の、意識があるともないとも判別しがたい状態の中で、ゲイブリエルは「西への旅」を行なう。ゲイブリエルが眠りに落ちる直前に示す、意識があるともないともいえない曖昧な状態へ入っていく（"swoon"）ところを描くジョイスには、湖に入ることで心の中へと入っていくところを描こうとしたムアの試みの踏襲がある。しかし、ゲイブリエルが、消えて溶けていくように、意識だけの存在となり、さらにはその意識を失いながら彼がその個体性を失って風景の中に、雪が降るアイルランドの風景の中に拡散し、溶けていく様を描くとき、ジョイスはムアが描こうとした自然の中への溶解を踏襲しつつ、それをはるかに超える。ゲイブリエルが意識の薄れの中で行う「西への旅」は、『湖』最終部で神父が行う「西への旅」を、神父が湖に飲み込まれ意識を薄れさせながら、想像の中で行なっているものと解釈した上での見事な翻案となっている。

この過程で深さが表現されていることにも注意を払わなくてはならない。つまり、彼が意識だけの存在となり、その意識すら消えそうになっていくとき、結果として意識の表層と深層が見事に表現されていく。これによって意識が深さを備えたものとして描かれることが重要な意味をもつとすれば、ムアが湖という外にあるものを心に喩え内在化したのに対し、ジョイスはそのテーゼの逆転を行っているのではないかと気づかせてくれる点においてである。ジョイスは、意識を湖のような深さを備えたものとして描くことで、心をムアが描いたような湖にしている。それは、目に見えるものとはならないが、結果として湖のような深さを備えたものとなって現われる。ムアが使った「西への旅」という言葉をジョイスがあざといと言えるほど明示的にそのまま借用し、また見せたことの意味は、その明示性によってムアの「西への旅」の舞台となった湖を想起させ、それによって湖を現出させるためと考えられなくもない。「西への旅」という言葉は、そのとき「西に向かっての旅」を意味する言葉から、ムアが使った「西への旅」を指示対象とするメタ言語となる。

ゲイブリエルの意識の薄れと拡散・溶解は、あらためて指摘をするまでもなく、死と背中合わせの関係にある。死のモチーフは、すでに多くの指摘があるように、物語冒頭から仕込まれている。パーティーの手伝いをするリリーが忙しく立ち回っている様子を示す "Lily...was literally run off her feet." (*D* D.1) という叙述の "run off her feet" という表現は「文字通り」幽霊のように体が足から離れて、足がなく走り回っている様子を描く (Benstock 1969, 153)。冒頭から用意された死のイメージは、物語終盤にその濃度を増す。ゲイブリエルはベッドに入る前にすでに亡くなっている祖父パトリック・モーカンを思い出し、先ほどまでパーティーで一緒にいたジュリアも、まもなく鬼籍へ入るであろうことを考える。そのようにして死が彼の意識の中に充満する中で「彼はシーツの下に注意深く体を伸ばし、妻の横に身を横たえ」るわけだが、そのときのシーツは死衣をイメージさせると指摘する批評家がいるのももっともであろう（Spoo 101）。もうひとつ注意しておきたいことは、シーツに身を滑り込ませるとき、彼が服を脱いでいたであろうことだ。ゲイブリエルは、ムアのゴガティー神父同様服を脱ぎ、ベッドの中に入り、意識を薄れさせながら心という湖に入り、死と隣り合った境地へと入っていく。

ムアが『湖』で警句的に示した湖の偏在性は、ジョイスにおいては雪に換えられている。湖は、心の中にあるものであるがゆえにどこにでも存在するとゴガティーが感じていたように、雪は当初グレシャム・ホテルの前、あるいはダブリンに降り注いでいたが、それはゲイブリエルの意識の拡散とともにアイルランド全土に降る。

ジョイスのしたたかさは、雪を空間的な広がりによって偏在させるだけでなく、時間的・文学的な広がりを用いてさらにその広がりと豊かさを与えている点にある。ゲイブリエルを西部へと向かわせるきっかけとなった雪が窓に当たる音は、その昔マイケル・フュアリーがグレタを呼び出すために窓に投げつけた小石の立てる音と重なり、読者をグレタが若かった頃へと運ぶが、それだけにとどまらない。階下にマイケル、二階にグレタがいる配置は、さらに時空を遡り、モーカン家のパーティー会場に飾られていた『ロミオとジュリエット』のバルコニー・シーンの刺繍を経由して、階下にいるロミオと二階にいるジュリエットを呼び起こす（Norris 228; Norris and Pecola, 366）。ついでに言えば、妻のとなりに身を滑り込ませるゲイブリエルは、『ロミオとジュリエット』においてすでに死んでいる恋人の横で自らも命を絶つロミオを想起させる。

ジョイスのアプロープリエイション(*11)

ムアの『湖』とジョイスの「死者たち」とは意外と近い関係にある。ムアの『未耕地』とジョイスの『ダブリナーズ』の近似性はすでに指摘されているところであるが(Becksen 294; West 212; Kennelly 159; O'Connor 196)、『湖』はそもそもその『未耕地』に入れるべく考えられた作品であった(が長くなったために入れられなかった)のに対し、「死者たち」もまたあとから『ダブリナーズ』に追加された作品で、こちらの場合はほかの短篇に比べ不釣り合いになるほど長いにもかかわらずこの短篇集へと入れられた。ムアの『湖』は一九〇五年の作であるが、それを一九〇六年に読んだあとでジョイスが一九〇七年に書いたのが「死者たち」である。くわえて言うなら、『スティーヴン・ヒアロー』から『肖像』への書き換えが始まるのも「死者たち」執筆後である。『肖像』が書けなければ、おそらく『ユリシーズ』も誕生することはなかった。このような経緯からすれば、ジョイスが作家としての人生を歩んでいく上でムアの『湖』が果たした役割は大きいと言ってよいのだろう。前節まで見てきたように、ムアが用いた「西への旅」をもとにした「死者たち」のあり様は、ムアの影響を示す大きな痕跡のひとつとなる。

では、ジョイスはムアが用いた言葉をそのまま用いているのであろうか。そのままというのは、ムアの使い方を踏襲して、という意味である。それを問うことは、ジョイスがこの「西への旅」という言葉、およびムアに対するスタンスを考えることになる。

そのときにひとつのヒントを与えてくれるのは、前章で見た「見せ消ち」という見方である。「西への旅」というムアが使った言葉を、この当時の人が読めばすぐにそれとわかるようなあからさまな仕方で使うことで、ムアに負うものがあることを明示的に示しつつ、なんらかの意味を上書きすることで、ムアに対する態度表明をしているとの見方である。[*12]

実際ムアの「西への旅」はジョイスにとって使う価値のあるものであった。というのも、そこには「アイリッシュ・ルネサンス」(Irish Renaissance)、「ケルティック・リヴァイヴァル」(Celtic Revival) などさまざまな呼び名で呼ばれる、世紀転換期に繰り広げられていた復興運動の中で重視された「西」を解体する契機があったからである。当時のアイルランドにおいて、英国の植民地支配の中で固有の言語・文化・風習を失っていったアイルランドが、元来の姿を取り戻す再生の場所と位置付けられていたその「西」を、[*13] ムアは『湖』において書き換えていた。というのも、『湖』において「西への旅」という言葉を用いてムアが示したのは、コネラン神父の事件をもとに、ラショナリズムによるカトリシズムの解体を図る身振りであり、「西」のさらなる「西への旅」を描くことによる「西」の解体であったからである。

ムアの身振りは、「死者たち」においてゲイブリエルにとっても――「死者たち」を執筆するときにはすでにアイルランドを「追われた」ジョイスからしても――、共鳴できるはずのものである。ミス・アイヴァース (Miss Ivors) から夏にアラン島へ行こうと誘われた彼が、アイルランド語は自分の言語ではない、アイルランドを母国と認めないと言って反発するのはその意味においてである。

ジョイスはそれに加えて「西への旅」をセンティメンタリズムの中に隠している。「死者たち」最後の意識の流れは美文とされ、多くのジョイス愛好家に受け入れられてきたものである。ジョイス研究者も「ときおりアイルランドのことを考えていて思ったのは、わたしが不要なまでに「この国に」厳しかったということだ。わたしは(少なくとも『ダブリナーズ』では)この街の魅力をまったく再現してこなかった。……わたしはこの街の純な島国性ともてなしの心を描いてこなかった」(*L* II, 166 中略は筆者) という一九〇六年にジョイスが書いた手紙の一文を幾度となく繰り返しながら、「死者たち」の結末を、アイルランドに厳しすぎたジョイスが、アイルランドに対する態度を和らげた寛容の現われと見てきた。ジョン・ヒューストン（John Houston）監督がこの作品を映画化したのも、「アイルランド的なるもの」への回帰が――ジョイスにしては珍しいセンティメンタリズムに包まれて――この作品の中にあると読んだからであろう。そのような解釈はもちろん可能であるが、この美文に込められたセンティメンタリズムを低く見積りすぎているように思える。ジョイスらしからぬセンティメンタリズムは、センティメンタリズム自体に疑問の目を向けさせるはずで、そこには、「西への旅」という言葉を用いて書いたムアに対する批判あるいは揶揄が読み取れるはずだからである。

その点で興味深いのは、ジョイスの「死者たち」を読んだムア自身の反応だ。彼はジョイスなど相手にしない体《てい》で書いたイェイツ宛ての手紙の中で、「私が読んだ唯一のジョイスの本は『ダブリナーズ』と呼ばれる短篇集で、取るに足らず、同意もできないものもあるが、どれも頭のよい男によって書かれている。この本にはひとつだけ、一番長くて、最後の作品のことだが、私には完璧と思える作品がある。自分がこの作品の作者でないことが残念に思う」と記す（Ellmann 1982, 405-06; Carens 92）。ムアの、「自分がこの作品の作者でありたかった」という書き方は、「西への旅」という自分が使った言葉を利用しているこの作品を実質書いているのは自分だ、と言おうとしているのかもしれない。自分が使った言葉をジョイスに用いられたことが否応なくわかるムアからすれば、文句のひとつも言いたくなるはずだ。同じ復興運動で活動していたイェイツやシングに自身のアイディアを盗まれたと騒ぎを起こしていたムアであれば、なおさらだ。それでもなお、自身がたどり着けなかった表現の可能性に達することのできたジョイスに対する感服の言葉としてムアがこの言葉を書いたとしたら、ジョイスがムアにそう書かせることができたとしたら、それ以上に有効なムア批判はない。

第七章

「まだ学ぶことがたくさんある」
——ジョイスのコインシデンス再考

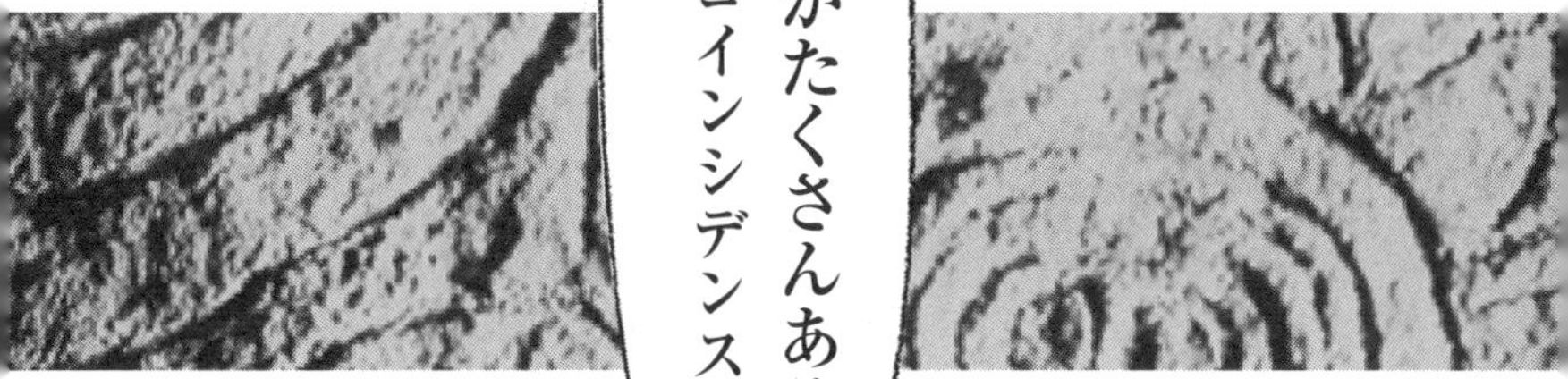

第七章　「まだ学ぶべきことがたくさんある」
――ジョイスのコインシデンス再考(*)

『ユリシーズ』第五挿話が始まるとブルームはウェストランド・ロウにある郵便局へと向かう。「ヘンリー・フラワー」（Henry Flower）という偽名を使って秘密の手紙のやり取りをしている相手、「マーサ・クリフォード」（Martha Clifford）――これもまた偽名である可能性がある――からの返事が局留めで届いているかを確認しようとしてのことである。もしかしたらもう来ないかもしれないと思っていた返信があったことから、早く内容を確認したい気持ちに駆られ、手紙を読んでも大丈夫そうな、人気のない場所を探そうとするブルームの前にマコイ（M'Coy）が現われる。さっさと話を終わらせたいブルームの気持ちをよそに、マコイはなかなか立ち去らない。彼の言うことを話半分に聞くブルームが、「奥さんも元気で？」と聞かれ、バトンのように丸めて持っていた新聞を開いたときに目にするのが、プラムトゥリーの瓶詰肉の四行広告である。そこには「プラムトゥリーの瓶詰肉／おいてない家は／不完全／あってこそ至福の家」（What is home without /Plumtree's Potted Meat? / Incomplete. / With it an abode of bliss. *U* 5.154-7）とある。

このたった四行の広告はこのあと思いもかけぬ意味を持つことになる。というのも、この日妻のモリー（Molly）がボイラン（"Blazes" Boylan）と浮気をする可能性が高いことを意識し、家に帰ってそれを阻止する選択肢があることがわかっていながらもそうはせず、なにもしない選択をすることで結局は不倫を許してしまい、一方ボイランや妻と対面することを避けてきたブルームが、第十七挿話においてようやく家に戻ったときに、自宅の台所の棚にあるのを目にするのが「空になったプラムトゥリーの瓶詰肉の器」(U 17.304) であるからである。プラムトゥリーの瓶詰肉がただ家にあったということであれば、モリーが買って食べた可能性もある。しかしそれに続く「繊維質の緩衝材を敷いた楕円形の枝編み細工の籠に入ったジャージー梨ひとつ」という記述はその可能性を否定する。(*1) というのも、注意深く読むことを訓練づけられたジョイスの読者、『ユリシーズ』の読者であるならば、これが、第十挿話第五セクションの冒頭部「ソーントン生花・果物店のブロンドの女の子は、枝編み細工の籠にガサガサする繊維質の緩衝材を敷いた。ブレイジーズ・ボイランは彼女にピンクの薄い紙に包まれた瓶と小さな広口瓶を渡した」(U 10.299-301)とあったのを思い出すであろうからである。ボイランはそれに果物を加えて、市内電車でモリーのもとへと届けさせていた。しかし、これは読者にはわかっても、ブルームには知るよしもないことがらである。ブルームはと言えば、このセクションに唐突に入れられた挿入部「黒い背中が見える人物がマーチャンツ・アーチの下で露天の荷車の本をめくっていた」(U 10.315-16) にあるように、ボイランがいる店から直線距離にしても五〇〇m以上離れた、ボイランを確認しようにもできない場所にいた。

読者には知らせても、物語の渦中の登場人物には知らせないことで、読者と登場人物との間に情報量の差を生み出し、それにより特定の効果を生み出そうとする技法をドラマティック・アイロニー(dramatic irony) と呼ぶ。第十七挿話においてブルームがプラムトゥリーの瓶詰肉の器を見つける場面で読者がある種の緊迫感を持つとするなら、それはドラマティック・アイロニーによるが、瓶詰肉がボイランが買って届けさせた届け物であることを知らないブルームの側にも、違う意味での緊迫感がある。

「ブルームによって開けられた台所の棚の下段、中段、および上段にどのようなものがあることがわかったか」という質問及び、それに対する、一見すると事物を列挙するだけのそっけない答えが示すのは、ブルームが出かける前に使った台所と、帰ってきて目にする台所のあり様の間に認められる差から、彼が自宅を留守にしていた間に家の中で起こったことを最大限読み取ろうとしている張りつめた感覚であろう。ここで試されるのは彼の記憶である。記憶――試される読者の記憶も含め――は、『ユリシーズ』における重要なモチーフのひとつと言えるが、記憶の衰えを感じつつも、「俺の記憶もまんざらではない」(*U* 13.1142)と考えるブルームの記憶は、モリーとボイランの関係を示すほかの兆候をも浮き彫りにする。ベッドに入り足を延ばそうとしたブルームが認めたものを列挙するための質問「徐々に手足を伸ばしていったとき彼の手足に触れたものは何か」と、それに対する答え「新しいきれいな敷布。加わった匂い、人間がいたことを示す痕跡、ひとつは女性のもので、妻のもの、もうひとつは、男性のもので、ブルームのではないもの。パンくず、瓶詰肉のかけら、再調理されたもの、それらを彼は取り除いた」(*U* 17.2122-25)は、ブルームが台所で発見したプラムトゥリーの瓶詰肉の器に入った中身の行方を、モリーが誰か他の男と一緒にベッドの中で食したという「事実」を加えて指し示す。

こうして『ユリシーズ』に描かれる一九〇四年六月一六日の朝にブルームが新聞で目にしたプラムトゥリーの瓶詰肉の広告は、この日ブルームに起こる妻の不倫という重大事件を思わぬ方向から指し示すことになる。「プラムトゥリーの瓶詰肉/置いてない家は/不完全/あってこそ至福の家」と謳われたプラムトゥリーの瓶詰肉は、ブルームの家に最終的に置いてあることがわかるという意味ではブルームの家にも至福をもたらすはずが、肝心の中身がなく、その意味で「不完全」にしかブルームの家にはないためか、家で得られるはずの幸福がブルームには「不完全」にしかないというジョイス的なひねりを加えながら。

このような、意味をもたないと思われたものが、小説の中心テーマに関わる重要な意味をもつようになる仕組みは、『ユリシーズ』中に見られる同様の他の例も含め、作中で十四回使われるコインシデンス（coincidence）という単語で通常説明される。(*2) しかし、コインシデンスととらえるので間違いのないと思えても、『ユリシーズ』の単なるモチーフの現われと確認することで済ましてしまってはならない。本章はその意味を再考する試みの第一部として、『ユリシーズ』においてこのコインシデンスが成立していく過程を追う。

浮気を示すコインシデンス？

その前に確認しておかなくてはならないことは、プラムトゥリーの瓶詰肉がコインシデンスとなり得ているかどうかである。確かにブルームはプラムトゥリーの瓶詰肉のかけらをベッドで確認することで、彼が疑っていた妻モリーの不倫の証拠と考えるわけだが、果たしてプラムトゥリーの瓶詰肉は不倫の証拠となりえているのだろうか。

第十七挿話においてブルームは自宅の台所の棚に「空になったプラムトゥリーの瓶詰肉の器」（U 17.304）があるのを目にすることになるが、プラムトゥリーの瓶詰肉がただ家にあったということであれば、モリーが買って食べた可能性もある。それが第十挿話でボイランが送ったものであることを知っているのは読者——しかも細かいところまでジョイスの指示に従ってきちんと覚えている「理想的な読者」——だけであって、ブルームは知らない。ということは、瓶詰肉とボイランの結びつきはブルームの頭の中にはない。読者——「理想的な」読者——だけがこの部分にボイランとの結びつきを読み取る。

そのあとでベッドの中に瓶詰肉のかけらを見つけたブルームが、それを再調理されたものとしている点も不思議である。この疑問文と答えの主語となっているのは手足である。それらに触れたものとして瓶詰肉のかけらがあるわけだが、それでどうして再調理されたものであることがわかるだろうか。手足に触れただけであるならば、その答えは出てこないであろう。そこにいつもと違う何らかの匂いがあったとあるのも同様である。それは手足では感知できない。文章の主語は手足とされているにしても、ブルームがベッドの中にあるのを感じ取った異物を、すぐに「取り除いた」のではなく、手に取ってしげしげと眺める行為があったと考える方が自然だろう。というよりはむしろ、ブルームは台所においてそうしたのと同じように、ベッドにもいつもと違う点がないかを五感すべてを動員して確認したと考える方が正しいのであろう。それでも瓶詰肉のかけらが見つかったことから、それが再調理されたかどうかまでを判断することは、普通に考えるならば難しいであろう。それがこの種の食品の通常の食べ方であるならばここで改めて書き記す必要はない。このように考えるならば、ここに書かれているのは「事実」ではなく、ブルームの推理であることがわかる。これは、台所にプラムトゥリーの瓶詰肉の器があったことと、ベッドにそのかけらがあったという二つの事実をつなげ、その意味を推し測ったブルームが下した判断なのである。ブルームがそう判断したと見せかける語り手の文章である可能性さえある。このような揚げ足取りにも似た指摘をすることで私が示唆しようとしているのは、ひとつには「科学的教義問答体」と呼ばれる文体で細かいところまで科学的で冷徹な視点から書かれていることになっている第十七挿話であるが、ここに書かれていることは科学的であるどころか、事実とさえ呼べないブルームの類推であるということである。もうひとつは、「事実」として描かれることの「事実性」に関わる。「再調理されたもの」という判断をこれまでブルームのものであるという前提で話をしてきたが、実際はそれがブルームのものである保証はない。ブルームの思考法を熟知し、それに自らの語ることを近づけようとしている語り手の付け足しである可能性がある。とするならば、ここでもテクスト上の意味と、ブルーム以上にこの日の出来事を見てきた読者がつい読み込みをすることで持ってしまう意味との間に差が生じることになる。それは違う言い方をするならば、ジョイスは「事実」とは厳密に言えないことを「事実」のように見せかけている、ということだ。「事実」と「事実とはまだ言えないが、事実のように見える事実」との狭間をうまく操作をして、「事実」であるかのような認識をさせようと誘導している。

それがよくわかるのが、この個所に続く「もし彼が微笑んだとしたらなぜ微笑んだのであろうか」という質問とそれに対する「人は一番最初に入ってきたと想像して入ってくるが、次の一連の項の最初であるにしても、それよりも前に存在する一連の項の一番最後にあたるのが常で、自分が最初、最後、唯一であると想像しながら入ってくるが実際は永遠に反復される連続の中においては最初でも最後でも唯一でもない」（*U* 17.2126-31）という答えである。ここも二重の意味を帯びていることに気がつく。もっともナイーヴな読み方は、ここでブルームはある程度予想し、覚悟をしていた、それでも彼にとって認めがたい、妻の不倫を、彼が思っていたように今日起こったのだと認めたというものであろう。それを、個人的な真実をより大きな一般的な真実へと組み入れることで、自身に起こったことの意味を、自身の自我の崩壊を招かない程度に小さくしようとしているとまで読み込むかもしれない。しかし、質問文に含まれる仮定法は、彼が微笑んだのではないことの方が実際に起こったことであることを示す。つまり彼は微笑んでなどいない。この日の朝ボイランの手紙が届いたのを見たことから彼が予見したモリーとボイランの不義が、あたかも預言であったかのように実現し、そのかすかな証拠を見つけ、そこから自分の預言が正しかったと思えることに対する自己満足がブルームの心の中にあったにしても。したがって、答えの部分で書かれていることも彼の思考であるとは言いがたい。仮定にもとづく質問とそれに対する答えは、肯定へと向かう意味の可能性と否定へと向かう意味の可能性の両方を含む。このレトリカルな、そしてまた行為遂行的《パフォーマティヴ》な記述が見事に描き出すのは、そうであるかもしれない可能性と、そうでないかもしれない可能性の間を見事にぬっていくジョイスの姿である。

コインシデンスの示す「事実」

このように言うならば、第十八挿話のモリーの独白を読めばモリーの不倫は明らかであり、今さら議論の余地はないという反論が出てこよう。しかし第十八挿話に至るまでに、その「事実」が明らかになっているかと問い直してみたらどうであろうか。妻のモリーとボイランがこの日の午後四時に家で会うことはブルームに知らされていた。そのときに起こるであろうことを想像して、ボイランとの接触を避けようとするブルームがいたことも事実である。家に帰ることもできたがそれを想像しつつもそうしないブルームがいたことも事実である。モリーの不倫に悩み、そのような心配をしなくても済む昔を幸せだった時代と懐かしみ、他方でその問題をこれ以上先延ばしできない待ったなしの状況の中で心理的な苦痛をブルームが背負っていたのも事実である。しかしそれらが指し示すのは、モリーはボイランと会って不倫を犯すとブルームが想像をして、その見込みの中でブルームが苦しんでいたということであって、妻が姦通を犯していたという「事実」に対してではない。

「事実」であるかに関してもうひとつ考えなくてはならないのは、モリーがした「不倫」の性質である。結婚している身で夫以外の男と関係を持ったという意味においてはそれを不倫と呼ぶのは正しいが、その場合に前提としているのは、モリーが勝手に行なったものということであろう。しかし、たとえばブルームがそこに加担をしていたとすればどうか。ブルームが仕組んでいたとしたらどうか。そこまでいかなくとも、彼が認めていたとしたら、望んでいたとしたら、それだけでも「不倫」の持つ意味は大きく変わってくるだろう。第十六挿話冒頭でスティーヴンはコーリー（Corley）と出会う。そこで読者が知らされるのは、ブルームがボイランとパブで話をしていたのを見たという、読者からすればありそうもない話である。金に困り仕事を探しているコーリーは、スティーヴンが今一緒にいるブルームとボイランがパブで話をしているのを見た経験から二人が懇意であると考え、ボイランへの口利きをしてくれるようスティーヴンを通してブルームに頼む。サンドウィッチマンでもいいからと言って（*U* 16.197-201）。真偽のほどはわからない。誤情報に満ちた第十六挿話における話であれば、単なるコーリーの勘違いなのかもしれない（Hannay 1984b, 343-45）。しかし、この情報は、これまで一方的な被害者と読めたブルームに、そうではないかもしれない面を浮かび上がらせる。そのことを確認する重要性は、その示唆の方法が、モリーの浮気の客観的な証拠としてはプラムトゥリーの瓶詰肉の器以外示さず（Hayward 60）、もっぱらブルーム側から与えられる情報をもとにブルームの妻はブルームを苦しませる不倫をしていると読者に思わせてきた示唆の方法と何ら変わりがない点にある。だからといってコーリーの誤情報が正しいということを言っているのではない。このやりとりが、不倫を「事実」として確定させない働きを、『ユリシーズ』で使われている示唆の方法を用いている点に注目しているにすぎない。

コーリーが言うように、ブルームとボイランが懇意とまではいかなくとも友人と呼べる関係にあったとしたなら、第十四挿話の「友のために自分の妻を差し出すこと、これ以上に大きな愛はない」（*U* 14.360-62）という一節は、単なる戯言《ざれごと》を超えた意味を持ってくるだろう。ブルームの身に起こる（起こった）ことをそれとは知らずに言い当ててしまうこの酒席での戯言《ざれごと》は、ヨハネによる福音書十五章十二節－十三節の「私があなたがたを愛したように、互いに愛し合いなさい。これが私の戒めである。友のために自分の命（life）を捨てること、これ以上に大きな愛はない」にある命（life）を妻（wife）に書き換えたものであることを確認するならば、茶化しが入れられているにしても、キリスト教的な愛をもとにした表現であることがわかる。ブルームがキリスト教的な愛の理念に沿って、自らの妻を「友」に差し出していたとするならば、あるいは語り手なり作者が読者にそのように読ませようとしていたとするならば、それは第十二挿話で偏狭なナショナリストたちを前に、信心深いとされる、アイルランドのカトリックではない、彼らからは排除される側のユダヤ系のアイルランド人のブルームが、キリスト教の原点にある愛を説くアイロニカルな場面と強く響き合うことになるだろう。このような文脈が与えられるのであれば、モリーの姦通の現場に踏み入ることはせず、苦しみすべてを自らが背負い、モリーを許すブルームの姿は、ヨハネによる福音書七章五三節から八章十一節にかけて描かれる、姦婦を赦すイエスの姿と重なって見えてくるだろう。

もう一点見ておいてもよいことは第十八挿話におけるモリーの意識の流れである。この中でモリーは、確かにボイランと肉体的な関係を持ったことを回想しており、その意味での「不義」を告白しているのだが、モリーが川のように流れる思考の中で確認するのは、ボイランよりもブルームを選ぶ自身の気持ちである。体の関係を夫以外の男性ともってもモリーの心はブルームに戻る。(*3)この陳腐に聞こえるかもしれないまとめ方が重要な意味をもつのは以下の三点においてである。ひとつはモリーの意識の流れの中での愛の確認とすることで、性という肉体的な次元のできごとが精神的な次元をも併せもつようになる点。もうひとつは、彼女が、肯定の意味だけではなく性的な歓喜をも示すイエスという言葉を、何度も繰り返しながら、ブルームを受け入れるとき、精神的な次元を手に入れたその愛が、肉体的愛と見事に融合を果たす点である。第十七挿話に説明される、モリーとブルームの「不完全」な性の――それは生でもある——問題は、精神的な愛と肉体的愛が融合を果たす、稀有な瞬間の中で解消される。そこには、一日ブルームを悩ませた不倫の問題はない。ここに描かれるのは、モリーの——そしてブルームも加担したかもしれない——不義という罪を経由して、至福へと至るフェリックス・クルパ（*felix culpa*）である。くわえて重要なのは、確かに彼女は不義の罪を告白するのであるが、それは彼女の心の中においてである。それはその「事実」は誰にも知られることがないという意味において「事実」とはならない。彼女の罪は「事実」になりかけるところで、繰り延べられて「事実」にまで至らない。

こうして、『ユリシーズ』というテクストは、ブルームが「想像した事実」、第十八挿話を読むまでは確定していないという意味で、事実が事実とまだなりきっていない「暫定的事実」が、そしてそれは第十八挿話のモリーの独白により事実であることがある意味で「確定する」面を持つという意味で、「予定された事実」でもあるが、第十八挿話のモリーの独白により事実が「確定した事実」となっていくように見えるよう仕組まれたテクストである。しかし、その「確定した」ように見える「事実」は、ブルームを認めるモリーの声の中で変質してしまうことに加え、ブルームに知られることはないであろうという意味において「事実」とはならない。そのときコインシデンスが指し示すように見えた「事実」はそこにはない。コインシデンスは「事実」に近いところまで到達するように見えて、「事実」からするりとすり抜けていく。別の言い方をするならば、コインシデンスが示すのは、「事実」と考えられることがらとの関係における限界である。そのように言うのは、コインシデンスがコインシデンスであることの単なる確認にすぎない。だからと言って、コインシデンスがコインシデンスで終わるわけでもない。本章が見極めたいのは、その特殊性である。以下においてはコインシデンスが成立していく過程を見ることで、その特殊性のありかを探る。

コインシデンスの原風景

『ユリシーズ』において全部で十四回使われるコインシデンスという語が、初めて使われるのは第八挿話においてである。「ある人のことを考えていたからってその人に出会うことなんてない」のに、チャールズ・スチュアート・パーネル（Charles Stewart Parnell）のことを考えていたブルームの目の前にその生き写しと言ってよい兄ジョン・ハワード・パーネル（John Howard Parnell）が現われたときにブルームはそれを「コインシデンスだ」と考える。このときのコインシデンスは同時発生的で、コインシデンス本来の語義に沿うものとなっている。これとプラムトゥリーの瓶詰肉の広告のコインシデンスを比較してみるなら、性質が異なることがすぐにわかる。後者はむしろ、ブルームがこのあとすぐにA・Eとジョージ・ラッセルを目にしたときに「まただ。これは本当にコインシデンスだ。二度目」と考えるときのコインシデンスに近い。というのも、ブルームの意識の流れに現われる「起こる事柄がその影を前もって示す」というこのコインシデンスの定義と言ってもよい性質が、プラムトゥリーの瓶詰肉の広告にも当てはまると言えるからである。(*4)しかし、それと同時に違いもはっきりする。というのも、瓶詰肉の広告の場合「起こる事柄」を「前もって示す」際の「前もって」に含まれる時間が、ブルームがA・Eに遭遇したときと比べれば、はるかに長いからである。そのことが意味するのは、瓶詰肉の広告のコインシデンスがその分用意周到に仕組まれているということである。そのことはこの広告がいわゆるコインシデンスとなっていく過程を確認することで見えてくる。それにより、いくつかのイメージの系列が、中心をおぼろげに作りながら集まっていくのが見えてくるだろう。

第五挿話でプラムトゥリーの瓶詰肉の広告を見たブルームが、次にこの広告のことを考えるのは第八挿話冒頭においてである。ここにはプラムトゥリーの瓶詰肉の広告が、妻モリーとボイランの不倫を指し示すコインシデンスとなっていく原風景が書き込まれている。ブルームは、かつて勤めていた文具店ヒーリーズ（Hely's）のサンドウィッチマンを目にしたことから、効果的な広告のあり方を考える流れで、プラムトゥリーの瓶詰の広告にも考えを及ぼす。その過程でサンドウィッチマン広告を請け負った業者としてボイランを想起する。その際に、「ボイラ」（*U* 8.130）とまで名前を出したところで、慌ててマッグレイドのところだと訂正している点には注意しておいてよいだろう。広告のことを考える流れで、特に考えもなくボイランの名前を想起したのを慌てて打ち消すその操作によって、ボイランという名前の背後にある不倫問題を自ら呼び出してしまう意識化があったことをこの一文は示すからである。こうしてブルームが第八挿話で遭遇・想起する――つまりそれ自体がコインシデンスである――、ヒーリーズのサンドウィッチマン、ボイラン、不倫という連関に、広告つながりでプラムトゥリーの瓶詰肉広告が加わり、プラムトゥリーの瓶詰肉のコインシデンスの一形式のもととなる集合体ができあがる。

この挿話が雑誌『リトル・レヴュー』（*The Little Review*）一九一九年一月号（第五巻第九号）に掲載されたときには、ヒーリーの店のサンドウィッチマンの描写はあるが、ブルームがプラムトゥリーの瓶詰広告に思いを及ばすくだりはない。両者の関連は雑誌掲載時以降にジョイスが意図的に発展させたものであることを示すという意味で、この個所には注目をしておいてよい。その際に考えてみてもよいことは、ヒーリーの店のサンドウィッチマンとプラムトゥリーの瓶詰肉広告は何を経由して結びついているかだ。考えられる可能性としては三つある。（一）広告。ブルームもボイランも広告に関わる。その意味では自然なつながりの中でプラムトゥリーの瓶詰肉が想起されることになるが、なぜこの二つなのかについては説明してくれない。ただし逆に広告対象としてのモリーという解釈の地平を切り開く。(*5)

（二）ブルームが見たヒーリーズのサンドウィッチマンがかぶっている白い帽子の「赤い文字（scarlet letters）」（*U* 8.125-26）。緋文字は、ホーソンの『緋文字』（*The Scarlet Letter*）にあるように、姦婦をイメージさせる。それは、ヨハネの黙示録第十七章第四節にある紫と緋色の服を着た女以来淫婦・娼婦を意味するようになった、「緋色の女」（scarlet woman）を呼び起こす。直前の「われわれは罪を犯した」（*U* 8.125）という言葉とその直後にブルームが想起するボイランの名は、姦通のイメージを補強する。こうして、ヒーリーズのサンドウィッチマンとプラムトゥリーの瓶詰肉の間には、それら単体では持ちえなかった観念連合ができあがる。（三）サンドウィッチマンに含まれるサンドウィッチ。そこに含まれる、なにかを別のなにかで挟む物質性を用いて、布団の間に挟まれる男と女を連想させているとすれば、(*6) この後ブルームが昼食でサンドウィッチを注文すること、その際にプラムトゥリーの瓶詰肉のことを想起することも意味をもってくる（*U* 8.741-43）。決定的な答えはない。それは逆に言えば、ジョイスはあくまでも偶然の中からわれわれがこの論考で扱っているようなコインシデンスを発展させていっているということだ。ジョイスは、生きている人間にであればいつでもどこでも起こる偶然――それ自体がコインシデンスである――を通して、作中でひとつの技法として用いているコインシデンス――必然の含まれた偶然――を生み出そうとしている、ということだ。

ここでできたヒーリーズのサンドウィッチマンとプラムトゥリーの瓶詰肉のかすかなつながりもそのまま捨て置かれることはない。先に触れた第十挿話第五セクションで、ボイランがソーントン生花・果物店でモリーのもとへ届け物を用意する場面でも反復される。ボイランが買い物をしていると、「ヒーリーズ［のサンドウィッチマンたち］が白い帽子をかぶり彼の前を列をなして進み、タンジャー路地を抜けて、目的地に向けて歩いていった」（*U* 10.310-11）という記述がやや唐突に入る。その後ボイランの買い物の描写が三行続いた後、今度は、先にも触れた、「黒い背中の人物がマーチャンツ・アーチの下で露商の台から本を漁っていた」という挿入が入り、その後話はまたボイランの店でのやりとりに戻る。第十挿話には黒い服を着た人物としてはブルームのほかにスティーヴンがいるが、(＊7)ここでの黒い背中の人物がブルームであることはこの挿話の第十セクションで明らかになる。第十挿話第五セクションにヒーリーズのサンドウィッチマンとブルームの描写が入る不思議は、実は何の不思議でもなく、第八挿話でできたプラムトゥリーの瓶詰肉の広告を中心として、そのまわりに集まってきた、不倫、ヒーリーズの広告、ボイランというイメージのつながりをより明確な形で示しているにすぎない。

ただし、ただ反復をしているのではない。ジョイス流の仕掛けが二つ施されている。そのひとつは、ブルームの居場所を示す「黒い背中の人物がマーチャンツ・アーチの下で露商の台から本を漁っていた」という一文にある。ボイランがモリーへの届け物を店で準備している様子を描くこのセクションに、ブルームの居場所を示すこの一節は小説の作法からすると普通は入らない。なぜならばブルームは、すでに触れたようにボイランからは見えない場所におり、その意味においてボイランが買い物をしている様子を描くこのセクションには無用であり、このセクションの描写を支えるリアリズムの原理に反するからである。全体として見れば――ジョイスの仕掛けが理解できた後から振り返ってみれば――、十九のセクションからなる第十挿話は、各セクションに同時刻に別の場所で起こっていたことを示す数行を挿入する描き方がされていることがわかり、ブルームの居場所を示す一文もその特殊な描き方の適用例であることがわかるのであるが、この時点ではそれは理解できない。先に触れたドラマティック・アイロニーがここでも起こっていることを確認しておこう。作中のブルームにはボイランがこのような買い物をしていたことはわからない。読者のみが知らされることである。ただし、複雑なことに、読者といっても、初読の読者と再読以降の読者を分けて考えなくてはならない。第十挿話の仕掛けを理解していない初読の読者は、作中のブルームやボイランと同じ程度に、ここで起こっていることを理解できない。再読以降の、しかも第十挿話の仕掛けを理解することのできた読者のみが、ここで起こっていることの意味を理解できる。その意味で、ここで起こっていることがドラマティック・アイロニーであるにしても、それは、再読（以上）の経験を積んだ読者にのみ許されるものという意味で、再読（以降）の読者用のドラマティック・アイロニーとなる。

もうひとつの仕掛けは、「ヒーリーズ［のサンドウィッチマンたち］が白い帽子をかぶり彼の前を列をなして進み、タンジャー路地を抜けて、目的地に向けて歩いていった」という一文にある。この一見するとなんでもない一文は、その実際においてもなんの変哲もない文章なのだが、その変哲のなさを理解するには、上で確認したブルームの居場所を示す一文の場合とは逆で、初読の、しかもジョイスがいろいろな仕掛けを施すことに長けた、油断のならない作家であることを知らない読者の方がよい。つまり、上で触れた、各セクションに同時刻に別の場所で起こっていたことを示す数行を挿入する描き方がされている第十挿話の特殊な描き方を、再読によって知ってしまっている読者には、この一文も同じような挿入に見えてしまうのである。この文にある「彼」というそっけない三人称単数の代名詞は、普通に読めばその前のパラグラフでその行動が描かれていたボイランを指し、その読みで結果的には正しいのであるが、そのそっけなさゆえに、そしてまた各セクションに挟まれる挿入と似せた見かけが、「彼」が指すのはボイランではなく、別の誰かかもしれない可能性を切り開いてしまう。

この二つの仕掛けがもたらす効果は、コインシデンス化にある。同時刻に離れた場所にいるブルームの行動を示すコインシデンスと、ボイランの目の前を通り過ぎるヒーリーズのサンドウィッチマンを、実際にボイランと空間的・時間的交錯があったにもかかわらず、それをとっぱらって、単に時間的交錯があっただけのように見せかけるコインシデンス化である。こうしてわれわれは、第八挿話冒頭でコインシデンスによりできた一群の要素の結びつきが、別のコインシデンスによって強化されるのを目にすることになる。

プラムトゥリーの瓶詰肉と家

別のイメージの系列に「家」がある。「プラムトゥリーの瓶詰肉／おいてない家は／不完全／あってこそ至福の家」という広告は、妻とボイランの不倫（の可能性）と直接的に結びつくことにより、ブルームの家にプラムトゥリーの瓶詰肉の広口瓶があるという意味では至福があってもよいのだが、中身の肉がないということでそれが保証されないあり様を示す指標となる。この皮肉に関連して興味深いのは、ジョイスがこの広告を使うにあたり加えたさらなるひねりである。ブルームが手にしていた、一九〇四年六月十六日の『フリーマンズ・ジャーナル』（*The Freeman's Journal*）にはこの広告は載っていない。したがって、『ユリシーズ』上の広告はジョイスが歴史に付け加えたものということになるだが、その際に彼はちょっとした変化を加えている。第十七挿話の説明によれば『ユリシーズ』に登場するプラムトゥリーの瓶詰肉は「ダブリン市マーチャンツ・キー二三番地のジョージ・プラムトゥリーによって製造され、四オンスの器に入れられた」（*U* 17.600-01）ものであるが、これは当時実際にイギリスの会社により製造・販売されていた「プラムトゥリーの自家製瓶詰肉」（Plumtree's Home Potted Meats）を模したものである（図1、図2参照）。第十七挿話には「ラベルにある商品名はプラムトゥリー。肉を入れた器にプラムトゥリー、登録商標。偽物に注意。ピートモット、トラムプリー、ムートパット、プラムトルーといった。」

（*U* 17.603-05）とあるが、偽物を用意しているのはジョイスであるというおまけもつけている。[*8] 一八九〇年代の雑誌等に掲載された広告と比較をするとわかるのは、もとの――歴史上に存在し、ジョイスが利用したと思われるという意味で――商品名においては「肉」の部分が複数形になっているのを単数形に変えたことと、もとの商品名に入っていたHomeを、ジョイスが抜いていることである（Hayward 63）。もとの商品名には含められていた「家」を『ユリシーズ』においては商品名から抜き、広告文「プラムトゥリーの瓶詰肉／おいてない家は／不完全／あってこそ至福の家」の方に移すことで、Homeの持つ意味を「自家製」という意味から、普通の「家」へと変え、焦点を製品が作られた「家」から消費される「家」へと移し、ブルームの抱える問題により近接させていると言える。ブルームはこの広告を見たあとで、第五挿話における彼の行動の主目的、すなわちマーサからの返信を確認することになるのだが、皮肉なことにこの「家」の問題はそのマーサからの手紙によっても突きつけられることになる。

図１ *The Strand Magazine: An Illustrated Monthly*, vol. 14, no. 81, 1897, n.p.

図２ *To-day,* vol.6, spring number, 1895,55

マーサからの手紙の中の一文「あなたは家で幸せではないのかしら」（"Are you not happy in your home[?]" *U* 5.246）という言葉は、ブルームが抱える問題を意図せず、しかし鋭くも言い当ててしまう、まさにコインシデンスとなる。結果としてこの言葉はブルームの頭に刻み込まれ、この日何度も思い返されることになる。(*9) ブルームの妻の姦通を指し示すことになるプラムトゥリーの瓶詰肉広告のコインシデンスが、さらに別のコインシデンスに補強されているのを今われわれは目にしていることになるが、同様の例は第十五挿話末において兵隊に殴られたスティーヴンをブルームが介抱する場面にも見られる。喧嘩騒ぎとなり、警察沙汰になろうとしているところをコーニー・ケラハーに救われる場面で、ブルームが売春街にいる状況を「家に帰ろうとして」騒動に巻き込まれたと言い繕うのに対し (*U* 15.4875-76)、ケラハーの乗ってきた馬車の馬は「ホホホホホホー!、ホホホホーム!」(Hohohohohoh! Hohohohome! *U* 15.4879) といういななきを合いの手として入れる。ケラハーが「気をつけて家に帰るように」というときにもこの馬は、いななきと笑い声と家を合体させた「ホホホホホホーム!」を繰り返すのだが (*U* 15.4899)、これはブルームに帰るべき「家」と呼べるものがあるのか、あるいは「家」という言葉が通常意味する実体が、ブルームにあるのかを問い、あざ笑う言葉となっている。

All up a plumtree

第八挿話冒頭でブルームがプラムトゥリーの瓶詰肉の広告のことを思い浮かべるくだりで、この広告が訃報欄の下に置かれていたという新たな情報が付け加わるのは (*U* 8.139)、広告取りを生業としているブルームに、広告としての良し悪しを考えてしまう癖ができているからである。その顛末は、「ダブリン市マーチャンツ・キー23番地のジョージ・プラムトゥリーによって製造され、4オンスの器に入れられたものが、ハードウィック通り19番地ロトゥンダ区選出の市議会議員ジョゼフ・P・ナネッティにより、訃報欄と法事予定欄の下に入れられた」(*U* 17.600-03) と第十七挿話においてまとめられることになる。

第八挿話においてブルームは、食事をするために入ったディヴィ・バーンズ（Davy Byrne's）で再びプラムトゥリーの瓶詰肉について考える。その際には、新たなイメージの展開が見られる。

――……（中略は筆者）そうだな、バーガンディをグラスでもらおうか。それと……

棚の上のイワシ缶。見ただけで味がわかる。サンドウィッチにしようかな。ハムと彼の子孫、そこに集まり繁殖し《マスタード・アンド・ブレッド》（musterred and bred）（＊10）。瓶詰肉。プラムトゥリーの瓶詰肉のない家は？　不完全。なんて馬鹿な広告。訃報欄の下に入れるなんて。完全に台なし（All up a plumtree.）。ディグナムの瓶詰肉。食人種ならレモンとライスを添えて。白人の伝道師はしょっぱすぎる。酢漬けの豚肉に似て。首長が名誉の部位を食べるんだろうな。よく使っているから固いんだろうな。奥さんたちがその効果を見守る。年老いた王様の黒人がいて、マクトリガー尊師のナニを食べたとかナニしたとか。それがあってこそ至福の家。どんな味付けかは神のみぞ知る。（*U* 8.740-50）

昼食に食べるものを考えるブルームが棚に目をやると、オイル漬けのイワシ缶、瓶詰肉が目に入る。そのことから彼の意識はプラムトゥリーの瓶詰肉の広告へと飛び、その広告が訃報欄の下に置かれていたことを思い出したブルームの頭の中では、瓶詰肉とこの日埋葬されたディグナム（Dignam）の死体との結びつきができ、それはさらに食人へつながっていく。このくだりで、第一に注目すべきは「完全に台なし」と訳した部分であろう。原文“All up a plumtree.”に使われているのは、”up a tree”という慣用句で、『オックスフォード英語辞典』（*OED*）では“(colloquial, originally U.S.), debarred from escape, like a hunted animal driven to take refuge in a tree; entrapped; in an awkward position, in a difficulty or 'fix.'" と説明される。[*11] この言葉は、一義的には訃報欄の下に置かれたことで広告が台無しになったことを意味するが、これまで確認してきたプラムトゥリーの瓶詰肉が今後持つ意味の方向性からすれば、広告よりもブルーム自身の置かれた状況を指し示す言葉となる。とりわけ*OED*の説明にあるように、動物が追い詰められて木に登っている姿からこの表現が出てきているのであれば、妻を他の男に奪われようとしている追い詰められたブルームの状況をこそ示す言葉となる。マーサが意図せずブルームの家庭問題を言い当ててしまったように、ブルームがこの広告を批判するために使ったこの言葉は、彼自身の家の問題を言い当てる言葉となる。

もう一点注意しておいてよいことは、「至福」の意味のずらしである。プラムトゥリーの瓶詰肉の場合には、天上での完全なる幸福という宗教的な意味を背景に置きつつ、この世での大いなる幸福を意味していたが (Leonard 38)、ここでは、食人種の長が伝道師の「名誉の部位」——おそらくは生殖器——を食して精力をつけたことで、結果的に妻たちにもたらされる性的な幸せ、そのさらなる結果としての家庭の幸せのことを意味している。伝道師がもたらすはずの宗教的な至福が性的な至福へと変えられている。これは、プラムトゥリーの瓶詰肉が、中身のない形でブルームの家に見つかるときに、彼の家からは除かれてしまっている中身の性質を指し示す働きをすると読んでもよいのだろう。

プラムトゥリーとプラムの木

ブルームが何気なく使った "All up a plumtree." という表現には別の意味で注意する必要がある。もとになっている "up a tree" という慣用句には含まれていないプラムを加えるブルームの言葉遊びにより、プラムトゥリーという商品名・製造販売者名にもともと含まれてはいたが、その意味が前景化することのなかったプラムトゥリーの中に含まれる木の意味を顕在化させ、その木がつけるプラムという実へと読む者の意識を向けさせることになるからである。不倫により妻をボイランに寝取られ、自分は寝取られ男となったことを「たぶん俺はまぬけ。やつ［ボイラン］がプラムの実を取り、俺が種」（*U* 13.1098-99）と、第十三挿話でブルームが考えることは、その流れの中で読まれることになる。もうひとつ重要なのは、『ユリシーズ』第七挿話においてスティーヴンが新聞社に集まっていた人たちと飲みに行く間に披露する「ピスガ山頂より臨むパレスチナ、あるいはプラムのパラブル」（*A Pisgah Sight of Palestine or The Parable of the Plums*）と題される話とつながる点である。この話は、『ユリシーズ』が舞台とする一九〇四年当時サックヴィル通り（現オコンネル通り）の中央郵便局前にあった、約四一メートルの高さを誇るネルソン塔の上からダブリンの街を見渡したいと思った二人のダブリンの「処女」（vestals）の話である。二人は、少ない貯えの中から出したお金を手に塔へと向かい、途中で買ったパテとパン四切れと、それらを食べて喉が渇いたときのために購入した二四個のプラムを持って塔に昇り始めるが、街を見下ろそうとすれば眩暈を覚え、上を見上げれば首が痛くなり、目的を果たせない。階段にへたり込んだ二人は買って来たプラムを食べて、その種を塔の上から吐き出す、というところで話は終わる。

「約束の地」を山頂より眺めることはできたが、そこに至ることのできなかったモーセを描く申命記三四章一節 - 五節を踏まえた「ピスガ山頂より臨むパレスチナ」というタイトルは、同様に「約束の地」――念願のホーム・ルール――に近づいたものの、そこに至っていないアイルランドの当時の政治的な状況を表すアレゴリーとこの話を読ませる。それは、アイルランドの首府であるダブリンのそのまた中心に置かれ、ダブリンだけでなく――少なくとも観念的には――アイルランド全体をも高みから見下ろし、その視野に収めるという営為によって、宗主国イギリスがアイルランドを支配下に置いていることを可視化するネルソン塔を舞台としていることと、イギリス側には見下ろすことが可能なそのまなざしを、アイルランド人の老婦人は持てないと描くことによって強調される。ネルソン塔が持つこのような政治的な意味は、本国のイギリスよりも三〇年も早く、アイルランド議会のイギリス議会併合後直後の一八〇八年から一八〇九年にかけてこの塔が建てられたこと、一九六六年に共和主義者によって爆破され、それを機に撤去されたことから十分うかがえる。(*12)「ピスガ山頂より臨むパレスチナ」というタイトルのもとでダブリンの老婦人の行ないを語ることが示すユダヤ人とアイルランド人の状況の平行性は(Sicari 72)、聖書に描かれるような過去との間だけでなく、現在との間にも平行性を生み出す。すなわち、一九〇四年の時点で国を持たないユダヤ人が国を持とうとするシオニズムと、イギリスの帝国主義下で国を持たないアイルランド人が国を持とうとするナショナリズムとの平行性をも強く感じさせることになる。このような政治的意味は、ユダヤ系アイルランド人であるブルームが、第四挿話で肉を買いに行った先で偶然に手に取る、トルコ政府から荒地を買い取り、木を植えて利益をあげることを促す広告「アゲンダット・ネタイム」(Agendath Netaim, *U* 4.191-92)がシオニズム運動と関連していることや、第十五挿話の幻想の中でブルームがイェルサレムならぬ「ブルームサレム」建国を果たすことを考えれば、無視することのできないものとなるが(Singh 131-33)、それはスティーヴンが語る「パラブル」の多義性の中では焦点を結べない。

「ピスガ山頂より臨むパレスチナ」というタイトルに、「プラムのパラブル」というタイトルが「あるいは」という言葉ひとつをつなぎとして付加されるとき、聖書を基盤とした宗教的・歴史的・政治的な次元が、パラブルという聖書的な話法を示す語を介して、日常へと奇妙な接続を果たす。というより、より正確には、スティーヴンが話してきた老女の日常の話が、最後にタイトルを与えられるときに、パラブルという語を介し、宗教的な次元を手に入れ、さらには、聖書に描かれる歴史という別の次元にあるはずの意味を帯びることになる。しかし日常から聖書的な意味へと至るはずの象徴的な意味の展開の中で、期せずして出てくるのは、性的な次元である。

スティーヴンの「パラブル」に登場する二人の老女は、アン・カーンズ(Anne Kearns)とフローレンス・マッケイブ(Florence MacCabe)と紹介される。後者の名は第三挿話冒頭でスティーヴンがサンディマウントの浜辺で二人の女性を見かけたときに出てくる。このことから考えると、スティーヴンが第七挿話で披露する話は、「ダブリン。まだ学ぶべきことがたくさんある」(*U* 7.915)と考えるスティーヴンが、自分のまわりで起こることがらを新たな関心とともに観察するうちに、彼の頭の中で徐々に形を帯びてできたものと言ってよいのだろう。「パラブル」と第三挿話冒頭の記述とを比較してみると、この間にスティーヴンの頭の中でどのような意味の足し算と引き算が行なわれたかがわかる。傘は両挿話に共通して出てくるが、第三挿話では一方だけが手にしていた傘は(*U* 3.32 gamp)、第七挿話においては二人がもつ(*U* 7.935 umbrellas)。旱魃が続くアイルランドに、スティーヴンとブルーム両者がそれぞれ第一挿話と第四挿話で目にした「小さな雲」が第十四挿話において恵みの雨をもたらすことになる『ユリシーズ』において、それを回避しようとする傘は肥沃とは逆の不毛性を志向する意味合いを持つことになる(Frumkin 13)。アン・カーンズは御受難会派の神父からとある女性がもらったとルルドの水を分けてもらい、リューマチで痛む腰にすりこんでいることが第七挿話では触れられているが(*U* 7.948-50)、それは第三挿話で二人の女性のうちの一人が産婆のカバンを揺らすその様子を示す副詞「重たげに」(lourdily *U* 3.32) に由来している[*13] (Briskin 243)。ルルドが副詞の中から取り出される意味は、スティーヴンが二人を紹介するときに用いた「信心深さ」にあるが、腰にルルドの水を擦りこむことが性の抑圧をも意味することは、聖書的な意味では布で隠すべき場所 loin を意味するラテン語の lumbus に由来する lumbago がここで使われていることからわかる。これだけでも確認できる信心深さに含まれる性の抑圧とその結果としての不毛性は、第三挿話では故パトリック・マッケイブ (Patk MacCabe) の未亡人とされていた (*U* 3.33-34) フローレンス・マックイブが、第七挿話においては「二人のダブリンの処女」("Two Dublin vestals" *U* 7.923) のうちの一人と紹介され、それを受けて、マクヒュー教授からも「賢い処女」("Wise virgins" *U* 7.937) と類型化されるとき、そしてまた第三挿話においては産婆という性と生が交差する点にある職業についているとされた二人が、その職業を第七挿話において奪われるときにも前景化される。彼女らがその「信心深さ」によって閉じ込めたセクシュアリティは、ファリックなネルソン塔に上るという行動との対比を鮮明にする。性を奪われた――それは生を奪われることともつながる――不毛性と、塔に上るにも、「約束の地」にたどり着けない未完結性と、それゆえに何も生み出さない不毛性はパラレルな関係にある。[*14] この二人をアイルランド文学においてアイルランドを表象するのによく使われる老女――「シャン・ヴァン・ヴォフト」(Shan Van Vocht <Ir. *tSean bhean Bhocht*: "little old woman")――と読むならば、問題は個人の問題ではなくなっていく。その不毛性は第十四挿話においてマリガンがオンファロスと名づける「国立受精場」(*U* 14.684-85) によって克服しようと考えている問題へとつながる。

　スティーヴンが語るこのパラブルにおいては塔の中にいる老女の行動に焦点が当てられるのだが、この話をしながらサックヴィル通りを横切るスティーヴン一行の目には、ネルソン塔からプラムの種が放出される「ヴィジョン」(*U* 7.917) が立ち現われたはずだ。聖書で語られる種を蒔く人のパラブルでは、

「種は神の言葉である」（ルカによる福音書八章十一節、マルコによる福音書四章十四節）とされるのだが、老女が放つのが、種は種でもseedではなく、plumstoneとされるのは、信心深いとされる老女の信心が「神の言葉」たる種を蒔くことにつながらない不毛性を示す、これまたパラブルとなっているとも読める。仮に二人が放つのが聖書的な種であったとしても、「石だらけ」（マタイによる福音書十三章五節、ルカによる福音書八章六節、マルコによる福音書四章五節）の場所に落ちたのであれば、実りは望めない。一行がネルソン塔からプラムの種が放出されるヴィジョンを目にすることができたとしたら、それは第十三挿話におけるファリックな花火をその先に見据えるものとなるであろう。(*15) 慈善市の花火を見るために身を反らしたガーティ・マクダウウェル（Gerty MacDowell）の脚の間に見える下着を目にしながらブルームが自慰にふける第十三挿話において、ブルームが性的興奮を覚え、自らの生殖器を木のように立てて、精を放つ過程は、高々と上がる花火と、その花火が放つ火花に重ね合される。それはのちに「マイルス慈善市の花火が四方八方から男根を象徴するデザインで打ちあがる」（*U* 15.1494-95）とまとめられることになる。「女性の性器の中への射精をともなわない」（*U* 17.2283-84）性交を「不完全」とする第十七挿話の定義からすれば、そこへと続く「不完全」な性がここにも描かれることになる。こうして第七挿話で語られる実りを見ることのない種のパラブルは、ブルームの性の不完全さ——プラムトゥリーの瓶詰肉の広告がその「不完全」さを予知していた——を示すコインシデンスとなっていく。

以上、プラムトゥリーの瓶詰肉の広告が、時間的・空間的偶然によりほかのものとつながることで、様々な意味やイメージを帯び、コインシデンスと化していく過程を見てきた。この手法が『ユリシーズ』において持つ意味については続く第八章、第九章で考察する。

第八章　コインシデンスと沈黙の詩学

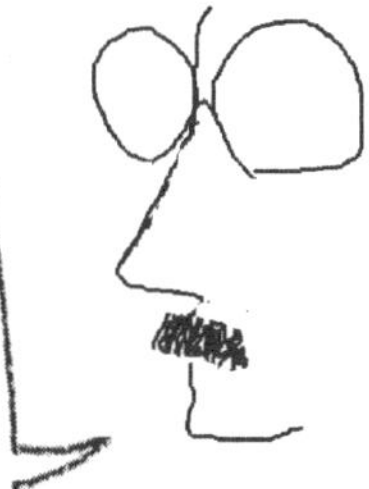

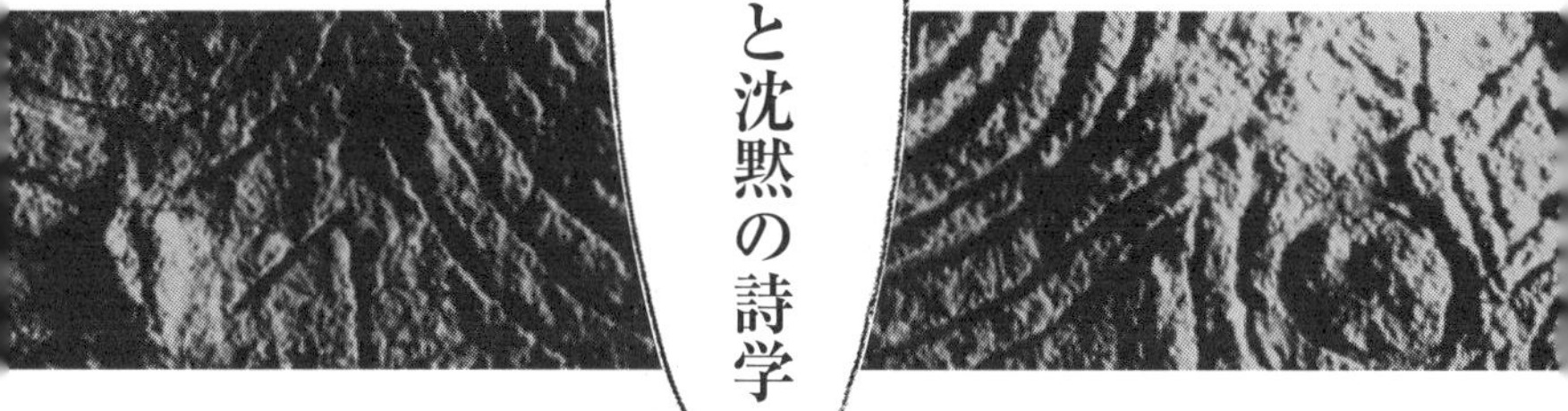

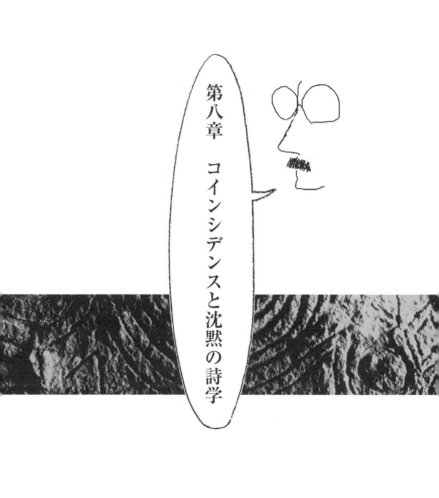

第八章　コインシデンスと沈黙の詩学

前章ではプラムトゥリーの瓶詰肉の広告を取り巻くいくつかの系列のイメージが、一定のまとまりへと収斂していき、コインシデンスとして機能するようになるまでの過程を確認した。これを見ると、コインシデンスがコインシデンスとして機能するように、ジョイスがいかに用意周到な仕込みをしているかがよくわかる。しかしここで確認すべきは、単に通の読者をうならせるようなジョイスの巧みな技ではない。コインシデンスが重要なのは、意味のないものが意味をもつようになる現場をわれわれにかいま見させてくれる点にある。それはつまり、通常の小説と異なり、意味を差し出すことについて規制的なジョイスの小説にあって、コインシデンスは意味が生まれ出る瞬間を示すものとして重要となるということである。したがってコインシデンスという技法により意味が生まれるその仕組みを分析することは、ジョイスの意味の生成術という意味での詩学を確認することになる。それは同時に、ジョイスの美学、世界観を確認することを意味する。

意味を消すジョイス

コインシデンスはそれ単体でも興味深い技法であるが、それが重要となるのはジョイス作品全体に染みわたる沈黙の詩学と呼ぶべきものとの関係においてである。本節では、コインシデンスが意味をもつことになる前提として、ジョイスが基本的に意味を消す作家である点を見ていく。

一九〇六年十一月六日付の弟スタニスロースに宛てた手紙の中で、ジョイスは「レースの後」と「痛ましい事件」を『ダブリナーズ』の中で「もっともできの悪い」作品にあげる（*L* II.189）。「レースの後」についてジョイスがそのように言う意味は、滝沢玄が的確に教えてくれる。

『ダブリナーズ』の他の短編に較べると、「レースの後」はあまり良くない意味で読者に親切な作品である。たとえば冒頭、レースの後で街に戻ってくる自動車の群れを見物するダブリン市民たちが「ありがたく圧制を受ける者たちの歓声をあげていた」（[*D*]AR.6-7）という表現など、この短編にはウォレン・ベック（Warren Beck）が指摘するような「明々白々な要約と解説」（125）や一般化が目につく。状況を通して読者にダブリンの麻痺（paralysis）を暗示する前に、自ら説明を買って出るこの語り手は、『ダブリナーズ』に特徴的な、抑制のきいた語りからは逸脱している。（滝沢一二一-一二二）

ジョイスが表明した不満は、彼が考える小説のあり方に照らして出てきたものであろうから、それを裏返せば彼にとってあるべき小説の姿が見えてくる。彼の作品は不親切で、基本的に「明々白々な要約と解説」や一般化を避け、抑制をきかせた語りの中で、語り手が自ら説明を買って出ることをしてはならない。

そのような考え方は、たとえば『ダブリナーズ』最初の短篇「姉妹」にも確認できる。この短篇は次のように始まる。

今度ばかりは望みがなかった。発作も三度目であったから。夜毎私は彼の家の前を通り（休みの期間だった）、灯りのついた四角い窓をじっくりと見るのだった。夜毎私は窓が同じように、ぼんやりと均一に照らされているのを確認した。彼が死んだなら、落とされたブラインドにろうそくの光が反射して見えるだろうと思ったのだ。というのも、死んだ人の枕元には二本のろうそくが灯されることを知っていたから。彼は私によく言っていた。「私はこの世に長くない」と。でも私は彼の言葉を意味のない言葉と思っていた。でも彼の言っていたことが正しいことがこれでわかった。毎夜窓を見上げながら私は〈パラリシス〉という言葉をそっと口にしてみた。その言葉は私の耳にはユークリッドの〈ノーモン〉という言葉や教理問答の〈シモニー〉という言葉と同じくらい奇妙に響いた。しかし今ではその言葉はなにか悪意に満ちた罪深い存在の名のように響いた。その言葉は私を恐れで満たしたが、意に反し私はそれにもっと近づきたい、それが死をもたらす力を見てみたいと思うのだった。（*D* S.1-15）

少年であった語り手の「私」が、懇意にしていた神父がまだ生きているかどうかを彼の家まで行って夜毎確認していたことを描くこの一節を、「レースの後」と「痛ましい事件」を嫌ったジョイスの目で見るならば、「発作も三度目であったから」、「休みの期間だった」といった説明は、語り手が自ら説明を買って出てしまっているように見えるかもしれない。しかしジョイスはそれを補って余りある「不親切」で、曖昧な記述をここに盛り込んでいる。この一節を読む者がまず考えるのは、なぜ少年は夜毎家の外から神父が休んでいると思われる部屋を見上げているのか、であろう。それほど心配するのならばなぜ彼は神父の家に入って容態を尋ねないのか。少年と神父は懇意であったらしいことはわかるが、実際二人はどのような関係にあったのか。家の外にたたずむ男が二階を見上げる構図は、『ダブリナーズ』最後の作品「死者たち」で用いられる構図で、『ロミオとジュリエット』の有名なバルコニー・シーンにも通じるが（金井 二〇一八、三〇）、少年と神父の関係はそれと関係するのか。これで三回目という発作の三というマジック・ナンバーと「私はもうこの世に長くない」というヨハネによる福音書八章二三節をもとにした言葉（Senn 1965, 66-67）を神父が漏らしていたことはどのように関わるのか。少年は一見すると神父の容態を心配しているように見えるが、〈パラリシス〉（paralysis）という語を、同じく『ダブリナーズ』のキーワードとされることになる〈ノーモン〉（gnomon）と〈シモニー〉（simony）を引き合いに出しながら、「その言葉は私を恐れで満たしたが、意に反し私はそれにもっと近づきたい、それが死をもたらす力を見てみたいと思う」とき、彼は神父の死をむしろ待ち望んでいるのではないか。少年がそれによって見定めようとしていたものは何か。これらの疑問は、なにも書き出し部だから湧いてくるものではない。「姉妹」を読み終えてもなお残る疑問である。ここに見られるジョイスの「不親切さ」は、普通の小説の導入部にふさわしい細かい状況説明をしていると見せて、それとは逆にわかりにくさを増幅している点にある。

その戦略はこの短篇の冒頭だけでなくその後も続いていく。それは、すでに先行研究によって指摘されている、省略法という形で展開されていく（Norris 16）。たとえば、コッター（Cotter）が少年と神父とのつきあいに反対をしている場面で、彼は「いや、彼［神父］がまさに……だったということをいっているのではないが、どこか奇妙なところがあった……」（“No, I wouldn’t say he [the priest] was exactly.....but there was something queer.....” *D* S.19-21）と神父について引っかかる点があると言いながら、それが実のところどういうところにあるのかをはっきり言わない。それは神父について（あるいは死者について）悪く言うことがはばかられたということなのかもしれないが、「彼にはなにか不気味なところがあった」（*D* S.20）と神父に問題があったことについては断言をする。そして「自分の考えを言わせてもらうなら……」といって考えを述べようとするのだが、その言葉を途中で終えてしまう（I'll tell you my opinion....; *D* S.20-21）。続けて「それについては考えがある」となおも自分の意見を言いたげであるが、それを言い始めると「あれはああいう……特殊な事例のひとつで……。だが……というのは難しい。」（*D* S.27-28）と最後まではっきりと言うことができない。そのあとでも、「つまり子供にはよくないってことなんだ。俺の考えでは子供には同じ年頃の子と走りまわらせ、遊ばせておけばいい」（*D* S.52-53）と言ったのに続けて、その理由を口にしようとするのだが、その言葉は再び無言の中に消えていく。それでもあたかも言いたいことはすべて伝えたといわんばかりに「そうだよな、ジャック？」（*D* S.53）と少年のおじに同意を求めるのは、ある意味で笑いを誘う（金井 二〇一四、七 - 八）。

こうして「姉妹」は、冒頭に限らず全篇において、状況を明らかにするというよりは不明にする。この作品は、なにかしらの意味を伝えようとしているように見せて意味を表わさない。この作品が描くのは、なにかしらの意味というよりは、〈意味の真空〉とでも呼ぶべきものである（金井 二〇一四、九）。リアリスティックな描出に費やされた言葉は、それに見合う意味を確かに与えてくれ、その意味において読者はリアリスティックに描かれた作品を読んでいる感覚を持つのだが、その自然主義的文体による意味は作品全体の意味を指し示さない。このような現象を前にしたときに読者がうっすらと感じるのが、奇妙な〈意味の真空〉である。

以上の分析が正しいとすると、ジョイスが「姉妹」で展開している自然主義は、通常とは違う性質のものであることになる。細かいところまで書き込む自然主義をもとにしながら、与える情報量と読者に実感として伝える意味との間に大きな不均衡を生じさせるその文体は、ジョイスが「意味をケチる周到な文体」（"a style of scrupulous meanness"）と呼んだように（*L* II. 134）、オクシモロンを用いて表現するのが正しい。意味はその過剰、余剰の中で薄められてしまう。詳細な記述の情報量と意味は反比例の関係に置かれる。(*1) この意味を消した特殊な自然主義が持つ意味はいくつかあるが、ここではジョイスの自然主義が、形式としては自然主義であるが、実体は異なる点を確認しておこう。

偽装としての自然主義

前節で確認したことを違う言い方で表現するならば、ジョイスの自然主義は偽装の意味合いをもつということだ。そのことは一九〇四年八月十三日号の『アイリッシュ・ホームステッド』（*The Irish Homestead*）に掲載された「姉妹」のもとの版（以下『ホームステッド』版と略す）の書き出しと比較するとさらにはっきりとする。(*2)

私は三日続けてその時間にグレート・ブリテン通りにいた。あたかも神の導きに導かれたかのように。三晩私は光のついた窓を見て考えた。私にはそれが夜起こることがわかっていたように思えた。しかし私の足を導いた神の導きにもかかわらず、そしてまた私の目の敬虔な好奇心にもかかわらず、何も見つけることはなかった。いずれの晩もその四角い窓は同じように、ぼんやりと均一に照らされていた。それは、私が見る限りにおいては、ろうそくの灯りではなく、したがってそれはまだ起こっていなかった。（204 強調は筆者による）

大筋では最終版の「姉妹」と同じ内容を描く書き出しであるが、こちらの版の方が簡潔にして明快であることが一目でわかる。具体的なグレート・ブリテン通りという地名は、伝統的な小説の作法に従って手っ取り早くこの作品の舞台を教えてくれる。神父の家を訪れる少年の行ないを「神の導き」によるものとする『ホームステッド』版は、彼が神父の家を見にいく行ない、および神父の身にこれから起こる死が、強い宗教的意味を帯びたものであることを示す。それは「私の目の敬虔な好奇心」という表現によって強められることになる。『ホームステッド』版に強く響く宗教性は、少年の訪問が神父の容態を心配して行なうものではないことをはっきりと示す。彼は彼が「それ」という言葉で示すものが彼の身に起こることを確認するために神父の家の前に来ているのであって、そのときに彼のまなざしの中には現状に至った経緯についての感傷はない。

ジョイスはこれを一九〇六年に大幅に書き直し、最終版へと形を整えることになるわけだが、二つの版を比較してみるならば、その改稿にジョイスの戦略が透けて見える。ジョイスはこの書き直しにより二つのことを行なっている。ひとつは『ホームステッド』版の書き出しに現われすぎている意味を薄め、消す作業であり、もうひとつは余剰の創出である。後者は前者と真逆に見えるかもしれないが、前者の別の形にすぎない。具体的に見てみよう。『ホームステッド』版冒頭のグレート・ブリテン通りという地名は、最終版冒頭からジョイスは単純に消してしまう。神父の家の前に少年がたたずむ状況だけを描くことに集中し、余計な地名を安易に出すことで叙述の焦点がぼやけてしまうのを防ごうとする一方で、その地名は、少年が本当に神父が死んでしまったのかどうかを確かめに行くくだりで確認できるようにしている。最終版でジョイスがもっとも強く抑制するのは『ホームステッド』版に見られる、神父の家を訪れる少年の行ないを「神の導き」によるものとする宗教性である。最終版はその宗教性を一切消し、少年が神父の家を訪れている理由があたかも容態を心配している点にあるかのように見せかけている。このように見るならば、先に触れた「発作も三度目であったから」、「休みの期間だった」という最終版の説明は、「レースの後」に見られたような読者に親切な説明ではなく、むしろ、ジョイスがもともと含めようとしていた宗教性から読者の目をそらすための偽装であることがわかる。具体的なものを書き入れる加筆を行なうことで、もともとは現われていた意味を、ほとんど感知できないまでに薄めているのである。ここで比較的重要と思えるのは、具体性をもたせた記述をジョイスが違う目的のために使っている点である。ジョイスが具体的記述によって指示対象としているのはその具体的記述にある文字通りの意味「発作も三度目であったから」、「休みの期間だった」ではなく、目くらましの効果なのである。つまりテクストに書かれていることは、書かれているままの意味を表わすのではない。それが〈意味の真空〉という言葉で私が表現しようとしているものである。

最終版にジョイスが加えた「わたしはもうこの世に長くない」という言葉は手が込んでいる。『ホームステッド』版で明確に示されていた宗教性の残滓であるこの言葉は、ヨハネによる福音書八章二三節「イエスは彼らに言われた。『あなたたちは下のものに属しているが、わたしは上のものに属している。あなたたちはこの世に属しているが、わたしはこの世に属していない』」を響かせているが、そこへの言及であることを匂わせながら、そこへの言及であるとしてもそのことがはっきりわからない程度に形を崩している。それにより『ホームステッド』版にはっきりと見えた宗教性を感じ取れるか取れないか微妙なところにまで抑えている。さらに、少年の「彼の言葉を意味のない言葉と思っていた」というコメントは、右記の言葉を単なる死を意識した老人のたわごとへと変える役割を果たし、もともとあった宗教性から読者の目をさらに離す。『ホームステッド』版では明確に示されていた、少年の神父の家の前に来ている理由が死を見届ける点であることは、最終版では「その言葉は私を恐れで満たしたが、意に反し私はそれにもっと近づきたい、それが死をもたらす力を見てみたいと思う」という、死を待ち望む気持ちを匂わせる曖昧な表現へと変えられることになる。それに合わせるように、最終版においては少年があたかも神父の容態を心配して彼の家を訪れているかのように読ませる書き方へと軸をずらしている。このように意味のはぐらかしを狙った工作が施されていることを確認するならば、〈パラリシス〉、〈ノーモン〉、〈シモニー〉という『ホームステッド』版にはなかった言葉を紛れ込ませているのも同じ効果をねらったものであることが明らかになる。文脈的には〈パラリシス〉だけでもよいところに、〈ノーモン〉と〈シモニー〉を加えたのは、『ダブリナーズ』のキーワードとなるような言葉を出しておくことにあるとも言えるが、少年の——そして読者の——頭を混乱させるような語を三つ並べることにより、その焦点を分散させる意味をもつ。

『ホームステッド』版の短い書き出しで二回出てくる、指し示すものがはっきりしない「それ」を最終版でジョイスが消す点はこれまで見てきたことと照らしてもおもしろい。というのも、「それ」という言葉の曖昧さは一見するとジョイスが冒頭部を書き換える際に含めようとしていた曖昧さと合致するように見えるが、その実そうではないからである。「それ」が指すものの曖昧さは、少年が「神の導き」により見る使命を与えられたと彼が思っているが、それが何だかわかっていない——ゆえに彼が知ろうとしたことはコッターに伝えられることになる——ことによるもので、性質が異なる。「私の目の敬虔な好奇心」で見定めなくてはならないという意味で宗教性を帯びた言葉は、右で見たようなジョイスの志向性からしても単純に消すべきものであるが、その言葉を消すことで代わりに現われる具体性の中にそれを紛れ込ませる二重の隠しを行なっているように見えるのである。

少年が懇意にしていた神父が亡くなり、弔問に訪れた際に神父の生を支えてきた姉妹から神父のこれまでの生と死に至るいきさつを聞く物語は、そのリアリスティックな筆致からすればその意味も当然のことながら明白と見えて、実は異なる。「明々白々な要約と解説」や一般化がなく、語り手が抑制をきかせた語りをする中で自ら説明を買って出ることのないこの物語にあって、われわれが目にしていることがらの原因となるものは一切伝えられない。神父の死という結果は描かれるが、その原因についてはなにかがあったらしいという示唆だけで、読者に納得のいく説明はない。それは、神父の死についてだけではなく、なぜ少年が夜毎神父の死を確認しにいくのか、神父とつきあうことを少年の周りにいる大人たちがなぜ嫌うのかについても同じである。このような書き方がされた物語で読者が戸惑うのは、因果律の乱れが生じるからである。何かの結果として起こったことの状況は描かれている。しかしその原因は描かれない。単純な因果律を廃し、結果だけを示して原因を省いた描き方がされる中で、読者は書かれていない原因を求めて四方八方にヒントを探さざるをえなくなる。(＊3) ジョイスの書き方は、結果だけ描いてその原因を読者に推察させる。それはつまり、結果から原因を生み出させようとしている。構造から原因を推定させる構造的因果律を用いた書き方は、テクストから意味を消し、書きつつも〈意味の真空〉を現出させる技法となっていく。

こうしてテクスト・レヴェルでは語を尽くして表現しようとしていると見える書き換えを行なっているように見えて、その実意味を薄め・消している「姉妹」が、『ダブリナーズ』最初の短篇であることの意味は大きい。ジョイスが行なった一九〇六年の「姉妹」改稿はジョイスのその後の作品の基調を定めるマニフェストといっても過言ではない意味をもつことになる。

『スティーヴン・ヒアロー』と『若き日の芸術家の肖像』

ジョイスは、「姉妹」改稿時に行なったのと同じことを、『スティーヴン・ヒアロー』（以下『ヒアロー』と略す）を『若き日の芸術家の肖像』（以下『肖像』と略す）へと改稿する際にも行なう。両者の時間的連続性を確認するならば、それも自然なこととわかる。

彼は一九〇四年一月に「芸術家の肖像」（"A Portrait of the Artist"）と題された（小説ではなく）エッセイを書く。彼はそれを同年五月創刊の雑誌『ダーナ』（*Dana: An Irish Magazine of Independent Thought*）に掲載してもらおうとするが、編者のジョン・エグリントン（John Eglinton）に「読んで理解できないものは載せない」と断られる（1935, 136）。ジョイスがエグリントンの雑誌にこのエッセイを寄稿しようとしたのは、〈レムナント〉（remnant）――イエス・キリストを原型とし、ニーチェの超人を加味した、文明に背を向ける孤高の理想主義者――の概念を展開するエグリントンであれば[＊4]、ジョイスが描く、ニーチェやダヌンツィオを思わせる高邁な芸術家像を理解してもらえると見込んでのことと考えられる。その意味でエグリントンに対するオマージュの意味を持っていたこのエッセイを、当のエグリントンに断られるという皮肉な結果に終わったことは、ジョイスにとって小さからぬ傷となったことは容易に推測できる[＊5]。それが同エッセイを急ピッチで小説へと改稿する原動力となったと見ることができる。全部で六三章になるはずだった『ヒアロー』を、二六章まで書き進められたところで、ジョイスは執筆を断念することになる[＊6]。一九〇六年のことである。それを促したのは、完成すればゆうに千ページを超えることになっていたであろうその物理的な分量の問題もあったが、それよりも大きな問題としてスタイルの問題があった[＊7]。

ロバート・スコールズ（Robert Scholes）が指摘するように、ジョイスには小説の題材に対するある種の執着、自らが得た着想を簡単には捨てない倹約癖があり（*WS* 57）、「芸術家の肖像」、『ヒアロー』、『肖像』には共通の表現、共通の題材を使う個所が多数ある。そういう個所を比較すれば、『ヒアロー』にジョイスが見たスタイルの問題のありかがわかる。例として『肖像』第五章でスティーヴンが宗教からの離別を高らかに宣言する場面を取り上げ、比較してみよう。

彼は図書館の前で友人たちと話をしていたクランリー（Cranly）を連れ出し、歩きながら以下のように話す。


——クランリー、夕方に不愉快な口論があったんだ。

——家族とかい？　クランリーは聞いた。

——母とだ。

——宗教のことで？

——ああ、とスティーヴンは答えた。

——お母さんはいくつだっけ？

——年よりというほどではない、とスティーヴンはいった。イースターの勤めを果たせってさ。

——で、するんだろう？

——いや、しない、とスティーヴンはいった。

——なぜしないんだ？　とクランリーは聞いた。

——僕は仕えることはしない、とスティーヴンは答えた。

——そんなことを言ったやつが前にもいたな。クランリーは落ち着いた口ぶりで言った。

——前に言ったやつがいようが、今僕が言っているんだ。スティーヴンはかっとなって言った。
（*P* 5.2285-99 強調は筆者）

この場面は、セオドア・スペンサー（Theodore Spencer）も指摘するように（*SH* 11）、『ヒアロー』ではまったく異なった扱い方がされている。『肖像』では不愉快な口論があったと書かれるだけで、その内容が示されることはないが、『ヒアロー』では母親とスティーヴンのやりとりが会話の形で表わされている（*SH* 131-35）。その中で、まだイースターの勤めを果たしていないスティーヴンに対し、母親が翌日はキリスト昇天祭にあたり、それまでに告解を済ませようとする人でごった返すだろうから、昼のうちに告解に行った方がよいと勧めると、スティーヴンはキリスト昇天祭を特別とみなす母親にその理由を問う。イエスが神であることを示した日だから、天に昇った日であるからと答える母親にスティーヴンは、「〔イエスは〕どこへ行ったのか」、「頭から先にか」、「なぜ気球を使わなかったのか」となおも問い続ける（*SH* 132）。そんなスティーヴンに馬鹿にされていると感じ、怒る母親に彼はなおも、よく言われるように本当にイエスが山上から天に昇ったと信じているのかを問い、信じていると答える母に対し、自分は信じないという。（*SH* 133）。

ここにはいくつか注意すべき点がある。第一は、スティーヴンが『肖像』で「不愉快な口論」と呼ぶものがここには見当たらない点である。このやり取りを見る限り、「不愉快な口論」を仕掛けたのはスティーヴンであり、「不愉快な口論」があったとこぼす資格のあるのは母親の方であろう。スティーヴンが『肖像』で「不愉快な口論」というとき、「不愉快な」要素と「口論」という二つの要素は確かに見つかるのだが、それをつなげて「不愉快な口論」とまとめることはできない。スティーヴンの側に「不愉快」と感じる部分があるとすれば、ひとつには母親から宗教的な義務を果たせと求められることに象徴される宗教心の強要があったこと、もうひとつには、信仰に対して何の疑いをもたない姿勢を示されたこと、くわえて、やろうと思えば適当にやり過ごすこともできたのに、母親に〈不愉快〉な思いをさせる「口論」を引き起こした自身の行ないにその源は求められるであろう。結果として母は、スティーヴンが不敬な考えを持つようになったのは大学に行って知性を身につけたからで、その原因となった本など燃やしてやると言わざるをえなくなり、それに対してスティーヴンは「本物のローマ・カトリックであるならば、本と同じく自分をも燃やすであろう」(135)と言い放ってこのやり取りは終わることとなる。こうしてスティーヴンは、異端者として火あぶりにされたジョルダーノ・ブルーノに自らを重ねるヒロイズムを表明してこの「口論」を終えることになるのだが、この結末のつけ方は、この「口論」がそのための自己演出であることを示してしまう。とするならば、そこには彼が『肖像』で主張するような「不愉快」さはない。

注目すべき点の第二は、母親に「口論」をふっかけるときにスティーヴンが用いた論拠である。彼がここで用いている、一見すると子供じみた、不敬な疑問は、とりわけ十九世紀において過熱していった宗教論議の中で用いられていたのと同種のものである。たとえばジョージ・ウィリアム・フット(George William Foote 一八五〇－一九一五)が一八八六年に出版した『イエス・キリストへの手紙』(*Letters to Jesus Christ*)と題された本を見れば、同質のものが見つかる。表題にあるように、イエス・キリスト宛ての手紙を内容とするこの本は、聖書を調べると次から次へと出てくる疑問点を、イエスに直接手紙を書いて聞こうとするものである(3)。公開書簡とするのは、荒唐無稽に見えて、神の偏在性を逆手に取った戦略であり、作者が感じる疑問に神学者や既存の宗派の教理が十分な答えを与えてくれないことに対する揶揄を含ませている。こうして彼は聖書解釈上の問題点を手紙という形でイエスに向って直接問う。イエスが行なった何千人もの人たちにパンを与えた奇跡に関連して、どのようにやったのか、飢饉等で死んでいる人がいるのに、その奇跡を繰り返して、人々を助けないのはなぜか（29）を問うてみたり、イエスの昇天については、マタイによる福音書、ヨハネによる福音書には言及がなく、その場にいなかったマルコとルカが言及している福音書と、使徒行伝で食い違いがあるのはなぜかをただす（23-24）。また昇天は肉体を持ったまま昇天可能か、そのときの姿勢について記述に矛盾（25）がある点をただす。

スティーヴンが母にぶつけた疑問とフットの著作が表わす宗教的懐疑が類似性を示すことの意味は、スティーヴンがフット同様の自由思想家（free thinker）、世俗主義者（secularist）と思想的近接性を持っていた――『肖像』第五章で学監が警戒していた自由思想をここで思い出すべきである――という点よりは、スティーヴンは母の疑うことのない宗教心にもっとも大きな打撃を与えるためにいくつもある中からこのような懐疑を選択的にぶつけていることを示している点にある。ジョイス作品を広く見渡してみれば、彼の作品には、十九世紀を通じて繰り広げられた神学論争への目配りがあることがわかる。たとえば、『ダブリナーズ』の「恩寵」において取り上げる教皇の不可謬性は、十九世紀後半に硬直化の傾向をより強めていくカトリックの姿勢を代表するドグマを問題にふす意味をもつ。(*8) 本書第一章において見たように、スティーヴンが『肖像』において美学を論じるときにもち出すトマス・アクィナスは、たまたまアクィナスなのではなく、カトリック教会がカント哲学に対抗するために復権させた神学者であることを背景において考えるべき存在である。『ユリシーズ』第三挿話において、ピジョン・ハウスを目にしたスティーヴンが、そこに鳩《ピジョン》が含まれていることから思い浮かべる、「誰がおまえをそんな状態にしちまったんだい」、「鳩なのよ、ジョゼフ」（*U* 3.161-62）という会話は、処女懐胎という奇蹟の問題を戯画化することで炙り出すレオ・タクシル（Léo Taxil）を用いている（Gifford 52）。さらに目を広げ、ジョイス作品の中に多く見られる宗教関連の人名や著作への言及を細かく見ていくならば、一般には読まれないマイナーな著作までジョイスが目を通していたことがわかる。アンリ＝マリー・ブドン（Henri-Marie Boudon, *The Hidden Life of Jesus: A Lesson and Model to Christians* U17.1394）は正統的だが、『ユリシーズ』で言及される、トマス・コネラン（Thomas Connellan, *Hear the Other Side* U 8.1070）、チャールズ・パスカル・テレスフォア・チニキー（Charles Pascal Telesphore Chiniquy, *Why I Left the Church of Rome* U 8.1070）、マリア・モンク（Maria Monk, *Awful disclosures of Maria Monk* U 10.585-86）、ヨハン・ヨーゼフ・モスト（Johann Joseph Most [John Most], *The Deistic Pestilence* U 9.493-99）らの著作は、ジョイスが受けたイエズス会の教育から予想されるものをはるかに超えた、イエズス会内では読むことを禁じられる性質の著作である。これらへの言及は、彼が宗教制度や教義に対して常日頃から広く批判的なまなざしを向けていたことを示す。それは、ジョイスが制度として行なわれているローマ・カトリック教会の信仰が、イエス・キリストの唱えた信仰と正しく合致しているか、つまりは制度として行なわれているローマ・カトリック教会の信仰がイエス・キリストの唱えた信仰という真理を表わしているかを自らの理性に照らして判断するラショナリストであったことを示す。それは同時に、とりわけ十九世紀を通じて行なわれた〈批判〉を彼が受け継ぐ者であることを意味する。(＊9) スティーヴンが母にぶつけた疑問は、ラショナリスト・ジョイスが教会という制度や教義を自身の理性に照らして批判的な検討をしてきた結果として自身の中に蓄えられたものの中から選択して使用しているものである。

このような母親とのやり取りをスティーヴンは「不愉快な口論」と総括してクランリーに話すことになるのだが、話す相手がクランリーであること自体が興味深い意味をもつ。それが注目すべき点の第三となる。すでに見たように『肖像』でいう「不愉快な口論」は、その実自己演出であって、そこに「不愉快な口論」はなかった。そうすると、スティーヴンがクランリーに何を話そうとしているのか、何を相談したかったのかが問題となる。『ヒアロー』はその矛盾をより鮮明な形で示してくれる。第一に、スティーヴンは母親に示した態度をもって「僕は教会を離れたんだ」とクランリーに告げるが、それを告げる相手のクランリー自身が実は教会を離れている。もちろんそのことは『肖像』にも『ヒアロー』にも書かれていない。ここでいうクランリーとは、そのモデルとなったフランシス・バーン（Francis Byrne）のことである。彼の自伝『沈黙の年月』（*Silent Years*）を読むと、彼が宗教熱心な家庭で育ち、子供の頃から教会で侍祭を務めたりしていたが、聖職者になることを勧められると、信仰を失っているという理由で断ったことが書いてある（31）[*10]。宗教との関係で言うと、まるで『肖像』に描かれているスティーヴンの半生を見るようなバーンの半生は、スティーヴンのように強い宗教心を植え付けられることがアイルランドにおいてはよくあることであったことを教えてくれる。それよりも格段に重要なことは、『肖像』に描かれるような聖職者になることを勧められて断ることも、『肖像』において一番の英雄的行為として描かれる「教会を離れる」行為にも、スティーヴンの身近に類例がいたことを示してくれる。それはつまり、「教会を離れる」行為を英雄的な行為と描く『肖像』にとって、バーンとしてのクランリーは不都合な存在であることを意味する。

さらに都合の悪いことに、『ヒアロー』のクランリーはスティーヴンの「教会を離れる」行為の不確かさを暴いてしまう。彼はもう信仰を持てないというスティーヴンに、かつては信じることができたのに信じられなくなった理由を尋ね、それが単に気持ちの問題であることを白状させる。そうしようと思えば信じられる性質のものであるならば、もう信者でないのであれば、聖餅を単なるパンと考えて母親のために受けることができるのではないかと問い詰められたスティーヴンは、そのような冒瀆《ぼうとく》的行為はできないと言ってしまう。これはスティーヴンが「教会を離れる」と口にするのが、実は信仰を失ったからではなく、むしろ信仰心を強く持っていて、自身の考える信仰と教会という制度が求める信仰と合わないことに対する不満を語っていることを意味する。さらには、クランリーに問い詰められて簡単に信仰を告白してしまうようなスティーヴンが「教会を離れる」という表現に変えることの意味が、信仰の問題ではなく、自身の問題を制度や社会に投影し、さらにはそれを英雄的な行為と映るよう仕向けたこれまた自己演出であることを示してしまう。

このような問題の所在の歪みは、バーンとしてのクランリーの表象に、意地悪と呼んでよい変化をもたらす。『肖像』のクランリーは、スティーヴンの考えと気持ちを聞いてやりながら、家のために苦労してきたであろう母親をこれ以上苦しめることをしないために、彼女が言うことを聞いてやれと忠告する。これは物語の要素としては『ヒアロー』および『肖像』の双方に共通してあるが、両者を比較するとその力点の置き方に変化があることがわかる。『肖像』においての方がはるかに強調されているのである。『ユリシーズ』の〈母の愛／母への愛〉へとつながっていくこのテーマは、誰しもが宗教的懐疑を感じるが、社会の中で生きていくためにはみな折り合いをつけていくのだから、スティーヴンのような尖った対抗姿勢を示すのではなく、柔軟に対応しろというクランリーの忠告とセットになっている。つまり、このクランリーとの会話は、彼の現実性・社会性・妥協性・折衷主義とスティーヴンの理想主義を対立的に示すエピファニーとして使われているのだ。クランリーの態度は、『肖像』のスティーヴンからすれば理想を認識しながらそれに従わない〈パラリシス〉と見えたであろう。そのことは、『肖像』においてクランリーとの会話が、「それじゃ行くとしようか」（"Let us eke go."）（*P* 5.2277）というクランリーの台詞から始めていることにも書き込まれている。『ヒアロー』はその言い方が間違いで、スティーヴンがクランリーにそれを正し、その口癖を止めるように言っているスティーヴンを描いている（*SH* 216）。『肖像』においてイチジクを食べながら話をするクランリーにスティーヴンが苛立ちを示す——『ヒアロー』にはない——のは、クランリーとスティーヴンとの間の違いをエピファニーとして示そうとするジョイスの試みである。

しかし問題はそれほど単純ではない。クランリーの現実主義的な生き方に反発するスティーヴンであるが、本質をとらえながら自身の置かれた状況と折り合いをつけ、自身の中で静かな反抗へと変えるクランリーの姿勢を、スティーヴンは、意識してか意識せずにか、芸術家に必要な三種の神器〈沈黙〉、〈流浪〉、〈狡知〉（silence, exile, cunning）の中に入れている。しかも、スティーヴンには、クランリーが教えてくれるその二つを実行できていない。彼は理想と現実をただ二項対立に置いて、一方を否定しもう一方へと猪突猛進する理想主義者である。[*11] それに対しクランリーは、理想と現実の間を取る〈狡知にたけた〉生き方ができている。そしてまたそのようなスティーヴンを描くジョイスには、クランリーのような静かな反抗ができていない。ジョイスは、今われわれが確認している、『ヒアロー』で素直に表わしすぎてしまっている意味を、『肖像』においてようやく隠そうとしている。芸術家を目指して飛び立ったはずのスティーヴンが『ユリシーズ』冒頭で再びダブリンに舞い戻り、くすぶるのを目にすることになるのは、彼の言動と理想との間に矛盾があり、それを解消できていないことの現われである。

クランリーの背後にいるバーンにはそのことが手に取るようにわかったであろう。彼が自伝『沈黙の年月』というタイトルの中に『肖像』においてキーワードとなる〈沈黙〉を入れたのは、『肖像』におけるクランリーの描き方に対する彼流の静かな抵抗という意味合いを込めた、と読める。あるいは逆に、ジョイスがクランリーの〈沈黙〉を『肖像』のキーワードに入れたことへの感謝の気持ちと読むことも可能なのだろう。それはとりわけ、『ユリシーズ』が、芸術家を志し、アイルランドを飛び立ったはずのスティーヴンがダブリンに舞い戻り、現実主義者ブルームと出会う物語であることを思い出すならばなおさらであろう。しかも、ブルームが住むエクルズ通り七番地とは、バーンが暮らしていた場所である。とするならば、『ユリシーズ』第十七挿話冒頭で、鍵を持って出るのを忘れたブルームが地下室へと飛び降りる際に描かれるブルームの体重と身長が、バーンのものであったとしても驚く必要はない（Byrne 157）。『ユリシーズ』の登場人物がジョイスの実人生におけるどの人物であるかを扱った『ジョイスの「ユリシーズ」における実在の人々――伝記的ガイド』（*The Real people of Joyce's* Ulysses: *a Biographical Guide*）の中でヴィヴィアン・アイゴー（Vivien Igoe）がブルームのモデルの一人にバーンを挙げているのは、その意味においては正しい。その設定には、ジョイスが『肖像』でクランリーに対して行なった意地悪を贖うように、クランリーへの回帰をクランリーから学んだ〈沈黙〉の流儀を用いて書き込んでいる姿を確認できる。このように読むならば、『ユリシーズ』におけるスティーヴンの帰還は、『肖像』で示したクランリーとの対立を、ブルームとの出会いという形で解消しようとしているとも読める。そのような読みをするのであれば、スティーヴンの三種の神器のもうひとつ〈流浪〉とは、現実にスティーヴンやジョイス、そしてまたバーンも行なった国外への脱出を字義的には意味するものとしても、それよりも〈沈黙〉と〈狡知〉とを行使し、自身からもときには身を離さなくてはならない戦略を指すものと解釈した方がよいのであろう。

以上の分析から明らかなように、『ヒアロー』には『肖像』からは見えてこない〈意味〉が書き込まれている。そのあからさまに示されすぎている〈意味〉を『肖像』は薄め、消す。

パラドクシスト・スティーヴンの〈沈黙〉と、エピファニー、アイロニー

ジョイスが『ヒアロー』を『肖像』へと書き換え、前者にあからさまに現われすぎている〈意味〉を『肖像』において薄め、消していくときに、ジョイスの描き方において重要な変化をともなう。それはパラドクシスト・スティーヴンの〈沈黙〉である。それを確認することは、それに代わるものとしてエピファニー、アイロニーが用いられていくことになることを確認することとなる。

スティーヴンの基本的姿勢は「パラドクシスト」(paradoxist) という言葉にまとめられる。(*12) そのことは『スティーヴン・ヒアロー』第十九章においてもっとも明確に示される。スティーヴンはここで、『肖像』第一章においてドーラン神父に懲罰棒 (pandybat) でぶたれたことを不当だとしてコンミー校長のもとに抗議しに行くのと同様に、学長に直訴に出かける。文学歴史協会で発表予定の論考「芸術と生」を学長に差し止められそうと聞いたからだ。抗議に行くという意味では同じだが、ここでは単なる抗議では終わらない。スティーヴンは、学長がペーパーを差し止めようとする理由をひとつひとつ確認し、それらをことごとく論破していく。彼がそのときに用いるのは、学長が用いる論理自体が、論理的に正しくないことを論証する方法、つまりは、学長が用いる論理の中に含まれる矛盾をパラドックスとして炙り出す手法である。これによりやり込められた学長が、スティーヴンを指して言うのが「パラドクシスト」(*SH* 96, 97) という表現である。このやり取りに従えば、「パラドクシスト」とは相手の論理の内側に入り、相手が自己満足的に想定している論理性をその論理の内側から崩す人と定義できる。「パラドクシスト」が炙り出すパラドックスが、洒落た警句を言う側にあるのではなく、相手側が気づかないまま持っている非論理性にある点を確認するならば、パラドックスが、相手の非論理性を映し出す——相

手には歪んで見えるが、実は真実を照らす――鏡として機能することが見えてくる。

このようなパラドクシスト・スティーヴンの姿はそれよりも前の場面でも描かれている。たとえば『スティーヴン・ヒアロー』第十七章でマキャン（McCann）と話しをするスティーヴンは、彼の「人間はどのような種類のものであれ刺激物を取らずに生きるべきで、健全な体と健全な精神を子孫に残す道徳的義務がある」（*SH* 49）という説を聞いて、彼が好んで行くという山登りや海水浴の、目的となっている新鮮な空気や海水が、自然のものとはいえ刺激物ではないのかを問い（*SH* 50）、彼の考え方に内部矛盾、パラドックスがあることを示す。

続く第十八章では、そのパラドックスがわれわれがよく知るジョイス的な手法へと発展していく様を確認することになる。ここでは聖職者になるべくクロンリフにあるカトリック大学ホーリー・クロス校に通うウェルズ（Wells）――『肖像』でクロンゴウズでスティーヴンを「四角だまり」に突き落とす人物――と出会い、話をする様子が描かれるのであるが、そこで示されるのは文学を志すというスティーヴンにドュ・モーリエの『トリルビー』（Du Maurier, *Trilby*）を勧める姿である。催眠術を用い、美しい歌声を持つ女性トリルビーを文字通り操るユダヤ人を描くこの作品が、ベストセラーになった小説であるとはいえ、スティーヴンの――というよりは通常の文学的感性を備えた人の――文学性に沿うものではないことは、この作品を知る者であればすぐにわかる。この会話のやりとりには、スティーヴンの意見表出は会話レヴェルでも意識レヴェルでも含まれていないが、会話をあったままに記すことで、ウェルズにとって文学というものがどの程度のものかがすぐにわかる仕掛けになっている。それだけではない。このような本を勧めることは、聖職者になろうとしている彼の精神性、つまりは女性への関心を捨てきれない世俗性まで暴いてしまう。このことは、そのあと描かれる、彼が通う学校の生徒たちが女性のことを話しながら通り過ぎていく様子からも浮かび上がる仕組みになっているのだが、それは同時にこの問題がウェルズだけのものではなく司祭になろうとしてそこに集う学生たちが抱える根源的問題であることを示す。つまり、スティーヴンは聖職者になろうとして集まっている学生のヴォケーション（聖職への召命意識）の足りなさを感知している。ここに描かれるのは、のちに「話す言葉やジェスチャーの卑俗さであれ、精神それ自体の記憶の相においてであれ、突然現れる精神的顕現」（*SH* 211）と定義されることになるエピファニーである。ここで確認すべきは、第十七章で用いられた、相手の論理の内側に入り込み、そこに含まれる矛盾を炙り出し、その論理のおかしさを示すパラドクシストの手法が第十八章においても引き続き用いられているのであるが、第十八章においては前章とは違って相手への反論を言葉にせず、その場に内在化させる〈沈黙〉の行使により、そこに漂わせた違和感からパラドックスが自ずと立ち現れるように示すようにし、それによってエピファニーが立ち現れるようにしていることである。こうしてパラドックスはアイロニーと交換可能な語となりつつ、ジョイス作品の基盤原理エピファニーと重なっていくことになる。

もうひとつの〈沈黙〉と〈狡知〉——監視への警戒

以上見てきたように、『肖像』は、『ヒアロー』に書き込まれた〈意味〉を、『肖像』の中でスティーヴンが宣言する〈沈黙〉、〈流浪〉、〈狡知〉を行使し、消していくことになるわけだが、それは単に文学的な行ないなのではなく、政治的な意味合いを持つものであることを確認しておこう。

『肖像』には明示的に描かれていないが、『ヒアロー』において明示的に語られることがらのひとつに監視されていることへの警戒がある。『ヒアロー』第二六章で大学生活を送るものの学業に身の入らないスティーヴンは、大学生活を続けていけるかどうかの選択を迫られる。バット神父――『ヒアロー』で階段教室で美学について論じる相手、『肖像』では同じ場面で名前を消される――は学位を取ることが大事と言い、経済的な理由からそれが難しいというスティーヴンに（*SH* 227）大学でちょっとした仕事を用意しようと持ちかける。スティーヴンは、大学を運営している神父たちが自分を取り込もうとしているのではないかと疑念を抱き、弟のモーリス（Maurice）に相談する。それは明らかだという弟の意見に背中を押され、結局スティーヴンはその提案を断ることにする。

神父の善意からの配慮と見えるものに対しスティーヴンが示す警戒は、『ダブリナーズ』や『肖像』を読む読者には新鮮な驚きを与えてくれる。つまり『ダブリナーズ』や『肖像』を知る読者からすると異質なものに映り、場合によっては、『肖像』に取り入れられなかった余分な個所、例外と受け止めるかもしれない。しかし単にそういうことがあったと手短に書くのではなく、数ページにわたって真剣に考えるスティーヴンの姿を目にするならば、われわれはその意味をスティーヴン同様真剣に受け止めなくてはならない。さらに言えば、『ダブリナーズ』や『肖像』、さらには『ユリシーズ』を読むときに、神父や教会というものが出てきたときには、『ヒアロー』のスティーヴンが警戒していた意味を頭に置いておかなければ、ジョイスの繊細な描き方にわれわれはだまされてしまうことになる。

実際彼の警戒心は、母親がスティーヴンの将来を心配し神父に相談をしたことを聞いたときの彼の反応に、よりはっきりと示されている。

――こういう連中〔神父〕は世間のことなんて何にもわかっていない。下水のドブネズミの方が世間を知っている。いずれにせよこれからはお母さんが聴罪司祭に僕がどんなことを話したかを教えることは二度とない。なぜならもう僕は何も話さないからだ。今度彼が「お宅の道を誤った若者、あの不幸な青年は、どうしていますかな？」と聞いてきたら、「わかりません、神父様。聞いてみたのですが、魚雷を作っていると神父に伝えてくれと彼に言われました」、そう答えるんだな。（*SH* 210 強調は筆者）

このやりとりには重要な点が三つある。その第一は告解という制度に対する不信である。信徒は通常自らが選択した特定の司祭に対して告解を行なう。その司祭のことを聴罪司祭（confessor）と呼ぶ。神の代理としての司祭は[*13]、その権限において罪に赦しを与える。神に対してであれば、心の内にあるものすべてを躊躇なく告解できたとしても、代理である神父に対してであれば同じようにはいかない[*14]。原理的には、すべてを知る神の前に〈秘密〉はなく、したがって神の代理である司祭に対しても同様であるはずだが――その意味においては神に対して告解をすればよく、司祭に対してする必要がない[*15]――、社会生活上表面化することのない秘密を漏らすことに人間的な抵抗が生まれるのは当然と言える[*16]。告解が信徒と聴罪司祭という一対一の関係においてであれば、告解に対する抵抗を抑えることができたかもしれないが、告解が信徒と聴罪司祭という一対一の関係に収まらない可能性があった。聴罪司祭が告解で得られた知識を用いること、他人に漏らすことは禁じられていたが、実際においてはそうは言えなかった[*17]。それはたとえばジョイスより一世代上のアイルランド人作家ジョージ・ムアの作品を読めばわかる。自伝『いざ、決別の時』（*Hail and Farewell*）第二巻『サルウェ』（*Salve*, 1912）によると、彼はカトリックの寄宿学校オズコット校（St. Mary's College, Oscott）にいたある夏の間中、三五歳くらいの司祭に毎日居残りを命じられ、その神父に体を触られ、ズボンの中に手を入れそうになったという。近年『ある神父の希望と絶望の7日間』（*Calvary*, 2014）、『スポットライト』（*Spotlight*, 2015）といった映画で取り上げられる、カトリックの神父による信徒――とりわけ子供――に対する性暴力の問題を、ムアは一〇〇年以上前に告発している。(*18) 神父の誘惑を不快に思ったムアは、仕返しをしてやろうという気持ちと、告解の秘匿性が本当に守られているかを試してやろうという気持ちから、そのことを告解で告白する。その結果神父の行ないは学校の知れるところとなり、その神父は二、三日して姿が見えなくなる（294）。

告解の秘匿性が本当かどうか少年のムアが試すのは、実際はそうではないとの疑念が子供に及ぶほど世で囁かれていたからであろう。ムアはそれを実験により試し、答えを手に入れる。それが示すのは、秘匿性の保証されているはずの告解が実はある種の監視装置として用いられていた実態である。ムアは、告解にとどまらず、カトリックという宗教体制において行なわれていたスパイングの他の例をも暴く。短篇集『未耕地』（*The Untilled Field*）中の「ローマへの手紙」（"A Letter to Rome"）は、アイルランドの人口減少問題に心を痛めた司祭が、それを解消する手だてとして司祭も妻帯できるようにするのがよいとふと思いつき、表題にある「ローマへの手紙」、すなわち教皇宛ての手紙をしたためたことに端を発するできごとを描く。彼は、彼が手紙を送ったこともその内容もなぜか知っている司教に呼び出され、そのような提案をする本意が彼に意中の女性がいるからかとただされる。肝心の人口問題の方は一切話題にはならず、司祭は司教にうまく懐柔されて、何のために司教のところに行ったかも忘れて家路につく。ムア一流の戯画的な筆致で描かれたこの短篇で読むべきは、司教、あるいは彼よりも上の職位にある者、あるいは教会という制度にあっては、アイルランドの人口問題という大きな問題よりも、司祭の色欲問題の方が直近の問題としては重要であることの認識を示している点(*19)と、その問題への対処法のひとつとして私信であってもその内容を探る手だてを教会が持っていた点である。

『ヒアロー』には、スティーヴンのもとを訪れた教会の使者たちと彼がやりとりをする不思議な一節がある（*SH* 204-06）。やや精神的に病んだ面を感じさせるこの一節は、スティーヴンがカトリックという制度からの脅威を身をもって感じているからこそ出てくるものと言ってよいのだろう。『肖像』で人間が生まれるとそれが飛んでいかないように投げかけられる網のひとつとして宗教を挙げるのは、これまで見てきたような身に迫る権力の目に対し感じている脅威を表わしている。

これと関連して押さえておかなくてはならないことは、司祭となる人たちの出身階級と資質である。アイルランドにおいて十九世紀は教会制度が拡充された世紀として記録されることになる。一八〇〇年の段階で約一八五〇人いた司祭は（人口約三九〇万との比率は二一〇〇対一）、一八五〇年の時点で二五〇〇人となり（人口約五〇〇万との比率は二一〇〇対一）（Larkin 58）、一八七〇年には三二〇〇を数え（人口約四〇〇万との比率は一二五〇対一）（Larkin 77）、一九〇〇年には三七〇〇（人口約三三〇万との比率は九〇〇対一）へと変化していく（Larkin 84）。エメット・ラーキン（Emmet Larkin）が「信心革命」（Devotional Revolution）と呼ぶ（57-89）教会の体制強化にともなう聖職者の増加は、一方で司祭の〈職業化〉をもたらす。つまり、精神的に徳が高い人、宗教的精神性を備えた人がその結果として司祭になるのではなく、生活をする術、社会で生きていくための単なる職として司祭になる現象が起こってくる。それは職業機会の限られた、ゆえに移民として国を出ていかざるをえない人の多いアイルランドにおいては、当然の成り行きと言ってよい。しかし、それは、司祭となる人の出身階級の低下と宗教意識、つまりはヴォケーションの低下をともなった。

たとえばジョイスと同時代のアイルランド作家ジェラルド・オドノヴァンが『神父ラルフ』で描くのは、宗教心もなく神学校に通い、神父になってからは、赴任先の司教に媚を売りながら、地域で持つことになる権力をかさに、地域の有力者にもてなされることを幸福とする、世俗にまみれて暮らす神父の姿である。それを高潔な神父ラルフと対比させることで、オドノヴァンはアイルランドのカトリックの腐敗を告発する。オドノヴァンには、その名も『ヴォケーション』(*Vocation*)と題された小説がある。そこで彼が描くのは、社会的ステータスのために娘たちを女子修道院に入れようとする親と、その意向に沿って、ヴォケーションもなく、修道院に入ってしまう娘の姿である。

ヴォケーションの問題は、『肖像』にあるように、ジョイス自身が経験することになるが、断片的に『ダブリナーズ』の短篇「遭遇」の、遊び仲間の少年がその後神父になって驚いたという一節で触れられている。先に触れた、『ヒアロー』第十八章で、ウェルズが聖職につこうとしていることに触れるのも、同じ意識からのことと見てよい。

このことは、制度的に保証される神父への敬意と、それとは裏腹に社会的に下層の者に、精神的にであれ従わなくてはならないねじれを引き起こし、それに対する心理的な抵抗を生むことになる。スティーヴンが右の引用において、神父が母親を使って彼のことを監視していることに対する苛立ちを示すのは、教会という制度への苛立ちおよびそれにまんまと飲み込まれている母親への苛立ちでもあるが、「こういう連中〔神父〕は世間のことなんて何にもわかっていない。下水のドブネズミの方が世間を知っている」という強い言葉は、当時の社会において根底にある神父の資質——出身とヴォケーション——に対する懐疑と抵抗を響かせている。

引用個所の重要な点の第二点目は、精神的監視対象となっている認識を持ち、それに対する苛立ちを示すスティーヴンが、当時の社会において監視されていたもうひとつ別の、政治的監視対象へとつなげている点である。スティーヴンの動向を聞きたがる神父に伝えたらよいという言葉としてスティーヴンが「魚雷を作っている」と伝えろと言うのは、一見するとやけくその言葉に見えるが、そうではない。イギリス支配下のアイルランド、とりわけ連合法以降のアイルランドにおいては、政治的反乱・抵抗が絶えることがなかったがゆえに、転覆をもくろむやからは危険分子として監視対象となっていた。スティーヴンは、母がその意図はなくとも——というより、ないからこそたちが悪いのだが——彼を教会の精神的監視網へとさらし、要注意人物としてしまったことを、監視を行なう者なら聞き逃すはずのない魚雷という言葉を出すことによって、政治的監視を行なう者に彼がテロリストである旨を情報提供・密告することに等しい行ないであると責めているのである。

　スティーヴンは『ヒアロー』の中で政治的監視にも意識を配っている。夏をノース・ブル（North Bull）でのんびりと寝っ転がったり、水の中へ飛び込んだりして過ごしていたスティーヴンは、[*20]「よく水を滴らせたクリスチャン・ブラザーズか〔変装した警官〕に出会った」（*SH* 231 挿入は原文、強調は筆者）ことを書いている。「彼〔スティーヴン〕は迷路のような貧民街をゆっくりと歩いているときに、警官がアホ面をして驚いた視線を送ってくると、高慢ににらみ返した。そして警官のそばを通り過ぎるときには、彼らが牛のような体の向きをゆっくり変えて、彼のあとをぶらぶらとついてくるのを、伏せた目で見ていた」（*SH* 146 強調は筆者）という記述は、当時のアイルランドにおいて不穏な動きを探る変装した警官や、制服姿の警官がいたことを物語る。そのような存在はもちろん『ヒアロー』に限定されない。たとえば『ダブリナーズ』の「二人の伊達男」（"Two Gallants"）の登場人物の一人コーリーは、平服の警官と話をしているところを目撃されている人物である。同じく「恩寵」のマーティン・カニガムもダブリン城との関係が示唆されている。『ユリシーズ』においても第十五挿話末で警官とのトラブルに巻き込まれたスティーヴンとブルームを助けるコーニー・ケラハーもまた警察とつながりのある人物である。『ユリシーズ』にはインフォーマー（informer）と呼ばれる、警察への情報提供者が書き込まれている。これはジョイスのまわりだけの問題ではない。アイルランドの歴史はインフォーマーなしに語ることはできない。(*21)『肖像』冒頭で父がスティーヴンに「告げ口をするなよ」（"never to peach on a fellow" *P* 1.86）というのも、アイルランドにおけるインフォーマーの歴史と合わせて考えなくてはならない。これらの断片的な記述が示すように、ジョイスが描くアイルランドにおいては、というよりは当時のアイルランドにおいては、深い社会的対立、政治的対立があるがゆえに、支配をする側とその支配に抵抗を試みようとする側双方に互いの動向を探る目があった。それは同時にそのような目から注意をそらす必要性を生む。それが引用個所の重要なポイントの第三点となる。「いずれにせよこれからはお母さんが聴罪司祭に僕がどんなことを話したかを教えることは二度とない。なぜならもう何も話さないからだ」と言うスティーヴンは、監視に対抗する手段として〈沈黙〉を宣言している。ここで確認できることは監視への警戒と〈沈黙〉とがセットであるということである。他者の目をかいくぐり、自分の姿を見せない警戒はまた〈狡知〉と言い換えることができる。繰り返しになるが、その〈狡知〉により自分の姿を見せないこと（〈沈黙〉）は、自身の真の姿からの〈流浪〉である。『ヒアロー』には明確に書き込まれているものの、『肖像』になると消されていく警戒とは、〈沈黙〉、〈流浪〉、〈狡知〉の行使である。

〈沈黙〉、〈流浪〉、〈狡知〉がこのように熟成していくとすると、そのときに注意しなくてはならないことは、これらが応答的に形成される点である。応答的というのは、なにかすでにあるものに対する対応としてということを意味する。それは別の言い方をするならば、これらはスティーヴンが〈無からの創造〉により、理念的に生み出した独自の考え方ではないということである。それは、スティーヴンが「この国で人が生まれると飛んでいくのを抑えるためにそれめがけて網が投げかけられる。君は国、言語、宗教のことを話してくれた。僕はそれらの網をかすめて飛んでいくんだ」（*P* 5.1047-50 強調は筆者）と高らかに宣言する、『肖像』においてもっとも有名な場面のひとつの再解釈を迫ることになる。原文では When the soul of a man is born in this country there are nets flung at it to hold it back from flight. You talk to me of nationality, language, religion. I shall try to *fly by* those nets.（強調は筆者）となるこの宣言の、最後の文にある "by" は、単にそれら「のそばをかすめて」と解釈するのでは足りない。それら「によって」という部分を強調する必要がある。なぜならば、彼が飛ぶことで距離を置こうとするその姿勢は、対象たる網があるからこそ可能であるからである。すでにある網、それを前提として、飛ぶとき、すでにある網は反発する対象であるとともに、寄りかかる対象でもある（Riquelme 41）。スティーヴンが "fly by" と言うとき、その網は自身の中から取り除かれているのではない。彼の中に取り込まれている。だからこそそれに引っかからないように飛ぶことが可能となる。網を避けることが芸術家としての彼を作り上げるのではない。彼の中に常にすでにあるその網を手がかりに飛ぶのであり、それは利用することである。

他者の目を警戒する沈黙から神学的沈黙へ

前節では、ジョイスの〈沈黙〉が世の宗教的監視、政治的監視と結びつく面を持ち、それらへの対抗措置として必要であった側面を確認したわけだが、これは〈沈黙〉というものが持つ本質に目を向けさせる。つまり、ジョイスの〈沈黙〉とは、ただ単に黙っていることを指すのではなく、誰か、あるいは何かに対する〈沈黙〉であり、何かに〈対する〉ものであるということである。そこから見えてくるのは、監視への対抗措置としての〈沈黙〉が、読者に不親切な、意味を消す作家であるジョイスのその〈沈黙〉へとつながる可能性である。

その可能性を探る上でまず確認しておいてよいことは、警戒の対象とは目の前にいる誰かだけではなく、目の前にはいないが自分を監視しようと、取り込もうと〈網〉を投げかけてくる誰か、あるいは何かであるという点であろう。宗教的監視を行なう教会、政治的監視を行なう警察やダブリン城、あるいはさらにその先にあるイギリスをスティーヴンが意識しているのであれば、スティーヴンがその先にある〈他者〉の目を鋭く意識しているということは容易に想像がつく。つまり、スティーヴンが意識する〈他者〉の目は、目の前にいる誰か——たとえば母——から、目の前にいない誰か——たとえば教会、警察——にとどまらず、彼の頭の中で想定できる自分を見ているかもしれない誰かへとさらに延長を見る。その究極には、人間の世界をも超えた超越点、神がある。

その思考は『肖像』第一章にすでに書き込まれている。学校で地理の勉強をするスティーヴンはアメリカの地名を見ても、知らない地名が別の国にあっても、その国は世界の中にあり、世界は宇宙の中にあると考える（*P* 1.293-97）。そして自分が書き込んだ、

スティーヴン・デダラス
初級クラス
クロンゴウズ・ウッド・カレッジ
サリンズ
キルデア州
アイルランド
ヨーロッパ

世界
宇宙　（P 1.300-308）

という書き込みを眺め、南谷奉良が「世界住所」と呼ぶ（二〇一六、五一）このリストの中で、自分の居場所、あるいは所属を確認している。五、六歳の子供にとって身近とは言えない、ヨーロッパや世界、宇宙を最後に挙げているのを見るならば、その行為は確認というより想像と言うべきだろう。彼は自分にとっての〈世界〉が身近なクラスや学校から始まって、それがさらに街、州、国、地球上の地域、世界全体へと広がっていくのを想像している。ここにはいくつか興味深い点がある。第一は列挙の仕方である。項目ごとに一行をあてる書き方は、行を改めずに、それぞれを句読点やスペースで句切って、続けて書くのとでは意味が異なる。この書き込みを見た級友がこれを詩の形式にして茶化すのは、各項目に一行をあてる書き方に意味があることを示している。それぞれの項は、同じ行に連続して書かれる連続性を奪われている。それは、それぞれが独立した項目として存在することを意味する。第二は、挙げられている項目の恣意性である。ここにスティーヴンが挙げる項目は、数を減らすことも増やすこともできる。たとえば、五項目目のキルデア州と六項目目のアイルランドの間には、レンスターを入れてもよい。六項目目のアイルランドとヨーロッパの間には、入れようと思えば、西ヨーロッパを入れることもできる。ほかにもたとえば第一項と第二項との間には家族を入れることも可能だ。スティーヴンが学校にいる自分を中心にしているためにこのような項目だてになっているのであり、そのために家族が抜けているとも言えようが、『肖像』が〈父〉――小文字の〈父〉でもあり、大文字の〈父〉でもある――との出会いから始まっていることからすれば、家族が抜け落ちることに違和感を覚える読者がいても不思議はないだろう。このように、ここでスティーヴンが挙げている項目は、増やすことも減らすこともできる性質のものである。第一項目のスティーヴン以降は、可変的であって、固定的ではない。事実スティーヴンは、自分が挙げた項目で終わるかどうかに自信を持てず、その先にあるものがないかを考えている。彼のリストは暫定的に「宇宙」の項で終わっているが、思考の中ではその先に続くものとして、神がある。「宇宙のあとには何がくるのだろう?」(P 1.318)と疑問に思った彼は、「なにもない。だけど何もない場所が始まるまえに宇宙の終わりを示すなにかがあるのではないか? 壁ってことはないだろうけど、細い、細い線がどんなもののまわりにだってある」(P 1.318-21)、「すべてのこと、すべての場所を考えるのはとても大きくて、神にしかそれはできない」(P 1.321-23)と考える。興味深い点の第三点目は、それぞれの項目が、一行ごとに書かれる独立性とは裏腹に、それとは逆の相対性を示している点である。当然のことのように見えても確認が必要なのは、それぞれが点として存在しているのではないことである。そもそも最初の項のスティーヴンは生身の人間であり、二項目以降に挙げられる場所あるいは空間とは異なる。それを同列に置くことが可能にするのは、自身を空間的広がりとしてとらえる思考である。空間的広がりの中で、「スティーヴン」は「初級クラス」の一部であり、「初級クラス」は「クロンゴウズ」の一部という関係になる。つまりそれぞれが次に来る項目の一部に含まれるという関係性の中で、このリストは成立している。こうしてそれぞれの項目は、内側からと外側の双方から規定される空間となる。それぞれは、内側から広がっていって、そのまわりの空間と境を接するところまでを示す面と、空間としてはより大きな外側から見てその中に含まれるものとして規定される面の両面を持つ。つまり、このリストは上から下へと、空間的な広がりの中で規定されるそれぞれの項と、下から上へと空間的に縮小させるまなざしのなかで確認されるそれぞれの項を示す意味合いを持つ。それぞれは双方向的に――ダイアロジックに――規定される。(＊22) スティーヴンは、あたかも伸縮可能な望遠鏡を伸び縮みさせながら覗き込むように、自分が挙げた項目を下から読んだり、上から読んで、世界が大きくなったり小さくなったりするのを不思議な気持ちで眺める。それが意味することは、すべての項が相対的で、それぞれの項が単独では独立して存在できないという認識である。このリストが示すのは、そのような認識の中で感じる自身を含めたものごとのアイデンティティのあやふやさである。事物はそれ自体とそれ自体ではないまわりとの境目を持つことでアイデンティティを持つが、その外部からの規定は、一重ではなく、多重である。スティーヴンはクラスとの関係で規定されているが、そのクラスでさえ学校、サリンズから始まり、ついには宇宙、（神）の一部であるとき、スティーヴンは自身がそれらすべてにより規定されることを意識している。スティーヴンが、これらを下から読んだり、上から読んで、世界が大きくなったり小さくなったりするのを不思議な気持ちで見るときの不思議さは、ひとつには自身を取り巻くものが、あたかも伸縮可能な望遠鏡を伸び縮みさせながら見るように、大きくなったり小さくなったりする感覚であるが、それは同時に自身がそれらとの関係の中で小さくなったり大きくなった

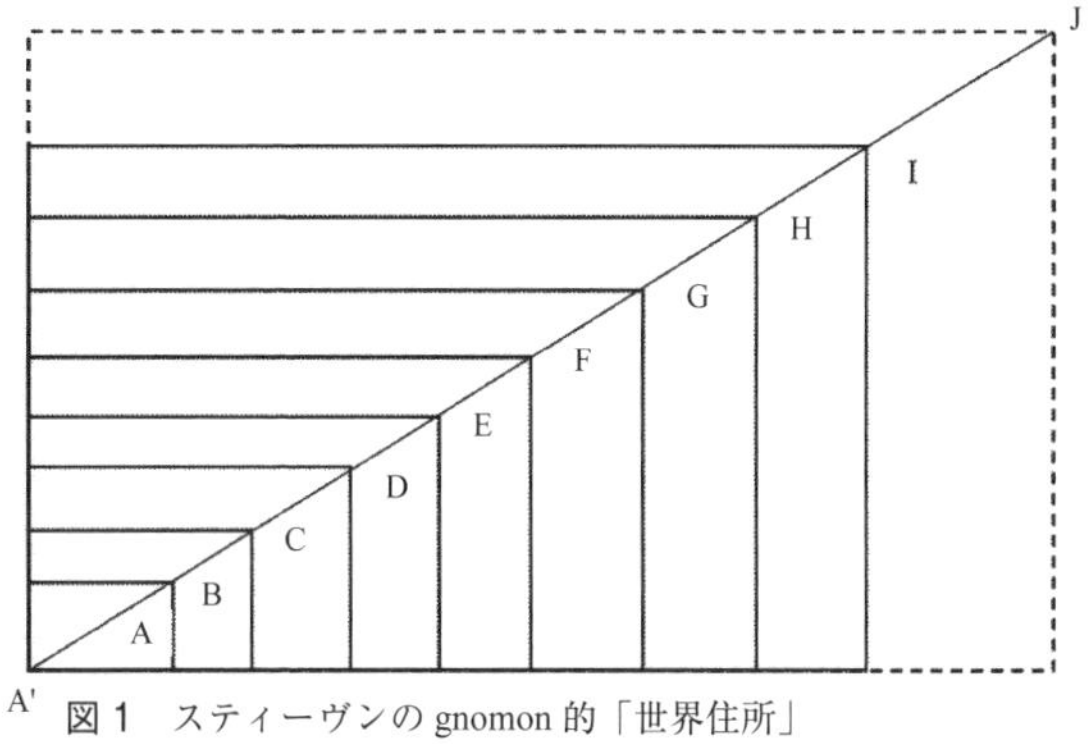

図１　スティーヴンの gnomon 的「世界住所」

＊ A は点ではないゆえに A′ にはない。空間的広がりをもつがゆえに□となる。J は I（宇宙）の外にある。
A. Stephen Dedalus　B. Class of Element　C. Clongowes Wood College　D. Sallins　E. County Kildare　F. Ireland　G. Europe　H. The World　I. The Universe　J.（God）

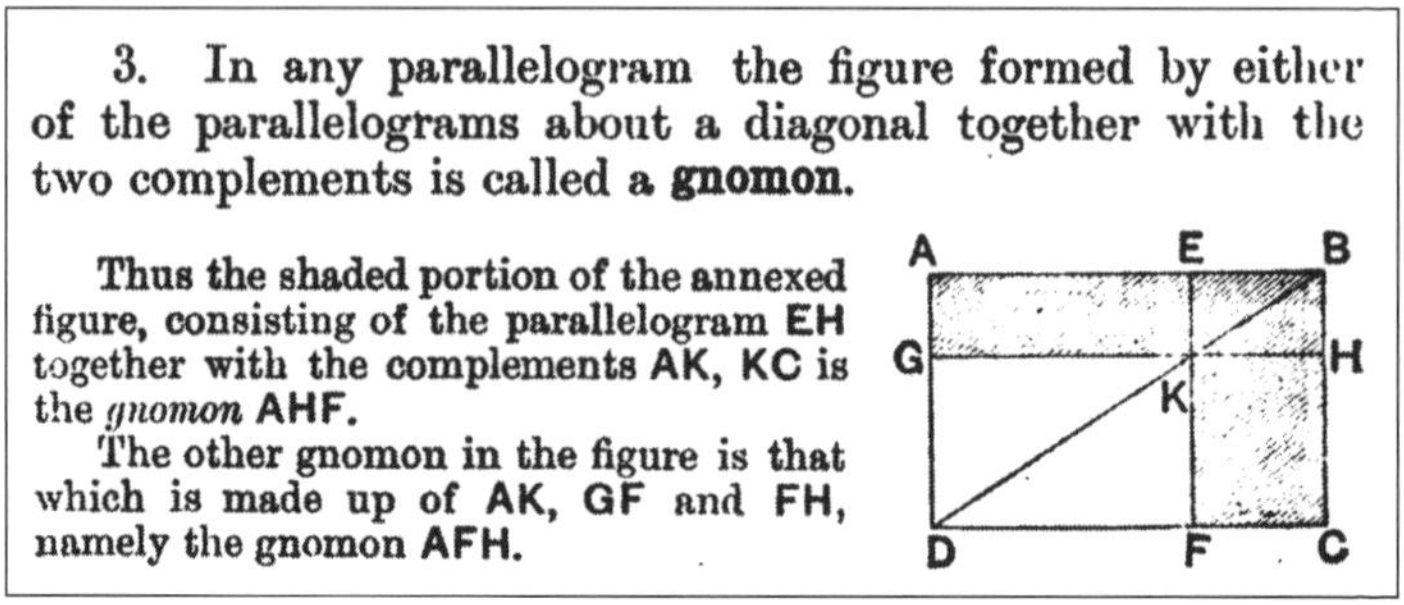

3. In any parallelogram the figure formed by either of the parallelograms about a diagonal together with the two complements is called a **gnomon.**

Thus the shaded portion of the annexed figure, consisting of the parallelogram EH together with the complements AK, KC is the *gnomon* AHF.

The other gnomon in the figure is that which is made up of AK, GF and FH, namely the gnomon AFH.

図2　ユークリッドの gnomon（Hall and Stevens 120）

図3　通常の gnomon

りする感覚を起源とする。[*23] このようなスティーヴンの認識を図に表わしてみるならば、図1のようになろう。

『肖像』でスティーヴンが思い描く空間的発展をこのように図式化するとき、そこには意外なものと重なりが見えてくる。ジョイスが『ダブリナーズ』冒頭に入れたノーモンである。ジョイスがこの幾何学的概念に触れるときに参照しているのは、H・S・ホールとF・H・スティーヴンズの『学校用ユークリッドの幾何学初歩』（H. S. Hall and F. H. Stevens, *A Text-book of Euclid's Elements for the Use of Schools*）であるが（Gifford 29）、この教科書のノーモンの説明には、図2のような図形と説明が付されている。それによると、ノーモンは、「平行四辺形に引かれた対角線上の任意の点とその対角線上にある角を二点としてできる、全体の平行四辺形と相似をなす平行四辺形を取り除いたあとにできる幾何学的形状」と定義される（120強調は筆者）。この形状は――内側にできる四辺形の角は外側の四辺形の対角線上に来るという本来の定義を無視した図が使われることもあるにせよ――、図3のような形で、意味という点で常に欠けのあるジョイス作品のあり方を示す都合のよい比喩的形象として、ジョイス研究者に用いられてきたが（Weir 1991, 347）、ジョイスが教科書で目にしていたのはそのような平行四辺形ではなく、図2にあるように長方形である。

ジョイスが教科書でユークリッド幾何学に接したとき、彼の頭に残ったのが説明書きにある通りの形であったとは限らない。学校の生徒としてのジョイスは幾何学的概念として理解したであろうが、芸術家のジョイスが後年それを用いるときに頭に思い描いていたのは、それとは違うイメージであったかもしれない。ジョイスが〈誤読〉をしていた可能性、あるいはアプロープリエイションを行なっていた可能性は十分ある。ホールとスティーヴンズの教科書に今一度立ち戻り、その説明書きを目にしたジョイスが何を見ていたかを想像してみるならば、長方形の対角線上に一つの点を置いたときにその長方形の中に相似形ができる点であった可能性がある。大きなものと、形の大きさは変われど、同じ形ができる、いわゆる〈相似〉という考え方には、ジョイスは、馴染みがあったと表現するのでは足りないほどの執着を見せている。たとえば、同じ『ダブリナーズ』の「対応」という物語は、〈相似〉にこだわった作品と呼べる。職場で上司にやり込められた主人公のファリントン（Farrington）は、その憂さを晴らしに行った酒場でもやり込められ、やり場のない怒りを自宅に戻って息子のトムにぶつける。相似形で繰り返される、力を振るうという意味での〈暴力〉は、夫婦間でも起こっていることが示唆されているが、それが息子トム（Tom）に繰り返されるとき、時間的な繰り返しの感覚を生む。つまり〈相似〉という〈対応〉は共時的にも、通時的にも連鎖を見る。

この〈相似〉と〈対応〉へのジョイスの執着は間違いなく宗教をそのひとつの起源とする。人間が神の似姿として作られたという考えは、聖書にも記されているキリスト教の基本である。「神は人を自分のかたちに創造された。／神のかたちにこれを創造し／男と女に創造された」という創世記一章二七節にある言葉は、聖書全体を貫く基本概念となる。(*24) それは単に姿形だけのことではない。「神は人間を不滅の者として創造し／ご自分の永遠性の似姿として造られた」（知恵の書二章二三節）や「知恵は永遠の光の反映／神の働きを映す曇りのない鏡／神の善の似姿である」（知恵の書七章二六節）にあるように、〈似姿〉という言葉をキーワードとして〈相似〉の関係が神と人間との間全般にできることとなる。

〈相似〉と〈対応〉という点で言えば、さらに重要なのはキリスト教の聖書解釈の根底にある〈タイポロジー〉である。予型論と訳されるこの概念が示すのは、新約聖書に書かれていることは旧約聖書にその予型があるという考え方である。これによれば、キリストの受難は旧約ですでに示されていたことになる。キリストの出現も旧約にすでに示されていたことになる。このような宗教的な考え方は、そのような宗教のもとにあった人間に、ある時点で起こることがらは、すでにそれより前のどこかで起こっていたことの反復であり、ある人物のあり様は、過去のどこかに現れた人の反復であるという見方を埋め込むことになろう。「モダニズム」を代表する文学的革新として取りざたされるジョイスの「神話的手法」は、実は古くからある神学的概念の延長線上にあるもので、ジョイスに宗教がしみ込んでいたからこそ可能な技法であった、とも言える。『肖像』におけるダイダロス神話、『ユリシーズ』におけるホメロスの『オデュッセイア』は、予型としてある、と見ることができる。ジョイスの作品世界を特徴づける、あることを描きながら、別のなにかを描いているように感じさせる、特殊なリアリズムは、ジョイスが〈相似〉と〈対応〉を見てしまう作家であることから来ている。ジョイスが見る——そして描く——ものが、あるものでありつつ、あるものでないのは、すべてが常にすでに予型、相似形をもつことに起因する。

そうすると、〈相似〉は何かと何かとの間にひとつだけできる性質のものではなく、それはほかの何かとさらにつながっていく可能性を持つものとなろう。そのときにできる〈相似〉形は大きさもそれぞれ異なるものとなろう。しかもそれはひとつに限定されない。ノーモンの形状内に引かれた対角線上にはいくつもの点が置かれうる。あるいは逆にその対角線は通常のノーモンの場合より長く引かれ、その線上にいくつもの点が置かれ、それに応じて相似形がその点の数だけできる点であるかもしれない[*25]。図1はそれを図像化したものとなる。

幼いスティーヴンが示したこの自身と世界との間の相対的関係性は、スティーヴンの美学論とも関わる。スティーヴンは『肖像』第五章で美に必要なものとしてインテグリタス、コンソナンティア、クラリタスを挙げ、それぞれを全体性、調和、光輝と訳す。スティーヴンが彼の美学論の第一ステップに置く全体性とは、彼の説明にあるように、美の対象としてとらえようとするもの――スティーヴンが例に挙げるのは籠――を、それではないもの――籠ではないもの――から切り離すことによって成る。それにより、美の対象としてとらえようとする対象のまわりに境界線を引くことができ、それにより全体性が認識できるという。時間的であれ、空間的であれ、美的イメージはまずは、その対象ではない、計り知れぬ空間とか時間を背景に、自ら境界を定め、自らの内容を持ったものと認識されないといけない。それによってひとつのものと認識する（*P* 5.1345-67）、と彼は説く。ここでいう全体性とはそうするとクロンゴウズで学ぶスティーヴンがおぼろげながらもとらえようとしていた自身と世界との間の相対的関係性を美的対象について言っているにすぎない、と読める。これを第一の段階として、そのあとに調和、光輝が訪れるというのであるが、『肖像』第一章においてスティーヴンが考えていた空間の無限性からすれば、第五章のスティーヴンが言っていることは、基本的に不可能であることになる。あるいは別の言い方をするならば、第一章で考えていたように、すべてのもの、すべての場所を考えることができる神といった存在との関係においてしか、彼の美学の第一段階は達成不能ということになる。このことからわれわれが導き出さなくてはならない帰結の第一は、『肖像』の美学論はその根本にアポリアを内包するということである。全体性を認識するためには、対象とそれを取り巻く対象ではないものとの線引きが必要になるが、そのまわり自体が『肖像』第一章でスティーヴン自身が想像しているように可変的で、無限に広がったり縮んだりするからである。線引きをするためには対象ではないものの認識（全体性の認識）が必要となるが、それは不可能である。スティーヴンが打ちたてた美学論に従って、第二、第三の段階へと移ろうにも、第一段階は常にすでに仮のものにしかならず、暫定的な全体性にもとづいて進めてしいくしかない心もとなさを示すことになる。

仮のものであってもとりあえず全体性の認識ができると仮定できるとすれば、それは絵画的な認識による。図1のように、対象を図像的に線で囲めばそこにはあたかもそこに引かれた線が実体を持つように感じられても不思議はない。『ユリシーズ』第三挿話冒頭でスティーヴンが「目に見えるものの避けられない様態」（*U* 3.1）を「ナッハアイナンダー」（"Nacheinander"）（*U* 3.13）という隣り合う性質から考える思考は、それを踏襲している。隣り合うその境目という意味で線を引くことができるのは、傍から図として見ているからにすぎない。しかし実際はその線は関係性というあやふやなものでしかなく、なにかとの関係で一時的にできるものでしかない。なにかに照らされて、ということはなにかからのまなざしを受けて、外部のどこからかの視線を受けることで、辛うじてあるものはあるものの姿を取る。スティーヴンにしても『ユリシーズ』のブルームにしても「自分をほかの人が見るように見ろ」と考えるのはそのことと関連している。

この意識は『ユリシーズ』の文体とも関わる。『ユリシーズ』の大きな特徴となっているのが文体の動きであることは今さら説明するまでもないが、その動きにも、スティーヴン――あるいはジョイス

――のこの不安定な美学原理が反映している。『ユリシーズ』の前半は登場人物の意識の流れを主体とした、いわゆる「イニシャル・スタイル」(initial style) と呼ばれる文体で描かれるが、後半においては語りの起点が登場人物の内部から外部へと移り、登場人物は外部のどこかにいる語り手の目線にさらされて描かれていく。それは言い換えると、登場人物はまず内部から描かれ、その後外部から描かれていく動きを見せるということである。その動きは実は、スティーヴンが『肖像』第一章で、おそらくは自分という存在が自分だけで成り立つものと思っていたところ、そうではないことに気がつき、自分のまわりに自分ではない外部が広がる――しかもそれは延々と広がり、果ては宇宙や神にいたる――ことに思い至るその動きと同じコースをたどっている。後半の文体は、概して『肖像』第五章の美学論でいうところの、対象を対象ではないものとの線引きをしようとしている。あるいは対象ではないものの具現として後半の文体はある。目まぐるしく変わっていく文体はスティーヴンやブルームに対する外部からの照射であり、それを受けて対象ではないものとの線引きが行なわれていることを意味する。たとえば第十挿話では、彼らとは異なる存在がダブリンという街の中にあることを示す。第九挿話まで物語の中心にいたスティーヴンやブルームは、たくさんいるその他の人の一部でしかないことを明確に示す。十九のセクション内のインターセクショナルな相互参照は、人々が相互参照の網の中にいることを示す。第十二挿話はこのような登場人物のあり方について手の込んだ教訓を読者に授ける。この挿話が "I" で始まることは象徴的な意味を持つ。この "I" はなによりもこの物語が一人称で語る誰かの物語であること、スティーヴンやブルームは彼らとは別の人の物語の中にいることを示す。その点で面白いのは、この "I" が語る騙りに加えてさらにもう一人の語り手がいることである。それは第十二挿話に入れられているパロディーによって示される。この語りの二重構造は、語り手であるかのような "I" を名乗る物語であってもそれとは別の語り手がいるという意味において、「イニシャル・スタイル」と呼ばれる文体があたかもスティーヴンやブルームが語っているように見えて、その実別に語り手がいたことを示すわかりやすい――しかし幾分かのショックをともなう――パフォーマンスになっている。その点では第十挿話で起こっていることと同じである。もうひとつおもしろいのは、その二重性が目の二重性の寓話になっている点である。物語冒頭の“I”は同じ発音を介して“eye”とつながる――そこから『オデュッセイア』のキュクロプス挿話で重要な意味を持つ目を思い起こさせる働きを帯びることになる。重要なのは“I”が“eye”であることなので、この人物が誰であるのかということは問題ではない。というよりはむしろそのような問いを立てること自体が、この挿話の語りの意味をとらえられていないことを示す。この“eye”は当初“I”のものであるが、二重の語りが現われた段階で“I”とは別の誰かの“eye”となっていく。ここに示されるのが、“I”が“eye”であることを介して、別の誰かの“eye”へと通じていく寓話であるとすると、それは人間の主体の間主体性の寓話になっていく。ここで思い出すべきは、『肖像』第一章でスティーヴンが思い浮かべる自身を超えた先にあるいくつもの項目である。第十二挿話に登場するブルームは、その外部にある“I”の“eye”にさらされ、その“I”／“eye”は、また別の誰かの“eye”にさらされていく。この連鎖は、その前にも後ろにも広げることができる。目を『ユリシーズ』冒頭まで戻してみるならば、それまでのスティーヴンの物語が第四挿話からのブルームの物語の中に組み入れられてきたことに気がつくはずだ。さらに第十二挿話で繰り広げられるパロディーは、第十二挿話の語り手の語りというよりは、そのパロディーの数だけいる語りへと拡散していくことを示している。第十二挿話においてわれわれが目にするのは、『肖像』第一章のスティーヴンが思い描くように、どこまで続いていくのかわからない外部へと開かれていく様である。この構造はこのあとも変わらない。第十三挿話も第十二挿話同様、（スティーヴンでも）ブルームではない外部の語り手の語りから始まる。第十三挿話の後半はブルームの意識の流れと見えて、締めくくりは誰かの語りへと組み込まれていく。第十四挿話は第十二挿話のパロディー同様登場人物を外部のいくつもの借り物の語りへと組み込んでいく。このように見ていくならば、第十五挿話の夢幻劇は、登場人物の内部と外部との接合点がもはや見えなくなってしまったことを描くと見えよう。第十八挿話は、もっぱら登場人物の意識の流れによる文体に戻って、これまで説明してきたことが終わったと見えるかもしれないがそうではない。第三挿話までのスティーヴンの物語が第四挿話からブルームの物語に組み入れらえたように、そして二人の物語が第十挿話以降彼ら以外の人の物語に組み入れられたように、第十七挿話までの物語が、また別の誰かの物語へと組み入れられることをむしろ意味する。

スティーヴンやブルームの内部から外部へと移る語りの起点は、理論的にはいかようにも設定できる。『ユリシーズ』後半の文体が示す視点のビッグ・バンとも呼ぶべき増殖はそのことを示す。『ユリシーズ』や『フィネガンズ・ウェイク』に現われる、百科全書を志向する強い強迫観念は、『肖像』において自身の美学を練る段階でジョイスがその美学の必然的帰結として持たざるをえなくなった外部の意識の反映と言ってよいのだろう。『肖像』第一章に書かれていた幼きスティーヴンの予感が正しければ、その外部の延長線上には神がいる。

無限へと向かう定めを負ったジョイスの美学は、その根本において神との対応において措定されているところから始まっている。外部からの目を警戒するジョイスが、〈沈黙〉という戦術で対抗しようとしていたとするなら、それは無限との戦いになる。その無謀さは明白だろう。(*26)

第九章　ピスガ山から眺め見るコインシデンス
——サインの文学へ

第九章　ピスガ山から眺め見るコインシデンス
――サインの文学へ

コインシデンスがコインシデンスとしての意味を持つのは、〈沈黙〉の詩学を背景にしてのことである。それはつまり、コインシデンスは〈沈黙〉の詩学からの要請であると同時に、そしてまた〈沈黙〉の詩学を支える役割を果たすという意味である。そのようにしてコインシデンスは第八章で見た〈沈黙〉の詩学の一部をなす。本章ではコインシデンス（意味を帯びた偶然の一致）がコインシデンス（単なる偶然の一致）となっていくときに起こっていることを確認することで、さらに〈沈黙〉の詩学が志向するものを探る。

コインシデンスの三つのレヴェル

まず押さえておかなくてはならないことは、コインシデンスには意味の生成という観点から見たとき三つのレヴェルがあることである。その三つとは、登場人物のレヴェル、読者のレヴェル、作者のレヴェルとなる。これら三つは、ひとつの作品の中で起こることがらゆえに、当然のことながら相互に結びつくことになる。第一の――といってもその順番に意味があるわけではない――登場人物のレヴェルで起こるコインシデンスというのは、本書第七章で見た例でいえば、ブルームがA・Eや、パーネル、ボイランのことを考えていたときに、考えていた人をたまたま目にしたり、それらの人と遭遇したりするようなものを指す。これらはブルームに起こるコインシデンスであるが、それは当然のことながらこれらを読む読者にとってのコインシデンス――第二のレヴェルのコインシデンス――ともなる。登場人物にとってのコインシデンスは、登場人物に起こるものであるがゆえに、作中で自然発生的に起こったことのように思えるが、それは起こるものであると同時に、作者ジョイスが起こるよう仕組んだもの――第三のレヴェルのコインシデンス――であることを忘れてはならない。

第二の読者のレヴェルで起こるものとしては、たとえばスティーヴンとブルームの二人ともが鍵を持たずに一日の大半を過ごすことを挙げることができるだろう。スティーヴンについては、第一挿話末においてマリガンに言われ、鍵を置いていったため鍵をもたずに過ごすことになる。ブルームについては、ディグナムの葬式があっていつもと違う服を着て、鍵を移しかえるのを忘れたために彼は鍵をもたずに家を出てしまう。こうして『ユリシーズ』に描かれる一日において、二人ともが期せずして同じように鍵をもたず過ごすことになる。鍵をもたない点で共通するという事実は、第十七挿話でスティーヴンを連れて家に戻ったブルームが、家に入ろうにも鍵がないために地下の台所に降りてそこから入る時点で、スティーヴンにはブルームもまた自分と同じように鍵をもっていなかったことを知ることになるという意味においては、スティーヴンにとってのコインシデンスとなりうるが、彼がそこまでこの事実に意味を認めているようには思えない。そこに意味を見出すのは『ユリシーズ』を読む読者である。二人が鍵をもたない共通点があることを知った読者は、鍵が『ユリシーズ』を読むのになにかしらの重要な手掛かりになるのではと考える。このようにして、登場人物には知りえない、『ユリシーズ』で書かれていることがら全体を視野に入れることができる読者であるからこそつながりが見え、結果として像を結ぶコインシデンスは、読者のレヴェルで起こるコインシデンスと呼んでよい。

スティーヴンとブルームの両者が同じように鍵をもたずに家を出たことを知った読者は、鍵をキーワードにしてテクストの中に関連した部分を探し始める。実際にスティーヴンがマリガンに鍵を置いていくよう頼まれる場面を振り返ってみるならば、その直後にスティーヴンが心の中でつぶやく「簒奪者」("Usurper." *U* 1.744) という言葉を見つける。「簒奪」という言葉は、家賃を払っているのはスティーヴンであるがゆえにこの塔は彼の家であると考えている ("It is mine. I paid the rent." *U* 1.631) ことを背景にしている。伝記的には、友人——とはいえその関係にひびが入り始めていた——セント・ジョン・ゴガティーが払っていた事実をねじ曲げ、家を追い出されたことを「簒奪」と呼ぶことは、ジョイスが受けた仕打ち——ゴガティーは転がり込んできたジョイスを追い出すために夜中に銃を乱射した (Ellmann 1972, xv) ——に対する報復があるのだが、ジョイスはこの事件を個人的な恨みを晴らすだけに終わらせない。一市民の家というよりは、国といった、より大きいレヴェルでの権利略奪を意味する「簒奪」という単語をスティーヴン、あるいはジョイスが使うことは、これによりスティーヴンが家を追い出されたことに、国を奪われるようにして追い出されるイメージを付加する。彼がこの日一日さまよい歩く行動は、国の中にいながらも国を追い出された者の流浪《エグザイル》の意味を帯びていく。一方のブルームの方もこの日に妻のモリーを奪いに来る者がいることからすれば、彼もまた家という言葉が指すものの重要な部分を「簒奪」されることになる。こうして家を出たブルームは、単に仕事のために家を出るのではなく、スティーヴンと同じように流浪《エグザイル》の旅と呼ぶにふさわしいもの——ホメロスとの照応関係からではなくとも——に出ることになる。そのエグザイルのイメージは、アイルランドで生まれたアイルランド国民であるブルームであるが、ユダヤ人と間違われることから付与されるエグザイル性とつながっていく。このようにして、『ユリシーズ』が、エグザイルの二人が出会う物語、失われた者たちの物語という側面を見せ始めることに気づいた読者は、さらに「失われた」というキーワードをもとに『ユリシーズ』を読み直すことになるだろう。

このように読者のレヴェルのコインシデンスを見てきたところで、このあと論じることになる重要なポイントが出てきているので、一旦まとめておこう。一点目は、読者レヴェルでのコインシデンスといったときの「読者」が、ひとくくりにまとめることのできるものではなくなっている点である。右に見たように、スティーヴンとブルームが鍵をもたず家を出るコインシデンスは読者にとってのコインシデンスとなるのだが、そうは言ってもその読者はすべての読者を意味しない。この場合の読者というのは、『ユリシーズ』に書かれていることを細かいところまですべて覚えており、結果として全体を俯瞰的に見ることができる読者であり、いわゆる「理想的読者」と呼ばれる仮定的なものでしかない。実際には、読者が『ユリシーズ』に書かれていることを覚えている程度は一様ではなく、作品に書かれていることすべてを覚えているような読者は存在しない。それは、第八章で見た〈沈黙〉の詩学が浸透した『ユリシーズ』では、仮定はできても実質的には存在しない。だからといってこれまで見てきたことが無意味であると言っているのではない。「理想的な読者」でなければ右に見たような読みができないのなら、そのような読みがあるとすること自体が間違っているということを言っているのでもない。『ユリシーズ』を読む「読者」には確かに様々なレヴェルの読者がいる。初読の「読者」もいれば、二度、三度と読んでいるヴェテラン読者もいる。『ユリシーズ』はそのような様々なレヴェルの読者を許容するが、どのようなレヴェルの読者でも「理想的読者」へと向かわせる方向性を『ユリシーズ』はもっている、ということを言おうとしている。『ユリシーズ』に施されているそのような仕掛けのひとつがコインシデンスということとなる。

ポイントの二点目は、第一点目の言い換えにすぎないが、コインシデンスを契機として読者は読み直しへと向かう点を挙げておこう。これは右に見たように読者のレヴェルで読みの循環が起こることを指す。このことはきわめて重要な意味をもつが、これについてはのちほど立ち戻って考察する。三点目は、読み直しにより当初のコインシデンスをきっかけとして、読者レヴェルで読み取れるコインシデンスがさらに見つかることとなる。四点目は、『ユリシーズ』が「読者」に「理想的読者」へと向かわせる小説で、読みの循環（読み直し）を促すことは右で述べたとおりだが、その終わりとなる点はおそらくないであろう点である。これは『ユリシーズ』のコインシデンスがすべての「読者」に開かれているのではないということを意味しない。すべての「読者」に開かれているのであるが、その最終地点に至っていると読者に感じさせることはないという意味である。そのひとつの例としてコインシデンスは最終的には作者レヴェルのコインシデンスという次元をもつ点に話を移そう。

先に触れたように、第一挿話末でスティーヴンは「簒奪者」という言葉を心の中でささやくわけだが、その言葉は思いのほか広い連関を呼び込む意図を隠しもっていると見ることができる。読者――「理想的読者」でなくとも――の誰しもがここで感じるのは、鍵を奪われることを「簒奪」と呼ぶことの大げささに対する違和感であろう。しかし「簒奪」と呼ぶにふさわしい次元が――彼をエグザイルにするという先に見た次元とはまた別に――あるとしたらどうだろう。つまり「簒奪」と呼ぶにふさわしい次元があることを示す身振りとしてこの言葉があるとしたらどうだろう。この言葉と併せて読むべきは、朝食後海水浴場へと行く途中でスティーヴンに向かってヘインズ（Haines）が言う、「この塔とここの崖は、なんとなくエルシノアを思い起こさせるんだよな。海へと突き出しているってところが」（*U* 1.566-68）という言葉であろう。この言葉によりマーテロ塔は『ハムレット』の舞台エルシノアにたとえられる。

実際にマーテロ塔を訪問したことのある者ならば、この塔が高台にあるのは確かとしても崖とは言い難い立地にあることを思い出し、この記述に違和感を覚える。その違和感は正しい。ジョイスは第九挿話におけるシェイクスピア論と同じ強引さをもって第一挿話を『ハムレット』に重ねようとしている。それによって『ユリシーズ』冒頭からスティーヴンをハムレットと重ねようとしている。一九〇三年六月二六日に埋葬された（*U* 17.952）母親の喪に服し、[*1]「灰色の服は着ることができない」（*U* 1.120）と主張するスティーヴンの行動は、『ハムレット』第一幕第二場においてみなが喪に服すのをやめてもなお喪服に身をまとい、鬱々とする主人公ハムレットの再現となっている（Gifford 15）。第九挿話のシェイクスピア論の予告となる、「彼［スティーヴン］は代数によってハムレットの孫はシェイクスピアの祖父で、彼自身は自分自身の父の亡霊であることを証明するんだ」（*U* 1.555-57）というマリガンの言葉は、『ユリシーズ』冒頭から明示的に示される『ハムレット』との照応関係の中で意味をもつ。スティーヴンがこの日かぶっている帽子が第一挿話では「ラティン・クォーター・ハット」（*U* 1.519）と呼ばれているのに、第三挿話になると「ハムレット・ハット」（*U* 3.390）へと名を変えたとしてももはや驚きはしない。前者がマリガンによる呼称、後者がスティーヴン自らが選んだ呼称であることの意味は存外大きいかもしれない。作者ジョイスというよりスティーヴン自身が彼自身をハムレットに重ねているからだ。

　彼が家賃を払っている住居の鍵を取られたことを指し示す言葉としては、「簒奪」は大げさであるが、ハムレットが城すなわち国を奪われることは、まさに「簒奪」という言葉で表現するにふさわしいものだ。「簒奪者」という言葉は、スティーヴン＝ハムレットという関係に置こうとする作者の意向から要請された言葉である。大げさな言葉をわざと示し、それに違和感を覚えた読者に、描かれていることとは違う次元で起こっていることへと読者を誘う作者のサインとなっているのである。

したがって、これがスティーヴンの言葉であるかは疑う必要がある。一般的には、この言葉はスティーヴンの意識の流れと考えられているが、右に見た広い連関を考えるならば、作者がスティーヴンの意識を装って書き加えた言葉と考える方がよいのであろう。スティーヴンは自身がハムレットを演じていることについて自覚的である部分があるとはいえ、自身が置かれている状況を『ユリシーズ』を飛び越えて一気に『ハムレット』へと接合するだけの力のある「簒奪」という言葉を彼自身が発っせられるかと問うてみるならば、そうは言えない。この言葉はスティーヴンの言葉というよりは、それを装いつつ、スティーヴンにハムレットの役をさせようとしている作者ジョイスの言葉として考える方が妥当であろう。われわれがここで目にしているのは、鍵をもたない二人のコインシデンスが、読者のレヴェルからそれを超えた作者のレヴェルへと移行していく現場である。

スティーヴンの側で鍵が別のコインシデンスと結びついていったとするならば、ブルームの側でも同じことが起こる。彼の場合には彼が手がけている広告と関わる。鍵（key）は彼が更新を考えているアレグザンダー・キーズ（Alexander Keyes）商店の広告のなかに現われる。この運びにはジョイスの作為が透けて見える。なぜなら、アレグザンダー・キーズという人物名は、実際に『トムの人名住所録』（*Thom's Official Directory of the United Kingdom of Great Britain and Ireland*）に見られるものの、ギフォードが指摘するように、彼はこの商店の主ではない（128-29）。つまりジョイスは事実に反して彼の名前を用いている。それは彼が何らかの意図があって変更を加えたことをうかがわせる。その意図とは、名前に含まれる「鍵」（key）を使うことにほかならない。つまり、彼がブルームに思いつかせた広告のコピーとデザインを引き出すためである。鍵を持たないブルームが鍵を名前の中にもつキーズの案件を考えるおかしみを読者に感じさせつつ、ブルームは、マン島の議会が「ハウス・オブ・キーズ」（House of Keys）

と呼ばれることを利用して、キーズ商店を「キーズ（鍵の）店」（HOUSE OF KEY(E)S）（*U* 7.141）として売り込もうとする。「ハウス・オブ・キーズ」の「キーズ」（Keys）は語源的には鍵の意味ではなく、「選ばれた」あるいは「二十四という議会の構成員数」を表わすものだという。[*2] それをブルームは鍵の意味に置き換えて使うアプロープリエイションを行なっている。自治権をもち、その結果として議会をもつマン島の議会名を、商店を表わす名前に用いることは、連合法以来自治権を奪われ、議会を取り戻そうと闘争を続けてきたアイルランドに住む、商店主および新聞読者からすれば、歓迎される響きをもつ。そのように読むならば、ブルームが鍵をもたない家は、議会をもたない、つまりは「簒奪」されたアイルランドと重なる契機を持ってくるのだろう。「簒奪」された国とは、イェイツの劇『キャスリーン・ニ・フーリハン』（*Cathleen ni Houlihan*）に登場する老婆が言うように、「よそ者」が入り込む国である。であるとすれば、ブルームの家にボイランという「よそ者」がこの日に入り込むのも自然な成り行きと言ってよい。ブルームがもたない鍵は、このような政治的含意をもつだけではない。宗教的な含意をももつ。というのも、彼がこの広告に用いようとする二本の鍵を交差させた図案（*U* 7.142）は、「私はあなたに天の国の鍵を授ける」（マタイによる福音書十六章十九節）を図像化した「聖ペテロの鍵」、別名「天国の鍵」と呼ばれる図そのものとなるからである。その図案を求めて図書館を訪れるブルームは、彼同様鍵をもたず、家を出てきたスティーヴンとすれ違う。二人がもたない二本の鍵は、ブルームが考える広告のデザインの二本の鍵となって、交差する。

意味の誕生と消失のドラマ

前節ではコインシデンスを三つのレヴェルにわけて考察した。まとめておくならば以下のようになろう。登場人物のレヴェルで起こるコインシデンスは、登場人物がコインシデンスと理解しているように作者が書いているのを読者が読んでいる。その意味で登場人物のレヴェル、コインシデンスと読者のレヴェルのコインシデンス、作者のレヴェルのコインシデンスが重なりを見せている。読者のレヴェルのコインシデンスになると、登場人物は気づいていないが、読者にはわかるように作者が書いている。いわゆるドラマティック・アイロニーを構成するこのようなコインシデンスの場合には、読者と作者がコインシデンスを共有している。しかし作者のレヴェルのコインシデンスとなると、読者であっても読み解くのがなかなか難しい。

　このような考察をしたのは、コインシデンスを分類するためではない。文字通り分ける意味をもつ分類は、分けたものを個別のカテゴリーに押し込めて独立させ、そのカテゴリー自体が意味をもつかのような錯覚を与える弊害をもち、そのことからさらなる細分化を引き起こす弊害をもつ。それでもコインシデンスについてここで分類をしたのは、三つのレヴェルが有機的に関連しつつ、意味の誕生と消失のドラマを『ユリシーズ』という作品の中に生み出していくのを見るためである。意味のないように見えるものに意味があることを示すコインシデンスは〈沈黙〉の詩学の浸透した『ユリシーズ』というテクストにおいて重要な働きを示す。この場合の意味とは、物事が単独に持つ意味のことではない。作品の中で持つ文学的な意味のことをいう。たとえば、プラムトゥリーの瓶詰肉は商品としてそれ自体の意味を持つが、『ユリシーズ』という作品を読むわれわれにとって重要なのはそれがほかの何か——とりわけこの日に起こる姦通——と結びつくことによって出てくる意味である。コインシデンスはその二つを結ぶ役割を果たす点で意味をもつことは、第七章で見てきた通りだが、逆の言い方をすると、コインシデンスという技法は、意味のないものが作中にあることを許す技法ということになる。というよりは、コインシデンスはその定義からして、意味のないものが作中に散りばめられていることを前提としている。作中に散りばめられた意味のないものは、『ユリシーズ』という作品において意味を見えにくくする。コインシデンスが〈沈黙〉の詩学を支える技法であると言ったのはその意味においてのことである。

ここで一旦コインシデンスによって生じる意味がどのような性質のものであるかについて確認してみよう。本書第七章で見てきたプラムトゥリー社の瓶詰肉についていえば、それが思いがけない重要な意味――ブルームの生活を揺るがす妻モリーの不倫――を帯びるときにコインシデンスが生じていた。ただし、本章第七章で見たようにあくまでも意味を帯びるのであって、ある「事実」を指し示すものではない点は再度確認が必要なことである。重要な意味を持つことになる瓶詰肉であるが、これは日常生活のどこにでもある、つまらないもののひとつと言ってよいであろう。つまり、この意味を「表わす」ものとしてこれでなくてはならないといった必然性はない。瓶詰肉と姦通は本来的に無関係で、ジョイスが示した結びつきは恣意的なものでしかない。恣意的ということでいえば、言語学者フェルディナン・ド・ソシュール（Ferdinand de Saussure）の、言葉とそれが指すものとの間の関係は恣意的であって、それでなくてはならない性質にないとの指摘にかなうもので、それに照らして言えばジョイスは恣意的な言葉とそれが指し示すものとの関係、しかも特定の作品の中でしか通用しない一時的なものができる現場を見せているという言い方をしてもよいのかもしれない。瓶詰肉（potted meat）を用いているのは、"to pot one's meat"に「性交する」という意味があるからというギフォードの指摘もあるが（1988, 87）、R・W・デント（R. W. Dent）が言うように、ギフォードの註には典拠が示されておらず（48）、十分な根拠があるとは言えないとするならば、瓶詰肉と姦通の間の関係は基本的に恣意的であるといってよいのだろう。

意味を指し示す媒体（瓶詰肉）とそれが指し示す意味（姦通）との間には本質的な関係がないとすると、両者の間にあるのは計り知れない距離の遠さである。それでも瓶詰肉が姦通と恣意的な結びつきを得るのは、これまた偶然の一致による——を利用した——恣意的な関係づけである。ブルームはたまたま瓶詰肉の広告を見る。最終的にブルームは家の台所に消費された瓶詰肉の瓶があるのを見る（と描かれる）。さらにその肉片（と思しきもの）がベッドにあることから、この日にボイランがモリーのもとを訪れてくることを知っていたブルームは、この日一日中疑っていた姦通がいよいよ起こったのであろうことを推測する。しかしそれは事実を指し示すというよりは、そのように読者に読ませることによって事実であるかのように見せかけるものである。第十挿話にボイランが瓶詰肉をモリーに送り届けるところが書かれていたことを読んだ読者は、ブルームがボイランの来訪——しかもモリーとの関係を深めようとする意図をもつとブルームが感知していた——と家に思いがけずあった瓶詰肉の瓶とを結びつけて、彼が危惧していた姦通があったと推測するように、ボイランが送った瓶詰肉がブルームの家にあったのだからボイランとモリーの間に関係ができたと推測をする。ブルームの推測は読者の推測を強化する役割を果たすと同時に、読者の推測がブルームの推測を強化する。つまりブルームの推測にすぎないことを、読者が特権的に得られる情報から確かと感じ、ブルームの推測を推測以上に正しいものと読む。先に見た分類でいえば、登場人物のレヴェルのコインシデンスと読者のレヴェルのコインシデンスが相互に補いつつ、強め合う仕掛けになっている。繰り返し強調するが、ただしこれは事実を指し示さない。第十八挿話で確かにモリーがボイランと交渉をもったことはわかるわけだが、第十七挿話までの段階では第十八挿話で明らかになる「事実」に近づいただけで、コインシデンス自体は「事実」にまで到達はしていないし、原理的に到達しえない。

この過程で重要と思えることは三点ある。ひとつはコインシデンスが時間の中で意味を帯びること、第二は「レトロスペクティヴ・アレンジメント」（retrospective arrangement）と関わること、第三は終わりなき循環性の中に置かれることである。順に見ていくことにしよう。

前から読む『ユリシーズ』、後ろから読む『ユリシーズ』

コインシデンスは最初からコインシデンスとして存在するのではない。コインシデンスがコインシデンスとなるためには時間の経過を必要とする。コインシデンスというものの性質上、どのようなものであれ、単体でコインシデンスとなることはない。ほかのなにかと関係づけられることでコインシデンスとして機能していく。これまで見てきたプラムトゥリーの瓶詰肉の広告にしても、ブルームがこの広告を目にしたときにはコインシデンスとはなっていない。本書第七章で確認したように、そこにかすかな示唆が加えられることにより、（サンドウィッチマンの）広告、ボイランと連鎖ができ、第十挿話でそのボイランがモリーのところに送ったと描かれる瓶詰肉の空き容器を第十七挿話でブルームが目にし――あるいはそのように読むように描かれる――、さらにベッドの中にその肉片と思しきものをブルームが見つける――あるいはそのように読むように描かれる――ときにはじめてプラムトゥリーの瓶詰肉はコインシデンスとして成立する。ここで先に見たコインシデンスのレヴェルを確認するならば、ブルームにとってこの広告がコインシデンスとなるとすれば、第十七挿話で空き容器を目にし、さらに瓶詰肉の肉片と思われるものに気づくことで、このプラムトゥリーの瓶詰肉は彼にとってのコインシデンスとなる。作中人物のブルームよりは作品内で起こることを多く目にし、知ることのできる立場にいる読者の場合には、ブルームよりは明確にコインシデンスと認識する。第十七挿話において台所の棚にあるもののの描写の中に瓶詰肉の容器があることは描かれるものの、それが実際にブルームが見たのものなのかは実は曖昧なところがある。ベッドの中に異物があることに気づくブルームが描かれるが、ブルームがそれを本当に「肉片」――しかもプラムトゥリーの瓶詰肉の肉片――と認識したかは判断しにくい書き方がされているが、読者のレヴェルで作られたコインシデンスは、その曖昧さを払拭し、ブルームはコインシデンスに至ったという読みを生むことになる。

スローアウェイ（競走馬）のコインシデンスにしても同じである。第五挿話でスウィーニーの店から出てきたところでブルームはバンタム・ライオンズ（Bantam Lyons）と出くわす。ブルームが丸めて脇に挟んでいた新聞に目を止めたライオンズは、この日に行なわれるゴールド・カップ競馬に出走する馬のことで確認したいことがあるからとブルームがもっている新聞をちょっと見せてくれと言う。彼とのやりとりを面倒くさく思ったブルームが、「君にあげるよ。……捨《スロー・アウェイ》てるつもりだったから」（*U* 5.531-34 中略は筆者）と言うと、ライオンズはそれを勝ち馬情報と受け取り去っていく。この場面をコインシデンスと見るならば、瞬間的に起こっているように見えるかもしれないが、これはブルームにとってのコインシデンスではなく、ライオンズにとってのコインシデンスである。彼にはブルームに会うまでの時間において勝ち馬について考える時間があり、その時間の経過の中でブルームの言葉を契機としてコインシデンスが起こったものであることを考えるならば、このコインシデンスはやはり時間的経過を必要としている。『ユリシーズ』を読む者にとってより重要なのは、結果的にブルームにとっても「スローアウェイ」を中心にできあがるコインシデンスである。ブルーム自身はこの場面でのちに「スローアウェイ」が意味をもつことになるコインシデンスを準備している。ライオンズは、ブルームが新聞を「捨《スロー・アウェイ》て」ようとした行為と競走馬の名「スローアウェイ」との間の音の類似性を通じて競走馬のヒントと受け取るわけだが、ブルームは両者の音の類似性を通して、「スローアウェイ」を「捨てる《スロー・アウェイ》」行為と関連づけを行なっている。つまり「スローアウェイ」の中にある「捨てる《スロー・アウェイ》」という別の意味の可能性を引き出し、それによってそのような名をつけられた馬の、とても勝ち馬となれないであろうような価値の低さを強調することになる。それは第八挿話でブルームがチラシを受け取るときにも反復される（*U* 8.6）。チラシは英語では「スローアウェイ」（throwaway）というからである。したがって、この馬が予想されていたほかの馬を差しおいて勝利を収めることは、意味のなさを負わされたダークホースが結局のところ勝つ小気味よさを意味することになる。それは、第十二挿話がその例となるように「迫害」され、妻に「間男」とされる意味のなさを負わされた存在であるブルームが、ダークホースとして「勝つ」意味合いをブルームに与え、それは実際第十八挿話の内的独白の中でモリーが彼女の肉体を（一時的に）手に入れたボイランよりも精神的な愛をブルームに捧げるときに、ブルームが「勝利」する、この小説最大のコインシデンスへとつながっていく。

　このように、われわれがコインシデンスと呼ぶものがコインシデンスとして成立するためには時間的な経過が必要となる。しかしその時間の流れは「ひとつの大きなゴールに向かって動く」（*U* 2.380-81; *U* 15.3718）単線的なものとはならず、循環的なものとなる。『ユリシーズ』を初めて読む人の読みを単線的な時間と考えることもできるかもしれないが、それはその初読者を『ユリシーズ』に書いてあることをすべて覚えている理想的な読者と考えたときにおいてのみ起こりうることで、実際には初読においてそれは望めない。「ジョイスは読むことはできない――できるのは再読することだけである」というジョセフ・フランク（Joseph Frank）の言葉（235-36）をここで思い出すのがよい。読者は、初読で得られたバラバラの印象を、再読を――何度か――することで、はじめてつながりあるものと認識する。そのような読者が、われわれが見てきたようなコインシデンスをとらえるそのとらえ方は、そうすると『ユリシーズ』という作品の中で「最終的に」描かれていることに照らしてコインシデンスを認識することになる。たとえばプラムトゥリーの瓶詰肉であれば、第十七挿話でモリーの不倫を示す「動かぬ証拠」として描かれていたことをもとにして第五挿話でブルームが広告を見る場面を読むことになる。このときに起こる興味深い現象は、小説内の時間でいうと未来において明らかになる意味を頭に置きながら、再読をする中で出てきたことの意味を知るということである。コインシデンスがコインシデンスとなるためには、その未来から来る意味を参照しなくてはならないのである。

回顧的再構成《レトロスペクティヴ・アレンジメント》とコインシデンス（一）

コインシデンスがコインシデンスとなるためには、未来から来る意味を参照しなくてはならないとすると、「あとの時点から振り返って過去のできごとを再構成・整理すること」という意味合いで使われる「レトロスペクティヴ・アレンジメント」（"a retrospective arrangement," "a retrospective sort of arrangement"）と関わることとなる。これがポイントの第二点となる。

『ユリシーズ』中で繰り返し使われる（*U* 6.150; 10.783; 11.798; 14.1044; 15.442-43; 16.1401; 17.1906-07）この言葉が、実際にテクストで使われている現場を見てみよう。第十七挿話でブルームの父親についての記憶を問う質問に対する答えに、「ルドルフ・ブルーム（故人）は息子レオポルド・ブルーム（六歳）にダブリン、ロンドン、フィレンツェ、ミラノ、ウィーン、ブダペスト、ソンバトヘイへの移住と定住を回顧的再構成《レトロスペクティヴ・アレンジメント》して語った」（*U* 17.1906-08）という文章が提示される。父親が経験してきた移住の歴史は詳しく語ろうとすればかなり長いものになったであろう。彼が移り住んだ場所の数の多さが示すのは、ユダヤ系の一家が安心して住むことのできる地を見出せなかった事実――反ユダヤ主義――であろう。それは各地において彼がそれなりの苦労をしてきたであろうことを物語る。その意味では、彼の話は世間に対する恨みつらみを含んだ、長い歴史となってもおかしくなかったであろう。しかし、六歳のブルームが父親から聞いた（とここで彼が思い出している）話は、六歳児でも理解できる話へと回顧的再構成《レトロスペクティヴ・アレンジメント》をされていると考えた方がよいのだろう。世間から受けた手ひどい仕打ちの記憶を子供に伝えようとした可能性もなくはないが、もともとソンバトヘイに住んでいた父親（*U* 17.1870）が移住の歴史を自分が移り住んだ順とは逆に、「ダブリン、ロンドン、フィレンツェ、ミラノ、ウィーン、ブダペスト、ソンバトヘイ」と、この話を聞かせる時点での最終移住地から見ての歴史に組み替えて語る回顧的再構成《レトロスペクティヴ・アレンジメント》は、単に場所の順番を変えたということよりも、彼がその過程で感じていた気持ちの回顧的再構成《レトロスペクティヴ・アレンジメント》を物語っている。

　この移住の歴史が同じ挿話の中で逆の順番で語られることには注意をしておいてよい。そこでは、小林宏直が指摘するように（二〇二二、二七〇―七三）、「ソンバトヘイ、ウィーン、ブダペスト、ミラノ、ロンドン、そしてダブリン」（*U* 17.534-36）と順番が逆になるだけでなく、先に見た父親が語った歴史の中に含まれていたフィレンツェが抜けているからである。この異同がおもしろいのは、どちらかが正しくてどちらかが正しくないという単純な問題と関連してではなく、どちらもが正しい点にある。つまり先にみた父親の語り（と語り手が描くもの）が、実際にあった歴史の回顧的再構成《レトロスペクティヴ・アレンジメント》であったように、ブルームはここで今度は彼（あるいは語り手）が話の状況に応じた回顧的再構成《レトロスペクティヴ・アレンジメント》を経歴に加えているのである。つまり、この異同は、誰にとっての過去であるのかということと、その人の置かれている時間に沿って過去は常にすでに再構成されるものであるという認識の実践であり、それを指し示す指標になっているのである。

このように回顧的再構成《レトロスペクティヴ・アレンジメント》はその言葉が出てくる場所だけで起こっていることではない。むしろ常に起こっている。それはこの日のできごとのまとめが夏目博明によれば三度、その都度読み直しが行なわれているのを見れば明らかである（夏目 二十四 - 五十二）[*3]。第十三挿話までに起こったことをブルームは「長い一日だった。マーサ、沐浴、葬式、キーズの家、女神像のある博物館、デダラスの歌。それからバーニー・キアナンのところにいた犬のように吠えるやつ。仕返しをしてやった。酔っぱらいのごろつきども、神について俺がいったことでやつの顔をしかめさせてやった」（*U* 13.1214-17）と振り返る。ここに書かれていることが起こったことであることは間違いないが、このようなまとめは読者が抱く一日のできごと像と微妙にずれる。第四挿話で書かれていたことがブルームの回想から抜け落ちていることに気づいた読者は、この日一日ブルームを苦しめていた妻モリーとボイランのことがまったく意識に上らないことを不思議に思うはずだ。一方で、第十二挿話で描かれていたことの比重の大きさを目にするならば、ブルームが直近に起こったことの影響を強く受けていることがわかるだろう。ブルームは「長い一日だった」と心の中でつぶやいてこの日に起こったことを思い出していくわけだが、その過程で直近に起こった嫌なできごとを思い出したときに、そのような性質のできごとであるがゆえにそれを大きく取り上げずにはいられなかったことがわかる。一日のできごととはいえ、それを思い出す人、思い出す時点によってその様相は違って見える。したがって、ブルームの一日のまとめと読者が箇条書きにして書き出すそれとが大きく異なるのは当然のことなのである。その差が指し示すのは、小説内の時間の中でブルームが「生きている」のに対して、読者はテクストの時間を超越した時間の中で「生きている」という違いでしかない。

このような過去の再構成はブルームやあるいは『ユリシーズ』に特別なものではなく、われわれが日常的に行なっていることである。日々の生活の中で起こることの意味は、のちに振り返ってみたときにようやくわかる。時間的経過にともなってそのできごとのまわりに文脈ができたときに、意味と呼べるものが浮上してくる。それをわれわれは起こったことの「意味」と呼ぶ。生きるということはそのような意味の確認の反復にほかならず、繰り返しによってわれわれは過去を常に読み直す。その意味において回顧的再構成《レトロスペクティヴ・アレンジメント》は「生」(life)の哲学の実践と呼ぶことができる。「生きる」時間の流れに即して変わっていく意味をくみ取ることは、本書第十章で用いる言葉を予告の意味も込めてここで用いるならば、万物流転を意味する「パンタ・レイ」(panta rhei)の相のもとにものごとを見ていく哲学となる。

回顧的再構成《レトロスペクティヴ・アレンジメント》とコインシデンス(二)——回顧的再構成《レトロスペクティヴ・アレンジメント》の反作用

回顧的再構成《レトロスペクティヴ・アレンジメント》が「生きる」という人間存在の根幹的行ないであるにしても、それによって過去の読み直しが常に起こるとすると、問題が出てくる。その意味合いは、『ユリシーズ』において回顧的再構成《レトロスペクティヴ・アレンジメント》という言葉が最初に使われる場面に示唆されている。

——トム・カーナンが昨晩舌好調《ぜっこうちょう》でね、と彼[マーティン・カニンガム]はいった。それをパディ・レナードが目の前で真似をしたんだ。

——詳しく話してやれよ、マーティン、とパワー氏は熱心に言った。サイモン、ベン・ドラードが歌う「クロッピー・ボーイ」についてやつが話す話しぶりをまあ聞いてくれ。

——舌好調《ぜっこうちょう》さ、とマーティン・カニンガムは大げさにいった。彼が歌うあの素朴なバラッドはね、マーティン、自分がこれまで聞いたすべての中でもっとも切れがいい。
――切れがいいか、とパワー氏は笑いながらいった。それぱっかりだな。それにあの回顧的再構成《レトロスペクティヴ・アレンジメント》。

(*U* 6.142-50)

馬車で墓地へと向かう時間を、一行はおしゃべりをして過ごす。引用した部分では、仲間内であったおもしろかったことを話している。ここでやり玉に挙げるのはトム・カーナン (Tom Kernan) である。ベン・ドラード (Ben Dollard) が歌う「クロッピー・ボーイ」をべた褒めする彼の口調をここではからかいの種にしている。彼が使った言葉をそのまま繰り返すのは、『ダブリナーズ』の「恩寵」において描かれていたように、かつて「ひとかどの人物」であったことに対して彼がもつ自負とその歴史を踏まえて今でも「ひとかどの人物」であろうとする彼の態度を嘲笑うためである。「切れがいい」とここで訳した原語 "trenchant" は、このあと実際に第十一挿話でベン・ドラードの歌を形容するカーナンが使う、時代がかった大げさな言葉となる。

この一節がおもしろいのは、もともとはカーナンのものである――彼が用いた言葉であり、彼の態度を示す言葉である――回顧的再構成《レトロスペクティヴ・アレンジメント》を、ここで馬車に乗る一行がカーナンの振る舞いに対して回顧的再構成《レトロスペクティヴ・アレンジメント》を行なっているところだ。さらにおもしろいのは、この馬車の中で一行が話すのを聞いていたブルームが、今度は彼自身が第十五挿話で回顧的再構成《レトロスペクティヴ・アレンジメント》という言葉を用い、第十七挿話においては、先ほど見たように、彼が回顧する父の回顧を示す言葉としてこの言葉が出てくる点である (Dick 148-49)。何重もの回顧的再構成《レトロスペクティヴ・アレンジメント》が行なわれていく中で、もともと誰の言葉だったのかは次第に確認できなくなっていく。

回顧的再構成《レトロスペクティヴ・アレンジメント》が「生きる」現場において誰しもが行なう本質的な営為であり、その営為をそのまま描くことが「生」(life)の哲学、「パンタ・レイ」の哲学のひとつの表現となるにしても、「生きる」瞬間瞬間に過去を読み直し、意味を書き換えてしまうその行ないは、反作用として歴史というもののあり様に目を向けさせることになる。なぜなら、個人の生がそのような過去の読み直しの連続であるならば、人間の歴史もまた過去の読み直しとなるからである。『ユリシーズ』の場合には、描かれる時間がほぼ一日に限定されているから、時が経つ中で時間の進行とともに過去を読み直す行ないはそれほど目立たないが、それは永遠と続く時の流れの一部でしかない。つまり、過去の歴史の果てしない読み直しと、時間が未来へと向かって動いていくそのたびに、その時点までに過去となっている時間すべての読み直しをすることの一部でしかない。そのような読み直しが行なわれていくとき歴史とは、現在から振り返ってみたときに現われる意味を投影された過去の集積となる。それはあるできごとが過去にあったとして、それが実際過去に起こっていたその時点でのあり様になにかしらの変容を迫るものとなろう。『ユリシーズ』第二挿話でスティーヴンが歴史を教えながら、「もし……であったら」という仮定を差しはさまずにいられないのは、歴史的なできごとが起こった時点からすれば常に未来の時点から読み直される歴史というものに対する懐疑を覚えるからにほかならない。歴史が述べるところの過去をそのままには受け止められないその気持ちの中心にあるのは、歴史が過去のできごとをあったがままに描くものではないこと、歴史が歴史という名において過去に対して振るう暴力と呼んでもよい力の存在を感じているからにほかならない。

その気持ち悪さは、歴史を超越しているはずのものの中に歴史において見られるのと同じ書き換えが見つかったとしたら、単なる気持ち悪さではすまない。蔵書に含まれていることから判断してジョイスが読んでいたと言ってよいであろう本の中にそのような衝撃を与えたであろう本がある。それはダーフィット・フリードリッヒ・シュトラウスの『イエス伝』である。この本については本書第三章で扱っているので、詳しくはそちらを見ていただくことにして、ここでは簡単にこの本の趣旨を説明しておくことにする。彼がタイトルにしている「イエス伝」とはイエスの生涯を綴った書としての福音書を指す。彼が福音書を「イエス伝」と読み替えるのは、英訳のタイトルにある、「批判的精査」を加えるということと関係がある。それはつまり、信仰の書としては見ない姿勢を示す。かつて信じられていたように、聖書が神の言葉を記した書、あるいは神のインスピレーションを受けた者が神に代わって記した書として、書かれていることを書かれているがままに受け止めることはしないということをこれは意味する。つまり、福音書を歴史的に存在したイエスの生を綴った書としてとらえ、それが歴史的に正しいかを、人間的な理性に照らして判断しようとする。理性に照らして受け入れがたい奇蹟、預言はその過程で実際に起こったこととは認めない。たとえば、マタイによる福音書十二章三九節から四〇節にかけて書かれているイエスの言葉、「邪悪で不義の時代はしるしを欲しがるが、預言者ヨナのしるしのほかには、しるしは与えられない。つまり、ヨナが三日三晩、大魚の腹の中にいたように、人の子も三日三晩、大地の中にいることになる」は、イエスがヨナを引き合いに出しながら自身が三日後に復活することを預言した言葉と書かれているが、シュトラウスはそれをイエス自身が口にした言葉とは考えない。彼は、イエスがこの時点でそういうことを言ったのではなくて、マタイによる福音書編者がこの福音書にあとから書き加えたものとする (579-80)。つまり、のちにイエスが復活することを知っている者が、あたかもイエスがそれを預言したように――預言の力を持つ尊い存在である証拠を付与するため、あるいはそういう印象を持たせるために――あとから付け加えた言葉と見る。復活自体が歴史的に本当に起こったことかどうか疑われることからすると、復活の教義化にともなう操作と見ることもできる。このような操作をシュトラウスは「ウァティキニウム・ポスト・エウェントゥム」（*vaticinium post eventum*、事後の預言の意）と呼ぶ。同様にイエスが復活を予告したのも前もってわかっていたということも、イエス死後のでっち上げとする（629-30）。ユダの裏切りの予見も同様と見る。シュトラウスはこれらを、弟子たちのずるい意図によるのではなく、新しいメシアを求める情熱からの書き換えと結論付けるのであるが（582）、聖書において過去の書き換えがあったことを明らかにしたことの意味は、信仰についても、歴史のあり様という観点からしても計り知れないものがある。

　歴史という時間の中で起こることがこのような書き直しであるとするならば、スティーヴンが歴史を「目覚めようとする悪夢」（*U* 2.377; *U*7.678）と呼ぶのもうなずける。それは、歴史上のできごとが時間の進行に応じて――それぞれの時代に応じて――異なった意味へと事後に「書き換えられる」ことに対する恐怖、常に「再構成」（「レトロスペクティヴ・アレンジメント」）されていく過去――かつては現在であった――のあり方に対する反発を指し示す言葉となる。歴史に対して警戒を示すスティーヴンが『ユリシーズ』第九挿話で展開するシェイクスピア論は、そのような歴史というものに対する反発として、歴史（シェイクスピアの伝記、評伝）をシェイクスピアが生きた時間へと差し戻す試みと読める。[＊4]

回顧的再構成《レトロスペクティヴ・アレンジメント》を回避するコインシデンス、あるいはピスガ山から眺め見るコインシデンス

　前の二節では未来から来る意味を参照しなくてはならないコインシデンスと関わりを持つものとして回顧的再構成《レトロスペクティヴ・アレンジメント》とそれがもっと広く歴史と関連したときにもつ意味について考察したわけだが、コインシデンスには回顧的再構成《レトロスペクティヴ・アレンジメント》と重なる危険性をもちつつも、それを回避する仕組みが組み込ま

れている。それがコインシデンスのポイント第三に挙げた循環性である。

循環性という言葉で私が意味しようとしているのは、最終の終着点をもたない終わりのなさのことである。コインシデンスの循環性は三重に起こる。その第一は先に見たコインシデンスの三つのレヴェル――登場人物のレヴェル、読者のレヴェル、作者のレヴェル――でいうと、第二のレヴェル、すなわち読者のレヴェルで起こる。『ユリシーズ』を幸いにも投げ出さずに最後まで読み終えることのできた読者の頭に残るのは、『ユリシーズ』出版当時の批評の中でも指摘されていた「混沌」であろう（Aldington 186-89; Jackson 199; Eliot 268-69; Noyes 274; Fehr 337）。『ユリシーズ』を再読しようと試みる勇気ある読者に与えられる褒美は、「混沌」の中に結びつきが見えてくる喜びである。先にも引用したジョセフ・フランクの「ジョイスは読むことはできない――できるのは再読することだけである」という言葉は、ジグソー・パズルのコマが組み込まれていくと絵が見えてくるように、『ユリシーズ』に散りばめられたバラバラなものが有機的なつながりを見せていったときに絵のように見えてくるものがあることを指す言葉である。コインシデンスもまた、その細部と細部の結びつきができるときに初めてそのような仕掛けであったとわかるものである。二度目の読みで見つけられなかった関連性も、三度目、四度目と読み直すときに見えてくる。『ユリシーズ』という不親切な小説はそのようにして読んでいかなくてはならない小説なのである。つまりこの小説は循環する読みを最初から予定している。コインシデンスもまた再読を前提とした仕掛けなのである。

コインシデンスの循環の第二は、読者のレヴェルと作者のレヴェルの間で起こる。読者は第一、第二のレヴェルにおいて、『ユリシーズ』に仕掛けられた意味生成に関する技法を楽しむことができるが、読者であっても手の届かない作者のレヴェルのコインシデンスがある。そこにまだたどり着けていない読者にとっては、作者のレヴェルに属するコインシデンスは、目の前にあっても意味をなさない。つまり、コインシデンスという意味生成の仕掛けを前にした読者が経験するのは、第一、第二レヴェルにおいて、意味のないと思われたものが意味をもつ現場を目の前で見ることであると同時に、目の前に広がる意味のないものが同様にコインシデンスを媒介として意味をもちそうに見えてそのコインシデンスに手が届かないために意味が見えない現場でもある。コインシデンスとはこのような意味がないものから意味のあるものへ、意味のあるものからその先にあると予定されているように見えてそれがつかめないがために意味のないものへと呑み込まれていく循環のプロセスなのである。

それは次なる意味を探す試みを生み出す。それがコインシデンスの循環の第三である。第一のレヴェル（登場人物のレヴェル）のコインシデンスは、登場人物が感知したような偶然の一致を、読者にも体験させ、読者にほかの部分についても同じようなコインシデンスがないかを探させる読者の読みのプログラミングを行なっている。それに従い読者は、細かいところにまで目を配り、点と点とをつなげ、線を生み出そうとする。ジョイスがあるとき言った「わたしは教授陣が何世紀にもわたってわたしが意味したことについて忙しく議論するように、いくつもの謎《エニグマ》やパズルを入れました。それが唯一［作品の］不朽性を確かにする方法だからです」（Ellmann 1982, 521）という言葉は、ブルームが墓場で見かけて以来気にしているマッキントッシュの男とは誰かとか、ブルームの文通相手のマーサ・クリフォードとは誰かとか、スティーヴンが第二挿話で披露するなぞなぞはどういう意味をもつのかといった個別の謎というよりは、ジョイスが作品に仕込んだ読者に意味を探させるプログラミングのことを指すと考えるべきであろう。それは『フィネガンズ・ウェイク』にも引き継がれていくものだ。同書第一巻第八章はその典型例となる。ジョイスが世界中の川の名前をこの章に書き入れたことを聞き知った研究者は、ジョイスが意図した数をはるかに上回る川の名前をそこに見出した。(*5) 読む者に意味のないと見えるものの中から意味を見出させるジョイスの手法はコインシデンスの中にも生きている。

しかし読者の行なう意味探しには限界がある。それは読者が見出すことのできる以上のコインシデンスをジョイスが仕込んでいるという部分もあるであろうが、そのような言い方はおそらく半分程度しか正しくない。それよりもむしろ、『ユリシーズ』を読むことで意味のないものに意味を見出すプログラムを刷り込まれた読者が、ジョイスが仕掛けた以上の意味を見出そうとすることに起因する。つまり作者の側が意図した以上に読者は意味を見出そうとするが、それでも意味がありそうに見えて意味の見出せないところに必ず突き当たる。このようにして読者はテクストにある以上の意味を探すが、最終的な意味にまでたどり着けない運命を帯びる。スティーヴンが第七挿話で語る、約束の地を遠くピスガ山から眺めることはできてもそこにたどり着けなかったモーセに重ねて、ネルソン塔からダブリンを見渡そうと考え、登り始めるも高さのあまり足がすくみ目的を果たせなかった老女二人の姿を描くパラブル、「ピスガ山から眺めるパレスチナ、あるいはプラムのパラブル」は、『ユリシーズ』の読者、あるいは同作品における意味というもののあり方を表わすパラブルとなる。

ジョイスのテクストがこのような性質を持つものであるとき、テクストは文字で書かれたテクストというレヴェルでは変化はないが、読者の頭の中にできるテクストは、読み直しをするたびに異なった質のものへと変化していく。これはジョイスのテクストに限ったことではなく、あらゆるテクストに言えることではあるが、ジョイスの場合テクストが変質していく度合いが他と比べてけた外れに大きいという特徴を示すことになる。読者に何度も読み直しを要求し、その過程で起こるテクストの変容までをもジョイスが計算していたとすれば、驚くほかかない。

可能態と現実態を併せもつサインとしてのコインシデンス

前節でみたようにコインシデンスがテクストの循環の中で機能する仕掛けであり、それによってまたテクストの循環性を生み出す仕掛けでもあるならば、そのときコインシデンスは三重の時間を内にもつことになる。『ユリシーズ』を初めて読む人にとってコインシデンスとして描かれるできごとは、そのできごとがまさに起こる「現在」において起こる。そのできごとがコインシデンスとしての発現するのはそのできごとが起こる「現在」からすれば「未来」のことである。その時点でコインシデンスとなったできごとは「過去」として振り返られる。コインシデンスがコインシデンスであることを確認する再読においてはそのコインシデンスとなるできごとは、テクスト上では「現在」であるが、「未来」の影を帯び、未来を含んだ「現在」となり、「未来」から見た「現在」となっているという意味では「過去」ともなっている。コインシデンスとして描かれるできごとを再読、あるいは再再読と繰り返し読むとき、そのできごとはできごとが起こる「現在」にありながら、「未来」と「過去」を併せもつことになる。そのとき「未来」から見た「過去」という内なる時間の方向性と、「現在」から見る「未来」という内なる方向性を同時にもつことになる。違う言い方をするならば、ジョイスは自らがテクストに持たせた循環性により、「現在」という時間のなかに「未来」と「過去」とを同時に封じこめることに成功しているということだ。

そのときにジョイスが行なっていることは、スティーヴンがしばしば引き合いに出すアリストテレスの概念にならっていうのならば、現実態を可能態に引き戻すこと、あるいは可能態において語ることと言ってよい。可能態と現実態とは、アリストテレスが万物の運動・変化を説明するために導入した概念で、たとえば机というできあがったものを現実態、材料となる木材を、机という形態を生み出す可能な存在様式という意味で可能態と呼ぶ。あるいは種子は可能態、それからできる木や花は現実態となる。

これは時間軸上で起こるできごとと意味にも当てはめて考えることができる。先に見たようにあるできごとが一定の時間の経過後に――未来において――初めて「意味」を帯びるとすると、そのできごとは、意味という現実態に対して可能態ということになる。ところが、『ユリシーズ』のコインシデンスの場合には、コインシデンスの循環およびテクストの循環という装置により、その現実態は現実態のままにとどまることはできない。現実態としての意味は、ふたたびコインシデンスの起こる「現在」へと引き戻されて、可能態でありながら、現実態でもある姿を見せることになる。

現実態を可能態に引き戻して語ろうとするジョイスの意識は、ディージー校長が「歴史はひとつの偉大なる目的に向って進む」という言葉に対してスティーヴンが見せる反発という形で姿を見せる。彼が「あれが神ですよ」といいつつ校長に対し示す「通りの叫び声」とは、現実態となることのない可能態を意味する。第二挿話で歴史を教えながらスティーヴンの頭をよぎる「それら［歴史上の可能性］は捨ててよいものではない。時がそれらに烙印を押してそれらは枷をはめられてそれらが追い出した無限の可能態の部屋に閉じ込められる。だけど実際に起こらなかったことからして、それらを可能態といえるのか。それとも起こったことだけが唯一の可能態だったのか。紡げ、風の紡ぎ手よ」（*U* 2.48-53）という言葉も同じ意識からの言葉となる。(*6)

このように見るならば、コインシデンスとは、その循環性により現実態を可能態に引き戻す装置と言える。可能態でありながら現実態を、アリストテレスが考えていた以上に重ね合わせて描くジョイスは、コインシデンスという形で、可能態でありながら現実態と重なる、つまりは自然主義的に語りつつ、自然主義の次元では出てこない意味を同時に表わすことができるようになる。そうして彼が読者の前に提示するのは、超自然的な力や存在である証としてのサインを求める人たちが、それを求める気持ちの強さゆえになんでもないところに見出してしまうようなサインに満ちた文学となっていく。それは、そのような顕現にともなう光を内に秘めた文学となる。

第十章　χ《カイ》のユニヴァーサリズム

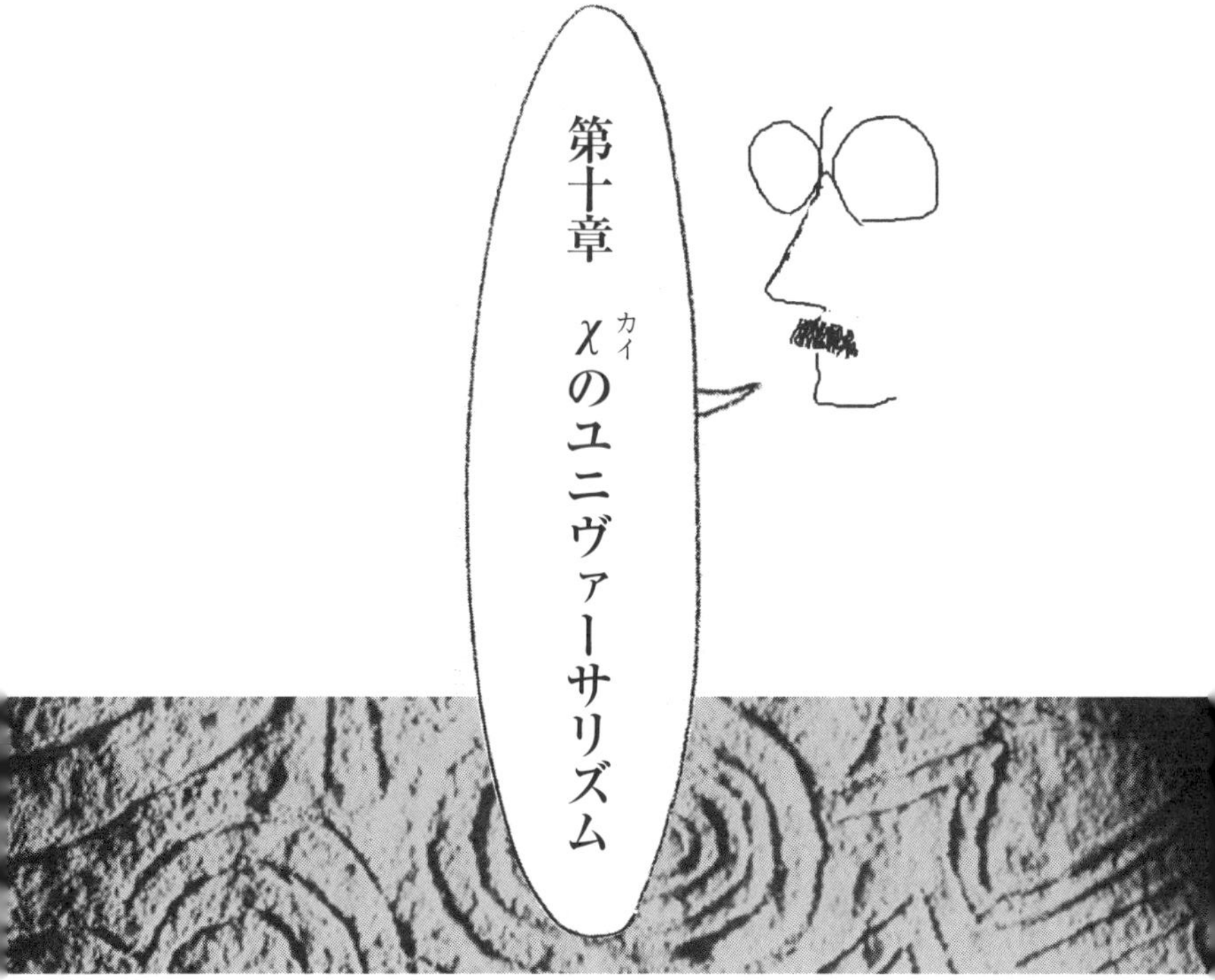

第十章　χ《カイ》のユニヴァーサリズム

『ダブリナーズ』の「恩寵」はタイトルに恩寵を掲げながら、作品世界にそれがないことを示すアイロニカルな短篇である。この物語は、主人公のトム・カーナンがパブの地下でのびて倒れているところから始まる。どうやら酒に酔って階段から落ちた様子であるが、警官に問いただされても友人に聞かれても何があったのか説明をしないその裏には、それとは違う別の物語――一緒にいたことが目撃されている金貸しとその取り立て役の手下が、貸した金を返済しようとしないとどうなるかという見せしめとして彼を背後から突き落とした――があったことがうかがえる（Norris 197）。トイレに近い汚れた地面を舐めるよう命じられているがごとく、顔を下にして横たわる彼は恩寵を失っている。なぜなら「これら二つの品［シルク・ハットとゲートルの］のおかげで、人は一人前として通るのだ」と考える彼の大事なシルク・ハットが、彼から二、三ヤード離れたところに転がっているからである（*D* G.4）。そのことが恩寵とどう関わるかを見るためには原文を見る必要がある。"By grace of these two articles of clothing...a man could always pass muster."（*D* G.123-24 省略は筆者）と表わされるこの文章は、彼の帽子が、一人前と見られるための単なる必需品であるということだけではなく、その品がもつ力こそが彼にとっての grace であることを示している。その grace たる帽子を彼は身から離してしまうことで失っているのである。ここには二重の grace の喪失がある。grace が、作品タイトルにもなっている grace の意味（神の恩寵）を失い、さらにそのgraceの意味を失った——二流の——grace（シルク・ハット）さえも主人公は失っているのである。ジョイスの弟スタニスロースは、「恩寵」にはダンテ・アリギエーリの『神曲』（*The Divine Comedy*）を構成する「地獄篇」（*Inferno*）、「煉獄篇」（*Purgatorio*）、「天国篇」（*Paradiso*）のパターンが使われているとし、「カーナン氏のトイレの階段を転げ落ちたのは、地獄への転落であり、病室は「煉獄篇」であり、彼と友人が説教を聞く教会は最後に到達する天国である」としているが（*MBK* 225; Gifford 1982, ix）この説明が単なる大げさな解釈とはならずに一定の意味をもつとすれば、このgraceの喪失という点においてであろう。キリスト教の中心にある神の愛たる恩寵の概念が、下界において意味の変質を受けているとするならば、それは「神話的なパターン」——のちに「神話的手法」と呼ばれることになる——といってもよい(＊1)、より大きなドラマに重ねて描くだけの意味がある。

graceという語はこの短篇では三回使われるが(＊2)、そのいずれもがタイトルにある「恩寵」の意味を表わすことはない。最初に出てくるgrace（*D* G.123）は、すでに見た装身具が人を一人前に見せてくれる力を意味する。二回目に登場するgrace（*D* G.546）は、他人に好意的に受け止められるフォガティー氏の身のこなしを表わす。最後の「神の恩寵により」というフレーズで使われるgraceは（*D* G. 812）、神父が口にするものであるだけに一見すると本来の「恩寵」の意味で使われるように見えるが、聖書のパラブルの意味するところをいちじるしく取り違え、キリストの言葉を正しく伝えられない(＊3)神父の言葉は——聖職者の資格がここでは問われている——、「恩寵」を志向しつつも、それを表わすだけの力をもちえない。こうして「恩寵」という作品が描く世界においてはgraceはその意味を失っている。「恩寵」と名づけられた短篇はアイロニーを用いてそのことを示した作品と言える。

しかし、これをもって「恩寵」においてはgraceはないと言えるかというと、そうはならない。というのも、この作品にはgraceがあることを思わせる不思議な形象が書き込まれているからである。それは二か所に見られる。一か所目は、カーナン氏とパワー氏の羽振りのよさが時間の経過とともに変化したことを示す一文「[カーナン氏に比べれば]ずっと年下のパワー氏は、ダブリン城の王立アイルランド警察署で雇われていた。彼の社会的上昇曲線は、友人[であるカーナン氏の]凋落曲線と交差していた」(*D* G.136-38）となる。これを図に示せば図1のようになり、そこにはχ《カイ》の形象が現われる。

この十字にクロスする形象をX《エックス》と呼ばず、χ《カイ》と呼んでいるのは、grace（恩寵）を意味するギリシア語カリス（*charis*, Χάρις）という語の冒頭にあるのもまたχ《カイ》であり、そこに神の恩寵の顕われとしての十字架を見ることができるとする(281)、ウーリヒ・シュナイダー(Ulrich Schneider)の論考を念頭に置いてのことである。そのような見方からすれば、この短篇におけるギフト(gift)も重要な意味をもつことになるだろう。神の恩寵は無償のギフトであり、カーナンが茶商として茶の味利きをする才もまた神からのギフトとなる。それなのに、彼は階段から転がり落ちたときに、舌を噛み切ってしまい、せっかくの無償のギフトをないがしろにしてしまう。それは、恩寵への裏切りとなる。先に見た、「恩寵」の世界のgraceのなさは、このように見るならば、深刻な度合いを示すことになるが、graceは、物語世界に住む人たちにはあずかりしらぬところに姿を見せることになる。

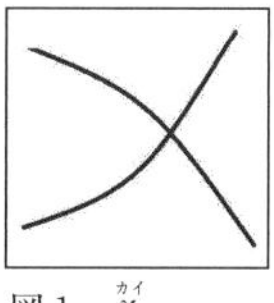
図1 χ《カイ》

このχ《カイ》の形象は、物語の最後に、静修に参加すべく教会へと集まった登場人物五人の座り方において反復を見る（Schneider 281）。

説教壇の近くの席にカニガム氏とカーナン氏は座った。そのうしろの席にマコイ氏がひとりで座った。そして彼のうしろにパワー氏とフォガティー氏が座った。マコイ氏はほかの人と同じ列に席を見つけようとしたのだがうまくいかず、一行が五の目型の形 (quincunx) で席についたとき、彼は何か面白いことを言おうとしてうまくいかなかった。(*D* G.733-39)

五人がたまたま五の目型に座るということはありえることであるが、それを表わすのに“quincunx”という言葉を用いることはたまたまではない。われわれが普段ほとんど目にすることのない言葉を意図的に配置することは、一定の注意を読者に喚起し、それによってこの言葉に込められた意味が単に文字通りの意味だけではないことを示唆する。五の目型に配置された五つの点は注意深く読む読者の頭の中にその形象を描き出すだろう。さらに注意深く読む読者には、それが「彼の社会的上昇曲線は、友人の凋落曲線と交差」するときにできるχ《カイ》の形象と連なることに思い至り、エピファニーを経験することになる。

そうすると、「恩寵」という短篇は、人間世界では「恩寵」は失われているが、それでも世界には恩寵が、人間のあずかり知らぬ形と場所で、示されていることを表現する作品となろう。人間の行ないは愚かで、恩寵には値しないかもしれない。それでも神の恩寵、神の愛は現われる。人間は罪を犯す愚かな存在である。しかし、だからといって恩寵が与えられないのではなく、神の愛は、愚かな人間には見えなくとも、世に降り注がれている。そこにはジョイスの宗教との向き合い方、世界へのまなざし方の重要な一面が現われている。神の愛が、人間の罪いかんにかかわりなく、この世に降り注がれているとするのは、第二章で見たユニヴァーサリズム(万人救済説)よりも、さらに急進的な――ではあるが、キリストの愛をその中心とするキリスト教の本質に戻る――考え方と言える。それをχ《カイ》のユニヴァーサリズムと呼ぶことにする。本章では、このχ《カイ》のユニヴァーサリズムが、『ユリシーズ』においても引き継がれていくのを見ていく。

変化するスティーヴン像

最初に確認しなくてはならないことはスティーヴンの変化である。スティーヴンは、『スティーヴン・ヒアロー』（以下『ヒアロー』と略す）、『若き日の芸術家の肖像』（以下『肖像』と略す）、『ユリシーズ』に登場するが、その中で描かれる彼の姿は作品によって異なる。たとえば『ユリシーズ』におけるスティーヴンは水を嫌うと描かれる。第一挿話で朝食後にマーテロ塔から降りていったところにあるフォーティ・フット海水浴場で泳ぐことを考えているマリガンが(*4)、スティーヴンのことを「不潔な詩人は月に一回体を洗うことにしている」（*U* 1.475）と揶揄しつつ、「今日は月一の体を洗う日かい、キンチ」（*U* 1.473）と尋ねても、スティーヴンは「アイルランド全体が湾流に洗われているから」（*U* 1.476-77）と取り合わない。実際水浴場で「入らないのか」とマリガンに聞かれても「もう行くから」といって彼は去っていく（*U* 1.717, 720）。彼には第二挿話で描かれる仕事があるから水に浸かっている暇などなかったこともあるが、第十七挿話で彼の性格が「水恐怖症で、水に入ることによる部分的接触にせよ冷たい水の中に入ることによる全体的接触を嫌う（彼の最後の風呂は前年の十月に行なわれた）、ガラスやクリスタルの水的物質を嫌い、思想や言語の水的性質を信頼していなかった」（*U* 17.237-40）とまとめられるところを見れば、彼が水を嫌う、あるいは／かつ怖れることが、水浴をしない理由とわかる。

しかし『肖像』のもとになった『ヒアロー』においては、「スティーヴンは夏の大部分をノース・ブルの岩場で過ごした」（*SH* 230）とある。ほかにも「二、三日前ホウス岬まで歩いて泳ぎに行ってきた」（*SH* 222）とあることからすれば、泳ぐことがスティーヴンにとってお金もかからず、気軽にできて、なおかつ楽しめる娯楽であることは間違いない。泳ぐスティーヴンは、彼のモデルであるジョイスの姿でもある（Costello 89; Gorman 64; *MBK* 61）。

ここに見られるように、ジョイスはスティーヴンの人物造形を『ヒアロー』から『ユリシーズ』に至る過程で大きく変更している。しかも単に遊泳を好む——ことからすれば、水を愛する気持ちをもつかどうかはわからないにせよ、少なくとも水を嫌ったり、怖れる気持ちを持たない——性格から水を嫌う性質へと変えただけではない。右で触れた「水に入ることによる部分的接触にせよ冷たい水の中に入ることによる全体的接触を嫌う」「水恐怖症」とする性格描写には、「ガラスやクリスタルの水的物質を嫌い、思想や言語の水的性質を信頼していなかった」（*U* 17.237-40）という文言が付け加えられているのである。つまり、ジョイスは『ヒアロー』から『ユリシーズ』の間に、スティーヴンを泳ぐのが好きな人物からそれを嫌う真逆の性格へと変更しただけでなく、その嫌悪の対象を「水の性質」一般にまで広げているのである。このような大きな変更は、当然のことながら、作者ジョイスの単なるうっかりではなく、意図的なものである。[＊5]『ヒアロー』から『ユリシーズ』の間にそのような変更を加えたのは、作品として両者の間に位置する『肖像』の主題から変更を求められたためである。

今さら説明をするまでもないことだが、『肖像』はダイダロス神話を背景に置いている。しかし『肖像』は、芸術家になろうとするスティーヴンを芸術家の原型たるダイダロスになぞらえるだけの物語ではない。スティーヴンにはダイダロスとその息子イカロス——父の発明した翼をつけて空を舞うが、太陽に近づきすぎると熱で翼の蝋が溶けてしまうから高く飛んではならないとの父のいいつけを破ったために、海に落ちて死んでしまう——の両方の人格が書き込まれている。その枠組みは、飛翔のモチーフと水に落ちて溺れるモチーフとなって現われることになる。[＊6]前者については、鳥の名を持つ登場人物、鳥占いで見る鳥の飛翔、バード・ガールなどがすぐに思い浮かぶ。後者については、ノース・ブルで海に飛び込んで遊ぶ学友たちに遭遇する場面に描かれている。実にジョイスらしい書き方がされている部分なので引用をして、原文を見ていく。

——やあ、ステファノス！

——デダラスのお出ましだ！

……

——来いよ、デダラス！ボウス・ステパノウメノス！　ボウス・ステパノウメノス！

——沈めちまえ！　息の根を止めちまえ、タウザー！

——助けてくれ！　助けてくれ！　……おお！（P 4.734-42 省略は筆者）

スティーヴンがやってきたのを目にして加わるよう誘う声と、仲間を若者らしい悪ふざけで海に沈めろと命じる声と、そうされた者の反応を描くだけの文章であるが、ここには二つの仕掛けがある。ひとつは、「沈めちまえ！　息の根を止めちまえ」という その対象となっている人物が、誰のことを指すかわからない書き方をしている点である。そのあとを読めば、その対象が、海に浸けられ「助けてくれ！」と叫んでいる人物であることが文脈からわかるが、原文で"him"とだけ書かれたこの文は、たとえ一瞬であっても、その指示対象を曖昧にし、それによってあたかもスティーヴンを沈めろといっているかのような錯覚を覚えさせる。対象がスティーヴンでないとわかっても、この曖昧な書き方によって浮上してきた溺れるイメージは、読者の頭に残る。そのイメージは、スティーヴンと海に入って遊ぶ学友がかわす挨拶を描いていたはずの文脈によって、さらに強化される。というのも、アイルランド人らしからぬ名前をもつスティーヴンの名を茶化して「ボウス・ステパノウメノス」と呼ぶことは[*7]、「犠牲の花冠をもつ牡牛」を喚起し、犠牲に捧げられるスティーヴンをイメージさせるからである（Gifford 1982, 220）。これが仕掛けその二となる。

　それだけでは終わらない。自分の名前をからかいの種にされるのには慣れているスティーヴンであるが、いつもと違うのは自身の名前に預言を聞き取るところである。自らの名前に伝説の工匠ダイダロスの存在を感じ取ったスティーヴンは、鷹のように波の上を飛ぶ彼の姿を幻視し、そこにこそ彼の存在の目的があると感じる。彼は芸術家となるべき召命（コーリング）を受けたことに恍惚を覚え、自身が太陽に向かって飛ぶ姿を想像する（*P* 4.766-90）。その飛翔のエクスタシーに包まれる彼を現実に引き戻すのは学友たちの叫び声である。そこには再び「おお、止めろよ、溺れちまうじゃないか！」（*P* 4.792）という不吉な言葉が書き込まれることになる。このときスティーヴンにはダイダロスとなって羽ばたく未来とイカロスとなって海に溺れる二つの未来が同時に書き込まれることになる。興味深いことに、スティーヴンは前者を意識しているが、後者については意識していない。後者はこのような書き込みによって読者にのみ伝えられる。同じことが『肖像』の最後においていよいよアイルランドを飛び立つスティーヴンに起こる。「古《いにしえ》の父」と「古《いにしえ》の工匠」に呼びかけながら加護を求めるその姿には、ダイダロスへの呼びかけだけでなく、磔刑に処せられていよいよ死が訪れるときに父へと呼びかけをするイエスの姿（ルカによる福音書二三章四六節）が透けて見える。『肖像』はスティーヴンの飛翔を華々しく描くように見えて、実はイカロスの運命を背負ったスティーヴンを重ねて描く。

　そのかすかな予言の方が正しかったことは『ユリシーズ』冒頭で示される。パリに向けて飛び立ったはずのスティーヴンは、ダブリンでくすぶっている。彼の飛翔は失敗に終わった。彼を水中へと引きずり込もうとする力は存外に大きい。しかしこれは『ユリシーズ』になってわかることなのではなく、実は『肖像』の書き出しから書かれていることである。というのも、『肖像』第一章で「四角だまり」と呼ばれる汚水だめに突き落とされた経験は、スティーヴンの失墜の原風景となっており、スティーヴンの失墜はすでに起こっているのである。あるいは、すでに運命づけられている。スティーヴンにとってトラウマのように残るこの経験でおもしろいのは、その失墜を引き起こしたのがウェルズという人物であることである。というのも、『肖像』では書かれていないが、『ヒアロー』では彼は聖職者を目指す人物と描かれている。つまり、『肖像』においてスティーヴンが飛翔によって逃れようとした教会の力が、失墜の原風景においても働いていると言えるからである。

この原風景にはさらなる原風景がある。それはおねしょの場面である。「おねしょをしてベッドをぬらすとさいしょあたたかくてそのあとつめたくなる」(*P* 1.13) という一文には、のちに汚水に落ちるスティーヴンがすでに書き込まれている(南谷 四二)。ここで重要だと思われるのは、彼が幼児の段階でその中に「落ちている」水が彼自身の中から出たものである点である。つまり、ここにイカロスの失墜の原風景があるとすると、その失墜は自身によってもたらされることを意味する。もうひとつ見逃してはならないことは、彼がおねしょについて不思議さを感じ、その経験によって社会的・文化的分節化を経験している点である。「さいしょあたたかくてそのあとつめたくなる」と感じるおねしょのシーンを描く意味は、南谷が論じているように、おねしょという社会的・文化的に忌避されてきたものに、ジョイスが表現を与えた点にももちろんあるが(三八－四二)、それだけではない。「さいしょあたたかくてそのあとつめたくなる」という感覚は、もとが同じものであるはずなのに、温かい／冷たいという対極にあるものへと性質を変えることの不思議——負の実体変化と呼んでもよい——を描いている。ここで

『肖像』のもとになったエッセイ「芸術家の肖像」に書き込まれているテーゼ、「堕落するものは善」を思い出すのがよいだろう。堕落するものは善であったからこそ堕落できるのであり、そうでなかったら堕落はできないことを意味するアウグスティヌスの言葉（Augustine 375）を引くのは、人間の堕落だけでなく、人間の内部にあるものが外に出た途端に社会的に忌避されることになる不思議を告発する企図が、『肖像』の構想の段階ですでにあったことを示す。それは『肖像』第三章でスティーヴンが怯える罪についても同じことが言える。(*8)

体から漏れたおしっこが、最初は温かいのは自身の体温と同じであることの確認であり、それはもとをただせば自身の体の中にあった自身の体の一部であったことの確認といってよい。それが冷たくなったとき、自身の一部であったはずの尿が、そうではない別ものとなる。自身の一部であった「あたたかい」尿は、自身の一部ではなくなったしるしとして「つめたい」という性格を帯び、自身の体の一部であったはずのものが「おねしょ」という別ものになる。その不思議さを感じ取っていることを描く一節である。容易に想像がつくように、幼いスティーヴンの側からすればきわめて「自然」なことのなりゆきだが、家族や社会からすればそれは「おねしょ」でしかない。したがって「つめたく」なった尿を感じることは、家族や社会からすれば「おねしょ」という名前で呼ばれる、忌避すべきものになることであり、そのような認識がスティーヴンの中に書き込まれる瞬間でもある。スティーヴンが感じ取った――もちろんジョイスが再構成して描いているのだが――「あたたかい」／「つめたい」という感覚は、ひとつの社会的規範がスティーヴンに書き込まれた感覚でもある。スティーヴンの母がオイルシート（今でいうおねしょシーツ）を敷いてくれるとき、母がスティーヴン同様、漏らしてしまった尿も体内にある尿と同じであるという受け止め方をしていたとは考えにくい。社会全般の慣行にならって、彼女が子供を叱るということがあったかもしれない。(＊9) そこまでいかなかったとしても、迷惑に思う気持ちを、わずかとはいえ、口にしてしまう母の姿を想像することは容易であろう。彼が「それはへんなにおいがする」（P 1.14）と描くのは、オイルシートの匂いそのもののほかに、もとは同じものなのにあたたかいものからつめたいものへと変わり、それと同時に自分の体の一部であったものが外に出たとたんに社会的に忌避されるものへと変質する不思議を投影して表わす言葉となろう。「へんな」（"queer"）という言葉は、おねしょという現象に対する社会の受け止め方に対しスティーヴンが幼いながら覚えている違和感を表わしている。それはスティーヴンの最初期の社会的抵抗と言うことができる。母親が敷いてくれたオイルシートの匂いを「へん」とするこの一文は、そのことを描く立派なエピファニーとなっている。

水を嫌うスティーヴンと水を愛する者の交差が生み出すχ《カイ》

『ヒアロー』で水を好んだスティーヴンを、『肖像』においてダイダロス／イカロス神話を背景に置きながら水中へと落ちる運命を書き込む変更は、『ユリシーズ』での展開をも見据えたものである。『ユリシーズ』冒頭においてマーテロ塔でくずぶっているスティーヴンは、パリに向けて飛び立ったはずが失墜したスティーヴンである。『肖像』、とりわけ第五章で描かれるスティーヴンであれば、高邁な理想を振りかざし相手にもしなかったであろうマリガンやヘインズと、どのような事情があるにせよ、つきあい、それどころか彼らに従ったり懐柔されたりする姿勢を見せるのは、彼がいかに精神的に失墜しているかを物語っている。彼にできることは、『肖像』のときのように相手をやりこめたり、そもそも相手にしない態度で臨むことではなく、せいぜい内的独白で毒づく程度のことだ。

それが『ユリシーズ』の基調となるのだが、スティーヴンの失墜はそれだけでは終わらない。水に落ちる定めを負った彼は、さらなる水との邂逅を経験する。それは水を愛する男ブルームとの出会いという形を取る。『ユリシーズ』の中心にあるのは、今さら言うまでもなく、スティーヴンとブルームの出会いであるが、この出会いは水を嫌うスティーヴンとそれとは対照的に水を愛するブルームとの出会いである（McNelly 46-47）。前もって今後の論の展開をここで記しておくならば、この二人の出会いは交差を生み、そこにχ《カイ》の形象が書き込まれることとなる。

ブルームは第十七挿話で「水を愛する者」（"waterlover"）（*U* 17.183）と形容され、その後五十行にわたって、水の普遍性から始まり、地球上で水が占める面積の広さ、波の一定を保たない性質、海溝の深さ、色が状況によって変わる性質等々の、彼が称賛してやまない水の性質の列挙がつづく（*U* 17.185-238）。相矛盾する性質までをも含むこの列挙は、ひとつにはブルーム自身の水のような柔軟性、変幻自在性を表わす。もうひとつには、彼がありとあらゆるものに水の性質を見ることを示す。

こうして水を愛するブルームの性格は性格では終わらない。彼は水を基準にしてものごとをとらえる。それが一番よく表われているのは、「生の流れ」（"stream of life"）という彼がよく使う言葉であろう。第五挿話末で「いつだって変わっていく。生という流れ。われわれが生という流れのなかでたどるものはなによーりも愛おしく」（"Always passing, the stream of life, which in the stream of life we trace is dearer thaan them all."）（*U* 5.563-64）と考えるときにブルームが頭に置いているのは、いい天気のことである。第八挿話で「いつだって流れとなって流れていって、同じままでいることは決してない。それを生の流れの中でわれわれはたどる。だって生は流れだから」（"It's always flowing in a stream, never the same, which in the stream of life we trace. Because life is a stream."）（*U* 8.94-95）と同じ「生の流れ」という言葉を使いながら考えているのは、川の水のことである。同じく第八挿話で「生の流れ」（*U* 8.176）という言葉を冒頭に出しながらブルームが考えるのは自身のたどってきた人生である。そのまま読めば人生訓のように読めるこれら三つの引用が、実は指すものを異ならせているのに、「生の流れ」という同じ言葉でまとめられることは、これがブルームのものごとの見方の基準になっていることを示す。

いかにこの人生哲学の磁力が強力であるかは、第五挿話で「生の流れ」という言葉を使うときに彼が「生という流れのなかでたどるものはなによーりも」と妙な節回しをつけているところからもうかがえる。これは彼が歌を思いだしながらこのような思考をしている、というよりは頭の中で歌っているから起こっていることである。ギフォードの註が示すように（1988, 100）、彼はオペラ『マリターナ』（*Maritana*）中の歌を思い出しているのであるが、ここで注意すべきは、もとの歌では “The *sands of life* may pass” と砂のように流れる生となっているのを（Fitzball 18 強調は筆者）、ブルームが “stream of life” に変えている点である。ギフォードはそれを指摘し忘れている。この変更は彼の「生の流れ」の人生哲学がもたらす力の強さを示す。

「生の流れ」の哲学は実はブルームの中に二重に書き込まれている。そのいずれもが彼の名前と関わる。ひとつには彼の名は「生の流れ」のごとく変化している。第四挿話で「ブルーム氏」と紹介された彼の行動・思考を追う読者は、[*10] 第五挿話で彼がヘンリー・フラワー名でとある女性と文通をしていることを知る。そしてさらには彼がハンガリー系ユダヤ人の家系で、もとの名がヴィラーグ（Virag）であったことを知ることになる。もうひとつには、ブルームの名はいずれも「花」と関連する。ブルーム自体が普通名詞では花を意味するのにくわえ、彼が文通に用いる「ヘンリー・フラワー」は花そのものである。さらには彼の家——ハンガリー系ユダヤ人の家系——のもともとの姓ヴィラーグもまた花を意味する。この花 flower は当然のことながら一語としてまとまったものであるが、そこに「流れ」を意味する flow が入っていることは偶然ではないのだろう。つまり、彼の名前の変遷自体が「生の流れ」を表わしているわけだが、花がその中心に変わることなく存在していることは、その「生の流れ」を意味する言葉として花 flower があることを示唆している。つまり、花 flower は flow と -er の二語から成る語と見ることができる。

flow はブルームの「生の流れ」の哲学の中心にある言葉である。「いつだって流れとなって流れていって、同じままでいることは決してない。生の流れの中でわれわれはたどる。だって生は流れだから」(*U* 8.94-95) とブルームが考えるときの原文は、"It's always flowing in a stream, never the same, which in the stream of life we trace. Because life is a stream." となっていて、川のように流れる (flow) 性質を基点として変化が必然であるとの敷衍を行なう。このときブルームは意識せずとも——作者ジョイスはもちろん意識していたであろうが——「あらゆるものは流れ、とどまるものはない。あらゆるものが往き過ぎ、なにものも固定されない。同じ川に二度足を踏み入れることはできない。なぜならほかの水がいつも流れていくからだ」(Wheelwright 29) というヘラクレイトス (Heraclitus) の断片二〇 - 二一と驚くほどの近似性を示しつつ、「パンタ・レイ」(panta rhei 万物流転) の思想を述べている。循環論法的な言い方になってしまうが、その彼が事物を見るとき、当然のことながら万物は流転して見えるはずだ。違う言い方をすれば、彼の万物流転のまなざしによって、万物は流転する。そのとき彼は、単に流転する万物を見る存在であるだけでなく、万物を流れに置く (flow) 者 (-er) となる。彼の名がしつこいほどに花を意味するのは、万物を流転の相のもとに見る彼の本質を示す。

花 flower と流れ・流れる/流す flow を結びつけるヒントはテクストの中にも隠されてれる。第十一挿話でマーサからの手紙についていた花について考えるブルームは、マーサが自分を慰めようとしてつけてくれたと考え、そのなにかしらの意味を込めようとした花言葉と考えるが、そのときブルームが用いる表現は“language of flow.”（*U* 11.298）となっている。もちろんこれは第五挿話で思い浮かべた“Language of flowers”（*U* 5.261）という言葉の不完全形であるが、このなにげないテクスト上の誤りには、flower の中に存在する flow に注目させる働きがある。(*11) flower の中に flow が存在する偶然の中には必然が仕込まれている。第十二挿話の語り手（*U* 12.1658）、第十五挿話のブルーム（*U* 15.207）、そして第十八挿話のモリーが言うように（*U* 18.775）、「ふざけて言うことには本当のことがたくさんある」のである。

ブルームが水を愛するのは、生を流れととらえ、それを受け止める彼の「パンタ・レイ」の人生哲学と重なり、それがブルームの花と関連した名前にも表われていることをこれまで見てきたわけだが、それはブルームがモリーを花と呼ぶこととも関わる。「そうよ彼は私を山の花といってくれた」（*U* 18.1576）とモリーが思いだすように、ブルームが彼女のことを花と呼ぶとき、それは単に彼女の中に花の属性を見出し、それを口にしているだけではない。彼女を花と呼ぶことでブルームは彼女を花とする。そこには能動的な行ないがある。「花が大好き世界全体がバラで埋まるといい」（*U* 18.1557-58）と考え、「ジブラルタルで子供の頃わたしは山の花だった」（*U* 18.1602）と自負するモリーの気持ちを読むようにブルームが彼女のことを花と呼ぶことは、彼女の中にある属性や意志をブルームがくみ取って受けとめて、「流す」者、flow・er としてのブルームの行ないでもある。モリーがブルームをほかの男と違うと感じるのは、あるがままを受け止め「流す」者、flow・er たるブルームの資質を感じ取ってのことである。flow・er たるブルームがモリーを flower と呼ぶことは二重に正しい。なぜならモリーは、第十八挿話の流れる文体が示すように、「流れる」「者」、flow・er であるからである。第十八挿話最後を飾る「それから彼はわたしにきいたの、結婚してくれるかい、イエスっていってくれるかいぼくの山の花」（*U* 18.1605-06）というブルームの問いの中に肯定の「イエス」を混じらせ、ついには「イエスわたしはいったわイエス結婚しますイエスって」と答えるモリーは、flowerであると同時にflow・erでもある彼女の、flowerであると同時にflow・erたるブルームに対する肯定である。大文字のイエスとなって『ユリシーズ』を締めくくるその肯定は、flowerであると同時にflow・erたる二人の肯定となる。こうしてそれ以上言うべきことはないことを示すピリオドが最後に置かれることとなる。

こうして、水を嫌うが水に落ちることを運命づけられていたスティーヴンが、『ユリシーズ』において、水を愛する男ブルームと出会い、その交差によりχ《カイ》の形象を『ユリシーズ』に浮かびあがらせる。

アモール・マトリス――主格所有格の「愛」と目的格所有格の「愛」

水を嫌う者スティーヴンと水を愛する者ブルームとが出会うのは、『ヒアロー』のスティーヴンの人物造形を変えたときにすでに始まっていた物語であるとしても、ここで素朴な疑問として浮かび上がるのは、水を嫌う者スティーヴンと水を愛する者ブルームが、単なる邂逅で終わらずになぜ出会うのかであろう。つまり、なぜスティーヴンは、水を基準として見たときに対照的な存在であるブルームを受け入れられるのか。そこに二人の出会いの意味も現われてこよう。この問題を考えるためには、ブルーム同様に水と関わりをもつもうひとつの存在との関係を見る必要がある。それは母となる。

この母との関係も『スティーヴン・ヒアロー』、『肖像』、『ユリシーズ』で大きく変わる点のひとつである。『ヒアロー』でのスティーヴンの母に対する態度は、『肖像』以上に厳しい。沈黙の詩学の章（第八章）でも触れたが、『ヒアロー』のスティーヴンは、教会に取り込まれている母に対する批判をはっきりと表明している。『肖像』では、スティーヴンを描くことに作品の軸足が移っていることもあり、あからさまな批判は影をひそめるが、スティーヴンの、家族も国もすべて捨てて飛び立つ姿勢には、母への反抗が内包されている。その意味においては彼の中の批判は、表現の形を変えただけで依然として存在すると言える。ところが、『ユリシーズ』になると、冒頭から彼は自責の念に苦しんでいる。彼が母を殺したというまわりからの批判は彼の中に深く浸透し、母の死について言われることに彼は過敏になっている。彼が第一挿話でマリガンに食ってかかるのはそのひとつの例である。このような変化が見られるのは、『ヒアロー』と『肖像』が母親の死以前を描くのに対して、『ユリシーズ』はそれ以後を描くことが関係しているとも言えそうだが、『肖像』が書かれたのも（ジョイスの）母の死後であることを考えると、作者ジョイスの態度には変わりないはずだ。とするならば、ジョイスは最初からスティーヴンの失墜を考えていたことになる。母の死を気に病むスティーヴンは、信念をもって飛び立ったはずのスティーヴンが国に戻っていることと同様、彼の失墜を表わす。違う言い方をするならば、母の死、あるいは亡霊として現われる母は、母そのものではなくて、スティーヴンと自らの理想や信念との関係性についての揺らぎを表わしているということだ。したがって母の表象は、亡霊も含め、さまざまな形と意味を取りながら現われることになる。

そのひとつは海とのつながりである。「海はアルジー［スウィンバーン］がいった偉大なるやさしい母だよな。鼻汁の緑色をした海。金玉を縮こませる海。紫色の海へ。……タラッタ！　タラッタ！　海は我々の偉大なる優しき母だ。来て見てみろよ」（*U* 1.77-81 中略は筆者）というマリガンの言葉は『ユリシーズ』冒頭から海を母へと結びつける。それを受けてスティーヴンは「擦り切れた袖越しに彼の横にいる栄養のよく取れた声が偉大なるやさしい母と称えた海を眺め」（*U* 1. 106-07）ることになるが、彼の頭の中ではマリガンが言う海と母の結びつき以上のものができている。というのも、なにげなく書き込まれた「擦り切れた袖」は、「栄養のよく取れた」――『ユリシーズ』書き出しにもある「恰幅の良い」（"plump"）

――マリガンとの経済的格差を示すだけでなく、『肖像』最後に書かれていた、スティーヴンの出立を前に母が用意してくれた中古の服を思い出させるものであるからである。自身の母をその時点で思い出しているスティーヴンであれば、つづけてダブリン湾と水平線がたたえている「鈍い緑色の液体のかたまり」を見て、「白い磁器の碗が母の死の床の横にあった。その中には彼女が大声をあげて呻きながら吐く発作によって腐っていく肝臓からちぎり取った緑色のどろりとした胆汁があった」(*U* 1.107-10)と、彼の自責の念のもとになっている死の床に横たわる母の姿を重ねていたとしても何の不思議もない。

ここで注意をしておいてもよいと思われるのは、マリガンが海を母と結びつけるとき、そしてそれをスティーヴンが引き受けるときに、かすかとはいえ、その母に母国の響きがあることである。マリガンがいう鼻汁色の緑(snotgreen)というのは、緑といっても黄色みがかったくすんだ緑に見える――もちろん光の具合によって見え方は変化する――ダブリン湾の色の表現としては見事なものと言えるが、そこにはアイルランドの国の色の緑が感じられる(Herring 153)[(*12)]。それは彼が――スティーヴンから借りた汚いハンカチを見ていった言葉――「われらアイルランド詩人たちの新しい芸術の色――鼻汁色の緑」(*U* 1.73)とアイルランドという国と結びつけていっていることからもうかがえる。したがって第一挿話から海と結びつけられた母は、アイルランドとも重なる意味合いをもたされている。イカロスのように「失墜」したスティーヴンが『ユリシーズ』第一挿話で母国アイルランドに戻り、母の死に責任を感じているると描かれることはその意味ではまったく不思議はない。先に見たように、スティーヴンが海に入ることを忌避する理由もこれでよくわかるだろう。

このように国や海とも重なった母は、母であって母でない。第十五挿話でスティーヴンが対決を迫られる母が定冠詞つきの"The Mother"であることはそのことをよく示している。母は彼の生物学的な母を超えて「母なるもの」へと変質している。第十五挿話でのやり取りがちぐはぐであるのは、現実とは異なることが起こる夢幻劇に起因するところもあるが、対峙する相手がいろいろな性質を帯びた存在であるからである。緑色の胆汁を口から滴らせる（*U* 15.4189）彼女は生物学的な母を思わせるが、すべての者が通らねばならない死というものがあることをスティーヴンに説く（*U* 15.4182-4）母は、Mother Church たる教会の姿も帯びている。自身のスティーヴンへの愛を挙げつつ、スティーヴンに悔い改めを求める母も同様である。それは、『肖像』第三章の地獄の説教を思わせる、地獄の業火をスティーヴンに喚起しつつ、神の手に気をつけなさいと、緑のカニをスティーヴンの心臓に食い込ませる母へとつながっていく。いうまでもなく、緑は母が吐いた液体の色であり、カニは母を死に追いやった病 cancer でもあるから、緑のカニとは母そのものといってよい。スティーヴンが、『肖像』で用いた「ノン・セルウィアム」という言葉をここで発するのは、対峙している相手の正体を示す。実際は自分のトネリコの杖を振り回しランプのシェードを壊すだけの行為を、ワグナーの歌劇に登場する魔法の剣「ノートゥング」（*U* 15.4242）を振るう行為になぞらえ、この世の終わりをもたらすかのような書きぶりは、対抗するものがもつ力の大きさと、繰り広げられている戦いが見かけ以上の大きな意味――神話的な戦いになぞらえるのが適切なほどの――をもつことを示す。

ここでおもしろいのは、スティーヴンが母に対して「（熱心に）お母さん、あの言葉を教えてください、もし今知っているのなら。すべての人が知っている言葉を」と聞く（*U* 15.4192-93）ところだ。というのも、第三挿話でも自身に対して問うていた問い（*U* 3.435）を繰り返していることからすれば、スティーヴンはその答えを知っているはずであるからである。彼は第九挿話で「愛、そう。すべての人間に知られた言葉」（*U* 9. 429-30）と考えている。ということは、スティーヴンの「母」への問いは、答えを知りたくて発しているものではないことになる。それでも問いを発するのは、その答えとなる言葉を「母」に言わせようとしているからだ（Ellmann1972, 145; Boysen 157-58）。しかし「母」はスティーヴンの手には乗らない。彼が「母」に言わせようとする言葉を口にはしない。「パディー・リーとドーキーで汽車に飛び乗った晩にあなたを救ったのは誰？　見知らぬ人にまじって悲しい思いをしているあなたに憐れみをかけたのは誰？」と自身が――実際に起こったことかどうかは別として――スティーヴンを大事に思ってした行為を列挙するだけである。

　このやり取りの意味を理解する鍵は、「アモール・マトリス――主格所有格にして目的格所有格」（*Amor matris*: subjective and objective genitive.）（*U* 2.165-66）にある。第九挿話でも「アモール・マトリス――主格所有格にして目的格所有格――が生において唯一正しいものなのかもしれない」（*U* 9.842-43）と繰り返されるこの言葉が重要なのは、ラテン語の *Amor matris* を用いることで、そこには主格所有格の「母の愛」、つまり母親の側からの子への愛と、目的格所有格の「母への愛」、つまり子の側からの母への愛の二つが、別個のものとしてあることを示す点にある。これに照らして言うならば、第十五挿話でスティーヴンが「母」に対して尋ねたのは、二つある愛のうちのどちらであるのかを「母」に言わせようとしたということになるだろう。彼女の返事を見れば明らかなように、彼女が答えとしたのは母の側からの子に対する愛、すなわち主格所有格の「母の愛」である。それが問題となるのは、スティーヴンの分節が示すように、愛には愛情をもつ側とその対象となる側に応じて二つあるはずなのに、「母」はその一方をもって二つの愛に代える提喩的なごまかしをしているからである。より正確にいうならば、「母」はその一方をもってもう一方を当然のごとく要求し、その補完によって愛全体に代える提喩的なごまかしをしている。

われわれが人・ものを愛するとき、それは基本的に与える行為である。相手から与えられる愛は、相手が与えるものであり、別個のものである。相手への愛と相手からの愛が揃う幸運に恵まれたとしたら、それは幸いと言わねばならぬが、誰かを愛し、愛する相手からも愛情を返してもらえることになっても愛があくまでも二つの別個のものから成ることは変わらない。その二つの愛をひとつであるかのようにみなすことの暴力をスティーヴンは問題にしている。それは片想いの人が、両想いであることを求める例を考えてみればすぐにわかることだ。一方が他方に与える愛を根拠に、他方からの愛を要求することにエゴイズムが含まれることをスティーヴンは感じ取っている。一方が自身の愛を相手に投影し、相手にも同質の愛があるとみなすこと、自身の愛を根拠に相手に同質の愛の見返りを求めることには、「愛」のひとつをもって二つと考える誤謬があることをスティーヴンは暴き、そのような愛が相手を縛ること、愛という名を用いたエゴイズムであることを批判しようとしている。スティーヴンは、愛を二つに分けることによって、母なるもの――家族、国、教会――が自身に愛のエゴイズムを投げかけてくることを問題にする突破口をこしらえ、愛の見返りを求めてくるその触手を断ち切ろうとしている。

　スティーヴンが愛の二重性をてこに愛が何たるかを問おうとしているとするこれまでの議論が牽強付会なものではないことを示すために、この問題がスティーヴン――あるいはジョイス――独自の問題ではなく、すでに取り上げていた作家がほかにいたことを付言しておこう。その作家はジョイスへの影響が早くから指摘されていた作家の中にいる（Deming, 67, 156, 171, 179, 234, 253, 302）。それはスウェーデンの劇作家ヨハン・オーグスト・ストリンドバリ（Johan August Strindberg）である。これまでのジョイス批評の中で注目されてこなかったことであるが、彼はその名も『母の愛』（*Motherlove* あるいは *Motherly Love* と英訳される）と題された戯曲を書いている。その中で彼は、スティーヴンが母子間の愛について分節をした、主格所有格の「母の愛」、つまり母親の側からの子への愛と、目的格所有格の「母への愛」つまり子の側からの母への愛の問題を、母への愛を子供に求める母と、母からの愛を母に求める子供という形で取り上げている。あまり知られることのない劇であるが、この劇はジョイス作品の展開という点から見ると大きな意味をもつ。というのも、この劇が取り上げる母の愛の問題は、夫婦の愛のあり方という問題に形を変えて『さまよえる人たち』においても反復されるからであり、さらにはそれが『ユリシーズ』におけるブルームとモリー夫妻の愛の形において反復されるからである。くわえて、『さまよえる人たち』は、ストリンドバリが『夢の劇』(*The Dream Play*)や『死の舞踏』(*The Dance of Death*)といった作品において用いた、登場人物の心の中にある、であるがゆえに歪んだ心象を、現実レヴェルに投射して描く夢幻劇の手法を、踏襲した作品でもある。その点でも、『さまよえる人たち』は『ユリシーズ』への橋渡し的な意味を持つ。

ストリンドバリの劇『母の愛』では両者が歩み寄り、問題が収まって終わる——それが最終的な解決となるかは別として——が、ジョイスは『ユリシーズ』において問題をさらに突きつめる。スティーヴンは耐え切れず剣になぞらえた自身の杖を振るい、外に飛び出る。これによって母との対決が終わったように見えるところだが、そうではない。その対決は、売春宿から飛び出ていったスティーヴンが、酔っ払いの兵士にからまれ、手痛い一発をくらう場面でも形を変えて反復される。注目すべきは、そこに歯なしの老婆(Old Gummy Granny)が登場することである。「家に異人(strangers)がいる」(*U* 15. 4586)と不満を漏らすこの老婆は、ギフォードの註を見るまでもなく(1988, 194-95, 524)、自身の土地、四つの美しい緑の野——アイルランドのアルスター、レンスター、コノート、マンスターの四地域に相当する——を奪われたとの不満を口にする、W・B・イェイツの戯曲『キャスリーン・ニ・フーリハン』に登場する老婆の再来である。イェイツが描くアイルランドを表象する老婆——「シャン・ヴァン・ヴォフト」——は、老婆に身を変えている彼女がもとの美しい姿に戻れるように、男たちに命を投げ出して戦うことを求める女性である。彼女が何度か繰り返して言う、男(たち)が「わたしへの愛のために死んだ」(“died for *love* of me”)というフレーズは(48-49 強調は筆者)、彼女が国のために命を差し出させようとするときに、老婆として描かれる国が、子たる国民の国への「愛」に訴えかけていることを示す。右で見た、主格所有格の「母の愛」、つまり母親の側からの子への愛と、目的格所有格の「母への愛」つまり子の側からの母への愛という区別にもとづいて言うならば、ここには目的格所有格の「母への愛」を、主格所有格の「母の愛」を括弧にくくったまま、子供に求める母親像を認めることができる。そうするとこの老婆と対峙するスティーヴンは、売春宿を飛び出る前に対峙していた「母」なるものを依然目の前に置いていることになる。スティーヴンがこの老婆を「自分の子を食べる老いた母豚」(“The old sow that eats her farrow!”)(*U* 15.4582-83)と呼んで批判するのは、「母なるもの」に目的格所有格の「母への愛」の問題を投げかけたことと連続している。つまりこの老婆もまたスティーヴンを悩ます「母」の変奏でしかない。

　この直前にスティーヴンが口にする「ハムレットよ、復讐を果たすんだ!」(*U* 15.4582)という言葉はいくつかの点で興味深い。『ハムレット』における亡霊はなされた不正に対し正義を求める存在であるが、スティーヴンに取りつく亡霊は、彼にとっての不正、つまり「母の愛」には、主格所有格の「母の愛」——母親の側からの子への愛——と、目的格所有格の「母への愛」、——子の側からの母への愛——の二つあるはずなのに、その一方をもって全体とする提喩的なごまかし、あるいは一方をもってもう一方へとすり替える換喩的なごまかしの元凶となっている。そのことが復讐の対象を変化させる。『ハムレット』においては復讐の対象は父を毒殺したクローディアスであるはずだが、スティーヴンはその対象を「母なるもの」――『ハムレット』との関係でいえば、母たる姦婦ガートルード――へとこっそりと移している。それは同時に、ハムレットに求められていた「はずれてしまった時代の関節」をはめ直す役目の質を大きく変えることになる。つまり、ハムレットが正すべきは、国と関わるとはいえ、個人的な不正や腐敗であったが、『ユリシーズ』においてハムレット役を演じているスティーヴンが正すべきは、「母なるもの」が表象するものとなる。この微妙な書き換えによって、ハムレットの復讐の性質が変わる。ハムレットが亡霊に復讐を求められたときに問われていたのは、父への愛――目的格所有格の愛――であったと言える。亡霊という、存在するかしないか曖昧な存在が言うことを信じることができるかという問題を突き付けられたハムレットは、父への愛という踏み絵を踏まされたと言える。その点イェイツが描く老婆が求めていた国への愛という目的格所有格の愛と同じであったはずだが、スティーヴンが復讐の対象を亡霊自体へと変えるとき、その対象はその愛の性質への懐疑となる。

そのときに問題となるのは、頓珍漢なやりとりをしていた兵士から受ける打撃によってスティーヴンが気絶をする場面だ。イェイツの老婆が求める国のために戦って死んでいく者のイメージと、劇の最後に死んでいくハムレットのイメージを響かせながらスティーヴンが兵士に殴られ倒れることは、象徴的な死を迎える場面と読めるであろう。スティーヴンがここで「母」から国へと戦う対象を移していることからすれば、それは大げさな書きぶりとはならない。ただしその死は、イェイツが描くような「国への愛のため」の死ではない。彼自身の信条のための死である。

殴られて象徴的な死を迎えることは(*13)、対象から求められる目的格所有格の「愛」(国への愛)を主格所有格の「愛」(スティーヴンが主体的にもつ愛)という本来異質のものと同一化することを拒むスティーヴンに対する国側からの罰と言える。それは国と対決した彼が国からはじかれたことを示す。それは彼が、言ってみれば「追放」――『肖像』で挙げていた三種の神器のひとつ――を、国を出るという形とは別の形で、身をもって経験する瞬間である。

この「追放」の瞬間はスティーヴンとブルームが交錯する瞬間でもある。第一挿話で住処の鍵を友人――と呼ぶべきかどうかは怪しい――に「簒奪」され、第十四挿話末で駅で彼に裏切られ、第十五挿話でリンチからも見捨てられたスティーヴンは、第九挿話に書かれているようにアイルランドの文学運動からも排除されている。スティーヴンには身を置く場所がない。第十五挿話末の象徴的な死は、アイルランド国内にありながらすでに「追放」されていたスティーヴンの本質を示すエピファニーとなる。一方のブルームもまたアイルランドで生まれたアイルランド人であるはずが、ユダヤ系という曖昧なレッテルを貼られ、コミュニティからはじかれている存在である。こうしてスティーヴンとブルームの二人が「追放者」として出会うのがこの瞬間なのである。(*14) それは、母および国との戦いで、その主格所有格としての愛――つまり母の側からの愛、国の側からの愛――を得られなかったスティーヴンが、まったく予想していなかったところから主格所有格としての愛を得る瞬間である。倒れ、象徴的な死を迎えた彼がブルームから介抱を受けること、彼にブルームが死んだ息子ルーディの幻影を見るのは、そのことを示すエピファニーとなる。

交差するスティーヴンとブルーム

よく知られているように、第十五挿話から第十七挿話にかけて描かれていることはジョイス自身の経験にもとづく。ジョイスはダブリンにいるときに酔って騒動を起こした末に倒れているところを、アルフレッド・ハンター(Alfred H. Hunter)というユダヤ人――しかも奥さんが姦通をしているという噂があった――に助けられ、家へと連れていかれ、介抱を受けた経験をもつ（Ellmann 1982, 161-62, 230）。彼はその経験を、その名も「ユリシーズ」という名の短篇に描き、『ダブリナーズ』へ入れようとするが、結局のところジョイスが思い描いていた物語は『ユリシーズ』に組み入れられていくことになる（Ellmann 1982, 375）。エルマンはジョイスの伝記作家ならではの慧眼をもとに『ユリシーズ河畔のユリシーズ』（*Ulysses on the Liffey*）において再びこの伝記的事実の重要性を繰り返すことになる（xiii, xv-vi）。エルマンの読みは、『ユリシーズ』を伝記的事実に還元してしまう危険性を持つ一方で、複雑になりすぎている『ユリシーズ』の描き方によって見えなくなっている単純な本質を示すという点でいまだに見るべき点がある。

その一方で、ジョイスが『ダブリナーズ』に入れようとして結局入れられなかったのはなぜか、あるいはジョイスが「ユリシーズ」という名の短篇としようとしていたものを長編『ユリシーズ』へと仕立てた理由とその効果、つまりどのような描き方へと変わったのか、という大きな問題をエルマンは未解決のまま残してしまっている。そもそもジョイスは『ダブリナーズ』において「ユリシーズ」という名の短篇を描いていないのか。

この問題を考える上で興味深いのは、第十五挿話末でスティーヴンが殴られて倒れているところに警官がやってきてスティーヴンの素性を聞き出す場面であろう。なぜならまったく同じ展開が『ダブリナーズ』の「恩寵」にあるからである。それだけでは飽き足らないかのように、ジョイスはその後の展開も「恩寵」を踏襲しているからである。本章冒頭で見たように「恩寵」においては「酔って倒れた」カーナンとそれについて職務質問をする警察との間にパワー氏が入って問題を収める。それと同様に、『ユリシーズ』においては「酔って倒れた」スティーヴンと警察とそれを問題化しようとしている警察との間にコーニー・ケラハーが入る。二人はどちらも警察に顔の利く人物とされる。「恩寵」ではその場にたまたま居合わせた、医学生らしい自転車乗りが倒れたカーナンを介護するが、彼は名乗ることもなく去っていく。『ユリシーズ』ではその役割をブルームが果たす。彼には、「恩寵」の謎の人物とは違って名が与えられているが、「恩寵」の謎の人物の名無し性を、倒れた人物が助けを期待できる範囲を超えていることに起因するものと解するのであれば、ブルームは「恩寵」に現われる名無し性を十分継承していると言ってよいのだろう。くわえて、ブルームは、「ユダヤ人」というレッテルを貼られた疎外された存在で、社会的な名無し性を持っている。「恩寵」において騒動後にパワー氏が馬車でカーナンを自宅に送っていくのに対し、『ユリシーズ』ではブルームが徒歩でスティーヴンをブルームの自宅に連れていく。連れていく家が倒れた本人の家かそれとも介抱する人の家かの違いはあるものの、倒れた人物を介抱の延長として家に連れていく展開は「恩寵」、『ユリシーズ』双方に見られる。以上をまとめるならば、ジョイスが「ユリシーズ」という短篇で描こうとしていたことは、「恩寵」ですでに描かれていたと言えるのであろう。「恩寵」がすでに『ダブリナーズ』に含まれているがゆえにジョイスが構想していたという「ユリシーズ」という短篇は不要だったということになる。

かくして、ジョイスが当初構想していた短篇「ユリシーズ」は『ダブリナーズ』の「恩寵」と似ているがゆえに、あるいは「恩寵」ですでに描かれているがゆえに、この作品集には入れられず、『ユリシーズ』に仕立て直されていったと仮定すると、そこから二つのことが見えてくる。そのひとつは、「恩寵」、「ユリシーズ」、『ユリシーズ』において繰り返されるこのテーマがジョイスにとっていかに重要であったかである。もうひとつは、そのようにして反復をしなくてはならないのは、「恩寵」およびそれと重なっていた「ユリシーズ」ではジョイスが描こうと思っていたことを描き切れていないという感覚を彼が持っていたということである。このように考えるならば、重要となるのは『ユリシーズ』が「恩寵」を継承・反復しつつ、「恩寵」にはないものをどのように加えたかであろう。この問題を考える上で重要となるのがχ《カイ》の表象である。本章冒頭で確認したように、「恩寵」には不思議なχ《カイ》の表象が二つ見られた。それがあずかり知らぬところから示される愛というテーマと密接に関わるのであれば、『ユリシーズ』においてχ《カイ》がどのように表象されるのか――あるいはされないのか――が問題となる。

答えを先取りする形で示すならば、『ユリシーズ』においてχ《カイ》の表出は少なくとも次の三点に見ることができる。その第一はスティーヴンとブルームの交錯が示すχ《カイ》であり、二つ目はパラドクシスト・スティーヴンの沈黙とそれと同時に現われる〈赦し〉が織りなすχ《カイ》であり、三つめは主たる登場人物の身に刻まれる否定とその反作用が織りなすχ《カイ》である。これらは別個の形で現われるのではなく、相互に関連している。その意味において、χ《カイ》の表象は三重になっているという言い方をした方が適切になるかもしれない。以下において順に見ていくことにしよう。

第一に挙げたスティーヴンとブルームの交錯とは、前節で見たスティーヴンとブルームの二人が出会い、それによって二人の軌跡に交差が生まれることを指し、ここで繰り返し説明する必要はないのだが、ここで補足しておかなくてはならないことがあるとすると、この交差があくまでも交差であることである。『ユリシーズ』の読みには、とりわけホメロスとの照応関係の弊害として、『ユリシーズ』においてスティーヴンとブルームの間に生じた関係が、この作品の描く時間を超えてもなお継続し、なにかしらの実りをもたらすといった期待がつきまとうが、そのようにはならないであろうということである。ブルームがスティーヴンに自身の死んだ息子ルーディを見る幻視は、幻視であることに意味がある。これはブルームの心の中にあるものが形を取ったものと見えるが、誰の心の中にあることかもわからない幻想を終始描いてきた第十五挿話の描き方は、そうかもしれないがそうでないかもしれないという微妙なところにあるものとしてしか判断することを許さない。ブルームの心の中にある、通常であれば知覚できないものがほんの一瞬だけ姿を現わしたという解釈はわかりやすく、第十五挿話の意味を手っ取り早く知りたいと考える読者であれば誰でも飛びつきたくなるが、実はそれを保証してくれるものはない。ジョイスが描いているのはあくまでもそうであるかもしれないし、そうでないかもしれないことがらである。したがってブルームにとってもこの幻視からなにかしらの知覚を得ることができたかはわからない。第十六挿話および第十七挿話にそのような意識をブルームが繰り返すところがないことを見ると、ブルームにも知覚できていなかった可能性の方が高い。ブルームに現われた、見えたにしても知覚に至らない幻視であるならば、その内容をスティーヴンが知ることは余計ありえない。彼に知ることができるのは、ブルームに現われたらしい幻視の結果・効果としての優しさである。その優しさでさえ、倒れている彼には知るよしもない。くわえて、その優しさは、第十六挿話、第十七挿話で示される、ブルームの側の実際には打算を込めた優しさを、あとから振り返ってみたときに、彼にとって意味のあるものに読み替えて知覚するものである。その意味でこの幻視には、未来のスティーヴンの知覚を先取りするアナクロニズム——『ユリシーズ』中で使われている言葉を用いるならば、「回顧的再構成《レトロスペクティヴ・アレンジメント》」（あとから振り返ってみたときの再構成）——が含まれている。この場で起こっていたことをあとから振り返ってみたときに現われた意味を、起こっている現場に投影し、移しているということだ。登場人物にはわかっていない意味を、作者と読者とで共有する秘密のドラマティック・アイロニーの現場なのだ。

　第十六、第十七挿話で見るべきは、二人のやり取りのちぐはぐさであろう。第十五挿話末のエピファニー後を描く挿話であるため、読者は二人の接近を読み込みがちであるが、語りが示すのはむしろ二人の間の距離である。第十六挿話はブルームがスティーヴン相手ゆえに張り切って普段使わないようなクリシェを織り交ぜながら話す様子を模倣しているといった解釈がされがちであるが、実際はブルームが語っているのではなく、語り手が語っている。それも誰であるかもわからない語り手で、ブルームを装ったような語り口で語るその言葉はブルームがいくら張り切っていたとしても使いそうもない言葉であり、言葉とそれを発する人と想定されているブルームとの間の距離をむしろ離してしまっている。第十七挿話はそれをさらに推し進めている。疑問文と答えからなる語りの形式はすでに物語の語りをやめてしまっている。科学的厳密さを装いながら、細かく分節をしようとする語りは、対象を人間的営為から遠く離れた次元で眺めることしかできない。その冷たさの中でスティーヴンが、星と星の出会いのようにブルームのもとから去っていくときに第一のχ《カイ》はその全体像を見せる。

　第一のχ《カイ》が外形的に現われる——その点わかりやすい——のとは対比的に、第二、第三のχ《カイ》は主たる登場人物の内面に関わるためにわかりにくい。第二のχ《カイ》はパラドクシスト・スティーヴンの沈黙に現われる。本書第八章でも触れたように、スティーヴンはもともとパラドクシストと設定されていた。『スティーヴン・ヒアロー』で用いられるパラドクシストという言葉が意味しているのは、辞書にあるような「パラドックスを用いる人」ではなく、「相手の論理の内側に入り、相手が自己満足的に想定している論理性をその論理の内側から崩す人、その矛盾をパラドックスという形であぶり出し、相手に突きつける人」である。ジョイス作品を広く見渡してみると気づくのは、当初鮮明に表われていたその姿勢が次第に不鮮明になっていくことである。文学歴史協会で発表しようとしていた論文を差し止められそうと聞いたスティーヴンが学長のところにおもむき、その理由をただし、学長が挙げる理由それぞれにパラドックスがあることを示すことで、自身の発表を止める理由がないことを示すスティーヴンを典型とするパラドクシストの姿は、次第に姿を見せなくなる。しかしそれはパラドクシストとしてのスティーヴン――あるいはそれを用いているジョイス――が消えることを意味しない。消えて見えなくなっているように見えるとしたら、パラドクシストが炙り出し、相手に突き付けるパラドックスを、ジョイスが場に内在させ、見えにくくしていることによる。そこには、芸術家スティーヴンが用いる武器三つ――〈沈黙〉（silence）、〈流浪〉（exile）、〈狡知〉（cunning）――のうちのひとつ、〈沈黙〉の行使がある。パラドクシスト・スティーヴンを用いてジョイスが炙り出そうとしていたものは、エピファニーやアイロニーへと形を変えていくことになる。

パラドクシストの姿勢がエピファニーへと変化していく点については第八章でも触れたことだが、ここではそれに若干の補足をしておくことにしよう。「話す言葉やジェスチャーの卑俗さであれ、精神それ自体の記憶の相においてであれ、突然現われる精神的顕現」（*SH* 211）と『スティーヴン・ヒアロー』で定義されるエピファニーは、ジョイス美学の基礎といってよいが、注意しなくてはならないことは、それは卑金属を貴金属へと変える錬金薬（elixir）でも賢者の石（philosopher's stone）でもないことである。エピファニーをジョイスの美学の基礎と呼ぶことができるとしたら、ジョイスの目に否応なく映る人間の卑しい行ないや品性であっても、小説に描くにたる材料へと変換することを可能にする装置となっている点にある。しかし、そこには「美しい」ものへと変えようとする意志はない。したがって美化するためのものではない。この変換において重要なのは、人間の卑しい行ないや品性がただあるのではないということである。それが「卑しい」のはアプリオリにではなく、あるものに照らされて「卑しい」性質が明らかになる。その際に参照されるのは言うまでもなく、それを見る人――作中人物、あるいはジョイス――である。その作中人物、あるいはジョイスに対象の性質を判断する資格があるとすれば、対象を目に見えるままの性質を帯びたものと見るのではなく、対象が今帯びているのとは別の形でありえたことを知っている点にある。その別の形とは、あるべき姿や理想形と呼んでよいだろう。それを知りえるのはその人が真理とか、あるべき姿を知っている——と信じている——からである。エピファニーを感知・経験できる人とは、判断基準としての真理やあるべき姿を自身の中にもち、それに照らして対象を「卑しい」と判断している。『肖像』最後に現われる言葉を使うならば、それは良心と言い換えてもよい。このような判断をする人は、人やもの——あるいは文化、社会、国など——は、そのような判断をする人が考える真理やあるべき姿へと向かうべきであるという理想主義を内に秘めていると言える。同時にそれはエゴイズムと危険な重なりをもつ。なぜならその人が自分にはわかっているとする真理や理想が普遍的に正しいかという判断を括弧にくくったままにしているからである。それは、自身の理想を対象へと投影し、そこに浮かびあがる違いに苛立ちを表明するだけのエゴイズムに通じてしまう可能性がある。エゴイズムの問題はここでは踏み込まないことにするにしても、このように見るならばエピファニーの根源的攻撃性が見えてこよう。エピファニーはその静かな外見の奥に鋭い刃を隠しもつ。それはパラドクシストが相手の論理に潜む矛盾を相手につきつける攻撃性と何ら変わらない。パラドクシストが、相手の言うことを、自分が知っている真実やものごとのあるべき姿に照らし、そのときに見えてくる差——それはジョイスの言葉を使うならば「情念の相互作用」であり、〈劇《ドラマ》〉となる——をパラドックスとして相手につきつけるのに対し、エピファニーはその相手に突きつけるパラドックスをその場に隠す[*15]。そのときエピファニーはアイロニーに限りなく近くなっていく[*16]。

　パラドクシストおよびエピファニーがもつ攻撃性が、対象に対する批判を示すという点で、ジョイスの烏合の衆（rabble）批判と重なる点も見ておいてよいだろう。批評「喧噪の時代」（"Days of

Rrabblement”）を代表として、批評集の随所にみられるジョイスの烏合の衆批判で見るべきは、その批判がパラドクシスト・スティーヴンと同じ戦闘的性質をもっている点である。ジョイスが「烏合の衆」という言葉を用いてくり出す批判でおもしろいのは、ジョイスが他の作家に負っているものを新たな装いをすることで自分のものであるかのようなアプロープリエイションを行なっている点である。つまり、ジョイスはすでにほかの作家が実践していた批判を同じように繰り返すのだが、その出どころを見せないようにしているように見える。「烏合の衆」とは要するに大衆のことであり、その批判はジョイスが大きな影響を受けた作家で言えばギュスターヴ・フローベール（Gustave Flaubert）が実践していた。

　フローベールとの関係では、『ユリシーズ』が姦通の物語であることから、同じく姦通の物語である『ボヴァリー夫人』との関係が注目されるところであるが、ほかの作品からも多岐にわたる影響を受けていることは、スカーレット・バロン（Scarlett Baron）が示す通りである。彼女は、フローベールの短篇「まごころ」（“A Simple Heart”）に「ノーモン」（gnomon）という語が使われていることから、[*17]『ダブリナーズ』からすでにフローベールの影響が現われていると見る。『感情教育』（*Sentimental Education*）に登場する「市民」と呼ばれる男が、『ユリシーズ』第十二挿話に登場する「市民」の原形であるとする彼女の指摘は、耳を傾けるに値する。『聖アントワーヌの誘惑』（*The Temptation of St. Antony*）の『ユリシーズ』第十五挿話の夢幻劇への影響は、従来から指摘されるところであっても、フローベールがジョイスに与えた影響の全体像を把握するためには繰り返し見直す必要がある。彼女のこのすぐれた論考で残念ながら抜けているのは、『感情教育』と『ユリシーズ』の関係である。

　『感情教育』で重要なのは、一八四〇年から六〇年代末までの激動を背景に置くことで、登場人物の本性を示す技法である。大きく変わっていく政治的・社会的状況の中で、登場人物は自身の身の振り方の選択を迫られる。ある者は政治的変化に迎合し、ある者は波に乗れずに零落していく。しかしそれは進化論的な適者生存を描くのではない。フローベールは登場人物の本性――というよりはむしろ本性と呼べるもののなさ――を示すのに時代の激動を背景に使っている。大衆というものの愚かさを自然に浮かび上がらせる装置として、フランス革命後の、右から左へ、左から右へと目まぐるしく変わっていく歴史的激動を用いている。つまりフローベールは、歴史的激動という背景に照らして登場人物の本性を暴いている。ジョイスの、あるものに照らして対象の「卑しい」性質を明らかにするエピファニーの技法は、フローベールのこの対照法を受け継ぐものである。ジョイスがフローベールから学んだのは、この何かと何かを対比させることで、その本質を明らかにしていく冷徹な技法だけでない。彼はフローベールから学ぶべきは学び、不要なものは捨てている。ジョイスにはフローベールが用いた激動の三〇年という歴史的背景は必要ではなかった。『ユリシーズ』が示すように、フローベールが描いた対比とそこから生まれるアイロニーを描くのに、ジョイスには一日あれば十分だった。『オデュッセイア』に描かれる十年を一日に凝縮したジョイスは、『感情教育』の三十年を一日にすることも容易にできた。しかも驚くべきことにジョイスは、右記のような作品の単なる一日版を書いているのではない。『オデュッセイア』に描かれる十年よりも、『感情教育』の激動の三十年よりも長い時間を手に入れてさえいる。たとえば、中世以来の文体の進化を用いながら産科病院にいるスティーヴンとブルームを描く第十四挿話は、ダブリンの一日を描くジョイスの小説の中に、ホメロスやフローベール以上の長い時間という背景を与えている。現代のダブリンに生きる人物の行動を、『オデュッセイア』に描かれるできごとに参照させるホメロスとの照応関係は、登場人物を激動を背景に描く『感情教育』の技法と同じであるばかりか、その古代世界へと読者を参照させることで背景に古代と現代に横たわる時間を置くことになる。

こうしてジョイスはフローベールの大衆批判とその表現法としてのアイロニーを継承し、それをさらに洗練させていくわけだが、ここで重要なのはジョイスが用いるパラドクシストの炙り出すパラドックス、エピファニー、アイロニーのいずれもが大衆批判の表現であるという点では変わりないものの、ジョイスがパラドクシストの炙り出すパラドックスからエピファニー、アイロニーへと軸足を移していったときに、同じ大衆批判であっても意味を変えている点である。エピファニーがパラドクシストの炙り出すパラドックスを場に内在させることはすでに見たとおりであるが、場に批判を内在させるということは、それを批判として受け取るかどうかを読者に委ねることを意味する。たとえば第二挿話でディージーは「ひとりの女がこの世に罪をもたらした」(*U* 2.390) とする歴史観から「不実な妻がわがアイルランドの地によそ者を連れてきた。マクマローの妻とその愛人オルークが」と語るが、吉川信が指摘するように、ここは正しくはオルークの妻とその愛人のマクマローとしなくてはならないところである(六八-六九)。しかしそれはジョイスが間違えたのではもちろんない。「マクマローの妻とその愛人」という文言は雑誌『リトル・レヴュー』(*The Little Review*) 掲載時には入っていなかったことから、ジョイスが本として出すまでに書き加えたことがわかる。それによってジョイスは、オルークがよそ者(イギリス人)をアイルランドに連れてきたという、それだけでも歴史としては誤った認識を、「女性がこの世に罪をもたらした」とするディージーの主張に合うようにしつつ、さらに歪めていることがわかるのである。しかしこの仕掛けは、アイルランドの歴史を知っている人であれば見破ることができても、アイルランド史に詳しくない人であれば容易に見逃してしまう可能性がある。むしろ気がつかない人の方が多いのであろう。

しかもジョイスがここに隠しているアイロニーはそれだけではないのである。ディージーの「女性がこの世に罪をもたらした」とする歴史観は、どうやら彼自身の女性経験に由来するものであることがそれとなくわかるようになっている（吉川六九）。くわえて、いかにもユニオニストのような発言をするディージーであれば、北の出身であると見えて不思議がないのだが、図2が示すように、実はディージーの名は南のコーク州に多い[*18]。一九〇一年の国勢調査によると、全国で九七三人いるDeasy名のうちの八三七人が実にコーク州にいる。異形Deaseyについても傾向は変わらず、全国で五〇人いるうちの三五人がコーク州にいる。

ディージーが誤った歴史を口にする場面は、それを読む読者を試すものとなる。アイルランドの歴史をジョイスと同様に正しく知っている人はジョイスが込めたアイロニーを理解し、ディージーの薄っぺらな知性を見破れる。それを見破れない人はディージーと同じ程度のアイルランドの歴史的知識しか持ち合わせていないことになり、ジョイスが批判をするディージーと同類に置かれる（がそのことを知る術はない）。

ジョイスはこのような仕掛けを何重にも施し、読者を試している。ジョイスのテクストとは地雷原のようなもので、そこを無事に通り抜けることのできる読者はおそらくいない。そのような読者を含めた大衆批判にジョイスのテクストはなっている。

その一方で、ジョイスが何重ものアイロニーを仕

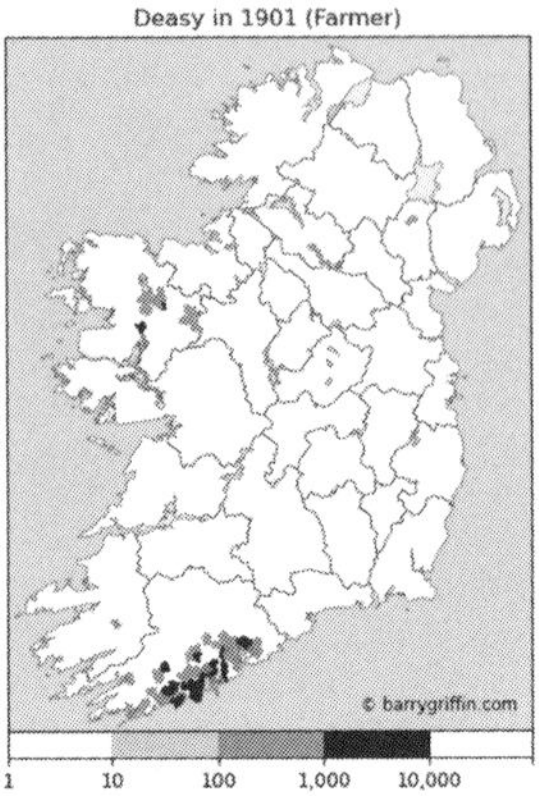

図２ 1901年の国勢調査をもとにしたDeasy名の分布図。
出典：Irish Surname Maps for the 1901 and 1911 Census of Ireland: https://www.barrygriffin.com/surname-maps/irish/

掛けたときに、アイロニーがアイロニーであることがわかるための参照点をジョイスが見えなくしてしまっていることも事実である。右の例でいえば、ディージーという名の分布に関する知識は通常の読者には期待しえない。参照点の見えないアイロニーはアイロニーとなりえない。つまりジョイスが参照点を見えなくしてしまうときに、アイロニーも消える。したがって、ジョイスの奥深いアイロニーは、ジョイスが描く対象と読者をも含めた大衆批判であると同時に、アイロニーが消える瞬間をも内包している。それは、批判を読み込もうと思えばいくらでも読み込める余地を残しながら、ある線を超えたときにはその批判を批判として受け止めなくてもよい領域をジョイスが作っていることを意味しよう。批判は、批判でありながら、その場に姿を隠す――消すのではなく――ものになる。それは〈赦し〉と呼んでよいものが現われることを意味する。スティーヴン／ジョイスがパラドクシストからエピファニー、アイロニーへと〈沈黙〉を行使することは、〈赦し〉と呼んでよいものを内包する。批判が現状の否定であるとすると、かすかに現われる〈赦し〉には現状の肯定がある。[*19] ジョイスが行使する〈沈黙〉とは、この否定と肯定の交差するところに立ち現われる。そこに第二のχ《カイ》の表象が現われる。

　このχ《カイ》と連動するのが第三のχ《カイ》である。それは主たる登場人物の身に刻まれるものとなるゆえに見えにくい。スティーヴンについて言えば、彼の否定はその反作用として対象からスティーヴンが否定されることを引き起こす。『ユリシーズ』において冒頭からスティーヴンが居場所を失っていくことはその表象となる。それは第九挿話に描かれるようにアイルランド文学界で居場所を与えられないことへとつながり、第十五挿話における母との対決および英兵との対決という形で頂点を迎えることになる。スティーヴンの否定とそれによって彼自身がまわりから受け入れられない――否定を受ける――彼のあり様は、国の中にいようと自らの身を「追放者」――「追放」(exile) はスティーヴンが芸術家の武器に挙げる三つのうちのひとつである――とすることを意味する。

このスティーヴンのあり様は、『ユリシーズ』文体の動きとも関連する。というのも、前半では主たる登場人物であるスティーヴンとブルームの意識の流れを主体としたいわゆる「イニシャル・スタイル」によって二人の内側から描かれるのに対し、後半になると語りの起点は彼らの外に置かれ、彼らは彼らの外側から描かれる。それにともなって語り手と登場人物との間の「語りの上での距離」(narrative distance)が大きくなっていき、スティーヴンやブルームに寄り添った前半の語りから、概して距離を置いた後半の語りへと変わっていくことになる。(*20) このような文体の動きを見るときに思い出してもよいことは、『肖像』第五章においてスティーヴンが言う次の言葉である。彼はインテグリタス、コンソナンティア、クラリタスという三つの概念のうちのインテグリタスの説明として次のようにいう。「あの籠を見るためには……頭でまず最初に、籠を目に見える世界の残り、籠でない部分から切り離さなくてはならない。とらえるということの最初の相はとらえるべき対象のまわりに境界線を引くことなんだ」(P 5.1357-60 中略は筆者)。あるものがあるものであることを認識するためにはあるものとあるものではないものをまずは区別し、その区別をすることによって対象の認識ができるとする説明は、『ユリシーズ』後半の文体を説明する言葉として機能する。主たる登場人物であるスティーヴンとブルームの意識の流れを主体としたいわゆる「イニシャル・スタイル」によって二人を内側から描くことは、二人が二人「である」ところから描くといってよい。それに対して彼らの外に置かれた語りの起点から、彼らを外側から描くことは、彼ら「ではない」ところから描く。スティーヴンおよびブルームと異質である語りは、二人のまわりに存在する、二人でない背景を構成する。二人でない背景は、二人の輪郭をくっきりと示すとともに、二人に対して同情的ではないまわりの空気を生み出すが、二人でないものによって規定される二人は、結果として二人でないというその他者性の刻印を受ける。そのような語りは、スティーヴンおよびブルームの——他者から見た——姿を確認すると同時に、二人でないものを身に刻まれた姿をさらすことになる。そこには十字架を背負うのにも等しい、χ《カイ》の刻印が残される。

おわりに

以上見てきたのは、『ダブリナーズ』の「恩寵」になにげなく描き込んだχ《カイ》の表象によって、普遍的な愛がこの世に注がれていることを描いたジョイスが、『ユリシーズ』においてもそのテーマを、より大きな次元で展開させていることである。その反復は、ジョイスがこの問題を扱わずにいられなかったことを示すのであろう。比較にならないほどのスケールの拡大は、問題の本質に神の愛があり、それは神とこの世のあり方の問題、人間がどのようにまわりの世界をまなざすかという神学的にして哲学的な、しかも最も根本的な問題であることからすれば、無理のないことだったのだろう。ジョイスが『ユリシーズ』において自身に投げかけ、世にも同時に問うた問題は、『ユリシーズ』で解決したのならばよかったのだろうが、『フィネガンズ・ウェイク』においても依然続く。

本文註

まえがき

（1）ジョイスはカトリックを芸術の材料として使ったと考える McNelly は、Budgen と同じ立場に立つと見てよいだろう。これに対しては、ジョイスがパウロ的なヴィジョンを描いているとするところから論を始める Boyle がその反証となるだろう。Gottfried のジョイスを misbeliever ととらえる見方は、本質に迫るものの、反発・反逆に力点を置き過ぎるあまり、拒むことも信仰の変形になりうる点にまで迫り切れていない。Catholic nostalgia という概念を用い、ジョイスはいったんカトリックから離れたが、再び戻ったとする Lowe-Evans の見方は魅力的だが、ジョイスの生にそのように断絶を設ける必要があるか検証が必要。Lernout の、テクストからだけではジョイスが信仰をもっていたか捨てたか判断つかないとする玉虫色の解釈は、ジョイスの宗教に関する研究に深みをもたらさない。ジョイス作品の意味を生むと同時に意味を隠す、あるいは否定するように見せる構造と、ジョイスが教育を受けたイエズス会の始祖イグナティウス・ロヨラの『霊躁』における、神のヴィジョンを求めさせるが、そこで見えたものを信じてはならないとする二律背反的な構造とがパラレルな関係にあると論じる Mayo は、Klein の心理分析的学をもち込んでいる点も含め、これまでにない視座からの研究となっていて興味深い。

第一章

＊本章は、「アクィナス美学論の〈応用〉に見る神学モダニスト的展開」『ジョイスの迷宮《ラビリンス》――「若き日の芸術家の肖像」に嵌る方法』金井嘉彦、道木一弘編著、言叢社、二〇一六、一三九‐五八を改稿したものである。本研究は科研費 21K00385 の補助を受けている。

（1）スティーヴンが、アリストテレスは憐憫と恐怖の定義をしていないと言うのは正しくない（Gifford

247-49; Aubert 85)。

（2）『肖像』ではマカリスターならそう呼ぶだろうとしているが（*P* 5.1267-68）、『スティーヴン・ヒアロー』ではスティーヴン自身がそう呼んでいる（*SH* 77）

（3）ただし、会話においては "*Pulcra*" と "*Pulchra*" の違いは出ず、スティーヴンが使うような簡略化した表記をする伝統もあったので必ずしも間違いとも言えない部分がある。この点については関西学院大学の横内一雄氏にご教示いただいたことを謝意とともに記しておく。

（4）その概説書を、オーベールはサン＝ジュヌヴィエーヴ図書館に所蔵されている Thomas Aquinas, *La Somme théologique de Saint Thomas, Latin-français en regard, par l'abbé Drioux*, Translated into French by Abbe Drioux.（Eugène Belin, 1854）か、*Synopsis Philosophiae Scolasticae ad Mentem Divi Thomae, ad Utilitatem Discipulorum Redacta*. 2nd ed.（Apud A. Roger and F. Chernoviz, 1892）と考える（Aubert 100-01, 167）。アクィナスの美学論については Eco,1989 参照。Eco のアクィナス理解に間違いがあることを指摘している Levy も参照のこと。

（5）『ユリシーズ』のスティーヴンはアクィナスを原典で読んでいると第九挿話（*U* 9.778-79）で主張している（Noon 4）。

（6）マグラアは、しかし、コールリッジからの引用部の前にあるはずの「美のもっとも安全でなおかつもっとも古い定義は、ピタゴラスのそれである」という一文を、なぜか見逃している。

（7）このほかのドイツ観念論の影響の考察については、Caufield、Baines を参照。

（8）『スティーヴン・ヒアロー』では愛国主義者の行動の矛盾をスティーヴンが鋭く指摘するくだりに役人登用試験への言及が出てくる（第十七章）。

（9）以下の内容説明に付した節番号は、教皇庁のウェブページに掲載された版においてパラグラフに付けられている数字による(http://w2.vatican.va/content/leo-xiii/en/encyclicals/documents/hf_l-xiii_enc_04081879_aeterni-atris.html)。ちなみに、Leo XIII, *The Great Encyclical Letters of Pope Leo XIII*（Benziger, 1903）では数字は打たれていない。

(10) ここに挙げるモダニズムの説明は Lilley をまとめたものである。
(11) 世俗的権力の喪失に対する反動としてのモダニズムについては、Jodock 参照。
(12) 教令「ラメンタビリ」と回勅「パスケンディ」がアイルランドの宗教界にもたらした衝撃は、O'Donovan の *Father Ralph* に描かれている。

第二章

(1) スティーヴンが作者ジョイスと同じ道をたどったのであれば、クリスチャン・ブラザーズの学校に通うことになるはずだが、その点は小説には描かれない。
(2) マッカーシーに注目した論文としては Patrick J. Ledden の "Michael J. F. McCarthy and Joyce's Dublin" があるが、ジョイスに与えた影響の汲み取りが不十分。
(3) 当時教会はカトリックの信徒がトリニティ大学に入ることのないよう圧力をかけていた。
(4) *Priests and People In Ireland* 中にはこれに類する言葉として、"priest-infested" (58, 483, 488, 623); "priest-governed" (368, 426, 614); "priestly-laden" (155); "priest-oppressed" (607); "priest-inflicted" (482); "priest-bitten" (513); "nun-ridden" (476) がある。これらは、"sacerdotal aristocracy" (382); "sacerdotal army" (50, 52, 262, 266, 267, 309, 408; 409); "sacerdotal snake" (409) "sacerdotal obscurantism"; (410,) "sacerdotal tyrants" (576) といった強い言葉で示される sacerdotalism、sacerdotal rule 批判の一部を形成することになる。
(5) この映画には『がんばれ、リアム』という邦題が与えられているが、映画の社会的な意味を汲み取り損ねる題なので、用いない。
(6) John Casey もこの点を指摘している (7-8)。
(7) ジョイスが用いているこの仕掛けは、「話す言葉やジェスチャーの卑俗さであれ、精神それ自体の記憶の相においてであれ、突然現れる精神的顕現」(*SH* 211) と定義されるエピファニーをもたらすものでもある。目をさらに広げてジョイスの作品を見るならば、それはパラドクシストの手法でもある。パラドクシストについては、本書第八章、および金井 二〇二二参照。
（8）この点については、Chiniquy, *Why I Left the Church of Rome*, Monk, *Awful Disclosures* 参照。
（9）『肖像』の地獄論がピナモンティを典拠としていることについては、James Thrane 1960、Elizabeth Boyd、小林宏直参照。ただし、恐ろしい地獄を描いた論はこのほかにもいくつかあり、John Furniss, *The Sight of Hell* もよく用いられた。『肖像』にはピナモンティにない部分も含まれており、『肖像』の説教と一番一致する部分が多い原典がピナモンティであると考えるのが正しい。この点についてはThrane 2011参照。
（10）無洗礼の子に対するキリスト教の考え方については、Loughlin, Hoban 参照。Eileen Murphy によれば、アイルランドにおいては、死産や無洗礼の子はカトリック教会により普通の墓地への埋葬を認められず、*cillini* と呼ばれる場所に葬られてきたために、子を失った親は子供を失った心の痛手に加え、社会的な差別にも耐えなくてはならなかったという。この問題は、生まれて十一日でなくなったブルームの子ルーディが洗礼を受けていたか、いなかったかという問題と関わってくる。この点についての数少ない論考のひとつに Shimokusu がある。
（11）これについては Mayers のまとめ参照。
（12）一九〇〇年一月ウェストミンスター大司教のヴォーン（Herbert Vaughan）により秘蹟から外される処分を受け、同年四月に死亡した際にはカトリックとしての埋葬を拒まれることになる。
（13）たとえば、Chiniquy, *The Priest, The Woman and the Confessional* には、父の死亡後に告解に行った娘が、父親はプロテスタントだから今地獄にいると言われる話が出てくる（274）。Walsh 144 も参照。
（14）より包括的な十九世紀における地獄論については Rowell 参照。より包括的なユニヴァーサリズムの展開については Thrane 2011 参照。

第三章

＊本章は、「二つの「スキュラとカリュブディス」と、〈イエス伝〉〈イエス小説〉が語るイエスにならいてシェイクスピアを語るスティーヴン」というタイトルで『言語文化』第五八巻（二〇二一）、三–二五に掲載された論文を初出としている。本研究は科研費 21K00385 の補助を受けている。

（1）*The New Age* 1 (1907) : 414 ; 2 (1908) : 444.

（2）ティレルは revelation と神学を完全に等しいものとすることが theologism の根本間違い（239）、神学のはびこりは revelation の廃れ（239-40）と言う。

（3）具体的宗教というのは、啓示に言葉を与え、具体性を持たせた結果として現われた宗教の意。

（4）「形なき教会」あるいは「目に見えぬ教会」は、アイルランドの教会に反発し国を出たが、信仰を失ったのではないジョイスの宗教的姿勢を考える上で有用な概念となる。ジョイスの宗教的態度を二項対立的に考え、ジョイスは宗教を離れたと考える批評家が多いが（たとえば Lernout）、彼が大陸に渡っても教会に通っていた事実、および『ユリシーズ』においても『フィネガンズ・ウェイク』においても宗教的モチーフから離れられなかった点から考えるならば、ジョイスが信仰を失っていたとは考えられない。

（5）内在論（immanentism）への志向性を持つティレルの考え方（370, 376-77）はアイルランド教会からカトリックへの改宗者である彼の経歴と関係しているものと考えられる。

（6）イギリス人の名を出すことには、「ドイツやフランスにおける聖書批評が進んでいるのに対して」という意味がある。それは文脈によっては「大陸は過激であるが」という意味を帯びる。そのことはとりわけ後述する David Friedrich Strauss や Ernest Renan を追いかけるようにして出た Robert Seeley の本に対するイギリスの評によく現われる。この点については本書第四章も参照。

（7）聖書解釈の基調であった調和主義は後述の歴史的批判を受けて否定されていくが、大陸においてほど歴史的批判が機能しない保守的なイギリスにおいてはしつこく残る。この点については Pal 参照。

（8）言うまでもなく、四福音書以外にも多数の福音書が歴史上存在していた（Pal 4）。

（9）Stevens は十九世紀に書かれた〈イエス伝〉の多さを示す文脈でこの一節を引いているが（34）、ジョイスと関連する点には触れていない。

（10）シュトラウスのイエス伝を英語に訳したのはMarian Evans、すなわちGeorge Eliotである。シュトラウス以前の流れについてはPal, ch1 参照。

（11）著者はRobert Seeleyであると判明する。この著作は、ドイツのシュトラウス、フランスのルナンと比較するならば、前書きで「批判」という語を打ち出した割には、実際のところは踏み込みが足りない。それでも著者が誰かという下世話な関心と相まって英国内では話題の本となる。シーリーのイエス伝は、多くのイエス伝の中では、ドイツ、フランスの大陸的「行き過ぎ」に対し、「英国的良識」や穏やかさを示した書という位置づけになる。本書第四章参照。

（12）ジョイスは一九〇五年にルナンの回想録を読んでいる（Ellmann 1982, 193）。加えて一九二四年にルナンが育った地を訪れている（Ellmann 1982, 567）。

（13）Palはこのような描き方をOriental realismと呼び（36）、それを用いた著作をPalestinian romanceと呼んでいる（49, 115）。

（14）https://www.pef.org.uk/about/history/ 参照。

（15）この小説は人気を博し、一九一九年に映画化されている。

（16）それもそのはずでファラーは聖職者である。

（17）〈イエス小説〉の流れについてはStevensが詳しい。本論考で取り上げる作品の存在についてはStevensに多くを負う。

（18）ワイルドは第五のゴスペルを書くつもりと言っていた（Stevens 140）。

（19）二人はそれぞれオリジナリティを主張した（Stevens 225-26）。

第四章

（20）〈可能態〉において語るという点については、金井 二〇二二参照。

＊本章は、「沈黙の美学へ：ジョイスの『この人を見よ《エッケ・ホモ》』論に見る〈劇〉とエピファニーの埋葬」『言語文化』第五三巻（二〇一六）、十七－三四を改稿したものである。

（1）絵画の題名は、《エッケ・ホモ》のように、二重山かっこで表記することとする。

（2）以下の略歴は、*The New Volumes of the Encyclopaedia Britannica*, 10th ed. Vol. 7, 1902, 29; A.F. "Michael Munkaisy"を参照した。

（3）Marianna Gula も当時の専門家の評価は低かったと指摘する。

（4）著者は当時ロンドン大学でラテン語を教えていたJohn Robert Seeley。のちにケンブリッジの歴史学教授となる。著者名の謎は雑誌を賑わす。*Macmillan's Magazine* 一八六六年五月号は、『エッケ・ホモ』を出した出版社が、『エッケ・ホモ』の著者に会えるとして、著者ではないかとされる十六人を呼んだディナー・パーティーに言及をし、自社が関わった謎を煽っている。*North American Review* 一八六六年七月号は著者を *The Westminster Review* 最新号でコールリッジの書評をした人と類推する。*The Biblical Repertory and Princeton Review* は、註で Richard Holt Hutton を著者とする説を示す。*The Ladies' Repository* 一八六七年七月号は Prof. Massey を著者としたが本人に否定されたことを告げている。Jennifer Stevens は一八六六年末までに Robert Seeley が著者であることを認めたとし（49）、William Baird は第二版が出たときに著者名を明らかにしているとするが（56）、*Ecce Homo* の続編 *The Natural Religion* が一八八二年に出たときにも、その著者名は依然として "the author of *Ecce Homo*" と記されており、その書評を掲載した *The Edinburgh Review* 一八八二年十月号も著者名を明らかにしていないことからすると、その真偽ははっきりしない。シーリーの訃報を掲載した一八九五年一月十五日付の *The Times* 紙が（"Death of sir John Seeley"）、彼の著作として *Ecce Homo* を載せていることからすると、そのときまでには彼が *Ecce Homo* を著したことが周知の事実となっていたことがわかる。興味深いことに、一九二〇年になっても *Notes and Queries* には *Ecce Homo* の著者は誰かという問いが依然寄せられている（"philochristus"; "Ecce Homo"）。（正しい答えが二号後に掲載されている）。ついでながら、この問いは *Philochristus*（本書第三章参照）が *Ecce Homo* の作者に献じられていることを指摘している。

（5）*Discussions and Arguments on Various Subjects* に収められたこの一八六六年六月の書評は、後に触れる *The Catholic World* 3.17（1866）618-34 にも転載されている。

（6）以上の雑誌のレヴューについては "Ecce Homo" と題されたもの参照。このほかにも *North British Review* 一八六六年三月号、*The London Quarterly Review* 一八六六年四月号、*The Christian Spectator* 一八六六年五月号および六月号にもレヴューが確認できる。『エッケ・ホモ』の人気は大西洋の対岸まで伝わり、そこでも多くの書評が書かれる。*The Ladies' Repository* 一八六七年六月号、*New Englander and Yale Review* 一八六六年七月号、*North American Review* 一八六六年七月号、*The Atlantic Monthly* 一八六六年七月号参照。より広い展開については Stevens、Baird 参照。

（7）著者は Joseph Parker であることがわかっている。

（8）このことは、『スティーヴン・ヒアロー』でスティーヴンが言う「イエスを普通名詞にした」（141）という言葉と共鳴している。

（9）この詩文の出典については Gabler 1974; Citino 参照。

（10）アイロニーについては、David G. Wright が *Ironies of* Ulysses で包括的に扱っている。

（11）パラドクシストについては、本書第八章および、金井 二〇二一参照。

第五章

＊本章は、「シング、ムア、ジョイスのバード・ガール」『言語文化』第五六巻（二〇一九）、三‐十八に若干の修正と加筆を施したものである。

（1）ムアの *Hail and Farewell* は、『出会いと別れ』といった邦題があてられることがあるが、この三巻本には、カトゥルス（Gaius Valerius Catullus）が戦争で死んだ兄弟の亡骸を目にしながら口にする惜別の言葉 *Ave,*

*Salve, Vale*を踏まえた副題がそれぞれ付けられている。実際ムアは、第三巻で自身が生まれ育ったビッグ・ハウス、ムア・ホールを訪れ、過去の思い出に浸りながらも、弟モーリスとの生き方の違いから、生きながらにして弟に別れを告げるときにカトゥルスの言葉を口にする。それは同時にアイルランドとの惜別の言葉ともなっている。以上を踏まえ、題名を『いざ、決別の時』とした。

（2）横内一雄はデリダの『盲人の記憶』を用いながら、視覚的であるこの場面においてジョイスは海辺の少女を見ていないと論じているが、このあと見るように、ジョイスが見ていたのは、トポスとしての海辺の少女であるという意味で、横内の指摘は正しい。しかし、これはここでの描写が視覚的でないということを意味しない。

（3）Beryl Schlossmanは、キリスト的な光のイメージ、洗礼の水のイメージ、精霊＝鳩のイメージを見出している（xxiv）。

（4）田中恵理も精神的、肉体的という二項対立を用いて、第四章に性の排除を見ている。バード・ガールのシーンにおける聖と俗の融合は古くから指摘されている（Benstock 1976, 209; Epstein 99-100）。他の神話的背景、とりわけケルト神話についてはRadford参照。

（5）『ユリシーズ』のブルームの文通相手のマーサ、あるいは第十三挿話のガーティのモデルとされる（Ellmann 1982,450, 452）。

（6）ペチコートといっても下着ではなく、スカートのこと。ムアでも同様。

（7）ゲール語復興運動が繰り広げられていた当時、イギリス支配により失われたアイルランド性を取り戻そうということから、トートロジカルではあるが、「アイルランド的なアイルランド」（Irish Ireland）が求められていた。典型的な例としてはD. P. Moran, *The Philosophy of Irish Ireland*がある。ムアがゴルウェイに行ったのも、アイルランドの伝統文化復興イベントであるフェーシュ（*Feis*）に参加していたイェイツとエドワード・マーティンに会うためである。

（8）「見え消し」と呼ぶこともある。

(9) ジョイスの書簡集第二巻で『湖』に触れている書簡は以下の通り。一九〇五年十二月四日付(『湖』の書評送るよう弟に指示)(129)、一九〇六年八月十九日消印(『湖』を買ったら送ってくれと頼む)(152)、同年八月二四日付(『湖』を買って読んだ)(154)、同年九月六日付(弟に『湖』送るので、考えを聞かせてくれるよう頼む)(157)、同年九月十八[-二〇]日付(『湖』の終わり方のまずさを述べる)(162-63)、同年十二月七日付(ムアが書き直しをしたこと、評価されていることに触れる)(201)。

(10) 金井 二〇一八参照。

(11) 註の3で触れたSchlossmanも、文脈は異なるが洗礼のイメージを読み取っている。またAlbert J. Solomonも、ジョイスは仕上げにムアの『湖』から、secular baptism、水と鳥のイメージを借用していると指摘している(273)。

(12) 不思議なことに、ゴガティーは聖職を辞したあと好きな女性であるはずの彼女のもとに向かうことをしない。それは彼女が精神的な存在であることを示す。この点については、本書第六章参照。このことは変節の契機となった女性を描くにあたり、生身の女性と精神的な存在としての女性という二つの側面をムアの場合には統合できず、矛盾を残したことを意味する。

(13) ジョイスは一九〇五年にルナンの回想録を読んでいる(Ellmann 1982,193)。加えて一九二四年にルナンが育った地を訪れている(Ellmann 1982, 567)。これは、彼にとってルナンが持っていた意味の大きさを物語る。

(14) 宗教モダニズムについては金井 二〇一六a、五一および本書第一章を参照。

(15) 神父と性の関係に対しカトリックの教会側も警戒していた様子は、例えば、Mooreの*The Untilled Field*中の短篇“A Letter to Rome”にも描かれている。

(16) この結果として第四章末には第二章末と三章末に描かれている状態の弁証法的発展が書き込まれることになる。第二章末は娼婦の腕の中にいるスティーヴンを描き、第三章末は教会の腕の中にいるスティーヴンを描く。この二つの章末が俗と聖を表しているのに対し、第四章末は俗と聖を統合させている(Redford

24; Steinberg 149)。

(17)『ユリシーズ』第十三挿話で描かれる海辺の少女ガーティもまたこの系譜に位置づけて考えなくてはならない。

第六章

＊本章は、「ジョイスとムアのインターテクスチュアリティー（一）——二つの「西への旅」」『言語文化』第五二巻、二〇一五、四九-六八を改稿したものである。

(1) Aughrim はもともとアイルランド語の *eachroim* に由来するので、オーフリムと表記した。オークリムという発音も多い。

(2) Richard Ellmann は "journey westward" を「死ぬ」の意のクリシェとする（1982, 249）。revivalist Utopia としての西にジョイスが関心持っていたことを示した研究書としては、Frank Shovlin, *Journey Westward: Joyce, Dubliners and The Literary Revival* が代表的。

(3) ジョイスが使った「西への旅」をムアがすでに『湖』において使っていたことは、ジョイス批評、ムア批評双方において不思議なくらい長らく指摘されてこなかった。初めて言及したのは、Patrick, McCarthy による一九八三年の論文 "The Moore-Joyce Nexus: An Irish Literary Comedy" となる。

(4) ボイコットでアイルランドに引き戻されたことについては Moore, *Hail and Farewell: Salve*, 6; *Hail and Farewell: Vale*, 11 参照。ムアが遺産相続した領地は、メイヨー州に一二三七一エーカー、ロスコモン州に一一〇エーカーあり、評価額は三五九六ポンドだった。実際はその二五％増を受け取るのが普通だったという。『告白』仏訳版には渡仏していた当初ムアが年三〇〇〇～四〇〇〇ポンド受け取っていたことが書かれていたが、その後削除された（Hone 40）。

(5) "I am a victim to the disease of rewriting." とムア自身『虚ろな運命』の序文に書いている（vi）。

(6) *The Lake* 改訂の詳細については、Sue Thomas および Clive Hart を参照。

（7）ムアが実名を小説で用いることには批判があった。ゴガティーの母がムアに抗議をすると、ムアは Oliver Gogarty という名を用いたのはほかに強弱弱格が二つ連なる名前を思いつかなかったからと答えたという。ムアには考えつかなかったというその強弱弱格が二つ連なる名前を、ジョイスは Malachi Mulligan という名前で簡単に示し、それをゴガティーをモデルとした登場人物名に用いた（Frazier, 553 n144）。そのように、マリガンが『湖』を意識して作られているのであれば、彼が『ユリシーズ』第一挿話末で裸になって海に入るのは、このあと述べる入水自殺を偽装するために裸で湖に入るゴガティー神父のパロディーとも見える。

（8）安達正は『ジョージ・ムア評伝―芸術に捧げた生涯』で『湖』が実際に起こった事件にもとづくことを指摘しているが、神父の名は挙げていない（167）。*Dictionary of Irish Biography* には、正しい名前の表記と彼がゴガティー神父のモデルになった旨の指摘がある（Maume 751-52）

（9）Maume によればコネラン神父は一八八九年に故郷に生きて姿を見せたことで、各方面からバッシングを受ける。彼のパンフレットはそれに対する反論となる。

ちなみに、ジョイスは『ユリシーズ』においてコネラン神父に言及している。"Mr Bloom turned at Gray's confectioner's window of unbought tarts and passed the reverend Thomas Connellan's bookstore. *Why I left the church of Rome?*"（*U* 8.1069-71）との記述は、カトリックをやめてプロテスタントになった人物として神父の存在をジョイスが知っていたこと、コネラン神父が一九〇四年当時のダブリンにおいてもなお意味をもつ存在であったと認識していたこと、あるいは、そのような存在を『ユリシーズ』を読む者に思い出させようとしていたことを示す。

（10）このように突然聞こえてくる言葉をムアは echo-augury と呼んだ（*Confessions* 3, 11, 113）。これはジョイスのエピファニーの原型となっていると言えるが（Parkes 269; B.K.Scott 135）、エピファニーと意味合いが違う部分がある。

（11）通常「盗用」、「流用」、「領有」、「私用化」といった訳があてられるアプロープリエイション

（appropriation）という語は、とりわけポスト＝コローニアル批評の文脈で、政治的・経済的・文化的・歴史的な力の差を、意識的、あるいは無意識的に用いて、他国の文化をそのコンテクストを無視して自国の文化のコンテクストに合わせた解釈をするという意味で用いられる。あるいは、カルチュラル・スタディーズにおいて、同じ作品であっても解釈する者のバックグラウンドの違いから異なった解釈が生じることを指すのに用いられる。それらを念頭に置きながらも、本書ではこの語を Kathleen Ashley 同様広い意味で用いている。つまり、あるものを解釈するときに、作者の意図や作品に書かれていることにかかわらず、読み手が、程度の差はあれ、不可避的に、もともとの意味とは違う意味に取ってしまうことを指す概念として用いている。その意味では、インターテクスチュアリティー、影響、引用、翻案などすべてを包括する概念と考えている。

(12) それはアプロープリエイションということである。

(13) イェイツがシングにアラン島へ行けと言ったのはその意味においてである。

第七章

＊本章は、「"much, much to learn" ——ジョイスのコインシデンス再考（一）」というタイトルで、『言語文化』第五七巻（二〇二〇）、三一‐二三に掲載されたものを初出としている。

（1）緩衝材が敷かれ bedded、そこに梨 pear と、ボトル bottle が横たわる描写を性的とする Sicari の読みが正しいとするならば、そこにもモリーの不倫が書き込まれている（177）。

（2）コインシデンスの先行研究としては、Ackerley; Attridge; Briskin; Camilleri; Ellmann 1955; Hannay 1983, 1984a, 1984b; Hayward; Rabaté; Rosenfeld 参照。『ユリシーズ』で coincidence という語が使われるのは、U8.503; 8.525; 11.303; 11.713; 15.593; 16.414; 16.826; 16.890; 16.1222; 16.1776; 17.323; 17.633; 17.635; 17.639 においてである。

（3）ジョイスは書簡の中で、最後の言葉はモリーによって発せられるとし、それによってモリーに言い寄る他の男たちは、『オデュッセイア』においてと同様、虐殺されるとしている(*L* I.152)。
(4)ジョイスのコインシデンスがユングのシンクロニシティと近似性を持つことを論じた Verene の論文は一読に値する。
(5)広告との関係では Alonso, Gunn 参照。
(6)Alonso はサンドウィッチマンがサンドウィッチを出して食べるカニヴァリズムを見ている(110)。
(7)『ユリシーズ』にはそのような誤誘導の罠も仕掛けられている。
(8)Hayward は両者を同じものと解釈し、帝国主義との関連で論じているが、両者を同じとする必要はない。またジョイスの意図が帝国主義下で帝国の製品を買わされることへの抵抗であるならば、そのまま英国製とした方がよかったであろう。
(9)*U* 8.612; 11.296-7。*U* 11.810-11; 13.1105 で home が抜けるのも意味深い。
(10)第八挿話で用いられる言語は、昼食前の空腹を次第に強く意識していくブルームの影響を受け、日常的なことの描写も食べ物に関連した言葉で表される。ここもそのような「食物的言語」の例となっている。
(11)北村富治が指摘をしているように、これには "up a gum tree" という類似表現もある(381)。*OED* では "to be up a gum-tree: to be in great difficulties" と説明されている。
(12)Sakr 163-4; Thacker 197-99. 二〇〇三年にその地に Millennium Spire が建てられた。『ユリシーズ』第七挿話のパラブルとゾラの『居酒屋』第三章で結婚式を挙げた一行がヴァンドーム広場の塔に上るシーンを比較した Sakr の論は視点として興味深い。
(13)Gifford 46:Slote は彼が編集した *Ulysses* でこの語に "Sluggishly, dully, stupidly" (*OED*)と註をつけているが(*Ulysses* [Alma classics], 567)、*OED* に lourdily の項はない。これは *OED* にある形容詞 lourd の定義を踏まえた説明ということになる。
(14)結果として、二人に見えるのは教会の屋根だけで、他は見えない(Sicari 75)。
(15)Leland はプラムトゥリーを第十七挿話の heaventree of stars とつなげて論じている。

第八章

（1）したがって沈黙の詩学は余剰の詩学と表裏一体の関係にある。金井 二〇一一参照。

（2）『アイリッシュ・ホームステッド』版の「姉妹」については、Norton 版の *Dubliners* に収められたテクストを用い、そのページ数を示す。『アイリッシュ・ホームステッド』が、I・A・O・S（Irish Agricultural Organization Society, Ltd）の機関紙であった点については金井 二〇一六 a 参照。

（3）ジョイスが作品に入れたと言う、学者を忙しくさせる謎やパズル（Ellmann 1982, 521）とは、個別のものではなく、このような書き方であることがわかる。

（4）〈レムナント〉に関しては Eglinton, *Two Essays on the Remnant* 参照。

（5）エグリントンを含む聴衆を前にシェイクスピア論を展開する『ユリシーズ』第九挿話は、その仕返しと読み込むことが可能であろう。その点については金井 二〇二二、二三四参照。

（6）この経緯については南谷 二〇一九参照。

（7）より正確に言えば、スタイルに問題のある『ヒアロー』に沈黙の詩学を適用し、その問題をクリアーしようとすると、分量が何倍かになってしまう問題となる。スタイルの問題をクリアーしたときに分量が大きくなる実例として『ユリシーズ』がある。

（8）彼がローマに住んでいたとき、この問題について教皇庁にまで行って確認したことは（*L* II, 192）、彼のこだわりを示す。

（9）本書第三章参照。

（10）"But, Father Darlington, I must tell you that I have not the faith, I am not a believer." と言って彼が断った相手の神父 Father Darlington は、『ヒアロー』、『肖像』でスティーヴンが美学について話す学監（『ヒアロー』だと Father Butt）である（Mamigonian and Turner 352-53）。

（11）その主張は正しくても、エゴイズムにとどまる。それはまた、『ヒアロー』において classic temper と対立させて romantic temper を批判するスティーヴン（*SH* 78-79）の態度と矛盾する。

（12）以下は金井 二〇二二、二一二－一五に書いたことだが、重要な点なのでここでも繰り返し、書いておく。

（13）"By the instructions which had been given us before confession, we had been made to believe that the priest was the true representative, yea, almost the personification of Jesus Christ."（Chiniquy 1887, 182）

（14）Chiniquy 1887, 45 参照。

（15）告解はもともと神に対して行なうもので、教会の制度にもとからあったのではない点を Chiniquy 1887 は詳述している。

（16）神の前に〈秘密〉はないことからすれば、〈秘密〉というとらえ方をする自体が宗教から離れる意味合いを持つが、秘密を持つ者に対し、秘密を知る者が優位な立場に立つことは言うまでもない。それは宗教の名の下で精神的支配を生む。聴罪司祭の告解者に対する精神的支配は、教会が信徒を宗教という名の精神的支配のもとに置くことを意味する。Chiniquy は告解こそがローマ・カトリック教会の絶大な権力の礎石であり、抗うことのできない影響力の秘密はそこにある、と指摘し、人々が告解を止めれば Romanism は灰燼と化す、と加える（1887, 77）。

（17）Chiniquy は告解の秘匿性破られその尊厳はよからぬ目的に悪用される点を、Eliza Richardson, *Personal Experience of Roman Catholicism* 63 を引きながら問題とする（1887, 201）。映画 *A Prayer for the Dying*, 1987、*Calvary*, 2014 にはそれを逆手に取って、殺人者が神父の口を封じるために意図的に告白をする場面がある。

（18）同じ問題は、ほかに映画 *The Magdalene Sisters*, 2002、*Doubt*, 2008 でも取り上げられている。

（19）その認識は実際正しくないわけではない。聖職者の性的モラルの問題はカトリックが抱える古くて新しい問題であり、十九世紀にはたとえば Justin D. Fulton, *Why Priests Should Wed*（1888）; J. C. *Why Priests Should Wed?*（1888）といった書物が出ていた。

(20)『ユリシーズ』においては水を怖がるスティーヴンが描かれるが、『ヒアロー』におけるスティーヴンはよく泳ぎに行く。伝記的にもジョイスは泳ぎが得意であった。このことは『ユリシーズ』におけるスティーヴンの「恐水症」を文字通りに読んではならないこと、なにかしらの意味を付加された比喩であることを意味する。
(21)インフォーマーについては高神信一参照。
(22)三項目以降からもスティーヴンは規定されるから多重に規定されることになる。
(23)gnomonを日時計の針のようにとらえるWeirは、「世界住所」に書かれる、小さい空間からより大きい空間へと広がる。あるいはその逆の動きを、gnomonの針が高くなったり低くなったりする結果としての影の大きさの変化と見る(1996,85)。
(24)エズラ記八章四四節、シラ書〔集会の書〕十七章三節も参照。
(25)Scarlett Baronも別の文脈で同じことを指摘している。
(26)ジョイスの沈黙を扱ったものとしてはJolanta Wawrzycka and Serenella Zanotti編の*James Joyce's Silences*があるが、沈黙を外形的にとらえすぎている。

第九章

(1)ジョイスの母が亡くなったのは八月である。それを小説の中で六月に移すのはスティーヴンとハムレットを重ねる都合上のことである。
(2)http://www.isleofman.com/News/details/16975/why-are-they-called-the-house-of-keys-には、"However, the widely accepted explanation is that the word "keys" originated from the Norse word 'Kjosa' meaning 'chosen'. Another suggestion is that the Gaelic name kiare-as-feed (meaning 'four and twenty') was mispronounced."と説明がある。
(3)夏目は三回と言うが、*U*15.1941-52はDaughters of Erinによるものでブルームのものではない。

（4）この点については、金井 二〇二二参照。
（5）ジョイスがいくつの川の名前を入れたかは、手紙を見る限りはっきりしない。ヴァレリー・ラルボー宛の一九二七年十月十八日付の手紙では、第八章に入れた川の名前の数は三五〇になるとジョイスは言っているが、ハリエット・ショー・ウィーヴァー宛の一九二七年十月二八日付の手紙では、数百だといい、彼女宛の同年十一月九日付の手紙ではさらに一五二の川の名前を付け加えたといっている。*L* I. 259, 261; *L* III, 164. Mink は九八〇の川の名前を挙げている。
（6）ただし、スティーヴンが考える、ピュロスが倒れなかったらといった歴史上起こらなかったことの可能性は、アリストテレスが言う可能態とは異なる。

第十章

（1）スタニスロースは、ジョイスが「パターン」を用いて書いた最初の作品という表現の仕方をしている（*MBK* 225）。
（2）ほかに副詞 gracefully (*D* G.195) の形での使用もある。
（3）ジョイスが読んでいたルナンの『イエスの生涯』の中にある解釈と比較してみるとその違いが際立つであろう。
（4）海水浴場とすると砂浜をイメージしてしまうが、Forty Foot（テクストでは "the fortyfoot hole"）は岩場にある。
（5）ただし、『ヒアロー』は死後出版であるため、その存在を知らずに『肖像』、『ユリシーズ』を読む者にはこの変化は目につかない。
（6）この点については Minamitani の博士論文第五章がすぐれている。
（7）予想されることではあるが、当時の国勢調査を見てもデダラス姓の人はアイルランドに一人としていない。

（8）これは、『ユリシーズ』第一挿話で、イエス・キリストの血と肉がワインとパンに変わる全質変化をもじるマリガンの make water の茶化しにつながる。

（9）この点でおもしろいのは、Joseph Strick 監督——『ユリシーズ』も映画化している（一九六七）——による『肖像』の映画版（一九七七）である。小説ではこのおねしょの前に置かれている謝らないとワシ来て目をくりぬくわよというダンテの言葉を受けて展開される、"Pull out his eyes" と "Apologize" を組み合わせた韻文を、彼はおねしょのあとに持ってきている。原典からすれば誤った解釈ではあるが、おねしょと家庭・社会との一般的な結びつける好例になっている。この点については金井二〇一六b参照。

（10）一九〇一年のアイルランドの国勢調査（http://www.census.nationalarchives.ie/search/）によると、Bloom 名は全国で三一名いるが、内ダブリンに十六名がいる。これとは別に Blum 名で六名がいずれもダブリン市内のロンバード通りにいる。

（11）"looked as it flowed（flower in his coat: who gave him?"（*U* 11.366）という文も flow と flower の近さをテクスト上で表わす例と見ることができるかもしれない。

（12）Herring はランボー由来であるとしている。ただし、アイルランドの国の色が緑というのは、近代の invention である。昔はなかった、あるいは青だったという。P. W. Joyce, 384; Birmingham 155; *The Journal of the Royal Society of Antiquaries of Ireland*, 32（1903）: 417 参照。

（13）しかしそれは単なる受動的な経験ではない。国の側からの主格所有格の「愛」は括弧に入れて空白にしたまま臣民に主格所有格の「愛」を要求してくる国の、スティーヴンの側からの主体的「追放」である。スティーヴンはこうして国から「追放」されると同時に国を「追放」する。それによって自身を「追放」する。

（14）この読みは Ellmann が *Ulysses on the Liffey* で示す読みにも合致する。

（15）場に隠すということは、読者に託すことを意味する。読者はジョイスが仕掛けたエピファニーという名の批判を読み取れるかどうかを常に試されることとなる。エピファニーと読めない読者はジョイスからすれば彼が批判している対象と同程度であると烙印を押されることになる。

（16）ジョイス作品のアイロニーに見る Wright の著作は、注目されるだけの価値がある。
（17）重要な発見であるが、この作品においての gnomon は時計の針としての gnomon である。
（18）異綴りの Deasey についても同じことが言える。https://www.barrygriffin.com/surname-maps/irish/Deasey/ 参照。田多良俊樹はディージーがアルスター出身でなくてもよいとするアン・メアリ・ダーシー（Ann Mary D'Arcy）の考え方を紹介している（一〇一）。
（19）この点はモダニズム文学の特徴として挙げられるエリート主義がジョイスには当てはまらないことを意味する。ジョイスには確かに烏合の衆批判をする面、大衆には手の届かない知のレヴェルを求める面があり、それはエリート主義と言ってもよいが、ジョイスはそこに〈赦し〉を含めている点で性質が微妙に異なる。
（20）narrative distance は、一九七〇年代から八〇年代にかけての文体論を主とする批評で取り上げられてきたもの。これについては拙著『「ユリシーズ」の詩学』参照。

あとがき

ジョイスを読んでいて宗教が欠かせないテーマであることはわかっていたが、宗教心を持ち合わせない、またキリスト教というものを理解していない自分には手の出せない領域と考えていた。それでも、その相においてジョイスをとらえないと彼の作品を理解できないであろうという予感はあって、いつかは向き合わないといけないと思っていた。本書は、そのようにして喉に刺さっていたとげを、一本また一本と抜く作業の結果としてある。

したがって、本書のタイトル『ガラス越しに見るジョイス』も宗教的な意味を表わすものとなる。ここには二つの意味を込めている。ひとつは、コリントの信徒への手紙（一）の十三章十二節にある言葉"For now we see through a glass, darkly;"（欽定訳）を踏まえたものである。「ガラスを通して見る」――訳によっては「鏡におぼろに映ったものを見ている」とされることがある――とは、文字通りはっきりとは見えないことを指す。見る対象は神である。神はそのようにぼんやりとしか見えないということを書いた一節である。

本書を『ガラス越しに見るジョイス』としているのは、ひとつには、そのようにして神を見ているジョイスをイメージしている。宗教を捨てたと言われるが、そうではなく宗教にむしろ執着しているがゆえに、制度としての教会を許せなかったジョイス、本書で紹介したティレルの言葉を借りるなら「目に見える教会」から「見えない教会」へと移ったジョイスを表わす言葉として用いている。

ついでに言うなら、そのようなジョイスをイメージするにあたっては、サミュエル・バトラー（Samuel Butler）の『美しき港』（*The Fair Haven*）の一節を頭に置いている。人間の創るものを振り返って見てみても、完全なるものを画家は描けないと書いたあとで（202-03）、バトラーは次のように言う。

これと同じことが福音書記者の記録にも見つかるのではないか。真摯で愛に満ちた心を持った人たちの、子供のように自己を滅した著作の純真さ、素朴さは、そこにある多くの欠点、違いを含んだ表記、欠落を補って余りあるのではないか。われわれはこういったところ越しに見ることができる。それはちょうどぼんやりとガラス越しに見るようなもので、あるいは、ヴェネチアの肖像画の申し分のない傑作を秋の夕暮れの薄れゆく光で見るようなものである。そういうときには、絵の美しさが夕暮れの暗さと神秘によって何百倍にも高められる。実際の輪郭は確かにははっきりとは見えない。だが、そこに残る響きには実際の音よりも霊妙な美しさがあり、そういう響きをわれわれはわれわれの中に見い出すのだ。われわれの想像力の方が、どんな画家の手よりも、われわれが望むものの近くに寄り添うものなのだ。（203-04）

バトラーが、コリントの信徒への手紙（一）の一節を同じように踏まえながら、どんな芸術も完全なものたりえないように、福音書も完全ではないが、それを通してその先にある完全なるものが、より美しく見えると記すのは、ラショナリズムの嵐の中で信仰を失った人物が、それを乗り越えて神を見る新たな境地としてである。これはジョイスの心持ちと似ているように見える。それは、「ガラス越しに見る」という言葉を何度も用いる『フィネガンズ・ウェイク』（*Finnegans Wake*）につながっている。

『ガラス越しに見るジョイス』というタイトルに込めたもうひとつの意味は、「ガラス越しに」われわれ読者が「見る」ジョイスという意味である。つまり、ジョイスが神を「ガラス越しに」見たように、われわれ読者はジョイスを「ガラス越しに見る」。だからといって、ジョイスを神格化しているのでも、神格化しようとしているのでもない。読者、というか私のような者にとっては、ジョイスを十分に理解するということは難しいことで、私に見えるジョイスはいつも曇りガラスを通して見える姿でしかない、という意味である。もちろん、そのガラスの曇り具合は、私自身の曇りである。その曇りには学問上許されぬ間違いもあるやもしれぬ。お叱りは甘んじて受けたい。

本書が形になるまでには多くの方にお世話になった。私の妄想のような解釈を我慢強く聞いてくれて、耐えられなくなると私を正気に戻す言葉をそれとなくかけてくれた大学院のゼミテンの諸君には特に感謝している。また、『ユリシーズ』出版一〇〇周年にあたる二〇二二年のブルームズデイに本書を出すにあたっては、いつものことながら、言叢社の島亨氏、五十嵐芳子氏にお世話になった。この場をお借りして御礼申し上げたい。

二〇二二年六月

金井嘉彦

索引

オーケストレーション orchestration 146-47
オーフリムの乙女 “The Lass of Aughrim” 155, 172, 335
オドノヴァン，ジェラルド・O'Donovan, Gerald 28, 49, 55-58, 65, 67, 235-36, 327;『神父ラルフ』*Father Ralph* 28, 55-58, 65, 67, 235-36;『待つ』*Waiting* 49;『ヴォケーション』*Vocation* 236
恩寵 grace 66, 285-88

【カ】

ガーヴィ，アルフレッドE. Garvie, Alfred E. 85-86, 93:『イエスの内的生についての研究』*Studies in the Inner Life of Jesus* 85-86
カーナハン，コウルソン Kernahan, Coulson『御子、賢者と悪魔』*The Child, the Wise Man and the Devil* 98-99
χ《カイ》 11, 283-323
鍵 key 228, 256-62, 309
形なき教会 formless Church 80, 329
語りの上での距離 narrative distance 322, 344
可能態 potentiality, possibility, *dynamis* 97, 101, 280-81, 330, 342
ガブラー，ハンス・ヴァルター Gabler, Hans Walter 39, 146, 332;「失われた七年」“the seven lost years” 39
姦通 182-90, 192-94, 196, 198, 201, 263-65, 269, 310, 317, 337
カント，イマヌエル Kant, Immanuel 25, 28-29, 31, 223
ギーキー，カニガム Geikie, Cunningham『キリストの生と言葉』*The Life and Words of Christ* 93, 95-96, 98
Qテクスト Q-text 86
クラリタス *claritas* 21, 25, 247, 322
クローニン，ジョン Cronin, John 164
クロンゴウズ・ウッド・カレッジ Clongowes Wood College 47, 172, 230, 240-42, 247
ゲーリック・リーグ Gaelic League 159
ゲーリック・リヴァイバル Gaelic Revival 156
ゲール語復興運動 159, 160, 333
劇《ドラマ》 drama 10, 105-132, 316, 331
ケルティック・リヴァイヴァル Celtic Revival 176
行為遂行的 performative 187
現実態 actuality, *energeia* 280-81
コインシデンス coincidence 11, 71, 78, 179-281, 337, 338
コーリング（召命）calling 91, 292
ゴガティー，オリヴァー・セント・ジョン・Gogarty, Oliver St. John 162, 257, 336
コステロ，ピーター・Costello, Peter 118, 139, 290
告解 confession 5, 6, 46, 50, 56, 221, 233-34, 328, 340
コネラン神父，トーマス Connellan, Father Thomas 145, 164,-68, 176, 224, 336;『反対側の意見を聞け』*Hear the Other Side* 165-66, 224, 336
小林宏直 59, 61, 270, 328
コレリ，マリー・Corelli, Marie『バラバ――世界の悲劇の夢』*Barabbas: A Dream of the World's Tragedy* 99
コンソナンティア *consonantia* 21, 25, 247, 322

【サ】

サインの文学 11, 253-82
サリヴァン，ケヴィン Sullivan, Kevin 137
シーリー，ロバート Seeley, Robert『エッケ・ホモ――イエス・キリストの生涯と御業についての概察』*Ecce Homo: A Survey of the Life and Work of Jesus Christ* 89, 121-25, 331, 332
シェイクスピア，ウィリアム Shakespeare, William 4, 10, 75-102, 126, 127, 157, 260, 276, 329, 339;『ロミオとジュリエット』*Romeo and Juliet* 174, 212;『ハムレット』*Hamlet* 81, 260-61, 307-08
ジェイコブズ，ジョゼフ Jacobs, Joseph『他者の見るイエス』*As Others Saw Him* 99
地獄の説教 hell sermon 10, 50, 53-73, 303
自然主義 naturalism 159, 160, 213-14, 281
実体変化 transubstantiation 166, 293
シモニー simony 211, 212, 217
シャン・ヴァン・ヴォフト Shan Van Vocht 204, 307
シュヴァイツァー，アルベルト Schweitzer, Albert『史的イエスの探究――ライマールスからヴレーデに至る進展の批判的研究』*Quest of the Historical Jesus: A Critical*

【タ】

【マ】

【ヤ】

【ラ】

【ワ】

参考文献

Abakuks, Andris. "The Synoptic Problem and Statistics." *Significance* 3 (2006): 153-57.

-------. "A Modification of Honoré's Triple-Link Model in the Synoptic Problem." *Journal of the Royal Statistical Society: Series A (Statistics in Society)*, 170 (2007): 841-50.

Abbott, Edwin Abbott. *Philochristus : Memoirs of a Disciple of the Lord.* Macmillan, 1878.

Ackerley, Chris. "'Well, of course, if we knew all the things': Coincidence and Design in *Ulysses* and *Under the Volcano*." *Joyce/Lowry: Critical Perspectives*. Ed. Patrick A. McCarthy, and Paul Tiessen. UP of Kentucky, 1997. 41-62.

A. F. "Michael Munkacsy." *The Magazine of Art*, 24 (1900): 414-15.

Aldington, Richard. "The Influence of Mr. James Joyce." Rpt. in *James Joyce: the Critical Heritage, Vol. I 1902-1927*, ed. Robert H. Deming. Routledge and Kegan Paul, 1970. 186-89.

Alonso, Sabrina. "Advertising in Ulysses." *Publishing in Joyce's* Ulysses: *Newspapers, Advertising and Printing*, *European Joyce Studies 26*. Ed. William S. Brockman, Tekla Mecsnóber, Sabrina Alonso. Rodopi, 2018. 107-29.

Aquinas, Thomas. *The "Summa Theologica" of St. Thomas Aquinas.* Pt.1. 1st Number (QQ. I-XXVI) Trans. Fathers of the English Domincan Province. R. and T. Washbourne, 1911.

Aquinatis, S. Thomae. *Summa Theologica.* Tomus Primus Pars Prima: I-LXXIV. Paris: Bloud et Barral, 1880.

Ashley, Kathleen. "The Cultural Processes of 'Appropriation'." *Journal of Medieval and Early Modern Studies* 32 (2002): 1-15.

Attridge, Derek. "The Postmodernity of Joyce: Chance, Coincidence, and the Reader." *Joyce Studies Annual* 6 (1995): 10-18.

Aubert, Jaques. *The Aesthetics of James Joyce.* 1973. The Johns Hopkins UP, 1992.

Augustine of Hippo, St. *St. Augustine's Confessions.* Trans.William Watts.Vol.1. William Heinemann, 1912.

Ayres, Samuel Gardiner. *Jesus Christ Our Lord: An English Bibliography of Christology Comprising over Five Thousand Titles Annotated and Classified.* A. C. Armstrong and Son, 1906.

Bailey, Albert E. *Art Studies in the Life of Christ.* The Pilgrim Pr, 1917.

Baines, Robert." Hegel (and Wagner) in James Joyce's 'Drama and Life'." *Journal of Modern Literature* 35:4 (2012): 1-12.

Baird, William. *History of New Testament: From Jonathan Edwards to Rudolf Bultmann*, Fortress Press, 2003.

Balakier, James J. "An Unnoted Textual Gap in the Bird-Woman Epiphany in James Joyce's

'A Portrait of the Artist as a Young Man'." *The Canadian Journal of Irish Studies*, 25 (1999): 483-96.

Baron, Scarlett. *'Strandentwining Cable': Joyce, Flaubert, and Intertextuality.* Oxford UP, 2012.

Bayne, Peter. "Ecce Homo." *The Fortnightly Review* 5.26 (Jun 1866):129-42.

Beavan, Arthur Henry. *Imperial London.* J. M. Dent, 1901.

Beckson, Karl. "Moore's *Untilled Field* and Joyce's *Dubliners*: The Short Story's Intricate Maze." *English Literature in Transition, 1880-1920*, 15.4 (1972): 291-304.

Beja, Morris. *Epiphany in the Modern Nnovel.* U of Washington P, 1971.

Bennett, Linda. "George Moore and James Joyce: Story-teller versus Stylist." *Studies: An Irish Quarterly Review*, 66.264 (1977): 275-291.

Benstock, Bernard. "The Dead." *James Joyce's* Dubliners. Ed. Clive Hart. Faber and Faber, 1969.153-69.

-------. "A Light from Some Other World: Symbolic Structure in *A Portrait of the Artist.*" *Approaches to Joyce's "Portrait": Ten Essays.* Ed. Thomas F. Staley and Bernard Benstock. U of Pittsburgh P, 1976. 185-211.

Birmingham, George A. "The Major's Niece." *The Cornhill Magazine* 29 (1910): 149-69.

Boyd, Elizabeth F. "James Joyce's Hell-Fire Sermons." *Modern Language Notes* 75 (1960): 561-71.

Boyle, Robert. *James Joyce' s Pauline Vision: A Catholic Exposition.* Southern Illinois UP, 1978.

Boysen, Benjamin. "The Mother and t*he word known to all men*: Stephen's Struggle with *amor matris* in James Joyce's Ulysses." *Neophilologus* 94 (2010):151-63.

Briskin, Irene Orgel. "Some New Light on 'The Parable of the Plums'." *James Joyce Quarterly* 3 (1966): 236-51.

Budgen, Frank. *James Joyce and the Making of* Ulysses*, with a Portrait of James Joyce and Four Drawings to* Ulysses *by the Author.* Indiana UP, 1960.

Butler, Samuel. *The Fair Haven: a Work in Defence of the Miraculous Element in our Lord's Ministry upon Earth, both as against Rationalistic Impugners and Certain Orthodox Defenders, by the Late John Pickard Owen, with a Memoir of the Author by William Bickersteth Owen.* Trübner and Co., 1873.

Byrne, J. F. *Silent Years: An Autobiography with Memoirs of James Joyce and Our Ireland.* Octagon Books, 1975.

Calvary (film). Directed by John Michael McDonagh, 2014.（『ある神父の希望と絶望の７日間』

Camilleri, Rosemary. "Plumtree's Meatpot: A Cryptogram in *Ulysses*." *James Joyce Quarterly* 20 (1983): 461-62.

Carens, James. "In Quest of a New Impulse: George Moore's *Untilled Field* and James Joyce's *Dubliners.*" *The Irish Story: A Critical History*. Ed. James F Kilroy. G. K. Hall, 1984. 45-93.

Casey, John. *After Lives: A Guide to Heaven, Hell, and Purgatory*. Oxford UP, 2009.

Caufield, James Walter. “The Word as Will and Idea: Dedalean Aesthetics and the Influence of Schopenhauer.” *James Joyce Quarterly* 35:4/36:1 (1998): 695-714

Chiniquy, Charles Paschal Telesphore. *Why I Left the Church of Rome*. Protestant Truth Society, n.d.

-------. *The Priest, the Woman and the Confessional*. 31st ed. Adam Craig, 1887.

Citino, David. “Isaac Watts and ‘The Eagles Will Come and Pull out His Eyes.’” *James Joyce Quarterly* 13 (1976): 471-473.

Corelli, Marie. *Barabbas: A Dream of the World's Tragedy*. Methuen, 1893.

Connellan, Thomas. *Hear the Other Side*. 11th ed. Office of “The Catholic,” n.d.

Connolly, T. E. “Joyce's Aesthetic Theory.” *Joyce's* Portrait: *Criticism and Critique*. Ed. T. E. Connolly. Appleton-Century-Crofts, 1962. 249-71.

-------. “Kinesis and Stasis: Structural Rhythm in Joyce's *Portrait*.” *Irish Renaissance Annual, II*. Ed. Zack Bowen. Delaware UP, 1981. 166-84

Cordonnier, Max E. “Siegfried in Ireland: A Study of Moore's *The Lake*.” *The Way Back: George Moore's* The Untilled Field *and* The Lake. Ed. Robert Welch. Wolfhound Pr, 1982. 93-103.

Costello, Peter. *James Joyce: The Years of Growth 1882-1915: A Biography*. Kyle Cathie Ltd., 1992.

Cronin, John. “George Moore's *The Lake*: A Possible Source.” *The Way Back: George Moore's* The Untilled Field *and* The Lake. Ed. Robert Welch. Wolfhound Pr, 1982. 79-82.

"Death Of Sir John Seeley." *The Times*, Jan. 15, 1895, p. 10.

Deming, Robert H. *James Joyce: the Critical Heritage, Vol. I 1902-1927*. Routledge and Kegan Paul, 1970.

Dent, R. W. *Colloquial Language in Ulysses: A Reference Tool*. U of Delaware P, 1994.

Dick, Susan. “Tom Kernan and the Retrospective Arrangement.” *James Joyce Quarterly* 18 (1981): 147-59.

Doubt (film). Directed by John Patrick Shanley, 2008.（『疑惑』）

Duff, Mountstuart E. Grant. *Ernest Renan in Memoriam*. Macmillan, 1893.

“Ecce Deus.” *The Ladies' Repository* 27.7 (Jul 1867): 440-42.

“Ecce Homo.” *The Biblical Repertory and Princeton Review* 38.4 (1866): 631-46.

“Ecce Homo.” *The Catholic World: A Monthly Magazine of General Literature and Science* 3.17 (1866): 618-34.

“Ecce Homo.” *The Christian Spectator* 7.5 (May1866): 267-81.

“Ecce Homo.” *The Christian Spectator* 7.6 (June 1866): 340-67.

“Ecce Homo.” *The Ladies' Repository* 27.6 (June 1867): 358-59.

“Ecce Homo.” *The London Quarterly Review* 26.51 (Apr 1866): 257.

“Ecce Homo.” *Macmillan's Magazine* 14 (May 1866): 134-42.

“Ecce Homo.” *North American Review* 103.212 (July 1866): 302-07.

"Ecce Homo." *The Quarterly Review* 119.238 (Apr 1866): 515-29.

"Ecce Homo." "Contemporary Literature." *The Westminster and Foreign Review* 29 (Apr. 1866): 520-22.

"Ecce Homo and Modern Scepticism." *North British Review* 44.87 (Mar. 1866): 124-53.

"Ecce Homo." "Notices of New Books." *New Englander and Yale Review* 25.96 (Jul. 1866): 563-65.

"Ecce Homo." "Reviews and Literary Notices." *The Atlantic Monthly* 18.105 (Jul 1866): 122-23.

"Ecce Homo. Sixteenth Edition. London:1882" *The Edinburgh Review* 156.320 (Oct 1, 1882): 508-17.

Eco, Umberto. *The Aesthetics of Chaosmos: The Middle Ages of James Joyce*. Harvard UP, 1989.

Eglinton, John. *Two Essays on the Remnant.* Whaley, 1894.

-------. *Irish Literary Portraits.* Macmillan, 1935.

Eliot. T. S. "Ulysses, Order and Myth." Rpt. in *James Joyce: the Critical Heritage, Vol. I 1902-1927*, ed. Robert H. Deming. Routledge and Kegan Paul, 1970. 268-71.

Ellmann, Richard. "The Limits of Joyce's Naturalism." *The Sewanee Review* 63 (1955): 567-75.

-------. *Ulysses on the Liffey.* Oxford UP, 1972.

-------. *The Consciousness of Joyce.* Oxford UP, 1977.

-------. *James Joyce.* Revised ed. Oxford UP, 1982.

Epstein, Edmund. *The Ordeal of Stephen Dedalus.* Southern Illinois UP, 1971.

Fargnoli, A.Nicholas. *James Joyce's Catholic Moments.* National Library Ireland, 2004.

Farrar, Frederic W. *Eternal Hope: Five Sermons Preached in Westminster Abbey, November and December, 1877*. E. P. Dutton, 1878.

-------. *The Life of Christ.* Popular ed. Cassell, 1890.

Fehr, Bernhard. "James Joyce's Ulysses." Rpt. in *James Joyce: the Critical Heritage, Vol. I 1902-1927*, ed. Robert H. Deming, Routledge and Kegan Paul, 1970, 336-43.

Fitzball, Edward. Music by W. V. Wallace. *Maritana: A Grand Opera in Three Acts.* Ledger Job Printing Office, 1870.

Foote, G. W. *Letters to Jesus Christ.* Progressive Publishing Co., 1886.

France, Anatole. "The Procurator of Judea." *Tales from a Mother-of Pearl Casket*. Trans. Henri Pène du Bois. George H. Richmond, 1896. 1-26.

Frank, Joseph. "Spatial Form in Modern Literature: An Essay in Two Parts, Part I" *The Sewanee Review* 53 (1945): 221-240.

Frazier, Adrian, *George Moore, 1852-1933*. Yale UP, 2000.

Frumkin, Robert, "*Ulysses*: Stephen's Parable of the Plums." *Colby Quarterly* 28 (1992): 5-18.

Fulton, Justin D. *Why Priests Should Wed.* Rand Avery, 1888.

Furniss, John. *The Sight of Hell.* James Duffy, 1874.

Gabler, Hans Walter. "Pull out His Eyes, Apologise." *James Joyce Quarterly* 11 (1974): 167-169.

-------. "The Seven Lost Years of A Portrait of the Artist as a Young Man." *Approaches to Joyce's "Portrait": Ten Essays*. Ed. Thomas F. Staley and Bernard Benstock. U of Pittsburgh P, 1976. 25-60.

Garvie, Alfred E. *Studies in the Inner Life of Jesus*. Hodder and Stoughton, 1907.

Geikie, Cunningham. *The Life and Words of Christ.* 2 vols. Henry S. King, 1877.

Gifford, Don. *Joyce Annotated: Notes for* Dubliners *and* A Portrait of the Artist as a Young Man. 2nd ed. U of California P, 1982.

Gifford, Don, with Robert J. Seidman. Ulysses *Annotated: Notes for James Joyce's* Ulysses. 2nd ed., U of California P, 1988.

Glazebrook, Jas K. *Ecce Homo:A Denial of the Peculiar Doctrine of Christinty. A Review.* John Alston, 1866.

Gottfried, Roy. *Joyce's Misbelief.* UP of Florida, 2008.

Gorman, Herbert. *James Joyce.* Rinehart and Co., 1948.

Griffin, Barry. Irish Surname Maps for the 1901 and 1911 Census of Ireland. https://www.barrygriffin.com/surname-maps/irish/

Grubgeld, Elizabeth. "George Moore's *The Lake* and the Geography of Consciousness." *English Studies* 67 (1986): 331-44.

Gula, Marianna. "'Reading the Book of Himself': James Joyce on Mihály Munkácsy's Painting 'Ecce Homo'." *Joycean Unions: Post-Millennial Essays from East to West, European Joyce Studies 22*. Ed. R. Brandon Kershner and Tekla Mecsnóber Tekla Mecsnóber, Rodopi, 2013. 47-60.

Gunn, Daniel P. "Beware of Imitations: Advertisement as Reflexive Commentary in *Ulysses.*" *Twentieth Century Literature* 42 (1996): 481-93.

Hall, H. S. and F. H. Stevens. *A Text-book of Euclid's Elements for the Use of Schools*, Bks I-VI & XI. Macmillan, 1891.

Hannay, John. "Coincidence and Analytic Reduction in the 'Ithaca' Episode in Ulysses." *The Journal of Narrative Technique* 13 (1983): 141-153.

-------. "Coincidence and Converging Characters in *Ulysses*." *ELH* 51 (1984a): 385-404.

-------. "Coincidence and Fables of Identity in 'Eumaeus'." *James Joyce Quarterly* 21(1984b): 341-55.

Harris, Frank. "The Miracle of the Stigmata." *Unpath'd Waters*, John Lane, 1913. 1-27.

Hart, Clive. "The Continuous Melody of *The Lake*." *The Way Back: George Moore's* The Untilled Field *and* The Lake. Ed. Robert Welch. Wolfhound Pr, 1982. 83-92.

Hayward, Matthew. "Plumtree's Potted Meat: The Productive Error of the Commodity in *Ulysses*." *Texas Studies in Literature and Language* 59 (2017): 57-75.

Herring, Phillip F. *Joyce's Uncertainty Principle*. Princeton UP, 1987.

Hoban, Brendan. "Limbo and the Unbaptized: Grieving for Our Dead Children" *The Furrow*, 52 (2001): 354-356.

Hone, Joseph. *The Life of George Moore*. Victor Gollancz, 1936.

Honoré, A. M. "A Statistical Study of the Synoptic Problem." *Novum Testamentum*, 10 (1968): 95-147.

Hope, A. D. "The Esthetic Theory of James Joyce." *Joyce's* Portrait: *Criticism and Critique*. Ed. T. E. Connolly. Appleton-Century-Crofts, 1962. 183-203.

Houtin, Albert. *The Crisis among the French Clergy*. David Nutt,1910.

Hurll, Estelle May. *The Life of Our Lord in Art*. Houghton, Mifflin and Co.,1898.

Ignatius of Loyola, St. *The Spiritual Exercises of St. Ignatius of Loyola*. Trans. Charles Seager. Charles Dolman, 1847. イグナチオ・ロヨラ、『霊操』門脇佳吉訳・解説． 岩波書店、1995.

Igoe, Vivien. *The Real People of Joyce's* Ulysses: *A Biographical Guide*. UCD Press, 2016.

Jackson, Holbrook. "Ulysses à la Joyce." Rpt. in *James Joyce: the Critical Heritage*, Vol. I 1902-1927, ed. Robert H. Deming, Routledge and Kegan Paul, 1970, 198-200.

Jacobs, Joseph. *As Others Saw Him*: *A Retrospect, A. D. 54*. Houghton, Mifflin, 1895.

J. C. *Why Priests Should Wed?* A. E. Costello, 1888.

Jodock, Darrell, ed. *Catholicism Contending with Modernity: Roman Catholic Modernism and Anti-Modernism in Historical Context*. Cambridge UP, 2000.

Journal of the Royal Society of Antiquaries of Ireland, The. 32 (1903).

Joyce, James. "A Portrait of the Artist" *The Workshop of Daedalus: James Joyce and the Raw Materials for* A Portrait of the Artist as a Young Man. Ed. Robert Scholes and Richard M. Kain. Northwestern UP, 1965. 60-68

-------. *The Critical Writings of James Joyce*. Ed. Mason, E., and R. Ellmann. Faber and Faber, 1959.

-------. *Dubliners: Authoritative Text, Context, Criticism*. Ed. Margot Norris. Norton, 2006.

-------. *Letters of James Joyce.* Vol. I. Ed. Stuart Gilbert. Viking, 1957.

-------. *Letters of James Joyce,* II. Ed. Richard Ellmann. Viking, 1966.

-------. *Letters of James Joyce,* III. Ed. Richard Ellmann. Viking, 1966.

-------. *A Portrait of the Artist as a Young Man: Authoritative Text, Backgrounds and Context, Criticism*. Ed. John Paul Riquelme. Norton, 2007.

-------. *Ulysses*. Ed. H. W. Gabler. Vintage, 1986.

-------. Ulysses. Ed. Sam Slote. Alma Classics, 2017

Joyce, Patrick Weston. *A Smaller Social History of Ancient Ireland Treating of the Government, Military System, and Law; Religion, Learning, and Art; Trades, Industries, and Commerce; Manners, Customs, and Domestic Life, of the Ancient Irish People.* Longmans, Green, and Co,1906.

Joyce, Stanislaus. *My Brothers Keeper*. Ed. with an introduction and Notes, by Richard Ellmann; with a Preface by T.S. Eliot. Faber, 1958.

Kennelly, Brendan. "George Moore's Lonely Voices: A Study of his Short Stories." *George*

Moore's Mind and Art. Ed. Graham Owens. Oliver and Boyd, 1968. 144-65.

Kenner, Hugh. "Joyce in Perspective." *Joyce's* Portrait: *Criticism and Critique*. Ed. T. E. Connolly. Appleton-Century-Crofts, 1962. 25-60.

Kernahan, Coulson. *The Child, the Wise Man and the Devil*. Dodd, Mead, 1896.

Kiberd, Declan. "George Moore's Gaelic Lawn Party." *The Way Back: George Moore's* The Untilled Field *and* The Lake. Ed. Robert Welch. Wolfhound Pr., 1982. 13-27.

Larkin, Emmet. *The Historical Dimensions of Irish Catholicism*. Catholic U of America P, 1984.

Ledden, Patrick J. "Michael J. F. McCarthy and Joyce's Dublin" *James Joyce Quarterly* 37 (1999): 209-14.

Leland, Blake. "An Abode of Bliss: Plumtree's Potted Meat and the Allegory of the Theologians." *James Joyce Quarterly* 52 (2014): 37-53.

Leo XIII, *Aeterni Patris* http://w2.vatican.va/content/leo-xiii/en/encyclicals/documents/hf_l-xiii_enc_04081879_aeterni-patris.html.

-------, *The Great Encyclical Letters of Pope Leo XIII*. Benziger, 1903.

Leonard, Garry. *Advertising and Commodity Culture in Joyce*. UP of Florida, 1998.

Lernout, Geert. *Help My Unbelief: James Joyce and Religion*. Continuum, 2010.

Levy, Antoine. "Great Misinterpretations: Umberto Eco on Joyce and Aquinas." *Logos: A Journal of Catholic Thought and Culture* 13 (2010): 124-163.

Liam (film). Directed by Stephen Frears, 2000.

Lilley, A Leslie, trans. *The Programme of Modernism: A Reply to the Encyclical of Pius X.*, Pascendi Dominici Gregis. T Fisher Unwin, 1908.

Little Review, The 4:11 (March, 1918)-7:3 (Sept-Dec, 1920).

Loisy. Alfred. *The Gospel and the Church*. Trans. Christopher Home. Charles Scribner's Sons, 1912.

Loughlin, James F. "The Fate of Unbaptized Infants." *The Catholic World* 51 (1890): 456-65.

Lowe-Evans, Mary. *Catholic Nostalgia in Joyce and Company*. UP of Florida, 2008.

M. A. [Jukes, A. J.] *The Second Death and the Restitution of All Things with Some Preliminary Remarks on the Nature and Inspiration of Holy Scripture: A Letter to a Friend*. Longmans, Green, and Co, 1867.

MacGregor, Geddes. "Artistic Theory in James Joyce." *Joyce's* Portrait: *Criticism and Critique*. Ed. T. E. Connolly. Appleton-Century-Crofts, 1962. 221-30.

Magdalene Sisters, The (film). Directed by Peter Mullan, 2002. (『マグダレンの祈り』)

Mamigonian, Marc A., and John Noel Turner. "Annotations for *Stephen Hero*." *James Joyce Quarterly* 40 (2003): 347-505, 507-518.

Manglaviti, Leo M. J. "Joyce and St. John." *James Joyce Quarterly* 9 (1971): 152-56.

Maume, Patrick. "Thomas Connellan." *Dictionary of Irish Bibliography*, vol.2. Ed. James McGuire and James Quinn. Cambridge UP, 2009. 751-52.

Mayers, Simon. "Happiness in Hell: A Controversy in the English Catholic Discourse (1892

–1893)" https://docplayer.net/187013148-Happiness-in-hell-a-controversy-in-the-english-catholic-discourse-simon-mayers.html.

Mayo, Michael. *James Joyce and Jesuits*. Cambrdge Up. 2020

McCarthy, Michael John Fitzgerald. *Five Years in Ireland, 1895-1900*. Simpkin, Marshall, Hamilton, Kent and Co., 1901.

-------. *Priests and People in Ireland*. Hodges, Figgis, 1902.

-------. *Rome in Ireland*. Hodder and Stoughton, 1905.

McCarthy, Patrick. "The Moore-Joyce Nexus: An Irish Literary Comedy." *George Moore in Perspective*. Ed. Janet Dunleavy. Malton Pr. 99-16.

McGrath, F. C. "Laughing in His Sleeve: The Sources of Stephen's Aesthetics." *James Joyce Quarterly* 23 (1986): 259-75.

McNelly, Willis E. "The Use of Catholic Elements as an Artistic Source in James Joyce's *Ulysses*. PhD Dissertation. Northwestern University, 1957.

Minamitani, Yoshimi. "James Joyce and Modern Animals: Reconstruction of Dublin's Denizens." PhD Dissertation. Hitotsubashi University, 2019.

Mink, Louis O. *A Finnegans Wake Gazetteer*. Indiana UP, 1978.

Monk, Maria. *Awful Disclosures, by Maria Monk, of the Hotel Dieu Nunnery of Montreal*, Revised ed. Maria Monk, 1836.

Moore, George. *Confessions of a Young Man*. Swan Sonnenshein, 1888.

----------. *Vain Fortune*. Revised ed. Walter Scott, 1895.

----------. *The Untilled Field*. T. Fisher Unwin, 1903.

----------. *The Lake*. William Heinemann, 1905.

----------. *The Apostle: A Drama in Three Acts*. Maunsel, 1911.

----------. *Hail and Farewell: Salve*. William Heinemann, 1912.

----------. *Hail and Farewell: Vale*. William Heinemann, 1914.

----------. *The Brook Kerith: A Syrian Story*. T. Werner Laurie, 1916.

Moran, D. P. *The Philosophy of Irish Ireland*. UCD P, 2007.

Morowitz, Laura. "A Passion for Business: Wanamaker's, Munkácsy, and the Depiction of Christ." *The Art Bulletin*, 91 (2009): 184-206.

Morse, J. Mitchell. *The Sympathetic Alien: James Joyce and Catholicism*. New York UP, 1959.

Moseley, Virginia. *Joyce and the Bible*. Northern Illinois UP, 1967.

Murphy, Eileen M. "Children's Burial Grounds in Ireland (*Cillini*) and Parental Emotions Toward Infant Death" *International Journal of Historical Archaeology* 15 (2011): 409-28.

The National Archives of Ireland. Census of Ireland 1901/1911. http://www.census.nationalarchives.ie/search/

New Age, The. 1:26 (Oct 24, 1907); 2:23 (Apr 4, 1908).

New Volumes of the Encyclopaedia Britannica, The. 10th ed. Volume 7,1902.

Newman, John Henry. "An Internal Argument for Christianity." *Discussions and Arguments on*

Various Subjects. 2nd ed. Basil Montagu Pickering, 1873. 363-98.

Noon, William T. *Joyce and Aquinas*. Yale UP, 1957.

Norris, Margot. *Suspicious Readings of Joyce's* Dubliners. U of Pennsylvania P, 2003.

Norris, Margot and Vincent P. Pecora, "Dead Again." *Collaborative* Dubliners: *Joyce in Dialogue*. Ed. Vicki Mahaffey. Syracuse UP, 2012. 343-75.

Notovitch, Nicolas. *The Unknown Life of Jesus Christ*. Trans. Alexina Loranger. 4th ed. Indo-American Book, 1916.

Noyes, Alfred. "Rottenness in Literature." Rpt. in *James Joyce: the Critical Heritage, Vol. I 1902-1927*, ed. Robert H. Deming, Routledge and Kegan Paul, 1970, 274-75.

O'Connor, Frank. *The Backward Look: A Survey of Irish Literature*. Macmillan, 1967.

O'Donovan, Gerald. *Father Ralph*. Macmillan, 1913.

-------. *Waiting*. Mitchell Kennerley, 1915.

-------. *Vocation*. Boni and Liveright, 1922.

Pal, Daniel L. *The Victorian "Lives" of Jesus*. Trinity UP, 1982.

Parker, Joseph. *Ecce Deus*. Roberts Brothers,1867

Parkes, Adam. "Moore, Snow and 'The Dead'." *English Literature in Transition, 1880-1920*, 42.3 (1999): 265-82.

Petre, M. D. *Autobiography and Life of George Tyrrell in Two Volumes. vol. II. Life of George Tyrrell 1884-1909*. Edward Arnold, 1912.

"' Philochristus': 'Ecce Homo'." *Notes and Queries 12th series,* 6 (Jan. 1920): 14.

"'Philochristus': 'Ecce Homo'." *Notes and Queries 12th series*, 6 (Mar. 1920): 72.

Pinamonti, Giovanni Pietro. *Hell Opened to Christians; To Caution them from Entering into it: or, Considerations on the Infernal Pains, Proposed to our Meditation to Avoid them: and Distributed for Every Day in the Week*. Trans. unknown. Thomas Richardson and Son, 1845.

Pius X. "Pascendi Dominici Gregis." http://www.papalencyclicals.net/Pius10/p10pasce.htm.

-------, "Lamentabili Sane." http://www.papalencyclicals.net/Pius10/p10lamen.htm.

A Portrait of the Artist as a Young Man (film). Directed by Joseph Strick, 1977.

A Prayer for the Dying (film). Directed by Mike Hodges, 1987. (『死にゆく者への祈り』)

Rabaté, Jean-Michel. "Bruno No, Bruno Si: Note on a Contradiction in Joyce." *James Joyce Quarterly* 27 (1989): 31-39.

Radford, F. L. "Daedalus and the Bird Girl: Classical Text and Celtic Subtext in 'A Portrait'." *James Joyce Quarterly* 24 (1987): 253-74.

Redford, Grant H. "The Role of Structure in Joyce's *Portrait*," *Modern Fiction Studies* 4 (1958): 21-30.

Renan, Ernest. *The Life of Jesus*. Trans. unknown. Trübner, 1864.

-------. *Recollections of My Youth*. Trans. C. B. Pitman. Chapman and Hall, 1883.

Richardson, John Emmett. *The Crucifixion, by an Eye-Witness: A Letter Written Seven Years after the Crucifixion by a Personal Friend of Jesus in Jerusalem to an Esseer Brother in Alexandria.*

Indo-American Book, 1907.

Rickaby, Joseph. *The Modernist.* Catholic Truth Society, 1908.

Riquelme, John Paul. "Desire, Freedom, and Confessional Culture in *A Portrait of the Artist as a Young Man.*" *A Companion to James Joyce.* Ed. Richard Brown. Blackwell, 2008. 34-53.

Rosenfeld, Natania. "What Is Home?" *Southwest Review* 98 (2013): 45-50.

Rowell, Geoffrey. *Hell and the Victorians: A Study of the Nineteenth-Century Theological Controversies concerning Eternal Punishment and the Future Life.* Oxford UP, 1974.

Sakr, Rita. "'Theat's New [...] That's Copy': 'Slightly Rambunctious Females' on the Top of 'Some Column!' in Zola's *L'Assommoir* and Joyce's *Ulysses.*" *James Joyce and the Nineteenth-Century Novel, European Joyce Studies 19.* Ed. Finn Fordham and Rita Sakr. Rodopi, 2011. 160-80.

Santro-Brienza, Liberato. "Joyce: Between Aristotle and Aquinas." *Literature and Aesthetics* 15 (2005): 129-52.

Schlossman, Beryl. *Joyce's Catholic Comedy.* U of Wisconsin P, 1985.

Schneider, Ulrich. "Cruxes and Grace Notes : A Hermeneutic Approach to "Grace." *New Perspectives on Dubliners: European Joyce Studies 7.* Ed. Mary Power and Ulrich Schneider. Rodopi, 1997. 267-93.

Scholes, Robert, and Richard M. Kain, eds. *The Workshop of Daedalus: James Joyce and the Raw Materials for* A Portrait of the Artist as a Young Man. Northwestern UP, 1965.

Schweitzer, Albert. *Quest of the Historical Jesus: A Critical Study of its Progress from Reimarus to Wrede.* Trans. W. Mongomery. 2nd English ed. Adam and Charles Black, 1911.

Scott, B. K. "Joyce's Schooling in the Field of George Moore." *Eire=Ireland* 9.4 (1974): 117-41.

Scott, Thomas. *The English Life of Jesus.* New ed. Thomas Scott, 1872.

Seeley, John Robert. *Ecce Homo: A Survey of the Life and Work of Jesus Christ.* Macmillan, 1866.

Senn Fritz. "'He Was Too Scrupulous Always': Joyce's 'The Sisters'." *James Joyce Quarterly* 2 (1965): 67-72.

-------. "James Joyce's *Ulysses*: Hell, Purgatory, Heaven in 'Wandering Rocks'." *Hungarian Journal of English and American Studies* 19 (2013): 323-28.

Shimokusu, Masaya. "A White Lambkin Peeps out of his Waistcoat Pocket." *Journal of Irish Studies* 33 (2018): 122-131.

Shovlin, Frank. *Journey Westward: Joyce,* Dubliners *and The Literary Revival.* Liverpool UP, 2012.

Sicari, Stephen. *Joyce's Modernist Allegory:* Ulysses *and the History of the Novel.* U of South Carolina P, 2001.

Singh, Amardeep. "A Pisgah Sight of Ireland: Religious Embodiment and Colonialism in *Ulysses.*" *Semeia* 88 (2001) 129-47.

Solomon, Albert J. "The Bird Girls of Ireland." *Colby Quarterly* 10 (1974): 269-74.

Spoo, Robert. "Uncanny Returns in 'The Dead': Ibsenian Intertexts and the Estranged Infant." *Joyce: The Return of the Repressed.* Ed. Susan Stanford Friedman. Cornell UP, 1993. 89-113.

Spotlight (film). Directed by Tom McCarthy, 2015. (『スポットライト』)

Steinberg, Erwin R. , "The Bird-Girl in 'A Portrait' as Synthesis: The Sacred Assimilated to the Profane." *James Joyce Quarterly* 17 (1980): 149-63.

Stevens, Jennifer. *The Historical Jesus and the Literary Imagination, 1860-1920.* Liverpool UP, 2010.

Strand Magazine: An Illustrated Monthly, The. 14.81 (1897)

Strauss, David Friedrich. *The Life of Jesus Critically Examined.* Trans. George Eliot. 4th ed. Swan Sonnenschein, 1902.

Strindberg, August. *Motherlove (Moderskärlek): An Act.* Trans, Francis J. Ziegler. Brown Brothers, 1910.

Sullivan, Kevin. *Joyce among the Jesuits.* Columbia UP, 1958.

Suter, August. "Some Reminiscences of James Joyce." *James Joyce Quarterly* 7 (1970): 191-98.

Synge, J. M. *The Aran Islands*. Maunsel, 1907.

Tablet: A Weekly Newspaper and Review, The. 18 (1892).

Thacker, Andrew. "Toppling Masonry and Textual Space: Nelson's Pillar and Spatial Politics in *Ulysses*." *Irish Studies Review* 8 (2000): 195-203.

Thomas, Sue. "A Study of George Moore's Revision of *The Lake*." *English Literature in Transition, 1880-1920*, 20.4 (1981): 174-84.

Thorne, Guy. *When It Was Dark: The Story of A Great Conspiracy.* G. P. Putnam's Sons, 1904.

Thrane, James R. "Joyce's Sermon on Hell: Its Sources and Its Backgrounds." *Modern Philology* 57 (1960): 172-98.

-------. "Joyce's Sermon on Hell" *Foundational Essays in James Joyce Studies*. Ed. Michael Patrick Gillespie. Florida UP, 2011. 85-124.

To-day. 6 (spring 1895).

Tóibín, Colm. *The Testament of Mary*. Penguin, 2013.

Tyrrell, George. *Autobiography and Life of George Tyrrell in Two Volumes. Vol. I. Autobiography of George Tyrrell 1864-1884*. Arranged with Supplements, by M. D. Petre. Edward Arnold, 1912.

-------. *Through Scylla and Charybdis*. Longmans, Green, and Co, 1907.

Ulysses (film). Directed by Joseph Strick, 1967.

van Mierlo, Chrissie. *James Joyce and Catholicism: the Apostate's Wake*. Bloomsbury Academic, 2017.

Vaughan, Edward T. "Ecce Homo." *The Contemporary Review* 2 (May 1866): 40-58.

Verene, Donald Phillip. "Coincidence, Historical Repetition, and Self-knowledge: Jung, Vico, and Joyce." *Journal of Analytical Psychology* 47 (2002): 459-478.

Walsh, Nicholas. *The Comparative Number of the Saved and Lost: A Study.* M. H. Gill and Son,

1898.
Warrington, George. "*Ecce Homo" and its Detractors: A Review*. William Skeffington, 1866.
Wawrzycka, Jolanta, and Serenella Zanotti, eds. *James Joyce's Silences.* Bloomsbury Academic , 2018.
Weaver, Jack W. "Moore's Sainted Name for Gogarty in *Hail and Farewell." English Literature in Transition, 1880-1920*, 14.3 (1970): 190.
Weir, David. "Gnomon Is an Island: Euclid and Bruno in Joyce's Narrative Practice." *James Joyce Quarterly* 28 (1991): 343-60.
-------. *James Joyce and the Art of Mediation*. U of Michigan P, 1996.
West, Michael. "George Moore and the Hermeneutics of Joyce's *Dubliners*." *Harvard Library Bulletin*, 26 (1978): 212-35.
Wheelwright, Philip. *Heraclitus*. Princeton UP, 1959.
Wilde, Oscar. *De Profundis*. G. P. Putnam's Sons, 1905.
Wright, David G. *Ironies of* Ulysses. Gill and Macmillan, 1991.
Yeats, W. B. *The Hour-Glass, Cathleen ni Houlihan, The Pot of the Broth: Being Volume Two of Plays for an Irish Theatre.* A. H. Bullen, 1904.
安達正『ジョージ・ムア評伝 —— 芸術に捧げた生涯』 東京, 鳳書房, 2001.
金井嘉彦 『「ユリシーズ」の詩学』東信堂 , 2011.
-------「"queer" の裏側と「無関心な大衆」のパラドックス —— ジョイスの「姉妹たち」再考」『言語文化』第 51 巻 (2014), 3-20.
-------「1904 年の「姉妹たち」, あるいは 110 年のパララックス」『ジョイスの罠 ——「ダブリナーズ」に嵌る方法』金井嘉彦, 吉川信編著, 言叢社, 2016a. 35-54.
-------「『肖像』と映画」『ジョイスの迷宮《ラビリンス》 ——「若き日の芸術家の肖像」に嵌る方法』金井嘉彦, 道木一弘編著, 言叢社, 2016b. 289-90.
-------「ジョイスとムアのインターテクスチュアリティー (2) ——『死者たち』と「虚しき運命」のエゴイズム」『言語文化』 55 (2018), 19-33.
-------「パラドクシスト・スティーヴンのシェイクスピア論 —— 重力、今、可能態の詩学」『ジョイスの挑戦 ——「ユリシーズ」に嵌る方法』金井嘉彦・吉川信・横内一雄編, 言叢社 , 2022, 207-37.
北村富治 . 『「ユリシーズ」大全 』 慧文社, 2014.
吉川信「'Nestor' / 歴史 / 悪夢 —— スティーヴン史観」*Joycean Japan,* 第 3 号, 1992. 65-78 .
国立新美術館 , ブダペスト国立西洋美術館&ハンガリー・ナショナル・ギャラリー , 日本経済新聞社文化事業部編 , 『ブダペスト国立西洋美術館&ハンガリー・ナショナル・ギャラリー所蔵 , ブダペスト —— ヨーロッパとハンガリーの美術 400 年』 日本経済新聞社 , 2019.
小林宏直「〈我仕えず〉、ゆえに我あり —— 間違いだらけの説教と狡猾なスティーヴン/ジョイスの戦略」『ジョイスの迷宮《ラビリンス》 ——「若き日の芸術家の肖像」に嵌る方法』

金井嘉彦, 道木一弘編著, 言叢社, 2016. 99-118.
-------「ユダヤ人」(「『ユリシーズ』を読むための二十七項」)『ジョイスの挑戦 ——「ユリシーズ」に嵌る方法』金井嘉彦, 吉川信, 横内一雄編著, 言叢社, 2022. 270-73.
高神信一『大英帝国のなかの「反乱」—— アイルランドのフィーニアンたち』第2版、同文舘, 2005.
滝沢玄「レースの「跡」——「レースの後」の余計／予型論」『ジョイスの罠 ——「ダブリナーズ」に嵌る方法』金井嘉彦, 吉川信編著, 言叢社, 2016. 119-33.
田多良俊樹 「階級の授業—『ユリシーズ』第二挿話における植民地教育と社会的分断」『ジョイスの挑戦—「ユリシーズ」に嵌る方法』金井嘉彦, 吉川信, 横内一雄編著, 言叢社, 2022. 79-107.
田中恵理「知識偏重なスティーヴンの失敗 —— 身体と精神の連動と分離」高橋渡, 河原真也, 田多良俊樹編著,『ジョイスの扉』英宝社, 2019. 191-216.
夏目博明『ジョイスをめぐる冒険』水声社, 2015.
南谷奉良「おねしょと住所 —— 流動し、往復する生の地図」『ジョイスの迷宮《ラビリンス》 ——「若き日の芸術家の肖像」に嵌る方法』金井嘉彦, 道木一弘編著, 言叢社, 2016. 35-55.
-------「ジョイスの〈ベヒーモス〉——『スティーヴン・ヒアロー』あるいは『若き生の断章』」高橋渡, 河原真也, 田多良俊樹編著,『ジョイスの扉』英宝社, 2019. 23-162.
横内一雄「盲者の視覚 ——『若き日の芸術家の肖像』における語りと視覚」『ジョイスの迷宮《ラビリンス》 ——「若き日の芸術家の肖像」に嵌る方法』金井嘉彦, 道木一弘編著, 言叢社, 2016. 121-37.

金井 嘉彦《かない よしひこ》

一橋大学 特任教授。著書『ジョイスの挑戦――「ユリシーズ」に嵌る方法』（編著、言叢社、2022年）、『ジョイスの迷宮――「若き日の芸術家の肖像」に嵌る方法』（編著、言叢社、2016年）、『ジョイスの罠――「ダブリナーズ」に嵌る方法』（編著、言叢社、2016年）、『「ユリシーズ」の詩学』（東信堂、2011年）ほか。

JJJS: Japanese James Joyce Studies

ガラス越しに見るジョイス

金井 嘉彦 著

2022年6月16日　第一刷発行

発行者　**言叢社同人**

発行所　有限会社 **言叢社**

〒101-0065　東京都千代田区西神田2-4-1　東方学会本館
Tel.03-3262-4827 ／ Fax.03-3288-3640
郵便振替・00160-0-51824

印刷・製本　中央精版印刷株式会社

ISBN978-4-86209-088-1　C1098

装丁　小林しおり